Journaliste, reporter de guerre, présentateur vedette du journal de 20 h au Portugal, José Rodrigues dos Santos est l'un des plus grands auteurs européens de thrillers historiques. Ses ouvrages *La Formule de Dieu* (2012), traduit dans plus de 17 langues, *L'Ultime Secret du Christ* (2013), *La Clé de Salomon* (2014) – suite de *La Formule de Dieu* –, *Codex 632* (2015), *Furie divine* (2016), *Vaticanum* (2017), et *Signe de vie* (2018), sont publiés en France aux Éditions Hervé Chopin et repris chez Pocket. En 2019 et 2020, il publie *L'Homme de Constantinople* et *Un millionnaire à Lisbonne*, dyptique qui relate la vie extraordinaire du mystérieux Arménien Calouste Gulbenkian, et *Immortel*, toujours aux Éditions Hervé Chopin. José Rodrigues dos Santos vit à Lisbonne.

Retrouvez toute l'actualité de l'auteur sur :
www.joserodriguesdossantos.com

Un Millionnaire à Lisbonne

en librairie
en 2020

Ouvrage composé par
PCA 44400 Rezé

Imprimé en Espagne par:
BLACK PRINT
en septembre 2020

POCKET – 92, Avenue de France – 75013 Paris

S30701/03

L'HOMME
DE CONSTANTINOPLE

DU MÊME AUTEUR
CHEZ POCKET

LA FORMULE DE DIEU
L'ULTIME SECRET DU CHRIST
LA CLÉ DE SALOMON
CODEX 632 : LE SECRET DE CHRISTOPHE COLOMB
FURIE DIVINE
VATICANUM
SIGNE DE VIE
L'HOMME DE CONSTANTINOPLE
UN MILLIONNAIRE À LISBONNE

J. R. DOS SANTOS

L'HOMME DE CONSTANTINOPLE

Traduit du portugais par Adelino Pereira

ÉDITIONS HERVÉ CHOPIN

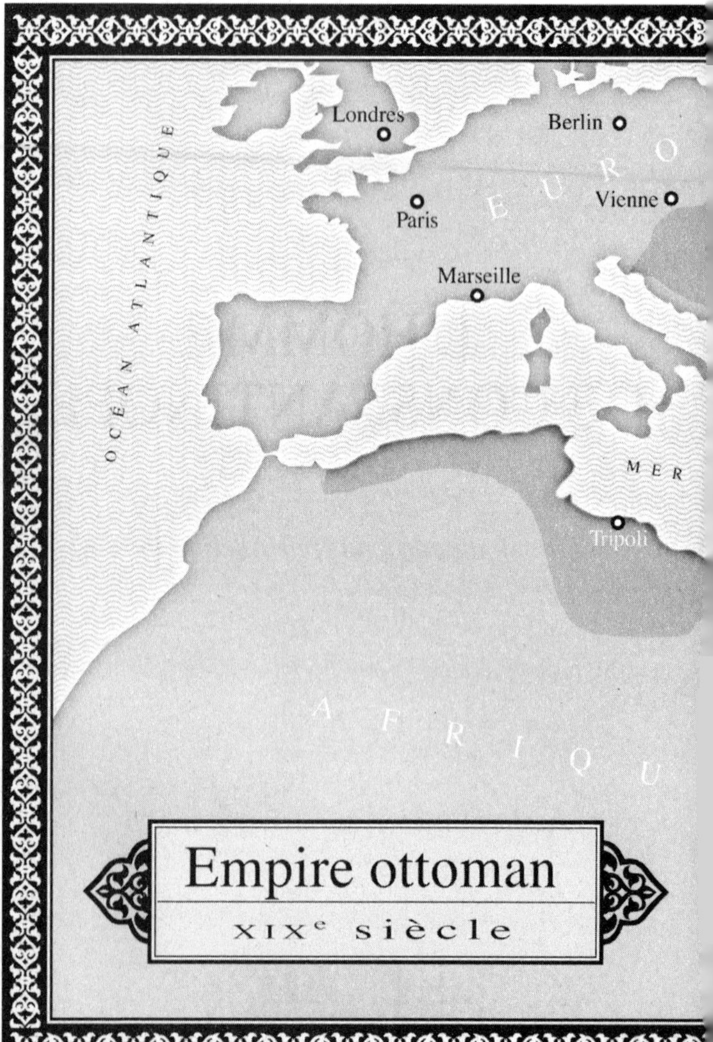
Londres
Berlin
EURO
Paris
Vienne
OCÉAN ATLANTIQUE
Marseille
MER
Tripoli
AFRIQU
Empire ottoman
XIXe siècle

E
ASIE
MER NOIRE
MER CASPIENNE
Sofia
Constantinople
Trébizonde
Tiflis
Bakou
Kayseri
Mossoul
Kirkouk
Damas
Bagdad
ÉDITERRANÉE
Jérusalem
Le Caire

Titre original :
O HOMEM DE CONSTANTINOPLA

MIXTE
Papier issu de sources responsables
FSC® C003309

Pocket, une marque d'Univers Poche, est un éditeur qui s'engage pour la préservation de l'environnement et qui utilise du papier fabriqué à partir de bois provenant de forêts gérées de manière responsable.

ISBN : 978-2-266-30701-7
Dépôt légal : juin 2020

« Chacun accomplit le destin qui lui incombe,
Et désire le destin qu'il désire ;
Il n'accomplit pas ce qu'il désire,
Ni ne désire ce qu'il accomplit. »

Fernando PESSOA

À la Fondation Gulbenkian,
pour tout ce qu'elle nous a donné.

Bien qu'il s'agisse d'une œuvre de fiction,
ce roman s'inspire de faits réels.

PROLOGUE

Personne n'oublie le jour de la mort de son père. C'est, dit-on, le moment où nous devenons adultes et où l'avenir, telle la clé d'un manoir dont nous sommes enfin l'héritier, nous est confié. Nous feignons d'assumer la vie comme si nous étions maître de notre destin, mais un orphelin n'attend rien, si ce n'est la solitude de ceux qui se découvrent livrés à leur sort.

J'ai personnellement vécu cette tragédie lors d'un étrange voyage, par un de ces après-midi où tout semble survenir en même temps, comme si Dieu s'amusait avec notre malheur, nous retirant d'une main ce qu'il nous donne de l'autre. La vie nous réserve parfois de telles surprises. Les années filent comme si nous étions anesthésiés, ou comme si nous étions des somnambules errant dans un rêve dont nous discernons à peine les contours, égarés dans un labyrinthe dont les mystères hantent les sentiers qui s'ouvrent devant nous. Soudain, comme par enchantement ou, peut-être, par un déconcertant tour de passe-passe, les événements s'accélèrent et tout se précipite.

C'est ce qui s'est passé le jour où je suis entré dans cet hôtel de luxe, installé dans un palais perdu aux confins de l'Europe occidentale. Tel un animal aux abois, je traversai le hall, anxieux et déprimé, tendu vers un avenir qu'intuitivement je devinais incertain. Le voyage jusqu'à Lisbonne avait été éreintant et quand je pus enfin me laisser tomber sur le canapé, après avoir parlé au médecin et être monté au premier étage observer mon père mourant, j'eus l'impression que je ne serais plus capable de me lever, tant les coussins étaient doux et tant je me sentais exténué. Je regardai autour de moi pour m'imprégner de l'atmosphère sereine de l'hôtel. Le grand salon était décoré avec goût, comme toujours, mais ce qui m'émerveilla le plus, je dois l'admettre, ce fut l'épais tapis dans lequel mes pieds s'enfonçaient avec un plaisir infini.

Tandis que je sirotais un whisky que j'étais allé chercher au bar pour me forcer à me détendre, je laissais mon esprit vagabonder en repensant aux événements des dernières vingt-quatre heures. Tout avait commencé lorsque j'avais reçu le télégramme m'annonçant que mon père avait fait une syncope à Lisbonne. Bien que pleinement conscient qu'à son âge un problème de ce genre pouvait survenir à tout moment, cette annonce eut pour moi l'effet d'un électrochoc. Envisager – de manière abstraite – la possibilité d'un tel accident est une chose, sa survenue effective en est une autre. On découvre alors que l'on n'y est jamais vraiment préparé.

Après l'arrivée du télégramme, des images morcelées se mirent à flotter pêle-mêle dans ma mémoire, comme des feuilles sèches que le vent d'automne emporte en tourbillons successifs. Je me rappelle vaguement être allé à Piccadilly acheter à la hâte un billet de la BOAC, puis la course effrénée dans ma

Morgan jusqu'à l'aérodrome de Croydon, le vol interminable de six heures au-dessus de l'Atlantique, l'atterrissage chaotique du De Havilland sur la piste à Lisbonne, les couleurs des maisons que la lumière limpide de la ville rendait joyeusement criardes, les visages inquiets qui m'accueillirent à l'hôtel Aviz, le visage placide et impassible de mon père étendu sur le lit. Il était mourant, mais semblait endormi.

Une main amicale me serra l'épaule et me ramena au salon de l'hôtel.

— Alors, mon cher ? me demanda une voix féminine sur un ton maternel. Ça va ?

Je tournai la tête et reconnus la silhouette voûtée de Mme Duprés. Elle avait les traits fatigués de quelqu'un qui ne dormait pas depuis plusieurs jours et me donna l'impression d'avoir considérablement vieilli depuis la dernière fois que je l'avais vue, près de trois ans auparavant. Était-ce dû à la fatigue ou au choc ? Toujours est-il que Mme Duprés avait plus de quatre-vingts ans, et la seule véritable question était donc de savoir d'où lui venait l'énergie qui l'animait encore à un âge si avancé. Cependant, quelle qu'en fût la source, sa vitalité s'était manifestement éteinte, il n'en subsistait qu'un éclair diffus, comme le halo du soleil dans la langueur mourante du crépuscule.

— Je ne m'en remets toujours pas, confessai-je. Vous avez du nouveau ?

La vieille Française secoua la tête, une tristesse résignée dans le regard.

— Hélas non.

Mme Duprés s'installa dans un fauteuil à côté de moi, avec des gestes doux et mélancoliques, son corps d'une infinie fragilité, tel un spectre sur le point de se désagréger.

— Lui est-il arrivé de reprendre connaissance ?

— Au début, oui. Selon le médecin, c'est un type de coma inhabituel, comme si la conscience s'éveillait puis s'éteignait successivement. Mais les moments d'éveil deviennent de plus en plus courts et espacés. – Son regard se posa sur moi et sembla se rallumer par moments, comme la flamme ténue d'une bougie qu'un souffle soudain ranime. – C'est pourquoi il faut que tu sois près de lui s'il se réveille encore. Saisis chaque seconde, savoure chaque mot, garde chaque regard. Il n'y aura peut-être pas d'autre occasion, tu comprends ?

Je hochai la tête, parfaitement conscient que si je parvenais encore à parler à mon père, ce serait probablement pour lui dire adieu. D'ailleurs, le médecin portugais m'avait déjà informé de la gravité de la situation, soulignant que cela n'était plus du ressort de la médecine. Si je nourrissais encore quelque illusions sur le véritable état dans lequel il se trouvait, je les avais totalement perdues au cours de cette conversation.

— Ces derniers temps, demandai-je soudainement, a-t-il parlé de moi ?

Mme Duprés secoua la tête.

— Comme tu le sais, ton père n'était pas très expansif, murmura-t-elle les yeux baissés. Mais sache que votre dispute l'a laissé très abattu. Il n'a plus jamais été le même.

L'usage qu'elle fit de l'imparfait pour évoquer mon père résonna amèrement en moi comme un requiem anticipé ; il donnait l'impression qu'elle avait déjà renoncé à lui et s'était résignée à l'inévitable. La personne la plus éprouvée, sans doute parce qu'elle avait vécu l'événement de près, était bien Mme Duprés. Bien que je fusse le fils, je me surpris à essayer de la réconforter et à lui faire voir que la vie est un voyage avec un début et une fin. Mon père était arrivé au bout du chemin, nous devions nous y préparer et accepter l'issue fatale. Elle pleura à côté de moi, dans le salon de l'hôtel Aviz, les pieds enfoncés dans le tapis douillet, ses mains couvrant son visage inondé de larmes. Je n'ai pas honte de dire que je pleurais moi aussi. Puis nous plongeâmes dans le mutisme réconfortant de la résignation et tentâmes d'oublier notre chagrin, moi avec un autre whisky, elle avec un verre de porto.

Tout se passa alors à une vitesse vertigineuse. Les événements commencèrent à se précipiter lorsque, une heure plus tard, un employé de l'hôtel s'approcha de moi et m'annonça qu'on me demandait à la réception pour un appel téléphonique. « De l'étranger », précisa-t-il avec une pointe d'urgence dans la voix, comme s'il n'y avait rien de plus important qu'un appel « de l'étranger ». J'en fus surpris car peu de gens savaient où je me trouvais et les appels internationaux étaient plutôt rares, mais toujours est-il qu'on me demandait au téléphone et je me devais d'y répondre.

— M'sieur Sarkisian ? demanda une voix à l'autre bout du fil, avec un curieux accent, peut-être d'Europe centrale. Krikor Sarkisian ?

— Oui, c'est moi. Qui est à l'appareil ?

— Mehmet Bey.

On entendait très mal, il y avait de la friture et des grésillements, et la voix semblait provenir du fond d'un long tunnel, probablement d'une ville lointaine de l'autre côté de l'Europe.

— Qui ?

— Mehmet Bey. Le contact de votre père à Istanbul.

Un Turc. Depuis mon plus jeune âge, j'avais appris à me méfier des Turcs. Ces gens m'avaient fait tellement souffrir que je n'avais aucune sympathie pour eux. C'est pourquoi je fis montre d'une certaine réserve.

— Ah ! Comment allez-vous ? le saluai-je d'une voix froide. Que puis-je faire pour vous ?

— Je l'ai trouvée ! s'exclama-t-il sur un ton étrangement triomphant, presque euphorique. Je l'ai trouvée !

Je n'oublierai jamais ces mots venus de très loin et qui me parvenaient comme un murmure affaibli ; aujourd'hui encore je les entends dans mes oreilles, un doux écho figé par le temps. Pour être honnête, je dois avouer qu'au début je n'ai pas compris. Tant d'années s'étaient écoulées… Pensant que M. Bey était l'un des hommes engagés par mon père pour découvrir des œuvres d'art aux quatre coins de l'Europe, j'ai imaginé qu'il faisait référence à un objet quelconque qu'il avait déniché dans un marché d'Istanbul, un tableau, une pièce ancienne, un tapis persan inestimable ou un vase chinois.

— Vous l'avez trouvée ? Désolé, mais je n'ai pas la tête à ça en ce moment.

Nous criions à présent tous deux dans le combiné, en un effort insensé pour nous faire entendre, l'un et l'autre étant à chaque extrémité du sud de l'Europe.

— Vous vous rappelez qu'il y a une quarantaine d'années, votre père et le mien avaient fait engager des recherches pour retrouver une dame disparue ? insista l'homme à l'autre bout de la ligne. Eh bien, je l'ai retrouvée !

Mon cœur fit un bond lorsque je compris enfin ce qu'il venait de me dire. J'eus l'impression de perdre l'équilibre et je dus m'appuyer au comptoir de la réception, tellement le choc fut violent et profond. Je restai ainsi un long moment sans savoir que dire, incapable de prononcer un mot, la main sur les lèvres, abasourdi par la nouvelle, voulant y croire tout en la redoutant. Était-ce possible ? L'avait-on vraiment retrouvée ?

— Allô ? M. Sarkisian ? Vous m'entendez ?

— Oui, oui, répondis-je presque machinalement, essayant de me remettre des émotions suscitées par cette annonce. Je suis là.

— Vous avez compris ce que je vous ai dit ?

— Je… vous êtes sûr que vous l'avez retrouvée ? Vous êtes sûr que c'est elle ? Il ne peut pas s'agir de quelqu'un d'autre ?

— C'est elle ! insista le Turc avec conviction, n'ayant pas le moindre doute sur ce qu'il affirmait. J'ai même parlé avec la dame. Je vous le confirme. Je suis catégorique, c'est elle.

C'était comme si, à ce moment-là, une digue fermée exactement trente-neuf ans auparavant s'était ouverte en moi. Je me rendis compte que je sanglotais, désemparé et abandonné, un flot de larmes me brouillant la vue. Je m'aperçus de la présence de Mme Duprés à mes côtés et je pensai qu'elle était venue me réconforter ; en réalité, comme si le destin, malicieux, avait voulu tout compliquer, je sentis que son regard trahissait un sentiment d'urgence. Surmontant la vague d'émotions qui me perturbait, je fis un effort pour me dominer.

— Ton père s'est réveillé, l'entendis-je dire. Viens vite ! Viens avant qu'il ne soit trop tard !

— Allô, M. Sarkisian ? demanda en même temps la voix à l'autre bout de la ligne. Vous m'entendez ?

Je la dévisageai et je réalisai que la priorité c'était mon père. Mais en regardant le combiné noir, je me dis que le Turc aussi était prioritaire. Quel parti prendre ? Que faire ? Ma confusion était totale, il semblait qu'un orchestre avait entamé une symphonie dissonante, chaque instrument jouant de son côté, et que j'étais dépassé, tel un chef d'orchestre incompétent, incapable de coordonner la cacophonie qu'était devenu ce moment d'indécision absolue.

— Je... je...

Mme Duprés me tira par la main.

— Viens vite ! insista-t-elle. C'est ta dernière chance !

— M. Sarkisian ? appela le Turc. Allô ? Allô ?

En définitive, compte tenu des circonstances, mon père passait avant tout le reste.

— M. Bey, dis-je hâtivement dans le combiné, je ne peux pas vous parler maintenant. Où pourrions-nous nous rencontrer ?

— Lundi prochain, à midi, à la réception du Pera Palace, à Istanbul, rétorqua-t-il promptement, comme s'il avait déjà tout prévu. Est-ce que ça va pour vous ?

— Entendu, nous nous verrons lundi.

Je raccrochai le téléphone et courus après Mme Duprés, qui grimpait déjà les escaliers en compagnie du docteur Fonseca, le médecin que mon père avait engagé lorsqu'il s'était installé à Lisbonne. Nous arrivâmes au premier étage et nous dirigeâmes vers la suite qu'il occupait.

La porte franchie, je plongeai dans l'obscurité. Les rideaux étaient tirés, un voile opaque assombrissait la pièce dans laquelle planait l'odeur caractéristique des antichambres de la mort. Les draps, blancs comme un linceul, couvraient le lit, se soulevant au rythme de la respiration apaisée de mon père. Lorsque j'arrivai au chevet du lit, je réalisai qu'il avait les yeux ouverts, ternes, pleins de torpeur, mais encore animés par une étincelle de vie.

— Père ? murmurai-je aussi doucement que possible. M'entendez-vous ?

Ses yeux noirs glissèrent vers moi et j'eus alors la certitude qu'il était effectivement éveillé et qu'il m'avait compris. Encouragé, je lui demandai s'il se sentait bien. Il essaya de parler, prononça une syllabe, « Kr… Kri… », voulant dire mon nom supposai-je, mais de toute évidence l'effort était trop douloureux et, avec un soupir las, il abandonna. Je lui dis de se reposer et de ne pas s'inquiéter, que tout irait bien. Je ne sais s'il me crut ou si c'était la fatigue, mais le fait est qu'il ferma ensuite ses yeux embués et sembla se calmer. Je m'écartai et laissai Mme Duprés lui souffler quelques mots d'encouragement auxquels il ne répondit pas. La Française insista encore mais, brusquement, elle se retourna et s'enfuit avec un gémissement, incapable de le voir dans cet état.

Je réalisai, quelques instants plus tard, qu'il avait rouvert les yeux et tentait à nouveau de parler. Je m'approchai encore une fois du lit, pris sa main froide et molle, et me penchai au-dessus de lui, approchant mon oreille de sa bouche tremblante. De nouveau, il commença par balbutier des syllabes incompréhensibles, des sons qui ne semblaient avoir aucun sens et s'échappaient entre chaque respiration, mais de façon inattendue il parvint à formuler une phrase complète, en fait une question jetée dans un souffle, comme si elle reflétait l'essence de sa vie.

— Qu'est-ce que la beauté ?

Ces mots énigmatiques provoquèrent en moi un grand étonnement. « Qu'est-ce que la beauté ? » Que voulait-il dire par là ? Pourquoi mon père avait-il dépensé le peu d'énergie qui lui restait avec une question aussi hors de propos ? Cela ne pouvait être qu'un délire dû à la fièvre, le produit indésirable des élucubrations démentes d'un mourant, aussi décidai-je d'ignorer une question si absurde et de l'interroger sur son état. Je voulus savoir s'il était bien, s'il avait besoin de quelque chose ou si je pouvais faire quoi que ce soit pour lui, mais il ferma de nouveau les paupières, m'abandonnant à ma perplexité. Alors que je réfléchissais à cette question étrange, je sentis qu'il bougeait dans le lit. Pensant que quelque chose le gênait, je soulevai rapidement le drap pour vérifier si tout allait bien. Il leva alors son bras affaibli et fit un geste en direction de la commode. Puis je l'entendis soupirer et son bras retomba, suspendu et abandonné au bord du lit.

Le docteur Fonseca s'approcha de lui, inspecta ses yeux et lui prit le pouls. Puis il se redressa et, prenant une profonde inspiration, il me regarda.

— Il est retombé dans le coma, dit-il. Je crains que la fin ne soit imminente.

J'embrassai mon père sur le front, puis je reculai d'un pas. Je fermai les yeux et, dans un murmure, je récitai une prière en arménien. Quand j'eus fini, je m'aperçus que Mme Duprés était revenue dans la chambre. Ses yeux étaient rouges, elle avait encore pleuré. Je lui racontai ce qui s'était passé et lui demandai ce que la commode pouvait bien contenir de si spécial pour justifier son dernier geste.

— Les livres, dit-elle. Il voulait certainement les livres.

— Quels livres ?

Un sourire attendri se dessina sur le visage ridé de la vieille dame.

— Il a passé cette dernière année à écrire deux livres, tu ne le savais pas ? Ils racontent son histoire. Et la tienne aussi, d'ailleurs.

— La mienne ?

— Oui. Il l'a écrite à partir de ton journal qu'il a trouvé dans une malle. – Elle rit doucement. – Et tu sais ce qui est curieux ? Il a tout rédigé à la troisième personne, comme si c'était quelqu'un qui racontait votre histoire. Il était si enthousiaste qu'il a même griffonné les dernières pages du second volume la première fois qu'il est sorti du coma, rends-toi compte !

Je me tournai vers la commode. Dessus, il y avait une vieille porcelaine chinoise, un vase avec des tulipes bleues et une photo de lui assis devant une statue égyptienne, probablement prise à Louxor, sans doute dans le temple de Karnak.

— Où sont ces livres ?

Mme Duprés s'approcha de la commode dont elle ouvrit le tiroir du haut et en sortit deux rames de papier ; en tout, il devait y avoir plus de mille feuillets, un vrai pavé. Je les saisis et les feuilletai, impressionné par le volume ; ils étaient dactylographiés et corrigés au stylo, de la main de mon père. Je compris que j'aurais beaucoup à lire pendant les prochains jours. Ensuite, je retournai les paquets de papier compact et jetai un coup d'œil sur la première page de la première rame, une feuille blanche avec une seule phrase au milieu, le titre de toute évidence.

L'Homme de Constantinople.

PREMIÈRE PARTIE

L'ORIENT

« La vie est l'enfance de notre immortalité. »

GOETHE

I

Les gouttes de pluie dessinaient des cercles successifs en expansion dans les flaques d'eau boueuse, s'abattant en grêle sur les nombreux cratères que le mauvais temps avait creusés dans la rue en terre battue. Les habitants de Trébizonde se précipitaient à la recherche d'un refuge, sautant de porche en porche en une espèce de cache-cache effréné pour s'abriter des torrents que déversait un ciel de plomb, avec une terrifiante fureur.

— Laissez passer le garçon le plus intelligent de Trébizonde ! retentit une voix, sur un ton chantant. Laissez passer le fils du tout-puissant M. Sarkisian !

L'homme qui fredonnait ainsi traversa lestement la rue, ses pieds nus couverts de boue presque jusqu'aux genoux, un jeune enfant sur les épaules. La tête du petit était enveloppée dans un énorme foulard pour la protéger de la pluie ; on ne voyait pas son visage, mais ce n'était pas nécessaire. Même si le domestique n'avait pas annoncé le nom du père du bambin, nul n'ignorait que c'était le fils de Vahan Sarkisian, le vendeur de tapis qui, d'après ce qu'on affirmait, avait des amis même à la cour du sultan.

— Laissez passer le garçon le plus intelligent de Trébizonde ! cria de nouveau le domestique, comme si c'était le moyen le plus efficace pour s'ouvrir un passage dans le rideau de pluie et la boue, parmi les fiacres, les charrettes, les mules et les passants pressés qui encombraient la rue. Laissez passer le fils du tout-puissant M. Sarkisian !

À proximité de la rue, la mer Noire, habituellement aussi calme qu'un lac géant, était agitée tel un monstre tourmenté. Ignorant l'énorme masse d'eau sombre qui fouettait les rochers avec une fureur aveugle et menaçait d'envahir le rivage, le domestique qui portait l'enfant sur les épaules tourna à droite, finalement arrivé à destination. Il franchit un portail, entra en courant dans un petit bâtiment et ne s'arrêta que dans le hall sombre, au milieu d'une multitude d'enfants et de quelques adultes qui secouaient leurs vêtements.

Avec un souffle d'épuisement, il posa le petit corps au sol ; il lui ôta le foulard de la tête et inspecta ses cheveux.

— Et alors, mon garçon ? dit-il en remarquant une mèche humide. Quelques gouttes ont réussi à passer ?

Le petit hocha la tête.

— Je suis mouillé.

Le domestique lui passa ses doigts dans les cheveux, les coiffant vers l'arrière, dissimulant ainsi la touffe humide au milieu des cheveux secs.

— Voilà, voilà ! s'exclama-t-il, comme s'il avait miraculeusement résolu le problème. Maintenant vous pouvez aller en cours, mon garçon. Dépêchez-vous, sinon…

Une grosse main s'abattit brusquement sur l'épaule du petit, interrompant les dernières recommandations.

— À présent, il vient avec moi, ordonna la silhouette qui s'était approchée d'eux. Et toi aussi, *kahveci* !

Le *kahveci*, l'homme du café, surnom sous lequel le domestique était connu, leva les yeux, et dans un mélange de surprise et de terreur, reconnut le corps imposant et arrondi de son patron.

— Monsieur, s'exclama-t-il, baissant aussitôt la tête en geste de soumission. Je… Oui, Monsieur !

Vahan Sarkisian tourna le dos et entraîna son fils jusqu'à un mur où se trouvait un panneau couvert de feuilles de papier portant des listes de noms griffonnés à la main en caractères arméniens, avec des chiffres devant.

— Tu vois ce chiffre, là ? demanda Vahan en montrant la ligne avec son index dodu. C'est ta note. Tu as eu dix-huit.

Le petit surmonta la peur que lui inspirait son père et regarda le classement.

— C'est… c'est bien, n'est-ce pas ?

D'un geste inattendu, Vahan gifla son fils.

— Ce n'est pas la meilleure note ! cria-t-il, rouge de fureur. Regarde ici ! – Il força le garçon à tourner ses yeux humides vers le panneau des notes et désigna une autre ligne. – Tu vois ici le fils de Shakhian, Setrak ? Combien a-t-il eu ? Dix-neuf ! Dix-neuf, tu vois ? Et son père… son père n'est rien de plus qu'un minable marchand de fruits ! – Il regarda le petit avec l'expression sévère d'un juge sur le point de prononcer la sentence. – Si Setrak a réussi, pourquoi pas toi ? Tu veux m'humilier devant toute la ville ? Tu veux me couvrir de honte ?

Le visage brûlant sous l'effet de la gifle et le menton tremblant comme dans un accès de fièvre, le garçon baissa les yeux, prêt à éclater en sanglots, mais il lutta contre les larmes qui lui mouillaient les paupières et leva les yeux pour fixer obstinément son regard embué sur la ligne indiquée par son père. Setrak avait effectivement obtenu dix-neuf, ce qui faisait de lui le meilleur élève de l'école. C'était un adversaire difficile à vaincre. Mais, que diable, son dix-huit n'était pas si mal !

— Viens ici !

Vahan Sarkisian tira son fils par l'oreille, fit signe au domestique de le suivre et traversa la cour d'un pas déterminé. Il emprunta le couloir et, parvenu devant la porte du directeur de l'école, ne se donna pas la peine de frapper. Il l'ouvrit brusquement et entra dans le bureau sans cérémonie, comme s'il était le véritable propriétaire de l'institution.

— Monsieur Sarkisian ! s'exclama le directeur étonné, levant les yeux des papiers qu'il était en train de griffonner. Soyez… soyez le bienvenu !

Le directeur était un homme maigre et nerveux, aux pommettes saillantes, avec une expression sinistre dans le regard, que des lunettes posées sur le bout de son nez tentaient de raviver. Assis à son bureau, il s'occupait de la correspondance destinée au patriarcat à Constantinople. Surpris par l'intrusion inattendue, il suspendit son stylo en l'air.

— Vous avez vu sa note ? rugit l'intrus. Vous avez vu le classement de Kaloust ?

Le directeur se leva de sa chaise, partageant son attention entre son illustre visiteur et l'enfant que celui-ci tirait par l'oreille. Le petit semblait être puni, ce qui le laissa perplexe.

— Mais… mais il a eu une excellente note, Monsieur Sarkisian ! Excellente ! – L'ombre d'un doute soudain traversa son regard. – Il a eu dix-huit, n'est-ce pas ? Il n'a pas eu dix-huit ?

— Si, c'est bien la note qu'il a eue.

Le visage de l'homme s'illumina d'un éclair de soulagement.

— Ah, c'est bien ce qui me semblait, souffla-t-il. Eh bien, c'est excellent ! – Le regard furieux de son interlocuteur le déconcerta à nouveau ; manifestement, quelque chose lui échappait. – Il y a… il y a un problème ?

— Le problème, c'est Shakhian… ou plutôt, le fils de Shakhian, grogna Vahan. Ce gosse a eu dix-neuf ! Le mien dix-huit. Ça signifie qu'il a fait mieux que le mien !

Les lèvres du directeur s'incurvèrent en un sourire conciliant.

— Allons, Monsieur Sarkisian ! s'exclama-t-il en ouvrant les mains, tentant par ce geste d'apaiser son interlocuteur. Pour l'amour de Dieu ! Dix-huit, dix-neuf… quelle différence ? Ce sont d'excellentes notes. Excellentes ! Votre fils doit être félicité ! Il est l'un des deux meilleurs élèves de l'école ! Vous… vous devriez être fier de lui ! C'est le meilleur en français, ainsi qu'en arithmétique ! – Il fit une légère grimace. – Il a un peu de mal en arménien, à cause de la grammaire, c'est vrai, mais… enfin, ce n'est pas bien grave.

Vahan Sarkisian se tourna vers le domestique derrière lui et fit un geste en direction du directeur.

— Vas-y !

Le *kahveci* n'hésita pas. Sortant de l'ombre de son patron, il se jeta sur le directeur avec la vigueur d'un cheval de course, le frappa au ventre et le jeta à terre.

— Monsieur Sarkisian ! supplia le directeur avec un grognement tandis qu'il se recroquevillait pour tenter de se protéger. S'il vous plaît, Monsieur Sarkisian !

Le domestique s'assit sur lui et lui asséna une claque si violente que la tête du directeur cogna sur le sol.

— Ça suffit !

Sur l'ordre de son maître, le *kahveci* se leva et recula vers la porte, laissant le directeur de l'école étendu sur la pierre froide, les cheveux ébouriffés et le visage rouge comme un piment du bazar, les lunettes envoyées dans un coin du bureau, le col défait.

— Monsieur Sarkisian, dit l'homme visiblement bouleversé, tâtonnant par terre dans un vain effort pour retrouver ses lunettes. Qu'ai-je fait ?

Vahan Sarkisian fit deux pas en avant, et s'immobilisa devant le directeur, qui n'osait pas se lever sans y avoir été autorisé.

— Sachez qu'à la fin de l'année scolaire, le meilleur élève de cette école sera mon fils ! s'écria-t-il sur un ton menaçant. Et je ne veux pas de notes de complaisance, vous m'entendez ? Il aura les meilleures notes parce qu'il sera le meilleur. Le meilleur ! Si vous pensez qu'il a besoin de faire des progrès, vous ferez le nécessaire pour qu'il atteigne cet objectif. Je me suis bien fait comprendre ?

Le directeur opina, sans oser lever les yeux.

— Oui, Monsieur.

Vahan maintint le regard rivé sur lui.

— À la fin de l'année, je veux que vous me remettiez les tests de mon fils et du gamin de Shakhian, dit-il. Je vérifierai personnellement que les réponses du mien sont les meilleures. – Il leva le doigt en signe d'avertissement. – Et n'essayez pas de tricher !

La mise en garde formulée, il fit demi-tour et, tirant à nouveau son fils par l'oreille, il sortit du bureau.

La renommée de Vahan Sarkisian était grande dans le *millet* arménien de Trébizonde, où la communauté chrétienne dominait, et sa maison avait la réputation, méritée, d'être la résidence la plus riche et la mieux décorée de toute la ville.

Les murs du manoir étaient couverts de magnifiques tapisseries de Boukhara, les plus fines et les plus raffinées de tout l'Orient, et les chambres arboraient des tapis colorés persans de Chiraz et d'Ispahan. Détail de grande importance, ils étaient tous en laine ; dans cette maison les tapis en coton, en peau de mouton ou de chameau, considérés de moindre qualité, étaient bannis. La seule exception concernait un magnifique tapis caucasien en peau d'agneau, doux au toucher, sur lequel le jeune Kaloust aimait s'asseoir pour étudier.

Le raffinement des tapis dans cette maison n'étonnait personne, Vahan ayant démarré dans la vie précisément avec une petite boutique de tapis dans le bazar de Trébizonde. L'entreprise prospéra au point qu'il put épouser sa cousine Veron, la fille préférée de l'oncle Grigoris. Or, Grigoris entretenait une étroite correspondance avec les grandes banques étrangères de Constantinople, telles la Banque ottomane, créée par les Britanniques, et la Banque impériale ottomane, qui était entre les mains des Français, contacts que Vahan sut utiliser pour étendre ses activités jusqu'à la lointaine capitale.

Ce n'étaient pas les tapis qui manquaient à Constantinople, bien sûr, mais Vahan s'était rendu compte qu'il pouvait exploiter une intéressante niche commerciale. Pour son affaire à Trébizonde, il avait établi des contacts avec des fournisseurs au Turkestan. Les tapis de cette région, en pure laine, étaient très populaires dans la capitale et en Europe, mais seulement dans leur variante *mervi*. Or, Vahan recevait des livraisons de modèles *jumud* et *tekké*, rarement exportés et pratiquement inconnus. Ses pièces étaient de véritables œuvres d'art, toutes très originales et raffinées. Le marchand n'ignorait pas que, s'agissant de nouveautés, elles constituaient un atout important pour son entreprise déjà florissante ; il fallait juste qu'il fasse preuve de sagesse.

Ce qu'il fit. Sur les conseils de sa femme, qui ne plaisantait pas avec les affaires, il rassembla son courage et ses économies, et investit dans une boutique du bazar de Constantinople. Dès que l'établissement fut ouvert, il contacta les directeurs anglais et français des banques avec lesquelles son oncle, à présent devenu son beau-père, faisait des affaires. Il réserva la salle de l'un des restaurants arméniens les plus chics dans le quartier de Pera et leur offrit un déjeuner digne d'un sultan. Informé à l'avance de leurs goûts en tant que collectionneurs, il couronna le festin en leur offrant les meilleurs tapis *jumud* et *tekké* qu'il avait acquis au Turkestan. Les étrangers furent enchantés et ne cachèrent pas leur émerveillement devant leurs clients ou les amis qu'ils rencontraient dans les cocktails des légations, et auxquels ils présentaient les nouveautés provenant du Turkestan.

Dans les semaines qui suivirent, la boutique de Vahan dans le bazar de Constantinople enregistra une fréquentation inhabituelle de la part des diplomates et commerçants occidentaux installés dans la ville, tous alertés par leurs amis banquiers et souhaitant acquérir un exemplaire d'une marchandise aussi originale. Il va de soi que cet engouement finit par attirer l'attention du reste de la clientèle et, en quelques mois, les Turcs commencèrent aussi à se précipiter au magasin, intrigués par les tapis qui éveillaient tant de curiosité chez les giaours, les infidèles.

Quand Kaloust naquit, en 1869, l'oncle-beau-père embrassa Vahan et célébra l'événement avec une bouteille d'excellent cognac arménien.

— Félicitations ! s'exclama Grigoris, empestant l'alcool. Tu as fait fortune et tu es devenu l'un des hommes les plus riches de Trébizonde ! Ton fils, qui est aussi mon petit-fils, apportera beaucoup de gloire à notre famille.

II

Le livre, dont la couverture portait le titre *Hayastan*, c'est-à-dire Arménie, ainsi que le sceau du patriarcat, était récemment devenu une lecture obligatoire à l'école arménienne de Trébizonde. Il était ouvert à la page qui relatait la façon dont le roi Tiridate III avait adopté le christianisme comme religion officielle du pays en l'année sainte 301, faisant ainsi de l'Arménie la première nation chrétienne de la planète, avant même l'Éthiopie et l'Empire romain. L'information confirmait ce que le petit Kaloust avait parfois entendu au cours de conversations entre adultes et à la messe, mais il ne put approfondir le sujet à ce moment-là car le rugissement terrifiant d'une voix familière interrompit sa lecture.

— Veron !

C'était son père qui venait d'entrer dans le salon. Obéissant à un ordre intériorisé depuis fort longtemps, Kaloust se leva d'un bond, joignit les talons et s'inclina en direction du chef de famille, comme il le faisait chaque fois que celui-ci apparaissait.

Il ne l'avait pas vu à la maison depuis un certain temps. Les voyages à Constantinople étaient devenus fréquents dans la vie de Vahan Sarkisian, et Kaloust s'était habitué à ce qu'il se rende souvent à la capitale avec les chargements des caravanes qui leur arrivaient du Turkestan et de Perse. Apparemment, les tapis avaient beaucoup de succès à Constantinople et, grâce aux magnifiques pièces finement travaillées qu'il n'hésitait pas à offrir, son père avait noué d'excellents contacts au palais, au point que le sultan en personne, sur proposition de l'un de ses conseillers, l'avait nommé *vali* de Trébizonde et collecteur d'impôts dans les *vilayets* de Mésopotamie. Plus qu'honorifiques, ces postes se révélèrent extrêmement lucratifs et contribuèrent à accroître la richesse de la famille grâce aux bakchichs que Vahan recevait en échange des faveurs plus ou moins légales qu'il accordait dans le cadre de ses activités publiques.

Cette fois, il revenait d'un voyage à la capitale et était accompagné de Grigoris, le grand-père de Kaloust. Tous deux coiffés d'un fez rouge et fumant des cigarettes aromatisées, ils traversèrent le salon et s'installèrent dans les chaises qui, l'année précédente, étaient venues spécialement de Venise pour meubler la maison.

En entendant la voix masculine tonnant dans la maison, la mère accourut au salon.

— Que se passe-t-il ?

— Il se passe que ton mari est arrivé, hurla Vahan en éclatant de rire. Et il est venu avec ton père !

Voyant son propre père dans le salon, Veron s'arrêta et s'inclina elle aussi.

— Monsieur.

Mais les deux hommes n'étaient pas d'humeur à faire des formalités. Ils étaient dans un état de grande excitation et la famille comprit rapidement pourquoi. Ils apportaient une nouveauté, un objet étrange dont la partie basse était en métal et le sommet en verre, en forme d'entonnoir.

— Regarde ça ! s'exclama Vahan en montrant l'objet. As-tu une idée de ce que c'est ?

Sa femme fixa l'objet, intriguée.

— Un vase ?

Les deux hommes rirent avec plaisir et le maître de maison tourna l'objet vers son fils.

— Et toi, Kaloust ? Sais-tu ce que c'est ?

Le petit garçon était resté debout, telle une sentinelle, et il savait qu'il ne pourrait parler que lorsque son père y consentirait. Ce qui était à présent le cas. Il regarda attentivement la nouveauté, s'efforçant d'en découvrir la fonction. Il voulait briller devant son père, lui montrer que ses connaissances allaient bien au-delà de ce qu'on lui enseignait à l'école, cependant il n'avait pas de réponse à la question. Ce devait être un gadget quelconque, mais il n'avait jamais rien vu de tel durant sa courte vie et il eut donc du mal à l'identifier.

— On dirait un… un alambic.

Nouvel éclat de rire des deux hommes, visiblement amusés de l'effet produit par l'objet qu'ils avaient rapporté à la maison.

— C'est une bougie ! annonça Vahan avec fierté. Ça sert à éclairer.

Sa femme et son fils regardèrent l'objet avec stupéfaction, se demandant si le maître de maison leur jouait un tour ou s'il parlait sérieusement.

— Une bougie ? s'étonna Veron avec méfiance. Mais où est la cire ?

— Il n'y a pas de cire, répondit son mari. C'est une bougie moderne. Ça s'appelle une lampe et ça fonctionne avec de l'huile minérale.

— Une lampe ? De l'huile minérale ? balbutia sa femme en répétant ces mots nouveaux. Qu'est-ce que c'est ?

Vahan dévissa l'objet, séparant le verre de la partie en métal.

— Je vais vous montrer, dit-il, en exposant l'intérieur de la base métallique. Vous voyez ce liquide, là ?

Sa femme et son fils se penchèrent pour regarder. C'était une solution jaunâtre qui dégageait une odeur forte et nauséabonde, écœurante même.

— C'est ça l'huile minérale ?

— Ça s'appelle du kérosène, expliqua son mari. Regardez ce fil de coton, vous le voyez ? Il descend jusqu'au réservoir, afin de s'imprégner de kérosène. L'autre extrémité reste là, en haut. Voulez-vous voir ce qui va se passer maintenant ?

Le mari prit sa cigarette et posa la pointe incandescente sur le fil blanc. Une flamme bleutée se forma au bout du fil et commença à briller avec une ardeur insolite, dansant en silence comme un phare lointain, ce qui provoqua des expressions d'étonnement et d'émerveillement dans la pièce.

— Oh !

Vahan saisit la structure en verre et la vissa sur la base métallique, reconstituant l'objet original.

— Cette partie en verre sert à protéger la flamme, expliqua-t-il lorsqu'il eut fini. – Il souleva la lampe comme si c'était un trophée. – Avec cette invention, plus besoin de bougies dans cette maison, vous avez entendu ?

— Grands dieux, mon mari ! Et la fumée ?

— La fumée ? Quelle fumée ? Cette lampe ne libère ni fumée ni odeur, femme. En outre, sa lumière est plus forte que celle des bougies. Regardez-moi ça ! – Il approcha la lampe d'un coin sombre de la pièce pour faire la démonstration. – Vous voyez ? Quelle merveilleuse lumière, hein ? C'est le progrès qui arrive chez nous, sachez-le ! Le progrès !

La nouveauté émerveilla tout le monde, y compris les domestiques qui avaient accouru pour assister à l'avènement du progrès annoncé par la flamme bleue qui irradiait de l'entonnoir transparent, comme si cette lumière tremblante présageait un avenir radieux.

— Ton mari ne t'a pas encore tout dit, déclara Grigoris, rompant le silence. Il manque la grande nouvelle.

— Il y a encore autre chose ? s'étonna Veron, détachant enfin ses yeux de la lumière ondulante. Vous avez apporté d'autres inventions de Constantinople ?

Le maître de maison fit un signe aux domestiques pour qu'ils se retirent.

— La grande nouvelle, indiqua-t-il lorsqu'ils furent seuls, c'est une affaire que Salim Bey m'a proposée.

— Qui ? Le consultant du sultan ?

— Celui-là même, confirma Vahan. Comme tu le sais, je déjeune toujours avec lui quand je suis à Constantinople. C'est un bon ami, Salim Bey.

— Il peut l'être ! lâcha Veron avec une pointe d'ironie. Vu tous les tapis que tu lui as déjà offerts ! Sans parler des bakchichs ! Il doit s'être bien enrichi grâce à nous !

— Et nous grâce à lui ! corrigea son mari, en durcissant l'expression de son visage et en mettant dans ses mots une certaine âpreté. N'oublie pas, femme, que c'est lui qui a présenté nos tapis au palais, ce qui a permis de multiplier la clientèle. Maintenant, tout le monde veut nos produits. Nous sommes devenus les fournisseurs du palais et c'est la meilleure publicité qui puisse exister dans tout l'Empire. Ne crachons pas dans la main qui nous nourrit.

— C'est vrai, admit la maîtresse de maison, qui ne pouvait effectivement pas se plaindre des avantages découlant de cette amitié mutuellement intéressée. À présent, même le sultan foule nos tapis.

— Et c'est sur les conseils de Salim Bey que le sultan m'a nommé *vali* de Trébizonde et confié la collecte des impôts en Mésopotamie, il convient de ne pas l'oublier.

— En échange d'énormes bakchichs…

— Ça n'a pas d'importance ! – Il fit un geste autour de lui, pour désigner la maison. – Si nous possédons tout ça, c'est aussi à Salim Bey que nous le devons, souviens-t'en ! Les bakchichs sont une juste rétribution pour toutes les faveurs qu'il nous a faites !

Veron baissa la tête.

— Tu as raison.

Une fois sa femme chapitrée et son autorité réaffirmée, Vahan prit une profonde inspiration et retrouva son attitude seigneuriale. En général, ces questions n'étaient pas discutées avec les femmes, mais il s'était habitué à se fier au jugement de Veron en la matière. Son épouse semblait avoir un flair particulier pour les affaires et il aurait été stupide de ne pas lui demander son avis.

— Eh bien, ce brave Salim Bey est venu m'offrir l'affaire du kérosène, annonça-t-il. Avec l'exclusivité pour le palais du sultan.

Veron leva un sourcil, soudainement méfiante ; elle savait aussi bien que son mari que personne au palais, à commencer par son ami Salim Bey, n'offrait rien de façon désintéressée.

— Combien veut-il ?

— 5 000 livres d'or d'avance et 15 % des profits.

Le silence s'abattit sur le salon.

Assis sur son tapis en peau d'agneau, Kaloust s'efforçait de demeurer invisible pendant qu'il suivait la conversation ; entendre parler d'affaires le fascinait, mais il faisait tout son possible pour ne pas se faire remarquer, et éviter ainsi d'être renvoyé comme les domestiques l'avaient été.

— 5 000 livres d'or, c'est beaucoup d'argent, fit-elle observer calmement. Où allons-nous les trouver ?

— Nous vendrons nos propriétés à Kadi-Keuï, suggéra Vahan. Nous avons 1000 livres d'or, n'est-ce pas ? Ces propriétés devraient en rapporter 2000. Quant aux 2000 restantes, nous les emprunterons auprès des banques à Constantinople. – Il haussa les épaules dans un geste d'impuissance. – Certes, il ne nous restera plus grand-chose, mais ça en vaut la peine.

Veron tourna son regard vers la flamme qui brûlait encore au bout du fil de coton.

— Je ne sais pas, hésita-t-elle. C'est beaucoup d'argent…

— Mais tu ne crois pas que c'est une bonne affaire ?

La femme plissa les paupières pendant qu'elle soupesait la question. Cette décision était importante, et avant de se prononcer elle devait en savoir plus.

— En quoi consiste cette affaire exactement ? voulut-elle comprendre, en faisant un geste vers la lampe. Nous aurons l'exclusivité de l'importation de ces *choses* ? C'est ça ?

Son mari laissa échapper un rire nerveux.

— Pas des lampes, corrigea-t-il. Du kérosène. Salim Bey nous offre l'exclusivité de la vente du kérosène au sultan. D'ailleurs, les 5 000 livres d'or sont destinées aux finances personnelles du sultan. Salim Bey se contente des 15 % de l'entreprise.

Veron gardait son expression interrogative ; elle ne disposait pas encore d'informations suffisantes pour prendre une décision assurée.

— Mais en fin de compte, qu'est-ce que c'est que ce kérosène ? demanda-t-elle. Où va-t-on le chercher ? D'où est-ce que ça vient ?

— Le kérosène est un dérivé d'une huile qui naît dans les pierres. D'où son nom, huile des pierres. La pierre en grec se dit *petra*. Huile de *petra*. Maintenant, il existe même un nom plus moderne, le pétrole. Il semblerait que de grandes quantités de cette huile ont été découvertes en Amérique.

— Et tu vas acheter l'huile en Amérique ?

— Bien sûr ! Si on conclut l'affaire, je deviendrai le représentant du plus grand des exportateurs américains, la Stand Oil, qui…

— Standard Oil, corrigea son beau-père.

— Oui, c'est ça. – Le doigt posé sous la paupière droite, il ajouta. – Et j'ai aussi un œil sur la Russie. On a découvert de l'huile des pierres tout près d'ici, à Bakou. – Il désigna la flamme qui scintillait. – C'est l'avenir, ma femme ! Lorsque les lampes seront en vente, les gens vont cesser d'utiliser des bougies en cire. Tout le monde voudra ces lampes à huile. Quand ça arrivera… nous serons riches ! – Il hésita, essayant de lire la pensée de Veron dans son regard. – Tu as des doutes ?

Sa femme ne quittait pas la lampe des yeux. En effet, comment résister à l'attrait d'une flamme sans odeur ni fumée ? 5 000 livres d'or représentaient une vraie fortune ; une telle somme était vraiment à la limite de leurs capacités financières, voire au-delà. Les risques lui semblaient énormes. Il ne leur resterait plus un sou et ils seraient tellement endettés qu'ils pourraient risquer la banqueroute, contre laquelle sa prudence féminine la mettait en garde. Mais, même un idiot saisirait les potentialités commerciales qu'offrait cette merveilleuse flamme bleutée.

— Pourquoi nous ? Pourquoi nous offre-t-il l'affaire ?

— Parce que Salim Bey me fait confiance.

Veron inclina la tête avec une expression de scepticisme toute personnelle, comme si elle lui demandait de lui épargner ces sornettes.

— Allez, sérieusement maintenant.

— Parce que nous sommes au bon endroit, corrigea Vahan. D'ailleurs, il suffit de regarder la carte. Nous avons des affaires à Constantinople, où les Américains peuvent décharger leur produit. Et nous sommes à Trébizonde, qui est à un jet de pierre de Batoumi et à mi-chemin de l'huile des pierres de Bakou. En outre, nous allons leur faire gagner beaucoup d'argent. Depuis la crise financière, les comptes de l'Empire sont dans le rouge et le sultan a besoin d'argent d'urgence.

— Allons donc, de l'argent il en a déjà, fit observer sa femme sur un ton sarcastique. Et beaucoup !

— Tu te trompes. La dette de l'Empire vis-à-vis de l'étranger est supérieure à 200 millions de livres, semblerait-il. Et le pire, c'est que 120 millions seulement sont arrivés. – Il baissa la voix. – Apparemment, 80 millions ont été détournés sur des comptes personnels.

— Bakchich, traduisit Grigoris inutilement, en se frottant le pouce et l'index. Les commissions sont un mode de vie à Constantinople, comme vous le savez.

— C'est vrai, acquiesça Vahan. C'est une honte. L'argent qui restait des bakchichs a été dilapidé pour payer cette stupide guerre de Crimée, ainsi que l'opération en Crète. On est sur la paille.

— Comment le sais-tu ? s'étonna Veron. Qui te raconte ces choses-là ?

Son mari haussa les épaules.

— C'est ce qui se dit ouvertement à Constantinople. Des 200 millions que nous avons empruntés, tu sais combien ont vraiment servi aux affaires ? 10 misérables millions, tu te rends compte ! Après, bien sûr, il y a eu le krach et… patatras ! L'État s'est retrouvé à découvert ! – Il baissa la voix. – Un de mes amis à la Banque impériale ottomane m'a dit que lorsque les banques internationales ont créé la commission de liquidation, elles ont demandé à voir nos comptes et elles ont été horrifiées. Il semblerait que l'Empire n'a pas de système de comptabilité ! – Il secoua la tête. – Personne ne sait exactement ce qui est dépensé ni pour quoi, c'est une gabegie absolue. Les Européens ont compris que nous demandions des emprunts pour rembourser d'autres prêts. Une honte ! Tu sais ce que faisait le grand vizir lorsqu'il devait effectuer un paiement et constatait que les coffres étaient vides ? Il sollicitait un nouvel emprunt ! – Il ébaucha avec les mains un geste de frustration. – Ah, il n'y a rien à faire ! Certains s'en mettent plein les poches !

Grigoris soupira en secouant la tête.

— Il n'y a aucun doute, l'Empire est mis à sac !

— De sorte que le sultan court après l'argent, et il a mis en vente des concessions à vil prix, conclut Vahan. Bref, tout ça pour dire qu'il nous accorde l'exclusivité de la fourniture du kérosène à l'État ottoman contre 5 000 livres d'or.

— C'est une fortune, je sais bien, dit encore Grigoris. Mais compte tenu de ce qui est en jeu, ça peut aussi être une très bonne affaire. Nous devons reconnaître que nous sommes devant une occasion en or. Si tant de personnes profitent de cette gabegie, pourquoi n'aurions-nous pas notre juste part ?

Veron se frotta le menton, comme pour lever ses derniers doutes, mais en réalité elle n'en avait plus beaucoup. Elle savait, d'instinct et d'expérience, que les meilleurs investissements se faisaient lorsque le vendeur était pris à la gorge par les créanciers et qu'il devait vendre dans l'urgence. Or, apparemment, et aussi incroyable que cela pût paraître, c'était le cas du sultan à ce moment-là.

— Tu as raison, finit-elle par concéder, convaincue par les arguments présentés. On dirait que c'est vraiment une bonne affaire !

III

Pendant les mois d'hiver, les rues de Trébizonde étaient constamment boueuses, mais cela n'empêchait pas Vahan Sarkisian d'effectuer sa sortie dominicale dans la rue principale de la ville, paré de ses plus beaux vêtements. Ce matin-là, après être allé à la messe dans la vieille église Sainte-Anne, il exhibait dans le centre de la ville son opulence et son importance sociale. Après tout, ce n'était pas le premier venu qui avait accès à la cour du sultan.

Le *vali* se promenait en frac, les mains gantées, le col amidonné, une canne dans une main et un cigare allumé dans l'autre, son fez grenat fièrement enfoncé sur la tête et le visage cramoisi par le prestige que lui donnait la richesse. Il tenait sa femme par le bras et Kaloust suivait derrière, sa main dans celle du *kahveci*. Tous étaient vêtus de costumes venus de Paris ; sa femme, la taille amincie par un corset comme le prescrivaient les stricts canons de la mode européenne, portait une grande jupe à crinoline.

— Quel air vivifiant ! s'exclama le patriarche, inspirant avec force l'air salé et épicé de la mer Noire. Ah, cette odeur d'embruns ! C'est merveilleux !

La famille respirait l'opulence et, sous prétexte de « prendre l'air » en ville, elle venait en fait parader devant ses compatriotes. La messe en fournissait la première occasion, bien sûr, mais dans l'église les Sarkisian étaient assis devant et la populace ne les voyait que de dos. Cette promenade, que Vahan qualifiait de « constitutionnelle », était pour eux l'occasion parfaite de s'afficher.

Bien que le chef de famille fût déjà l'une des principales figures du *millet* arménien de Trébizonde, l'affaire du kérosène lui avait fait franchir un niveau supérieur. Les lampes à pétrole se vendaient on ne peut mieux dans tout l'Empire ottoman et le kérosène de Bakou était plus recherché que celui de la Standard Oil, du fait de la proximité des producteurs russes et, par conséquent, de son prix plus abordable. Être l'importateur des deux se révéla extrêmement avantageux. De plus, l'exclusivité de la vente au sultan était non seulement lucrative, mais conférait aussi un prestige accru. Malgré le décès récent de l'ancien sultan et son remplacement par Abdülhamid II, l'ami Salim Bey, toujours aussi adroit dans les méandres de la cour, avait su préserver son influence et s'était empressé de préciser que rien n'avait changé s'agissant de l'exclusivité de la distribution du kérosène dans la Sublime Porte.

— Monsieur Sarkisian, murmura le notaire de la ville, soulevant son fez et s'inclinant au passage de la famille distinguée. C'est un grand honneur de vous voir ainsi en bonne santé, en compagnie de votre épouse et de votre garçon.

Les gens s'inclinaient devant les Sarkisian, et même les carrosses et les fiacres ralentissaient, afin de ne pas projeter de boue sur ces éminentes personnalités. Vahan se sentait le maître tout-puissant de Trébizonde, mais sa femme, non dénuée de réalisme, avait conscience que tout cela n'était qu'illusion.

Voilà pourquoi ce jour-là, quand elle aperçut trois soldats turcs qui chevauchaient dans la rue, Veron saisit son mari par le bras et l'attira sur le trottoir.

— Fais attention, l'avertit-elle. Des cavaliers arrivent.

Le *vali* de la ville secoua le bras, pour se libérer.

— Allons, femme, qu'est-ce là ? protesta-t-il. Ce sont eux qui doivent faire attention, ce sont eux qui doivent…

Deux petites giclées de boue volèrent alors dans les airs et atteignirent Vahan à la poitrine et au visage, lui clouant le bec ; c'étaient les cavaliers turcs qui passaient.

— Fais attention ! dit sa femme.

Irrité par ce qui venait de lui arriver, son mari leva sa canne et appuya la pointe sur l'un des chevaux.

— Qu'est-ce que c'est que ça ! s'écria-t-il en direction des soldats. Soyez prudents, vous entendez ? Et du respect !

Le cavalier qui était devant tira sur les rênes et arrêta l'animal. Il fit demi-tour et s'approcha lentement de Vahan, observant l'Arménien du haut de sa monture. D'un geste leste et inattendu, il agita la cravache qu'il tenait à la main et frappa l'homme en plein visage, faisant voler le fez grenat.

— Du respect, c'est toi qui dois en avoir, giaour ! hurla-t-il avec une rage mal contenue. Tu te prends pour qui ? Le sultan ? Vous autres, les chrétiens, vous vous croyez tout permis. Vous voulez l'indépendance, hein ? Vous voulez des droits ? Mais avec le nouveau sultan, nous allons vous faire rentrer dans le rang. Tu entends, chien ?

Stupéfait par le ton ferme et agressif du cavalier, Vahan regarda autour de lui comme s'il cherchait de l'aide. Il se rendit vite compte que personne ne lui en apporterait et, prenant enfin conscience de sa totale impuissance, il inclina la tête en signe de soumission.

— Oui, effendi.

Le soldat montra une flaque dans le sol boueux.

— On va commencer, et tout de suite, rugit le Turc. Quand passe un maître, le domestique s'agenouille. Allez ! À genoux !

Devant l'hésitation de l'Arménien, le cavalier leva le bras et la cravache s'abattit une fois de plus sur la tête de la victime. Incapable de résister, Vahan céda et le puissant *vali* de Trébizonde, chef du *millet* arménien local et homme d'affaires prospère aux multiples contacts auprès de la Sublime Porte tomba à genoux.

Le groupe rentra à la maison avec un sentiment d'incompréhension et d'humiliation, dans un état d'abattement total. Lorsqu'ils comprirent la situation, les domestiques accoururent pour accueillir leur maître et sa famille ; ils mirent aussitôt l'eau sur le feu afin de préparer un bain, et des vêtements propres leur furent présentés. Instinctivement, tous avaient compris ce qui s'était passé, mais personne n'osa poser de questions.

— Par ici, Monsieur, dit la servante grecque, en l'accompagnant dans l'escalier. J'ai déjà mis les sels dans le bain et l'eau est chaude.

La consternation était générale et l'humiliation subie par le *vali* faisait couler les larmes, mais s'il y avait quelqu'un que cette scène avait absolument horrifié, c'était bien son fils. Kaloust avait vu son père cravaché et humilié par les soldats, et il avait constaté que sa mère, le *kahveci* et le reste de la foule étaient restés impuissants face à ce qui s'était passé, et qu'ils ne l'avaient secouru qu'après que les soldats furent partis en riant, comme s'ils avaient joué avec des animaux.

Le garçon avait toujours considéré son père comme un géant, un roc de stabilité, autour duquel le monde entier tournait, un personnage que toute la ville respectait. L'incident survenu ce matin-là eut donc l'effet d'un séisme qui ébranla sa vision de l'ordre du monde. Comment de simples soldats, répugnants et arrogants, avaient-ils le pouvoir d'obliger son père à s'agenouiller ? Qui étaient ces gens ? Et pour quelle raison n'avaient-ils pas été immédiatement arrêtés ? Pourquoi personne n'avait rien fait ? Pourquoi avait-on ainsi laissé cravacher son père ?

Toutes ces questions rendaient Kaloust perplexe. Il s'assit dans son coin préféré du salon, sur le tapis d'agneau, ouvrit ses livres d'école et plongea dans les pages remplies de caractères arméniens, mais son esprit était encore accaparé par ce qui s'était produit dans la rue. Il avait beau essayer, il lui était impossible de penser à autre chose.

— Le déjeuner ? Quand sera-t-il servi ?

Ce fut son père qui posa la question en entrant dans le salon, lavé et changé. Le garçon se leva et serra les talons, comme c'était la règle à la maison, sans oser dévisager le chef de famille.

— Dans une demi-heure, répondit la mère, sortant aussitôt de la cuisine. Le cuisinier finit de préparer des *khorovats* qui sont un délice !

La mère vaqua à ses occupations et le maître de maison s'assit sur des coussins. Après s'être installé confortablement, il parcourut la pièce des yeux jusqu'à ce qu'il les pose sur son fils. Le garçon restait debout, comme le commandait la décence, et son père l'autorisa, d'un signe de tête, à s'asseoir. C'est à ce moment-là qu'il aperçut la tristesse sur le visage de son fils.

— Qu'est-ce qu'il y a Kaloust ? Que se passe-t-il ?

Le garçon secoua la tête, mais il continuait de regarder le sol avec ses yeux tristes.

— Rien, Monsieur.

Il n'était pas difficile de comprendre la cause de son abattement. Le chef de famille avait été humilié en public et il n'avait absolument aucune envie de parler de ce qui s'était passé ce matin-là. Il était préférable de faire comme si de rien n'était. Il comprenait cependant que l'événement était incompréhensible pour un garçon de neuf ans qui avait toujours vécu dans une famille privilégiée. Kaloust avait été habitué à voir son père commander et qu'on lui obéisse, il était donc naturel que la scène à laquelle il avait assisté le rendît perplexe. Devait-il garder le silence et prolonger son embarras ? La tentation était grande, mais il lui parut préférable que son fils sache dans quel monde il vivait.

— La vie n'est pas facile, Kaloust, dit son père avec un soupir de résignation. Notre peuple est ancien et composé de personnes pleines de ressources et d'ingéniosité, mais nous vivons sous la botte des Turcs et nous sommes soumis à leur volonté.

Le garçon osa lever les yeux.

— Je pensais que nous étions tous ottomans…

La remarque suscita un sourire chez Vahan.

— Ça, c'est ce qu'ils prétendent pour tromper les Européens, répondit le chef de famille. Mais nous qui vivons avec eux, ils ne nous trompent pas. – Il prit un air méditatif, voire nostalgique. – Quand j'étais jeune, les Turcs avaient le droit de tuer les Arméniens juste pour voir si leur épée était affilée. Mon propre père, que Dieu le garde, a assisté à une telle scène. Et je me souviens que nous devions toujours avoir un mouchoir sur nous quand nous marchions dans la rue, c'était obligatoire pour tous les chrétiens. Une fois, je devais avoir une quinzaine d'années, un Turc m'a obligé à m'arrêter et à lui nettoyer les bottes. C'était pour ça que nous devions avoir un mouchoir. Pour nettoyer les bottes des Turcs.

— Et vous… vous les avez nettoyées ?

Vahan ajusta un coussin afin de corriger sa position.

— Baise la main que tu ne peux couper, rétorqua-t-il. C'est un proverbe arabe que les Arméniens souhaitant survivre et prospérer dans ce pays ne doivent pas oublier. Lui ai-je nettoyé les bottes ? Bien sûr. Si je ne l'avais pas fait, il m'aurait tué.

— Mais… pourquoi ?

— Parce que nous sommes Arméniens et eux Turcs, mon fils. – Il fit un geste en direction de la fenêtre. – Tu sais, le monde extérieur est cruel. Ce régime qui nous gouverne, l'État ottoman, opprime tous ceux qui vivent sur son territoire. Tous. Mais personne n'est plus opprimé et humilié que les chrétiens. Nous, les Grecs, les Serbes, les Bulgares, les Monténégrins… Nous sommes la lie de la lie, traités comme des étrangers dans notre propre pays. Tout ça parce que nous avons commis le crime d'être nés chrétiens et de le demeurer. – Il leva les yeux, comme s'il s'adressait à quelqu'un d'autre. – Ah, comment Dieu peut-il tolérer une telle injustice ?

— Mais comment se fait-il que les Turcs nous gouvernent ? s'étonna son fils. Nous sommes plus nombreux qu'eux !

Le chef de famille dévisagea Kaloust. Le garçon irait loin, pensa-t-il. Il n'avait que neuf ans et posait des questions très avancées pour son âge. Ça ne faisait aucun doute, il irait loin.

— Nous sommes la majorité ici, à Trébizonde, corrigea-t-il. Ici et dans une grande partie de l'Anatolie et de la Cilicie. Mais ils sont majoritaires dans le reste de la partie asiatique de l'Empire. En outre, ce sont les Turcs qui tiennent l'armée et qui commandent à Constantinople. Nous, les chrétiens, nous n'avons pas d'armes et nous ne pouvons donc pas nous défendre.

— Pourquoi n'en achetons-nous pas ?

Le gamin est intelligent, confirma-t-il avec plaisir. Il est très vif et pose des questions pertinentes.

— Nous n'y sommes pas autorisés, expliqua-t-il. Dans ce pays, c'est la loi islamique, appelée charia, qui est en vigueur. En vertu de la charia, prêchée par Mahomet, les musulmans ont des droits et des devoirs de plein droit, tandis que les chrétiens et autres non-musulmans ne sont que des citoyens de second ordre, les *dhimmis*. Tu n'as jamais entendu parler des *dhimmis* ?

— Si, Monsieur.

— Les *dhimmis* c'est nous. Des citoyens de second ordre. Nous sommes tolérés dès lors que nous payons une taxe et acceptons la supériorité musulmane, qui se traduit par des humiliations comme celle à laquelle tu as assisté ce matin. Ils nous autorisent à nous organiser en communautés, les *millets*, mais ils nous traitent comme des chiens. Les musulmans peuvent nous importuner avec leurs activités religieuses, mais nous ne pouvons pas les importuner. Il est interdit de construire des églises et des synagogues, et même pour réparer celles que nous avons et qui sont déjà très vieilles, nous avons besoin d'une autorisation qui implique d'énormes bakchichs. Nous ne pouvons pas sonner les cloches, mais ça, ce n'est rien. Le pire, c'est que nous ne pouvons pas monter à cheval, nous ne pouvons pas être armés et, dans la rue, nous sommes forcés de nous écarter chaque fois qu'un musulman passe. Nous ne pouvons pas épouser des musulmanes, nos maisons doivent être plus basses que les leurs et, comme si tout cela ne suffisait pas, les tribunaux n'acceptent pas notre témoignage contre des musulmans.

— Est-ce la raison pour laquelle oncle Kvork a été arrêté ?

Kvork était l'un des frères de sa mère.

— Absolument. Un Turc lui avait volé un troupeau de chèvres et il est allé les récupérer. Comme le Turc ne voulait pas les rendre, ton oncle l'a frappé et les gendarmes l'ont arrêté. Lors du procès, les déclarations des personnes ayant assisté au vol n'ont pas été acceptées parce qu'elles étaient toutes faites par des chrétiens. Ton oncle Kvork a fini par être condamné à la prison pour agression, tandis que le Turc n'a pas été reconnu coupable de vol, et par-dessus le marché il a gardé le troupeau. – Il soupira. – C'est ça la vie d'un Arménien dans ce pays.

Le garçon garda le silence pendant un moment, réfléchissant à ce qu'il venait d'entendre et songeant à certains petits événements dont il avait été témoin durant sa vie. Grâce à l'explication de son père, l'incident de ce matin devenait plus clair. À l'instar des autres chrétiens de l'Empire, les Arméniens n'étaient que des citoyens de second ordre. Ils pouvaient avoir beaucoup d'argent et travailler dur, leurs droits n'étaient pas identiques à ceux des Turcs.

— Devons-nous accepter cela ?

Le père haussa les épaules.

— Les Serbes ne l'ont pas accepté, rétorqua-t-il. Il y a soixante-dix ans environ, je n'étais pas encore né, ils se sont révoltés pour la première fois contre les Turcs. Puis, les Grecs se sont révoltés à leur tour, ils se sont séparés de l'Empire et ont créé leur propre pays. Depuis lors, les révoltes chrétiennes se sont succédé. En Europe, on parle de liberté, d'égalité et de fraternité, et ces idées se répandent dans nos communautés comme un feu de paille. Nous voulons l'égalité et la liberté, mais les Turcs répondent par l'épée. Dieu merci, les puissances européennes, toutes chrétiennes, nous ont aidés et ont fait la guerre aux Turcs et exigé la protection des minorités. En 1839, à peu près à l'époque où j'ai dû essuyer les bottes du Turc, un édit impérial a été publié qui, pour la première fois, promettait le respect des droits des chrétiens et l'égalité de traitement de tous les Ottomans, musulmans ou non.

— Ah ! Alors… nous sommes tous égaux.

Vahan rit.

— Les promesses d'un sultan turc ne sont que des mots vides, expliqua-t-il. Depuis lors, ils n'ont pas arrêté de publier des textes qui promettent l'égalité de traitement pour tous. Il y a deux ans, la Constitution ottomane, qui prévoit l'égalité de tous les sujets du sultan indépendamment du *millet* auquel ils appartiennent, a été approuvée. Mais ce n'est rien d'autre qu'un simulacre destiné à tromper et à faire taire les Européens. Les Turcs ont autant l'intention de nous accorder l'égalité que moi de me casser une jambe. Le Turc a deux visages, et qui vit sous sa botte connaît l'un et l'autre. C'est pour cette raison que la Roumanie, la Serbie et le Monténégro ont déclaré leur indépendance cette année. C'est le seul moyen de se débarrasser de ces gens diaboliques.

— Et nous ? Pourquoi n'en faisons-nous pas autant ?

Alarmé par la question, le maître de maison regarda autour de lui pour s'assurer qu'aucun domestique ne les avait écoutés ; ils étaient tous Arméniens et Grecs, mais on ne savait jamais, et la discrétion était la meilleure façon d'éviter les problèmes.

— Chut ! ordonna-t-il tout à coup avec sévérité. Cette question ne doit pas être évoquée à voix haute, tu entends ? C'est un sujet dangereux ! Ça peut nous attirer des ennuis !

Kaloust baissa la tête, gêné d'être allé trop loin.

— Oui, Monsieur.

Le déjeuner fut servi quelques minutes plus tard. Contrairement à beaucoup d'Arméniens, qui avaient d'autres habitudes, la famille Sarkisian mettait un point d'honneur à manger à table, à la manière des Européens ; c'était une façon d'affirmer ce qu'ils pensaient être leur supériorité sociale.

Ainsi, le plat de *khorovats*, rempli de morceaux légèrement brûlés de viande grillée, fut placé au milieu de la table, accompagné d'une salade typique *ajem jajuk*, de fromage grec et de *lavash*, le pain arménien traditionnel. Le repas fut pris en silence, uniquement interrompu par des phrases courtes et utilitaires, telles que « Passe-moi le sel », ou « Où est le piment d'Alep ? »

Ce ne fut qu'au moment du café, lorsque les domestiques eurent débarrassé la table et que la famille demeura seule au salon, que Vahan décida de reprendre la conversation, cette fois en présence de sa femme.

— Tout à l'heure, dit-il, brisant le silence persistant, tu m'as demandé pourquoi nous, les Arméniens, ne faisons pas comme les chrétiens de Roumélie et ne déclarons pas l'indépendance.

Sa femme, qui portait sa tasse de café aux lèvres, écarquilla les yeux et faillit s'étouffer.

— Mais de quoi parlez-vous ? demanda-t-elle, surprise par le sujet que son mari avait choisi d'aborder avec son fils. N'oublie pas que Kaloust est encore jeune pour ce genre de discussion…

— S'il pose des questions à ce sujet, c'est qu'il a atteint l'âge d'avoir quelques réponses, répliqua le maître de maison. – Il se tourna de nouveau vers le garçon, comme pour prouver à sa femme ce qu'il venait de dire. – Tu veux vraiment connaître la réponse à ta question, n'est-ce pas ?

— Oui, Monsieur, confirma Kaloust. – Il fronça les sourcils. – Qu'est-ce que la Roumélie ?

Le chef de famille soupira ; il oubliait parfois que son fils, bien que perspicace et curieux d'esprit, ne connaissait pas certaines choses élémentaires.

— Ce sont les territoires de l'Empire ottoman situés en Europe, précisa-t-il. Serbie, Bulgarie, Bosnie-Herzégovine et Grèce.

— Mais les Turcs ne sont-ils pas en train de perdre ces pays ?

— Précisément, confirma son père. Certains ont proclamé leur indépendance et d'autres sont encore formellement sous souveraineté ottomane, mais dans les faits ils sont aussi indépendants.

— Et nous ?

— Nous, nous ne sommes pas en Roumélie. L'Arménie occupe l'Anatolie et la Cilicie, où vivent également des Turcs, des Kurdes et des Circassiens. Ici, la séparation est plus difficile. Bon nombre de nos enfants, des enfants de bonnes familles, vont étudier en Europe et, comme les chrétiens de Roumélie, ils en reviennent avec des idées de liberté et d'égalité. Personne ne parle de l'indépendance de l'Arménie, bien sûr, afin de ne pas exaspérer davantage les Turcs. Nos leaders ne demandent que l'égalité devant la loi et l'autonomie sur le plan régional. Mais les Turcs, furieux de perdre des territoires et des droits de domination sur nous, n'apprécient guère nos exigences. Certains pensent qu'ils devraient pouvoir continuer à nous tuer juste pour vérifier que leurs épées sont bien affilées et, sans l'intervention des puissances européennes, c'est ce qui arriverait. Les Européens, cependant, exigent la fin de la discrimination, et les Turcs, qui ont peur d'eux et sont tributaires de leurs prêts, finissent par faire quelques réformettes. Lorsque la pression des Européens augmente, les Turcs cèdent. Lorsqu'elle diminue, ils reviennent sur leurs promesses et recommencent à nous opprimer.

— Quel genre de pression européenne ?

— Ça peut être beaucoup de choses, mon garçon. Même la guerre.

— Comme celle qui vient de se terminer.

— Exactement. La guerre russo-turque a abouti à la déclaration d'indépendance de la Roumanie, de la Serbie et du Monténégro. Et il y a quelques semaines, un congrès s'est achevé à Berlin qui a contraint le sultan à faire de nouvelles réformes qui établissent l'égalité de facto de tous les Ottomans, indépendamment de leur religion. Les Turcs sont furieux, bien sûr. Ces réformes visent à améliorer les relations entre les personnes et à mettre fin à la domination des musulmans sur les non-musulmans, mais la population musulmane ne les accepte pas. Selon elle, Mahomet a ordonné aux musulmans de dominer les autres et ces réformes violent la loi islamique. D'aucuns affirment que le déclin de l'Empire est dû à l'influence des chrétiens et d'autres sornettes de ce genre. Dans certaines localités, on a commencé à tuer des familles d'Arméniens dont le seul crime était d'être chrétiens et de…

— Vahan ! coupa sa femme avec un regard de désapprobation. Tu fais peur au petit !

— Il doit savoir ce qui se passe.

— Mais pas comme ça !

— Si ce n'est pas comme ça, ce sera comment ? En voyant son père roué de coups dans la rue par un Turc en guenilles ? Il n'a que neuf ans, en effet, mais il n'est pas stupide. – Il indiqua à nouveau la fenêtre. – Dehors, les choses s'aggravent et il est bon qu'il prenne conscience du monde dans lequel il vit.

Il y eut un silence soudain dans le salon.

— Les Turcs tuent des familles arméniennes ? demanda Kaloust d'une voix effrayée. Ça veut dire que… qu'ils vont nous tuer ?

Sa mère jeta un regard plein de reproches à son mari.

— Tu vois ce que tu as fait ? – Elle se tourna vers son fils, l'embrassa avec tendresse sur la tête et lui souffla à l'oreille. – Mais non, pas du tout, mon chéri. Ce ne sont que des histoires que raconte ton père, ne t'inquiète pas…

Mais Vahan avait raison à propos de son fils ; Kaloust était tout sauf stupide et il savait quand un adulte parlait sérieusement ou quand il jouait. Il était clair que son père avait parlé très sérieusement et l'esprit du garçon bouillonnait, recherchant ardemment une solution au problème tout en pensant, avec désespoir et horreur, que les Turcs étaient à la porte de la maison, prêts à passer toute la famille par le fil de l'épée.

— Y a-t-il un endroit où nous pouvons leur échapper ?

— Uniquement à Constantinople, observa Vahan. Avec tous les étrangers qui y vivent, ils n'oseraient pas nous toucher.

Son fils écarquilla les yeux ; c'était la solution.

— Alors… alors, gémit-il les lèvres tremblantes, pourquoi ne pas y aller ?

Vahan et Veron échangèrent à nouveau un regard, non plus de discorde cette fois, mais d'interrogation, chacun essayant de deviner ce que l'autre pensait à ce sujet. Depuis un certain temps, ils envisageaient secrètement la possibilité de s'installer dans la capitale. Trébizonde avait toujours été une ville agréable, où la majorité de la population était arménienne et où ils occupaient une place enviable dans la vie du *millet*. N'était-ce pas lui qui exerçait la plus haute charge de la ville, celle de *vali* ? D'un autre côté, cependant, ils ne pourraient guère y prospérer davantage. Une petite ville fait de petites gens, et les Sarkisian voulaient grandir et devenir des géants. Constantinople était une cité de titans riche d'histoire, capitale d'un empire et ville cosmopolite ouverte sur le monde. De plus, les temps étaient devenus difficiles pour les *millets* chrétiens en province, les Turcs se vengeant sur eux des pertes croissantes en Roumélie.

— Pourquoi ne pas aller à Constantinople ? demanda Vahan sur un ton méditatif, regardant toujours sa femme. Qu'en penses-tu ?

Les yeux noirs de Veron étincelèrent comme deux perles scintillantes.

— Pourquoi pas ?

IV

Le soleil se levait sur la rive asiatique, mais Kaloust n'avait d'yeux que pour la ville que l'astre incandescent illuminait. Baignées par la claire lumière de l'aube qui fendait le firmament d'une débauche de couleurs chaudes et douces, les élégantes maisons de Constantinople ondulaient sur les collines de la rive européenne de la mer de Marmara, l'uniformité des toits couleur brique brisée par les tours des minarets qui s'élevaient, altières, comme des cèdres majestueux essayant de toucher le ciel. Des flots de poésie semblaient se déverser du paysage.

— Vous n'avez oublié aucun cahier ? dit le *kahveci*, toujours soucieux des détails. Vous avez bien tout dans votre cartable ?

— Oui, répondit le garçon sans quitter des yeux la grande ville vers laquelle se dirigeait le bateau à vapeur. J'ai tout.

— Et vous avez fait vos devoirs ?

— Bien sûr.

— Même les exercices de mathématiques ?

Kaloust en eut assez de l'interrogatoire. Les questions étaient si nombreuses et insistantes qu'elles perturbaient la grâce harmonieuse du matin.

— Tout va bien ! rétorqua-t-il avec une irritation soudaine. Tu m'ennuies, Ghougas ! Tais-toi !

Le *kahveci* fit claquer sa langue.

— Vous savez, s'il manque quelque chose, dit Ghougas, c'est à moi que M. votre père demandera des comptes.

— D'accord, mais j'ai onze ans déjà. Je ne suis plus un bébé !

— Soit, mais parfois vous oubliez des choses, insista le domestique. L'autre jour, simplement parce qu'il vous manquait le manuel de français, le maître m'a fait battre. – Il esquissa une grimace de douleur, comme si le seul souvenir de la raclée était pénible. – Je ne tiens pas à ce que cela se reproduise.

Le garçon soupira. Il n'avait que faire des problèmes du *kahveci*, encore moins à un moment aussi sublime que celui-là. Comment rester indifférent devant la majesté qui les entourait ?

Entre le moment où ses parents avaient décidé d'aller vivre à Constantinople et celui où la famille s'y était installée, deux années s'étaient écoulées, mais il était bel et bien là, dans le bateau à vapeur fumant qui se dirigeait vers la capitale impériale, entouré par la mer et les bras de terre urbanisée. Les Sarkisian avaient acheté une maison à Scutari, un quartier résidentiel huppé, sur la rive asiatique du Bosphore, où vivaient des pachas, des diplomates, des juifs et des riches chrétiens, en particulier des Grecs et des Arméniens, un lieu splendide avec une vue magnifique sur la ville européenne.

C'était précisément la vision de Constantinople depuis le bateau à vapeur traversant le canal qui suscita la perplexité du jeune Kaloust. Qu'y avait-il là de si spécial qui l'hypnotisait chaque jour ? La beauté ! La capitale de l'Empire était encore plus belle que tout ce qu'on pouvait imaginer. La tour de Galata, le pont sur la Corne d'Or, les minarets de la Mosquée bleue, le dôme de Sainte-Sophie, les arbres qui bordaient la mer, le reflet des maisons dans les eaux ondoyantes du Bosphore. C'était incroyable, et il ne parvenait pas à détacher ses yeux de ce paysage dont l'harmonie lui coupait le souffle.

En fait, il s'était toujours senti irrésistiblement attiré par tout ce qui était beau. Le paysage au-delà des fenêtres de la maison le plongeait dans un ravissement total, mais même les plus petites choses le séduisaient, comme la décoration de sa chambre, les vêtements qu'il portait et même le cartable qu'il avait choisi pour aller à l'école. Il vivait à ce point plongé dans le désir de se relier à tout ce qu'il trouvait beau que, ce matin-là, alors que la splendeur de Constantinople au petit jour le subjuguait, il formula pour la première fois la question qui commençait à le hanter.

— Qu'est-ce que la beauté ?

Depuis que les cours avaient commencé, le jeune Kaloust traversait chaque matin le détroit sur le bateau à vapeur pour se rendre à l'école. Le voyage était le premier moment important de la journée, surtout à cette heure matinale où la lumière de l'aube prenait des tonalités fascinantes qui allaient marquer de façon indélébile son goût naissant pour l'harmonie esthétique. Alors qu'il jouissait de ce moment magique, les jérémiades du domestique pendant toute la traversée l'exaspéraient ; l'interrogatoire interminable du *kahveci* sur ce qu'il aurait pu oublier gâchait l'enchantement que lui procurait le voyage matinal.

— Le crayon ? Avez-vous pensé au crayon ?

Kaloust leva les yeux, prêt à exploser. Il bondit tout à coup de son siège et, furieux, se leva.

— Assez ! s'exclama l'écolier avec un geste péremptoire. Si tu continues, ce n'est pas mon père qui va te donner une rouste, tu m'entends ? C'est moi ! – Il regarda autour de lui, posant les yeux sur les passagers et le pont du bateau à vapeur comme s'il cherchait une échappatoire. – Écoute, Ghougas, je vais faire un tour et je reviens ! – Il montra son cartable posé près de son siège. – Je le laisse ici. Tu le surveilles, d'accord ?

Le *kahvèci* sursauta.

— Où allez-vous ?

— Là où je n'aurai pas à te supporter, bon sang !

Sans attendre les objections du domestique, Kaloust s'éloigna et commença à déambuler. Il alla jusqu'à la proue pour voir la coque fendre l'eau, puis se rendit à la poupe pour admirer le soleil qui se levait sur la rive asiatique et aperçut la façade de sa maison à Scutari. Lorsqu'il rentrerait de l'école, à l'heure du déjeuner, il y passerait l'après-midi à étudier avec son précepteur français. C'était ainsi toute la semaine sur décision de son père, raison pour laquelle il appréciait tant la traversée du Bosphore et ne tenait nullement à se soumettre aux sempiternelles interrogations du domestique.

Il se lassa de la vue de Scutari et eut envie d'aller admirer la Corne d'Or, la zone la plus noble de Constantinople. Mais alors qu'il se dirigeait vers la proue du navire, son attention fut attirée par un groupe de femmes turques voilées qui entraient par une porte donnant accès à une cabine. Il avait toujours vu des femmes au visage caché passer par cette porte et il débordait de curiosité.

« Et si j'allais jeter un coup d'œil ? » Il se faufila dans une cabine sombre et se retrouva face à un groupe de musulmanes, assises sur des coussins posés par terre, et des enfants qui jouaient devant elles. Du visage des femmes, on ne voyait que les yeux, qui s'écarquillèrent en direction de l'intrus lorsqu'elles le surprirent. Deux d'entre elles étaient plus âgées, mais les autres semblaient très jeunes, et devaient avoir moins de dix-huit ans.

— Qui êtes-vous ? rugit une voix étrangement stridente. Que faites-vous ici ?

Kaloust se retourna et vit un homme imposant qui se dirigeait vers lui avec une expression menaçante.

— Je... je cherche mon *kahveci*.

— Hors d'ici ! cria l'homme. Ce n'est pas un endroit pour les garçons !

L'écolier s'éloigna, mais l'étranger le suivit et Kaloust n'eut d'autre choix que de se réfugier auprès du *kahveci*. Comprenant ce qui se passait, Ghougas fit aussitôt face au géant, qui tempêtait avec une telle fureur et en avalant tant de syllabes que le garçon avait du mal à comprendre ce qu'il disait. Il ne comprit que des mots isolés, « femmes », « sanctuaire », « pacha », rien qui semblât avoir de sens. Le *kahveci* finit par calmer l'homme, qui tourna le dos et se dirigea vers la cabine d'où il était venu.

— N'y entrez plus ! avertit le domestique quand il revint vers son protégé. Plus jamais !

— Pourquoi ? Qu'est-ce qu'elle a de si spécial, cette cabine ?

— C'est réservé aux femmes, expliqua le *kahveci*. C'est le harem d'un pacha turc. Les hommes ne peuvent pas s'y trouver.

— Un harem ? dit-il, choqué. Mais… mais presque toutes les femmes qui y sont ont à peu près mon âge.

Ghougas ébaucha un sourire malicieux.

— Les pachas turcs ne veulent que des femmes jeunes, expliqua-t-il. Ils disent que non seulement ils suivent le bel exemple du prophète, mais qu'en plus, fréquenter des jeunes filles prolonge la vie. Elles leur communiquent leur jeunesse, et eux leur transmettent leur grand âge.

Kaloust resta bouche bée pendant un long moment, revoyant les jeunes visages qu'il avait surpris quelques instants auparavant dans la cabine. L'idée d'un vieil homme s'imprégnant de la jeunesse de son harem ne lui était jamais venue à l'esprit. Était-ce vraiment possible ?

— Mais alors, qu'en est-il de ce monstre ? Si les hommes ne peuvent pas entrer, que fait-il là, lui ? C'est le pacha ?

— C'est l'eunuque.

L'information surprit de nouveau Kaloust.

— Eunuque ? C'était un eunuque ?

Le domestique prit une profonde inspiration et mit ses mains sur les hanches, lui signifiant ainsi qu'il ignorait qu'on pouvait être aussi naïf.

— Vous n'avez pas entendu sa voix ?

Le choix de l'école que fréquenterait son fils avait rempli Vahan de doutes. Lorsque la famille s'installa à Scutari, trois possibilités furent envisagées pour l'éducation de Kaloust : l'école arménienne de Getronagan, le lycée français Galatasaray et le Robert College américain. Après une petite enquête, Vahan conclut que l'école américaine était la plus réputée de Constantinople et, séduit par son prestige, y inscrivit son fils en externe.

L'admission au Robert College ne fut guère aisée, l'école étant fréquentée par les enfants des diplomates et des élites des minorités chrétiennes de l'Empire ottoman. La sélection des étudiants était rigoureuse et impliquait de réussir un examen spécial, avec mention. Pas de quoi impressionner le garçon de Trébizonde, habitué au travail intellectuel et formé par son tuteur français, et qui obtint la meilleure note aux examens de 1880. Il fut donc admis dans le plus prestigieux établissement d'enseignement de l'Empire, dirigé de main de maître par George Washburn, le nouveau directeur.

Cependant, au bout de quelques mois, des commentaires acides de quelques amis arméniens parvinrent aux oreilles de Vahan, selon lesquels le Robert College dispensait une éducation protestante et ignorait les enseignements sacrés de la sainte Église arménienne. En outre, il commença à trouver que le programme de l'école était peut-être un peu trop chargé, son fils devant étudier des matières qui, selon lui, ne présentaient pas le moindre intérêt pour sa vie professionnelle.

Il prit donc rendez-vous avec le directeur, un Américain corpulent, auquel il exposa ses préoccupations.

— Nous n'avons jamais caché que nous sommes une école protestante, précisa Mr. Washburn. Mais à aucun moment nous n'imposons notre interprétation théologique aux élèves. En outre, nous évitons d'aborder, en classe de religion ou durant les homélies lors des services religieux, tout sujet susceptible de diviser les diverses tendances du christianisme. Et, comme vous le savez, nous avons des cours spécifiques d'arménien, et même une matière intitulée « Arménie ancienne et moderne », qui est enseignée à nos étudiants arméniens. Vous n'avez donc rien à craindre.

— Certes, mais vous dispensez aussi un cours de religion qui présente la perspective protestante, auquel tous les étudiants sont tenus d'assister...

— Oui, et alors ? Nous ne vivons plus dans les ténèbres, que je sache ! Nous sommes au XIXe siècle, l'âge des lumières ! Les gens ne se couvrent pas les yeux et les oreilles de peur d'apprendre des choses différentes de leurs croyances, et ils n'acceptent pas aveuglément tout ce qu'on leur dit. Dans cette école, nous enseignons à nos élèves à juger par eux-mêmes, à penser par eux-mêmes et à rechercher inlassablement la vérité.

Vahan fit une moue dubitative.

— Eh bien, tout cela est très intéressant, sans aucun doute. Mais il me semble que vous accablez mon garçon de choses qui ne présentent aucun intérêt. – Il consulta une note qu'il tenait à la main. – J'ai examiné plus attentivement votre programme et, je vous l'avoue, j'ai été un peu surpris. Certes, vous enseignez le français, l'anglais, l'arménien et le latin qui sont d'une grande utilité dans la vie. Il me semble que vous enseignez aussi l'algèbre, la géométrie et la trigonométrie. – Il s'éclaircit la voix. – Mais... la zoologie, la physiologie, la chimie, la botanique, l'astronomie, la rhétorique, la philosophie ? À quoi servent ces disciplines ? Quel usage les élèves en feront-ils ?

Mr. Washburn ajusta ses lunettes à monture ronde et émit, patient, un léger soupir.

— Monsieur Sarkisian, le programme des études au Robert College s'inspire des programmes standards des écoles de Nouvelle-Angleterre. Nous considérons que ces matières sont fondamentales pour l'éducation de…

— Ils ont juste besoin d'apprendre des langues, coupa Vahan. Et un peu d'arithmétique, bien sûr.

— Je sais qu'ici, dans l'Empire ottoman, on estime que seul l'apprentissage des langues européennes sert à quelque chose. Mais nous ne partageons pas cet avis. – Il fit un geste vers la fenêtre. – Considérez ce pays et dites-moi si ce genre d'éducation vous a mené quelque part. Non, n'est-ce pas ? Maintenant, regardez l'Amérique ou la France par exemple, où les écoles dispensent un enseignement similaire au nôtre, et voyez où en sont ces pays. Après avoir comparé la pauvreté ottomane et la richesse de l'Amérique, êtes-vous sûr d'avoir envie que votre fils étudie selon les normes éducatives qui ont conduit l'Empire ottoman à l'état de délabrement dans lequel il se trouve ?

La rencontre ne fut guère concluante et le patriarche retourna à la maison avec plus de doutes qu'il n'en avait initialement. Il réfléchit à la question pendant une semaine, durant laquelle les critiques de ses amis arméniens ne cessèrent guère, mais ce fut une conversation entre deux Turcs qu'il entendit peu après, sur le bateau à vapeur du Bosphore, qui lui ôta ses derniers doutes.

— Tu vois ça, là-bas ? demanda l'un d'eux, en montrant un bâtiment sombre et imposant au sommet de la colline, du côté européen, près des vieux remparts et des tours de Rumeli Hisari.

— L'école des giaours ? Eh bien, qu'est-ce qu'elle a ?

— C'est la plus grande insulte aux Turcs que je voie à Constantinople !

Le deuxième Turc regarda avec attention le Robert College.

— Tu crois ? J'ai toujours pensé que le bâtiment était magnifique…

— Là n'est pas la question. Ce qui importe, c'est ce qu'il signifie. Il y a quelques années, un giaour américain est arrivé à Constantinople ; il a été tellement impressionné par notre ignorance qu'il a fait construire, avec son propre argent, cette école pour aider des gens qui lui étaient complètement étrangers. – Il désigna quelques grandes demeures et palais le long du Bosphore. – Nos riches pachas, qui se comptent par centaines, ont fait édifier ces très belles maisons que tu vois. L'un d'entre eux a-t-il donné une seule piastre pour contribuer à l'éducation de son peuple ? – Il secoua la tête. – L'école des Américains est la plus grande insulte que les giaours peuvent nous faire. Tu sais pourquoi elle nous fait honte ? Parce qu'elle révèle le vrai visage de nos dirigeants.

Après avoir entendu la conversation entre ces deux Turcs, Vahan prit sa décision : son fils resterait à l'école américaine.

Une volée de pierres traversa l'air et s'abattit avec un bruit assourdissant sur le portail. Surpris, Kaloust s'accroupit derrière la grille et, dès que la grêle fut passée, il regarda dans la direction des projectiles. Il aperçut au loin un groupe de Turcs, habitant tous dans le quartier de Rumeli Hisari, qui hurlaient, les poings serrés.

— Giaour ! cria l'un d'entre eux, avec fureur. Allez en enfer !

Bien que ce ne fût pas la première fois qu'un tel incident se produisît, après les prières du matin et avant le premier cours, le jeune Arménien se rendit au bureau de Mr. Washburn, au deuxième étage de Hamlin Hall, et rapporta l'incident.

— N'y fais pas attention, mon garçon, dit le directeur. Nous allons nous en occuper. Retourne en classe.

Kaloust n'était guère emballé par les cours, non pas à cause des matières, qu'il étudiait avec le zèle qui lui était coutumier, mais en raison de l'ambiance. Il régnait un climat de tension permanente, non seulement du fait du voisinage turc de l'école, mais aussi entre les étudiants eux-mêmes.

Parmi ceux qui fréquentaient le Robert College, les Bulgares étaient les plus nombreux, suivis de près par les Arméniens. Puis venaient les Grecs, qui n'aimaient pas les Bulgares, et un petit groupe de Turcs dont les parents admiraient les puissances occidentales. Enfin, il y avait quelques représentants des autres ethnies ottomanes chrétiennes, notamment des Monténégrins, des Dalmates et des Macédoniens, ainsi que quelques fils de diplomates étrangers.

Les Bulgares étaient les souffre-douleur non seulement des Grecs, qui nourrissaient vis-à-vis d'eux une rivalité inexplicable, mais surtout des Turcs. À peine quelques années auparavant, ces derniers avaient massacré des populations entières en Bulgarie. À la première occasion, les chrétiens bulgares avaient pris leur revanche et tué des milliers de Turcs, forçant une multitude de musulmans à fuir la Bulgarie à la hâte et à se réfugier à Constantinople, où ils vivaient à présent, mendiant dans les rues de la ville. Cette situation avait rendu les Turcs furieux à l'égard des Bulgares et, sachant que c'était le groupe ethnique dominant au Robert College, ils menaçaient souvent les étudiants de l'école.

Pour résoudre le problème, Mr. Washburn avait donné des instructions afin que les étudiants bulgares puissent vivre dans l'école, même pendant les vacances. En outre, il s'adressa au chef de la police à qui il versa suffisamment de bakchichs pour qu'il fasse protéger les bâtiments et les étudiants. Bien qu'à contrecœur, la police finit par arrêter certains des auteurs de caillassages et la situation autour du Robert College s'apaisa.

Posté à mi-hauteur sur les escaliers d'où il regarda les policiers arrêter des suspects, Mr. Washburn ne se faisait cependant aucune illusion.

— Un de ces jours, quelqu'un sera tué.

V

Un brouhaha feutré emplissait la salle d'études de Hamlin Hall, le bâtiment principal du Robert College, quand les Sarkisian s'installèrent sur des sièges à l'avant pour assister à la conférence de rentrée scolaire. C'était la deuxième année de Kaloust dans cette école, et il savait très bien que le *Commencement Day* pouvait être mortellement ennuyeux. Mais que faire ? Comme d'autres notables de la société ottomane, ses parents avaient été invités à l'événement et il n'avait eu d'autre choix que de les accompagner.

Le silence s'abattit soudain sur la salle lorsque Mr. Washburn apparut par une porte latérale et monta sur l'estrade où se trouvait la chaire de l'orateur. Quel horrible discours allait-il leur infliger ? se demanda Kaloust, préparé au pire. L'année précédente, la dissertation sur Homère avait été si ennuyeuse qu'il avait eu du mal à rester éveillé.

Le directeur de l'école posa les notes de son discours sur le pupitre, ajusta son nœud de cravate, toussota pour s'éclaircir la voix et, levant les yeux, regarda les invités qui étaient venus assister au *Commencement Day*.

— Pourquoi avons-nous mis de si jolis costumes pour nous réunir ce matin ?

La question était inattendue, elle déclencha des échanges de regards et de nombreuses expressions d'interrogation. L'orateur attendait-il vraiment une réponse ?

— Pourquoi décorons-nous nos maisons ? demanda ensuite Mr. Washburn. Pourquoi nous occupons-nous de nos jardins et mettons-nous de belles fleurs dans les vases ? Pourquoi fixons-nous des photos aux murs et étendons-nous des tapis persans dans nos salons ? Et pour quelle raison le paysage que nous voyons par la fenêtre et la splendeur de Constantinople qui se reflète dans la mer de Marmara nous enchantent-ils ? Pourquoi nous élevons-nous quand nous écoutons le *Requiem* de Mozart ou l'*Hymne à la joie* de Beethoven ? Pourquoi sommes-nous éblouis quand nous lisons Shakespeare : « *O, how this spring of love resembleth, The uncertain glory of an April day ?* » Pourquoi nous extasions-nous devant la coupole de Sainte-Sophie ou le goût délicieux d'un baklava acheté au bazar ? Qu'est-ce qui nous pousse à rechercher la beauté dans tout ce que nous voyons et touchons, d'un simple foulard en cachemire posé sur les épaules à la grandeur cosmique de la Voie lactée que nous voyons se répandre dans l'abîme noir de la nuit ? Quel instinct nous attire vers ce qui est beau, quelles pulsions irrésistibles nous poussent vers l'harmonie, quel salut y trouvons-nous ?

Blotti sur sa chaise, bouche bée, Kaloust sentait que ces questions s'adressaient directement à lui ; c'était comme si le directeur de l'école traduisait en mots les interrogations qui le tourmentaient depuis un certain temps et qu'il n'avait jamais été capable de formuler.

— Qu'est-ce que la beauté ? demanda Mr. Washburn sur un ton qui laissait clairement entendre qu'il s'agissait là de la dernière de ses questions liminaires. « *Pulchra sunt quae visa placent* », a dit saint Thomas d'Aquin : « la beauté est ce qui plaît à nos sens ». Rien ne saurait être plus vrai. Mais où la trouvons-nous exactement ? Dans les objets eux-mêmes ou dans la personne qui les contemple ? – Il laissa planer la question pendant quelques instants avant d'y répondre lui-même. – La beauté réside évidemment dans les objets, dans leurs formes et leur contenu, leur harmonie et leurs qualités intrinsèques ; mais le fait est qu'une chose ne saurait être belle sans quelqu'un pour la contempler et la trouver belle, ce qui montre à l'évidence que la beauté réside aussi dans le sujet. Une rose est belle parce que nous pensons qu'elle est belle. Sans notre regard, une rose n'est qu'une rose. Alors, si la beauté se trouve aussi dans le sujet, c'est qu'elle est subjective. D'un autre côté, et malgré sa subjectivité intrinsèque, l'idée de beau est universelle. Toutes les personnes, tous les peuples, toutes les cultures recherchent la beauté. L'idéal de beauté féminine peut être une femme enveloppée dans la culture européenne, une femme fluette dans une culture africaine, et c'est là que réside la subjectivité du concept, mais il n'en demeure pas moins que les deux cultures recherchent la beauté féminine. D'aucuns trouvent sublimes les vers épiques de l'*Iliade* et d'autres préfèrent la prose moderne du *Comte de Monte-Cristo*. Cependant, indépendamment des avis sur ce qui est beau, tout lecteur recherche la beauté dans ce qu'il lit.

Là réside son universalité. Quand l'Africaine décore sa case et l'Européenne arrange sa maison, l'une comme l'autre expriment de manières différentes un ordre esthétique instinctif et universel. Mais est-il exclusivement humain ? Et les animaux ? Ont-ils la notion du beau ?

Le directeur du Robert College se tut et regarda la salle comme s'il attendait que quelqu'un lui réponde. Kaloust avait déjà réfléchi à cette question plusieurs fois et il eut envie de bondir de sa chaise et de s'écrier « Non ! non ! non ! », mais il se retint.

— Oui et non, fut la réponse de Mr. Washburn. Un chien est capable de distinguer le goût de différents plats, par exemple. Si l'on met dans sa gamelle une mauvaise viande et un morceau de steak, que pensez-vous qu'il va manger en premier ? Bien que la nourriture soit directement liée à la survie, le plaisir qu'il ressent est une forme de réaction à la beauté. Le problème, c'est que le plaisir ne se définit pas, c'est une réponse à quelque chose. Manger des fraises ou sentir une rose donnent du plaisir, ce qui montre que le sentiment de plaisir est inné, voire organique. Écouter de la musique peut être aussi agréable que de savourer un baklava ou voir une belle femme se promener dans le bazar. Ceci nous amène à la conclusion qu'il y a des catégories de plaisir dans la beauté. Certains plaisirs sont exclusivement sensoriels, comme prendre un bain chaud ou manger un steak, d'autres sont purement intellectuels, comme celui que l'on prend à une partie d'échecs magnifiquement jouée. Et entre ces deux extrêmes, il existe une infinité de belles choses qui sont en partie sensorielles et en partie intellectuelles. Les animaux peuvent ressentir du plaisir sensoriel, mais ils sont hermétiques à la beauté intellectuelle. Cette caractéristique est exclusivement humaine. Seul un homme ou une femme s'arrête pour contempler le Bosphore au couchant ou la voûte admirable de Sainte-Sophie, pour écouter la musique des derviches soufis, ou simplement décorer la salle à manger. Les êtres humains voient dans la beauté un emblème de la perfection et nous pouvons même…

— M. Haritoon !

La voix stridente d'une femme se fit entendre dans la pièce et réduisit au silence l'orateur, qui se tourna vers la porte avec étonnement.

— Que dites-vous ?

— On a tué M. Haritoon ! cria la femme qui courait, terrifiée, dans le couloir central de la salle d'études où se déroulait la conférence. Oh mon Dieu ! On a tué M. Haritoon !

Un vent de panique souffla sur Hamlin Hall et sur toute l'école. Haritoon était un employé arménien qui était non seulement un homme à tout faire fort habile, mais aussi l'homme de confiance du directeur. Mr. Washburn abandonna immédiatement la chaire d'où il dirigeait la cérémonie de *Commencement Day* et s'adressa à la femme de ménage.

— Que dites-vous ? Qu'est-il arrivé à Haritoon ?

Celle-ci montra la fenêtre et le portail de l'école, en contrebas.

— Là ! balbutia-t-elle, les mains tremblantes. Juste devant l'école ! Deux hommes l'ont tué ! Je l'ai vu !

Ce fut la consternation générale. Malgré les efforts des enseignants et des parents pour ramener le calme, les étudiants étaient très excités et, dans une grande confusion, ils accompagnèrent Mr. Washburn jusqu'au portail. Là, à l'arrière-plan, allongé sur l'herbe, ils entrevirent un corps immobile ; c'était bien le cadavre de Haritoon, lequel était mort étouffé par une corde qui avait laissé des traces profondes sur son cou.

Le *Commencement Day* fut aussitôt annulé et Kaloust rentra chez lui, déçu. Quelle malchance ! Ce jour-là précisément, alors que le thème de la conférence l'intéressait enfin, il avait fallu que les Turcs trouvent un moyen de perturber l'école et d'interrompre les activités. Quel manque de considération ! Ah, si au moins ils avaient attendu la fin de la conférence…

Le meurtre avait suscité de nombreux commentaires et donné lieu à quelques articles dans les journaux. Attentif aux bruits de couloir et aux conversations de ses parents au dîner, Kaloust avait peu à peu pris connaissance des détails de l'affaire. Il semblait que Haritoon avait réussi à envoyer en Grèce ses deux filles, des jeunes femmes de toute beauté qu'un officier du palais du sultan avait essayé de kidnapper pour son harem.

Après de nombreux efforts et moult bakchichs, Mr. Washburn réussit à établir le lien entre les deux assassins et l'officier en question, qui était bien le commanditaire du crime. Celui-ci s'était ainsi vengé de Haritoon qui lui avait refusé de si beaux spécimens pour son harem ; cependant, malgré toutes les démarches qu'il accomplit en ce sens, le directeur du Robert College ne parvint pas à faire châtier le criminel.

Pour Kaloust, l'incident fut plus instructif qu'une année entière de cours ; la vie dans l'Empire ottoman était effectivement dure pour ceux qui se trouvaient sous le joug des puissants. Mais le pire, le plus grave dans tout cela, c'était d'avoir raté l'occasion d'entendre Mr. Washburn lui révéler le plus grand des mystères que le monde paraissait receler.

VI

La pièce d'argent brillait dans la lumière du soleil qui jaillissait par la fenêtre ouverte sur le Bosphore, objet mince et luisant, d'une élégance qui contrastait avec les doigts potelés qui la tenaient.

— Tu vois ce *medjdeh* ? demanda le père, qui manipulait la pièce du bout des doigts. Tu sais combien elle vaut ?

Les yeux de Kaloust brillèrent autant que la lumière que réfléchissait la surface argentée.

— 5 shillings.

Une dent en or étincela sur le visage souriant de son père.

— Je te félicite pour tes notes à l'école ! dit-il. Quand on obtient de tels résultats, on est certainement en mesure d'apprécier les bienfaits de l'épargne et de la bonne gestion. – Il fit un geste brusque avec les doigts et lui lança la pièce. – Le *medjdeh* est à toi.

Ce jour-là, tout semblait briller : la pièce d'argent, le regard de Kaloust, la dent en or de son père. Le garçon passa un certain temps à se demander quel sort il allait réserver au *medjdeh*, et la première chose qu'il décida fut, contrairement à ce que lui avait suggéré son père, de le dépenser au bazar. Le problème était de savoir pour quoi. De délicieux baklavas ? Des loukoums colorés ? Des kadaïfs aux pistaches ?

Avant de prendre sa décision, il devait déterminer à quel moment il pourrait le faire. Ses matinées, Kaloust les passait entièrement au Robert College. Les cours commençaient après la prière de 8 heures, et duraient jusqu'à midi et demi. Après le déjeuner, il y avait encore des cours, de 14 heures à 16 h 30, heure à laquelle les étudiants externes, dont Kaloust, pouvaient rentrer. Les internes restaient à l'école, où ils occupaient des dortoirs au Hamlin Hall.

Les cours au Robert College prenaient presque tout son temps et, lorsqu'ils s'achevaient, le *kahveci* l'attendait à la sortie de l'école. Ensemble, ils descendaient jusqu'au quai où ils attrapaient le bateau à vapeur qui les ramenait à la maison. Dans ces conditions, quand pourrait-il aller au bazar ? Il comprit rapidement qu'il n'y avait qu'une solution, c'était pendant la période consacrée à l'éducation physique, les jeudis, trois heures dominées par la course à pied et le cricket. Avec son corps trapu et rondouillard, Kaloust n'avait aucun goût pour l'exercice, et il avait persuadé son père de lui faire délivrer un certificat médical interdisant à l'école de le soumettre à de telles épreuves, arguant que l'écolier avait « un cœur fragile ».

L'excuse avait marché et Kaloust s'était bientôt vu tiré d'affaire. Les trois heures libres du jeudi étaient l'occasion idéale pour une escapade. Quand son père lui avait demandé comment il avait l'intention d'occuper ce temps libre, le garçon n'avait eu aucune hésitation.

— Je vais étudier, bien sûr.

À ces mots, Vahan Sarkisian se montra naturellement satisfait. Son fils, pensa-t-il, était décidément un garçon sensé et très responsable ; s'il continuait comme ça, il irait loin, cela ne faisait aucun doute. En cela, il avait tout à fait raison. Mais ce que Kaloust se garda de lui dire, c'était qu'il avait l'intention d'étudier au bazar.

— Ah, quelle ville !

Rien n'était assez élogieux pour traduire ce qu'il ressentit quand il pénétra pour la première fois dans le centre de Constantinople.

Ce jeudi-là, dès que le cours d'éducation physique commença, le garçon s'éclipsa à travers les jardins du Robert College, évitant l'escalier principal où le *kahveci* aurait pu le voir, et disparut dans la rue. Pour échapper aux nuées de réfugiés musulmans qui avaient fui la Bulgarie, il grimpa jusqu'au sommet de Pera, quartier rempli de cafés et fréquenté par les étrangers, et prit le *tünel*, le funiculaire souterrain récemment construit pour faciliter la liaison entre cette partie de la ville et la Corne d'Or, en contrebas.

— Ne me dis pas que tu vas dans le trou à rat ! lui dit un vieux Turc édenté après avoir craché en direction de l'entrée du funiculaire. Moi, ce n'est qu'à ma mort qu'on me mettra sous terre !

L'idée d'aller sous terre n'effrayait pas l'écolier. Le *tünel* était une nouveauté qui le remplit d'étonnement, mais ce fut un sentiment bien en deçà de ce qu'il ressentit au terminus du funiculaire. Il sortit dans la rue, à côté de la Corne d'Or, et là, toute la splendeur de Constantinople l'atteignit de plein fouet, avec une intensité telle qu'il en tituba presque d'émotion.

— Mon Dieu !

Si la planète était le firmament, Constantinople était la plus brillante de ses étoiles, si resplendissante et éblouissante était sa lumière. L'élève le découvrit en se promenant au bord de l'eau, jusqu'au pont de Galata où il s'attarda presque une heure, enivré par la vie qui palpitait autour de lui. Affamées, les mouettes effleuraient la surface de l'eau, appâtées par l'odeur du poisson venant des halles ; la mer, d'un bleu pétrole déconcertant, s'agitait en une ondulation nerveuse, les vagues roulant la mousse salée sur leur crête furtive. Les cannes à pêche étaient alignées sur la balustrade du pont comme une rangée de bambous, tandis qu'au-dessous les bateaux geignaient, ronronnaient et sifflaient, voiliers et vapeurs emplissant la mer de Marmara à perte de vue.

— *Vardah !* cria soudainement une voix. Écartez-vous ! *Vardah !*

Kaloust tourna les talons et vit un eunuque corpulent sur une monture qui ouvrait la voie à un fiacre doré, décoré de fleurs et de dessins d'oiseaux, qui traversait le pont, tiré par un beau cheval bai. Tous les regards convergèrent alors sur le fiacre. On aperçut furtivement des yeux de femmes regardant par la fenêtre, le visage couvert d'un voile de soie, puis une clameur s'éleva dans la foule.

— Un harem ! cria une voix. Regardez ! Un harem !

Venant de Pera, le fiacre plongea dans les ruelles de Stamboul et disparut du côté du bazar, de sorte que l'excitation s'éteignit rapidement. Enchanté par ce qu'il voyait, Kaloust décida de demeurer là quelques instants. Il s'adossa à la balustrade et contempla la ville qui défilait devant ses yeux.

Le spectacle de Constantinople bouillonnant de vie était incroyable. Parmi les groupes de Turcs, d'Arméniens et de Grecs qui traversaient le pont de Galata, il distinguait ici et là des personnages d'un exotisme captivant. Il vit une esclave voilée qui transportait du poisson, une femme noire enveloppée dans une cape multicolore du Caire, un juif en fez bleu turquoise et un autre avec une calotte blanche, un Syrien dans un manteau byzantin portant un foulard de rubans dorés autour de la tête et une Européenne blonde avec une ombrelle, vêtue d'une robe couleur crème garnie de dentelle jusqu'aux pieds, qui essayait de passer à travers une multitude de musulmans en turban blanc.

Les visages étaient tous différents, certains pâles et d'autres hâlés, les uns avec une fine moustache, d'autres avec une barbe épaisse, une faune si variée que Kaloust se prit à essayer de deviner leur origine. Ici un Croate, devant lui un maronite, là un Kurde, là-bas un Druze, ailleurs un Crétois, plus loin un Chypriote. D'aucuns avaient la tête couverte d'un turban, d'autres de fez de couleurs différentes selon leur origine ethnique et leur religion, certains de pièces de tissu, d'autres encore de châles. On voyait des pantalons mamelouks, des toges, des tuniques monastiques, des capes si longues qu'elles traînaient par terre, des ceintures avec des poignards, des colliers en or, des pantalons bouffants, des tissus rayés aux couleurs vives, des habits de soie, des chiffons sales, des cotonnades parfumées, des vestes en toile de jute, un prince, plusieurs mendiants et trois infirmes.

Le spectacle était si étonnant qu'il enivrait Kaloust, comme si la pulsation énergique de la foule qui emplissait les rues de Constantinople était le plus puissant des alcools.

— Ah, quelle ville !

Le Bazar aux épices, un bâtiment couvert qui se trouvait dans le cœur de Stamboul, à cinq minutes à pied du pont de Galata, était une immense galerie où se mêlaient couleurs et arômes, le safran dominant toutes les autres épices.

Quand, ce jour-là, il visita cet endroit extraordinaire, Kaloust se laissa d'abord séduire par les sucreries, en particulier les loukoums multicolores que les commerçants exposaient impitoyablement, hésitant quant au sort à réserver à l'argent que son père lui avait donné. Devait-il dépenser ici son *medjdeh* ? se demanda-t-il en faisant tourner la pièce d'argent qu'il cachait au fond de sa poche. Ou serait-il préférable de la garder pour d'autres choses ?

Il opta pour la prudence et conserva l'argent dans sa poche. Il sortit et gravit les ruelles jusqu'au Grand Bazar. L'immensité de l'espace qu'il découvrit lui coupa presque le souffle ; le Grand Bazar était une ville dans la ville, un labyrinthe d'échoppes et d'artères recouvert d'un plafond voûté, où les vendeurs interpellaient le flot ininterrompu des chalands qui se bousculaient dans les couloirs colorés.

— Regarde mes narguilés ! cria une voix. Comme ils sont beaux !

— Argent ! Or ! Pierres précieuses ! répondait une autre. Dans ma boutique le client est un vrai sultan !

Kaloust arpenta le Grand Bazar, admirant les échoppes de bijoux ou de chaussures, les tanneries, les restaurants qui sentaient le kebab, et se glissa même sous les jambes d'un chameau jusqu'à ce qu'il trouve enfin ce qu'il cherchait, la rue des tapis. Il apprécia les différents modèles, de Perse, d'Afghanistan, de Transcaucasie, et rêva de les acheter tous. En prenant soin de ne pas être reconnu, il jeta un coup d'œil à la boutique de son père, avec ses fameux tapis du Turkestan. Bien que les activités liées au kérosène eussent relégué le commerce des tapis – quoique toujours profitable – à une lointaine deuxième place comme source de revenus de la famille, c'était un plaisir de voir les clients scruter les produits de l'établissement.

Alors qu'il était sur le point de partir, ne sachant toujours pas à quoi consacrer son *medjdeh*, il passa dans la rue des orfèvres devant une vitrine de vieilles pièces de monnaie. Il en fut totalement hypnotisé. Par combien de mains ces pièces étaient-elles passées ? De quels drames, de quelles histoires avaient-elles été le témoin silencieux ? S'étaient-elles trouvées dans les poches de pachas et de beys ? Un sultan en aurait-il touché certaines ? Et des tueurs aussi, peut-être ? Il avait envie d'en acheter, mais il se maîtrisa. Le *medjdeh* devait être très bien dépensé et, pour ce faire, il devait d'abord étudier le produit.

— Et que vois-je là ? demanda le propriétaire du magasin, un vieux Turc à la barbe blanche effilée, qui lui adressa un sourire chaleureux. Un petit Arménien qui fait des courses ? – D'un geste, il l'invita à l'intérieur. – Entre, mon garçon ! Entre ! Bienvenue dans mon humble boutique ! Tu veux jeter un coup d'œil sur les belles pièces de monnaie que j'ai ici ?

L'invitation était tentante et, pendant un instant, Kaloust faillit accepter. Mais il songea alors qu'il avait déjà passé un long moment dehors et qu'il était peut-être préférable de retourner à l'école.

— Quelle heure est-il, effendi ?

Le vieux Turc tourna la tête et regarda la grande horloge accrochée au mur au fond de la boutique.

— Il est presque midi.

Lorsqu'il se retourna pour continuer à séduire son client potentiel – jeune certes, mais probablement aisé à en croire la blouse aux couleurs du Robert College –, celui-ci s'était déjà volatilisé.

Kaloust courait vers l'école.

VII

Les semaines suivantes furent consacrées à flirter avec les pièces de monnaie. Chaque jeudi, lorsque le cours d'éducation physique débutait, Kaloust s'échappait du Robert College et, après avoir traversé la moitié de Constantinople dans le *tünel* et à pied, il allait contempler la collection numismatique de la boutique d'antiquités du Grand Bazar.

Le vieux Turc à la barbe blanche effilée s'était habitué à le voir déambuler dans la rue des orfèvres et, l'invitant à entrer, il guida patiemment son client potentiel parmi les échantillons qui étaient exposés sous le comptoir vitré de son échoppe, en lui donnant des explications sur chacune des pièces. Il était convaincu que l'intérêt démontré par le garçon ne pouvait que se terminer par un achat.

— Ceci est une vieille pièce de 40 *paras*, dit-il en désignant une petite pièce de cuivre. Elle date du temps d'Abdülmecid.

— Comment le savez-vous ?

— Tu doutes de moi, mon garçon ? s'exclama le vieux Turc, feignant d'être scandalisé. Je vois que tu es méfiant…

— J'aime vérifier.

Le vendeur sourit, surpris par le raisonnement prudent d'un si jeune esprit et, déterminé à montrer qu'il était de bonne foi, il fit glisser le verre du comptoir et sortit l'exemplaire qu'il avait mentionné.

— Tu vois ces lettres ? demanda-t-il en indiquant les caractères arabes entremêlés au centre de la pièce. C'est une *tugra*, le monogramme identifiant le sultan qui régnait lorsque cette pièce était en circulation. – Il approcha la pièce du jeune homme. – Et que lis-tu ici ? « Abdülmecid, fils de Mahomet, victorieux à jamais. » Tu vois, elle date du sultan Abdülmecid, qu'Allah le garde en Son infinie miséricorde !

Kaloust indiqua une autre pièce.

— Et celle-ci ?

Le vieux Turc remit les 40 *paras* à leur place et sortit le spécimen qui avait éveillé la curiosité du garçon.

— C'est une pièce de 10 *kurus* d'Abdul Aziz, expliqua-t-il. Tu vois ici la *tugra* avec son nom ? Elle est beaucoup moins chère, bien sûr. C'est une pièce moins rare. – Il fronça les sourcils, essayant d'évaluer la réaction du client. – Alors, ça t'intéresse ?

— Plus ou moins.

— Tu n'as pas l'air convaincu. – Il indiqua une pièce de monnaie en nickel. – Et celle-là, tu l'as déjà vue ? C'est une pièce de 4 *riyals* qui vient de Tunisie. – Il fronça les sourcils. – Exotique, hein ?

Celle-là non plus ne sembla pas convaincre le client potentiel, mais le vendeur ne désarma pas. Il lui montra une autre pièce et encore une autre, lui exposant pendant deux heures environ un cinquième du catalogue, pour finir par entendre l'écolier lui poser une question familière.

— Quelle heure est-il ?

Il était temps de retourner à l'école.

Au début, le marchand pensa qu'il convaincrait rapidement le jeune garçon de lui acheter une pièce ; après tout, ce n'était pas tous les jours qu'un tel petit ange apparaissait dans sa boutique, certainement un don d'Allah, le Munificent. La vente, cependant, commençait à tarder et, au fil du temps, il finit par comprendre que l'enfant, malgré son jeune âge et son inexpérience évidente, était un client intelligent et méfiant. Avec des clients de ce genre, il le savait, la méthode adéquate exigeait patience et persévérance ; dans de tels cas, les tentatives de vente précipitée avaient tendance à mal se terminer.

— Tu es difficile, mon garçon, conclut-il au bout de la troisième visite. Tu viens ici, tu inspectes ma marchandise, je parle, je parle, tu regardes ici et là, et pour finir tu t'en vas en me laissant sur ma faim et les poches aussi vides que quand tu es entré. Finalement, tu vas acheter un de mes trésors ou non ?

L'écolier ne détournait pas les yeux des innombrables pièces de monnaie, mémorisant leur aspect et leurs petites histoires. Ce n'était pas qu'il hésitait ; en réalité, il en était encore à recueillir des informations et à comprendre le processus. Il ne prendrait une décision que lorsqu'il se sentirait sûr de lui et qu'il en saurait assez pour aller de l'avant.

— Je ne sais pas.

— Tu ne sais pas ? Comment ça, tu ne sais pas ? Mais qu'as-tu besoin de savoir ? Si les pièces sont belles ? Elles le sont ! Si elles sont rares ? Elles le sont ! Alors, achète !

Les pièces étaient vraiment intéressantes, tant par leur valeur intrinsèque que par l'histoire qu'elles recelaient, mais les prix devaient être effrayants. Kaloust devrait-il dépenser là son précieux *medjdeh* ?

— Elles doivent être très chères…

— Oh, qu'est-ce que le vil argent comparé au plaisir de posséder une de ces merveilles ? demanda le vieux Turc. – Il lui posa la main sur l'épaule, comme un grand-père caressant son petit-fils. – Allez, tu m'as l'air d'être un brave garçon. – Il se pencha vers lui et lui chuchota à l'oreille, comme s'il lui faisait une confidence. – Pour toi, parce que c'est toi et que tu me rappelles mon petit-fils bien-aimé Ali, qu'Allah le garde toujours avec Lui, je vais faire un prix spécial. Qu'en dis-tu ?

— Combien ?

Le vendeur porta son attention sur la table en verre avec les pièces et fit un geste dans leur direction.

— Laquelle veux-tu ?

Kaloust avait eu tout le temps de se faire une idée de l'ensemble du catalogue, mais il ne connaissait toujours pas les prix. Il s'approcha d'une étagère spéciale, recouverte par un verre qui semblait particulièrement épais, et il désigna une pièce brillante, enveloppée dans un morceau de velours écarlate.

— Celle-ci.

Quand il vit la pièce indiquée, le vieux Turc se tapota la jambe et éclata de rire.

— Tu es un malin, mon garçon ! remarqua-t-il en riant. C'est un tétradrachme de Milet, la pièce la plus précieuse de ma collection. – Il secoua la tête. – Non, tu ne peux pas acheter cette pièce.

— Non ? Pourquoi ?

— Parce qu'elle est trop chère.

Kaloust mit la main dans la poche et caressa son *medjdeh* ; il venait de trouver l'objet dans lequel il allait investir.

— Combien ? insista-t-il, se préparant déjà à exhiber l'argent que son père lui avait donné. Dites-moi combien ça coûte.

Le voyant si déterminé, le marchand fronça les sourcils ; était-il possible que ce gamin eût assez d'argent pour son tétradrachme de Milet ? Et pourquoi pas ? se dit-il. Après tout, il portait l'uniforme du Robert College… Son père était sans doute un homme fortuné. Probablement un entrepreneur ou un banquier ; les Arméniens étaient très forts en affaires ! Si tel était le cas, qu'est-ce qui empêcherait le garçon d'avoir assez d'argent pour s'acheter ce petit trésor ?

— 10 livres d'or, dit le Turc. – Il approcha la tête, avec une soudaine intimité. – Mais pour toi, parce que tu es un jeune homme sympathique, je peux faire un rabais.

Kaloust eut un choc et écarquilla les yeux, abasourdi par le chiffre. 10 livres d'or ? C'était une somme impensable ! Il était même inutile de continuer à négocier.

— Non, dit-il sur un ton péremptoire, retrouvant son sang-froid et se dirigeant vers la porte. C'est beaucoup trop cher.

Le voyant prêt à partir, le marchand comprit qu'il allait devoir être raisonnable, sous peine de perdre son client.

— Parce que c'est toi, 8 livres d'or.
— Pas question !
— 6 livres d'or !

Le garçon était déjà dans la rue et fit un signe de tête sans se retourner ; un tel prix n'était même pas une base sérieuse de négociation.

— Au revoir !

Depuis un certain temps, Kaloust avait remarqué un groupe de jeunes Grecs qui, avec l'arrivée du printemps, avaient improvisé à côté du quai de Scutari quelques étals derrière lesquels ils s'asseyaient et vendaient des produits. Au début, il n'y avait même pas fait attention parce qu'il se faisait tard et qu'il devait se dépêcher de rentrer à la maison pour le cours avec son précepteur.

Ce matin-là, cependant, les cours furent interrompus par un événement imprévu. M. Spanoudis, un Grec de bonne réputation, était arrivé au Robert College en compagnie de trois filles bulgares apparemment terrifiées, poursuivi par un groupe de Turcs en colère. Au milieu d'une grande excitation, il expliqua que les trois jeunes femmes avaient été capturées par les Turcs lors des massacres en Bulgarie et amenées comme esclaves à Constantinople. En bon chrétien qui veut aider ceux qui souffrent, Spanoudis avait réussi à corrompre un eunuque du harem et à libérer les trois malheureuses. Cependant, les propriétaires s'en étaient aperçus et les poursuivaient ; l'école américaine étant l'institution chrétienne la plus proche de l'endroit où tout était arrivé, ils étaient venus s'y réfugier.

Comme le groupe de Turcs s'était dangereusement rapproché du Robert College, Mr. Washburn avait ordonné que tout le monde s'enferme dans le Hamlin Hall, avec interdiction de s'approcher des fenêtres et, accompagné du professeur Long, il descendit pour affronter la colère des poursuivants. Sur un ton calme, il les informa qu'ils se trouvaient dans une propriété privée et, d'un geste impérieux, leur ordonna de se retirer immédiatement, sinon les chiens seraient lâchés. Les Turcs parurent déconcertés par sa réaction ; ils avaient l'habitude de voir les chrétiens trembler de peur, non de leur faire face avec fermeté, voire un certain mépris. En outre, comprenant que ces deux giaours étrangers, bien que désarmés, étaient différents des laquais de l'Empire ottoman et pourraient leur créer de graves problèmes, ils se retirèrent.

Ainsi, ce jour-là, les cours furent supprimés et les étudiants externes renvoyés plus tôt chez eux. C'est pourquoi, en rentrant de l'école avec le bateau à vapeur et disposant d'un peu de temps, Kaloust jeta un coup d'œil sur les étals des vendeurs grecs. C'est alors qu'il aperçut une poignée de pièces de monnaie de couleur sombre. Sa curiosité éveillée, il se décida à regarder. Il prit l'une d'elles et réalisa qu'il s'agissait de 10 *kurus*, une pièce qui n'avait plus cours.

— Où avez-vous trouvé ça ? demanda-t-il, intrigué.

Le vendeur grec, un adolescent maigrelet, désigna le Bosphore.

— Là-bas.

Kaloust regarda dans la direction indiquée sans comprendre. Faisait-il allusion au pâté de maisons de l'autre côté du canal ?

— Là-bas où ? Dans le bazar ?

Le vendeur éclata de rire.

— C'est ça, le bazar marin, rétorqua-t-il avec ironie. Au fond de l'eau, où veux-tu que ce soit ? Depuis qu'il fait moins froid, mes amis et moi nous plongeons à la recherche de pièces de monnaie au fond de la mer. On dirait qu'au fil des siècles, des gens ont jeté leur argent par les fenêtres. C'est une vraie mine, tu sais.

L'information fut une grande révélation pour le jeune Arménien. C'est ça, se dit-il, il y a des pièces au fond de la mer ! Il se rappela avoir lu dans un manuel scolaire au Robert College que lorsque les Turcs conquirent Constantinople, les Byzantins chrétiens qui étaient encerclés dans Stamboul jetèrent dans la mer tout l'or et l'argent qu'ils possédaient afin que l'ennemi ne puisse s'approprier les richesses des vaincus. Le fond de la mer devint tellement brillant qu'aujourd'hui encore le canal qui sépare Stamboul de Pera s'appelle la Corne d'Or en raison de l'or qui scintillait dans le lit de ce petit bras de la mer de Marmara.

Et si le trésor des Byzantins s'y trouvait encore ? Il est vrai que la pièce de 10 *kurus* avait été frappée par les Ottomans et ne pouvait donc pas faire partie de celles qui avaient été jetées dans la Corne d'Or. Mais, avec tous les courants qui traversaient ces eaux, qu'est-ce qui aurait empêché une pièce byzantine de traverser le Bosphore et d'aller se déposer près de Scutari ? Si le bateau à vapeur qui le ramenait de l'école le faisait, pourquoi pas une pièce du trésor ?

— Montre-moi tes pièces ! demanda-t-il, soudainement excité. Je veux les voir toutes.

Quelque peu surpris par la demande, le Grec alla chercher une caisse en bois qu'il posa par terre, près de l'étal. Kaloust plongea les mains dans le tas de pièces en nickel, en cuivre et en bronze, et les identifia l'une après l'autre. Il réalisa qu'il s'agissait de pièces de monnaie ottomanes, certaines vieilles de quelques centaines d'années, d'autres plus récentes.

À un moment donné, il découvrit une pièce dont il ne parvint à distinguer aucune des deux faces tant elle était recouverte de boue séchée. De l'examen des échantillons précédents, il avait déduit que plus il était difficile d'enlever la saleté d'une pièce de monnaie, plus elle avait tendance à être vieille. Or, celle-ci était particulièrement souillée, ce qui ne pouvait que signifier qu'elle était effectivement très vieille. Il essaya d'arracher la boue avec les ongles, mais elle résista à tous ses efforts.

— Donne-la-moi ! dit le jeune Grec. J'ai une méthode infaillible.

Kaloust lui tendit la pièce et le vendeur sortit un petit couteau de sa poche. Le Grec commença à gratter la boue jusqu'à ce qu'une partie finisse par se détacher, libérant la moitié d'un côté de la pièce. Le jeune Arménien la récupéra puis regarda l'image qui s'y trouvait et les lettres qui y étaient gravées.

Un tétradrachme de Milet.

Réalisant ce qu'il avait entre les mains, Kaloust sentit son cœur bondir dans sa poitrine. Il avait trouvé un tétradrachme ! Était-ce possible ? Il regarda à nouveau le dessin sur la pièce et confirma ce qu'il avait vu. Perturbé, il fit une pause et respira profondément. Puis, avec toute la retenue dont il était capable, il dévisagea son interlocuteur pour commencer la négociation.

— Combien en veux-tu ?

Le Grec le regarda dans les yeux, s'efforçant de deviner ce que le client avait dans la tête. Il s'était aperçu du choc que le gamin arménien n'avait pas pu dissimuler en voyant la face découverte de la pièce et il en déduisit qu'il pourrait en demander un bon prix.

— 20 shillings.

Une grimace de déception parcourut le visage de Kaloust. Le prix était nettement inférieur au coût de la pièce, il le savait ; mais, de fait, il n'avait pas autant d'argent.

— Es-tu fou ? demanda-t-il en feignant d'être offensé. Ça vaut… un shilling.

En réalité, c'était ce que le Grec était initialement disposé à demander pour cette vieillerie sale et rouillée. Cependant, il était convaincu qu'il pourrait en tirer davantage.

— 15.

— 2.

— 10.

— 3.

Le Grec hésita. Une heure plus tôt, 3 shillings auraient représenté beaucoup plus que ce qu'il aurait jamais imaginé tirer de ce vieux morceau de métal. Devait-il se contenter de cette somme ?

— 10 shillings, dit-il sur un ton sentencieux, risquant le tout pour le tout. Je ne descendrai pas en dessous. Cette pièce vaut bien plus.

C'était vrai, Kaloust le savait, elle valait beaucoup plus de 10 shillings. Mais il ne disposait pas d'une telle somme. En désespoir de cause, il mit sa main dans la poche et en sortit le *medjdeh* que son père lui avait offert ; la vision de l'argent allait peut-être aiguiser la cupidité du vendeur.

— Un *medjdeh* c'est le maximum que je puisse te donner, dit-il en vidant ses poches pour prouver qu'elles étaient effectivement vides. Je n'ai rien d'autre. – Il regarda le tétradrachme avec un air de mépris. – Un *medjdeh* vaut 5 shillings, c'est un bon prix pour ce morceau de rouille.

Le Grec réfléchit à l'offre. Le client avait vraiment les poches vides, mieux valait accepter les 5 shillings, un prix bien au-dessus de ce qu'il pouvait attendre d'une telle vieillerie.

— Affaire conclue.

Lorsqu'il rentra chez lui quelques minutes plus tard, Kaloust ne pouvait guère contenir son excitation. Contrairement aux règles de bienséance en vertu desquelles il ne devait s'adresser à son père que lorsque celui-ci l'interrogeait, il gravit les marches de l'escalier deux par deux et se précipita dans son bureau.

— J'ai fait une affaire ! annonça-t-il d'une voix enthousiaste. Une super affaire !

Son excitation réveilla son père qui somnolait sur le canapé. Il leva la tête et regarda vers la porte, un œil toujours fermé, l'autre à moitié ouvert.

— Que se passe-t-il ? demanda-t-il, endormi. Qu'est-ce que c'est ?

Réalisant qu'il avait perturbé la sieste de son père et se voyant directement interpellé par lui, le garçon se retint. Il domina enfin son impatience et baissa la tête, soumis.

— Je vous demande pardon, Monsieur, murmura-t-il docilement. C'est moi. J'ai… j'ai fait une affaire.

Vahan s'étira et se redressa sur le canapé.

— Une affaire ? Quelle affaire ?

Le garçon mit la main à sa poche et en sortit le tétradrachme qu'il venait d'acquérir.

— J'ai acheté cette vieille pièce. Elle vaut beaucoup d'argent.

Son père mit une longue seconde à assimiler l'information. Il plissa les yeux, essayant de comprendre ce que le garçon tenait dans la main, et lui fit signe d'approcher.

— Montre-moi ça.

Kaloust entra sur la pointe des pieds dans le bureau, glissa sur un énorme tapis persan, arriva près de son père et lui donna la pièce. Vahan la saisit et l'examina avec attention.

— C'est un tétradrachme de Milet, Monsieur, précisa le fils. Une pièce de grande valeur.

Le père regarda la pièce de près et la boue sèche qui la salissait.

— Combien as-tu donné pour ça ?

— Un *medjdeh*, Monsieur.

— Quel *medjdeh* ? Celui que je t'ai donné ?

— Oui, Monsieur.

Le visage arrondi de Vahan rougit.

— Ce n'est pas un tétradrachme, imbécile ! vociféra-t-il. C'est un « trétadrachme » ! – Il lui rendit la pièce avec un geste brusque et agacé. – Tu n'as rien trouvé de mieux que de gaspiller le *medjdeh* que je t'ai donné dans une… cochonnerie pareille ? Tu n'as donc aucun bon sens ? Tu ne sais pas ce que c'est qu'économiser ? Tu as dilapidé l'argent…

Ce sermon était la dernière chose à laquelle s'attendait le garçon après l'affaire qu'il venait de réaliser. Comment était-il possible que son père ne vît pas ? Pourquoi ne s'informait-il pas correctement avant de le réprimander de la sorte ? Il ne comprenait pas que la pièce faisait partie du trésor de la Corne d'Or et valait une véritable fortune.

— … que je t'avais donné pour acheter une telle camelote ? Fais attention, la vie n'est pas un lit de roses, tu entends ? Ce n'est pas parce que tu es nourri et que tu dors dans des draps propres que tu peux gaspiller inconsidérément ce que j'ai tant de mal à gagner ! Essaie d'avoir un peu de jugeote et de bon sens, mon fils !

Lorsque son père eut fini de le chapitrer, Kaloust se retira dans sa chambre et, se jetant sur son lit avec désespoir, fit la seule chose qu'il pouvait faire pour se libérer du nœud qui l'étranglait.

Il pleura.

VIII

Le nettoyage du tétradrachme, ou plutôt du « trétadrachme », comme son père l'avait appelé avec une ironie corrosive et impitoyable, était devenu la priorité de Kaloust dans les jours qui suivirent. Après avoir eu recours à des solutions chimiques conseillées par le professeur de sciences du Robert College, il parvint à éliminer la boue sèche et la patine incrustées dans la pièce de monnaie, jusqu'à ce que l'argent devienne brillant et que l'antiquité acquière une seconde jeunesse.

— Quelle merveille ! murmura-t-il, subjugué par la pièce de monnaie tandis qu'il la contemplait à la lumière du soleil qui embrasait sa chambre. Il n'y a rien de plus beau !

À présent que la pièce brillait, il passa à la deuxième phase de son plan. Le jeudi suivant, comme à l'accoutumée, il profita des trois heures de pause pendant le cours d'éducation physique pour s'échapper une fois de plus à Stamboul et rendre visite à l'antiquaire du Grand Bazar.

— Comment ? Que fais-tu par ici ? s'exclama le vieux Turc lorsqu'il le vit entrer dans son échoppe.

Va-t'en, giaour ! Je perds mon temps avec toi et à la fin tu disparais sans faire affaire ! Va-t'en et laisse-moi tranquille !

Kaloust sourit.

— Cette fois, je suis venu faire des affaires.

Le visage du vendeur se transforma comme par magie ; l'indignation théâtrale fit place à un large sourire.

— Allah est grand ! dit-il en levant les bras et le visage. Le Miséricordieux a eu pitié de moi et, dans Son infinie générosité, Il a accepté de me récompenser ! – Il regarda le client en se frottant les mains. – Alors, mon garçon, que proposes-tu ?

— Garçon ? Il y a encore un instant j'étais un giaour et à présent je suis un garçon ?

— Le giaour est l'infidèle qui ne m'achète rien, expliqua le Turc en caressant sa longue barbe blanche effilée. Tu es même un brave garçon puisque tu viens adoucir la journée du pauvre vieillard musulman que je suis ! – Il fit un geste vers le comptoir vitré, l'invitant à choisir ce qu'il voulait. – Que veux-tu donc m'acheter ?

— En fait, je ne veux rien vous acheter, précisa Kaloust. Je suis venu vendre.

Le sourire disparut aussitôt du visage du marchand, qui se contracta en une expression méfiante ; il n'avait pas prévu une telle réponse.

— Que veux-tu dire ? Tu veux vendre ? Vendre quoi ?

Comme par un tour de passe-passe, une pièce d'argent, lisse et brillante, apparut dans les mains du garçon.

— Un tétradrachme de Milet.

Le vieux Turc ouvrit la bouche avec étonnement. Il prit la pièce et, l'entourant de mille soins, comme s'il manipulait non de l'argent mais du cristal, se dirigea vers la porte pour l'examiner à la lumière du jour avec une loupe. Il grogna presque imperceptiblement tout en scrutant la pièce et, au bout d'une minute, il revint près de son client.

— Je suis désolé de te décevoir, dit-il presque à regret. Ce n'est pas un tétradrachme de Milet.

L'information surprit l'adolescent.

— Ah bon ? Alors regardez ce qu'il y a là ! dit-il en indiquant la figure de profil sur une face de la pièce. C'est un tétradrachme, vous ne voyez pas ?

Le marchand secoua la tête.

— C'est le visage d'Aréthuse, précisa-t-il. Il a été sculpté par Kimôn, un artiste de Syracuse qui a laissé son initiale, K, dissimulée dans les cheveux d'Aréthuse. Tu vois ? – Il lui montra l'autre face de la pièce, sur laquelle on voyait quatre chevaux qui tiraient un char. – Et ça, c'est un quadrige, avec la couronne de Niké, la déesse de la victoire. – Il lui rendit la pièce avec un geste désagréable. – Ce n'est donc pas un tétradrachme.

Kaloust tenait la pièce dans la paume de la main, la déception se lisant sur son visage.

— Vraiment ? Alors qu'est-ce que c'est ?

— Un simple décadrachme de Syracuse. – Il baissa la tête, comme s'il détestait annoncer une si mauvaise nouvelle. – Je suis désolé.

Le jeune homme tourna la pièce dans sa main. Il croyait avoir trouvé un tétradrachme et, en fin de compte, ce n'était qu'un simple décadrachme !

Oh, comment avait-il pu être aussi naïf ? Son père avait raison, lui, il savait ! Si seulement il l'avait écouté…

— Vous voulez dire que… que ça ne vaut rien ?

— Ce n'est pas ce que j'ai dit, corrigea le Turc. C'est une pièce d'argent, ça ne fait aucun doute. Elle vaut donc au moins son poids en argent. Ça c'est sûr.

Le sourire, quoiqu'encore ténu, revint sur le visage de Kaloust ; après tout, cette vieillerie avait tout de même une certaine valeur ! Ce n'était peut-être pas le trésor de la Corne d'Or, mais il gagnerait néanmoins quelque chose avec ! Il reprit à nouveau espoir.

— Combien ?

Le vieil homme se gratta le nez en réfléchissant.

— 10 shillings.

En entendant ce chiffre, Kaloust fronça les sourcils.

— Je ne savais pas que l'argent était si bon marché…

Le commerçant ne put réprimer l'ébauche d'un sourire.

— Oui, tu as peut-être raison, admit-il. Allez, 20 shillings.

L'écolier réfléchit à l'offre. 20 shillings, c'était quatre fois plus que ce qu'il avait payé pour cette antiquaille. Il avait dépensé un *medjdeh* et allait en gagner quatre. Une telle affaire ne manquerait pas d'impressionner son père ! Il fut tenté d'accepter, mais il lança un regard vers le tétradrachme que le marchand avait en vente dans son magasin et il se méfia. Si la monnaie qui y était exposée valait 8 livres d'or, pour quelle raison un décadrachme ne vaudrait-il que 20 shillings ? Certes, la pièce de monnaie du magasin venait de Milet, tandis que la sienne était de Syracuse. Mais, que diable ! la différence entre deux pièces de monnaie si semblables pouvait-elle être si grande ?

— Je ne la vends pas pour moins de… 2 livres d'or !

Le prix que Kaloust annonça laissa le vieux Turc abasourdi.

— 2 livres d'or ! s'exclama le marchand. – On aurait dit que les yeux allaient lui sortir des orbites. – Non. Impossible ! Cette vieillerie ne les vaut pas. Pas question !

— C'est à prendre ou à laisser.

— Alors je laisse, répondit l'homme sans hésitation. Il ne me viendrait jamais à l'idée de payer une telle fortune pour pareille antiquité ! Qui a jamais donné 2 livres d'or pour un simple décadrachme ? Tu me prends peut-être pour la Banque ottomane !

Le jeune Arménien hésita. Il était allé trop loin. Devait-il céder ou rester sur sa position ? S'il s'en allait sans conclure la vente, il manquerait une bonne occasion de multiplier le *medjdeh* qu'il avait investi. Son esprit lui ordonnait de reculer, son cœur de ne pas le faire. Cette pièce d'argent pouvait ne pas valoir grand-chose, mais elle était belle et cela lui suffisait.

— Très bien, décida-t-il, se tournant vers la porte tout en remettant la pièce dans sa poche. Dans ce cas, au revoir !

Alors qu'il était déjà au milieu de la rue, il sentit une silhouette derrière lui et se retourna. C'était le vieux marchand Turc, qui l'avait rattrapé.

— Ah, mon garçon ! s'exclama l'homme en haletant. Tu es dur en affaires ! Je t'en donne 50 shillings.

Kaloust leva l'index.

— Une livre d'or, dit-il, péremptoire. Et je ne baisserai plus !

— Mais c'est beaucoup d'argent ! protesta le marchand. Tu crois que je suis le sultan ou quoi ? Un décadrachme, ce n'est pas un tétradrachme. Tu dois être raisonnable !

— Une livre d'or.

L'homme mit la main à sa poche.

— Par Allah, tu dois être fou !

— C'est mon prix.

Le vieux rouspéta.

— Tu abuses d'un vieil homme, grommela-t-il. Mais… bon, comme je t'aime bien j'irai jusqu'à 60 shillings.

L'Arménien agita la main.

— Adieu !

Il se tourna pour s'éloigner, mais à peine avait-il fait deux pas qu'il sentit la main du Turc le saisir par l'épaule.

— D'accord, mon garçon, capitula le marchand avec une expression de découragement. Tu as gagné ! Viens avec moi au magasin, je te donnerai ta foutue livre d'or !

Une livre d'or !

Qui aurait pensé que lui, âgé de douze ans à peine, réussirait à arracher une telle fortune à un marchand expérimenté du bazar ? Et tout ça avec un investissement d'un simple *medjdeh* ! Avec une pièce de monnaie qui valait 5 shillings, il avait réussi à obtenir une livre d'or ! N'était-ce pas une excellente affaire ? Il avait fait le miracle de la multiplication de l'argent ! Oh, comme son père serait fier !

En fin d'après-midi, arrivant à la maison, Kaloust n'avait qu'une envie, c'était de courir pour montrer la livre d'or qu'il avait gagnée grâce à l'ancienne pièce de monnaie que son père avait tant méprisée. Mais il se retint et vaqua à ses occupations habituelles. Après avoir rangé sa chambre, il descendit au salon et se mit à contempler les voiliers et les bateaux à vapeur qui sillonnaient le Bosphore.

Quand son père entra, il se leva et se tint dans sa pose habituelle de sentinelle attendant les ordres.

— Allons dîner.

Il s'assit à table avec ses parents et attendit que les domestiques les servent. Vahan et Veron échangèrent quelques mots au sujet de la réception qu'ils préparaient pour dimanche. C'était une simple question de planification, puisque l'exécution serait confiée aux deux cuisiniers, aux trois majordomes et à la légion de domestiques qui fourmillaient dans la villa. Des diplomates et d'importants membres de la communauté arménienne seraient présents, dont beaucoup avaient déjà confirmé qu'ils acceptaient l'invitation, de sorte que l'événement exigeait une certaine attention.

— Est-ce qu'il y aura des Turcs ? demanda sa mère.

— Oui, Salim Bey et deux pachas.

Veron roula des yeux.

— Zut, gémit-elle. C'est très difficile de recevoir des musulmans ! Ils laissent leurs épouses au harem et on finit toujours par avoir plus d'hommes que de femmes, c'est ennuyeux.

— Patience.

— Et les Berberian ? Sais-tu s'ils viennent avec les enfants ?

— Je ne pense pas.

— Ah, c'est dommage !

— Pourquoi ?

Veron jeta un coup d'œil vers Kaloust. Le garçon, comme il seyait à un enfant bien élevé, restait silencieux et continuait simplement de manger ce qui était dans son assiette.

— La fille serait un bon parti.

Le père éclata de rire.

— La liste des prétendants de Nunuphar est interminable, femme ! s'exclama-t-il. De plus, on dit qu'elle est déjà promise à un vague cousin. Je pense que nous n'avons aucune chance…

La conversation se poursuivit sur un ton morne et ce ne fut qu'à la fin du repas, quand les domestiques apportèrent les baklavas pour le dessert, que Vahan s'adressa à son fils.

— Alors, et les cours ?

— Tout se passe bien, monsieur, répondit Kaloust. J'ai eu français dans la matinée, et puis il y a eu les trois heures d'éducation physique. Seulement, cette fois, je n'ai pas étudié dans la bibliothèque.

Cette révélation surprit ses parents, qui le dévisagèrent avec perplexité.

— Ah bon ? s'étonna Vahan. Et qu'as-tu fait pendant tout ce temps ?

— Je suis allé au Grand Bazar.

La nouvelle fut accueillie avec une totale stupéfaction.

— Quoi ?

Les parents arrêtèrent de manger et posèrent des yeux scandalisés sur leur fils, bouche bée d'étonnement. Devinant dans les regards interloqués braqués sur lui que la tempête approchait, Kaloust glissa rapidement sa main sous la table et fouilla dans la poche de son pantalon.

— Vous vous souvenez, Monsieur, que j'ai utilisé le *medjdeh* que vous m'aviez donné pour acheter une vieille pièce de monnaie ? demanda-t-il. – Puis il sortit la main de sous la table et présenta une pièce dorée. – On m'a donné ceci pour cette vieillerie.

— Tu… tu es allé au bazar ? s'exclama son père, ignorant la pièce de monnaie. Es-tu fou ? Tu as une idée du danger qu'on court dans les rues de Constantinople ? Tu ne sais donc pas qu'elles sont infestées de réfugiés en colère ?

— Je sais comment les éviter, Monsieur.

— Ah oui, tu sais comment les éviter ? Ce sont des gens qui ont égorgé des chrétiens, mon garçon ! Ce sont des gens sans pitié ! Ce sont…

Le fils plaça la pièce devant ses yeux.

— Regardez.

Le père se pencha en avant et plissa les yeux, s'efforçant de voir ce que son fils lui montrait.

— Qu'est-ce que c'est que ça ?

Oh, comme ce moment était glorieux, pensa Kaloust, contenant mal l'excitation qui lui donnait envie de sauter sur sa chaise.

— C'est une livre d'or.

La prouesse du garçon, compte tenu de son jeune âge, rendit son père particulièrement fier.

— Ce n'est pas tous les jours qu'un *medjdeh* se transforme en une livre d'or ! se vanta Vahan devant ses invités à la réception du dimanche suivant, auxquels il raconta l'histoire avec moult détails. Ce gamin ira loin ! – Et il s'empressa d'ajouter. – Et il a du cran, hein ? Il s'est aventuré dans les rues pour faire cette affaire !

C'était un sacré progrès ! Et dire que lorsqu'il avait investi ses 5 shillings, Kaloust avait été traité de « dépensier » et de « morveux trop gâté ». Il jouit de la gloire du moment et de la fierté que sa prouesse financière avait suscitée dans la famille. Était-il oui ou non un grand négociant ? Le plaisir d'une affaire bien menée s'enracina fermement en lui ; ou bien alors, qui sait, peut-être était-ce simplement sa nature, et la transaction du décadrachme avait seulement servi à révéler son goût inné pour les affaires.

Toujours est-il qu'il commença à fouiller dans les boîtes contenant des pièces de monnaie que les garçons grecs vendaient sur le quai de Scutari. Il n'avait rien retrouvé d'une telle valeur, mais ce n'était pas ça qui l'arrêterait, décida-t-il. Il avait compris une chose : le monde regorgeait de juteuses affaires qui ne demandaient qu'à être conclues. Il suffisait d'ouvrir l'œil pour les découvrir. Et avoir l'art de les cultiver et de les faire fructifier.

Il se mit à chercher de nouvelles opportunités et, comme on pouvait s'y attendre, il réalisa rapidement que les tapis, ancienne activité de son père, offraient de grandes potentialités. Il s'attacha alors à les étudier avec attention, essayant de comprendre lesquels étaient vraiment précieux et pourquoi. En discutant avec son père, il découvrit, non sans surprise, que ceux qui étaient usés avaient plus de valeur que les neufs, ce qui, à première vue, défiait toute logique.

— Les tapis sont comme un bon bordeaux, lui expliqua Vahan, un verre de vin français à la main. Plus ils sont vieux, meilleurs ils sont. Leur valeur devient maximale lorsqu'ils ont été utilisés pendant huit ans. C'est l'usage qui leur donne leur souplesse, leur douceur parfaite, et qui permet de mêler de façon harmonieuse les couleurs de leurs motifs.

Kaloust n'était pas seulement motivé par les affaires, mais aussi par son penchant pour l'harmonie, l'esthétique des choses. Bref, par l'art. Ah, l'art ! L'idéal, ce qui était vraiment un rêve, serait de concilier ces deux facettes de sa nature. Art et affaires. Faire de l'art une affaire et des affaires un art. C'était ce à quoi il aspirait vraiment ! Serait-il un artiste à la hauteur d'une aussi grande ambition ?

Le succès de sa transaction de la pièce de monnaie orienta le jeune Arménien vers la voie qu'il devinait être la sienne. Il continua donc, les jeudis, à faire la tournée du Grand Bazar, désormais avec l'approbation de ses parents qui avaient chargé le *kahveci* de l'accompagner et de le protéger des hordes de réfugiés qui avaient réussi à échapper aux massacres en Bulgarie et étaient devenus des mendiants, parfois dangereux. Dans le Grand Bazar, cependant, la sécurité était absolue et le jeune homme avait fait de la rue des tapis son secteur de prédilection, compte tenu de son intérêt croissant pour cet art aux traditions séculaires en Orient.

Il gardait aussi un œil sur la numismatique.

Mais pendant un certain temps, il évita de passer devant la boutique où il avait vendu son décadrachme de Syracuse, parce qu'il ressentait une inexplicable frustration. Il se rendit compte qu'il avait du mal à se défaire de belles œuvres d'art, même pour réaliser une bonne affaire, à moins d'obtenir quelque chose de bien mieux en contrepartie. Mais il était difficile de trouver mieux qu'une pièce de monnaie valant une livre d'or.

Au bout d'un mois, surmontant son inhibition, il décida de se rendre dans le magasin de la rue des orfèvres. Le vieux Turc l'accueillit avec un grand sourire et lui offrit même un café tout en se confondant en amabilités ; l'écolier ne l'avait jamais vu dans de si bonnes dispositions.

— Eh bien mon garçon, tu n'as pas découvert d'autres pièces comme celle que tu m'as vendue ? finit-il par demander après quelques échanges préliminaires. Si tu en découvres, tu sais où me trouver.

En réalité, Kaloust n'était pas venu pour une simple visite de courtoisie. Il avait une certaine nostalgie du décadrachme dont il s'était séparé et souhaitait le revoir. Mais il n'avait pas l'intention d'afficher sa faiblesse, et il ne mentionna donc pas le sujet, se contentant de demander la permission d'apprécier à nouveau toutes les pièces du magasin. Il admira les exemplaires un par un, lentement, comme si la plus insignifiante des pièces qu'il examinait était un joyau sans pareil, jusqu'à ce qu'il atteigne la partie de l'étagère vitrée où se trouvaient exposées les précieuses pièces d'argent grecques. Il y avait le tétradrachme de Milet, à présent avec le prix griffonné en dessous, 10 livres d'or. À côté, à une place tout aussi importante, se trouvait le décadrachme de Syracuse, également avec le prix.

20 livres d'or.

Kaloust se figea brusquement, son esprit refusant d'accepter ce que ses yeux voyaient. Non, ce n'était pas 20 livres d'or, mais 2. Ce fut du moins ce qu'il se dit dans le dialogue intérieur qu'il établit à ce moment-là. Il avait vu un zéro qui n'existait pas. Qui ne pouvait pas exister. C'est pourquoi il ferma les yeux et les rouvrit, convaincu que l'illusion d'optique ne se reproduirait pas.

20.

Le satané zéro était toujours là. Un 2 et un 0. Il n'y avait aucun doute. 20. Ce qui était écrit était vraiment 20. Abasourdi, le garçon se retourna et dévisagea le commerçant avec une expression interrogative.

— 20 livres d'or ?

Le vieux Turc lui souriait avec gentillesse, bien que son regard fatigué laissât échapper ce qui semblait être un soupçon de malice.

— Je n'avais rien contre toi, mon garçon, dit-il. Seulement, c'était une bonne affaire. Et même une excellente affaire à vrai dire. – Il désigna la pièce de monnaie. – Le décadrachme de Syracuse a été frappé pour célébrer la victoire de Syracuse sur Athènes, lors de la guerre du Péloponnèse. Sais-tu quel âge a cette pièce ? Presque deux mille cinq cents ans ! Elle vaut deux fois plus que le tétradrachme de Milet ! Ah, ce fut une excellente affaire !

Sans dire un mot, le visage en feu, Kaloust tourna les talons et prit la porte. En réalité, il savait qu'il ne pouvait pas se plaindre. N'avait-il pas lui-même trompé le Grec qui avait trouvé la pièce au fond de la mer ? Le trompeur avait lui aussi été trompé, et cela lui permit de comprendre qu'il était plus facile de porter un coup que d'en être victime.

Mais ce ne fut pas la leçon la plus importante. Cette mésaventure lui permit surtout de comprendre qu'en affaires, comme d'ailleurs en tout dans la vie, il était essentiel de savoir avant d'agir. Il savait quelque chose que le Grec ne savait pas, et c'est ce qui lui avait donné l'occasion de faire une bonne affaire. Le vieux Turc, quant à lui, connaissait une chose que lui-même ignorait, et c'était ce simple fait qui l'avait fait passer à côté d'une meilleure affaire encore. Au bout du compte, il prit conscience avec amertume que le savoir, c'était le pouvoir.

DEUXIÈME PARTIE

L'OCCIDENT

« La valeur d'un homme n'est pas supérieure à la valeur de ses ambitions. »

Marc AURÈLE

I

La lumière déclinante de la fin de journée projetait sur les collines escarpées de Marseille des teintes dorées ; les habitations se reflétaient avec une symétrie syncopée dans le miroir liquide de la Méditerranée ; la lueur du soleil couchant sur la mer scintillait en une myriade tumultueuse de lucioles, tel un chapelet d'étincelles qui s'allumaient et s'éteignaient au gré des flots.

Kaloust Sarkisian s'accouda au bastingage et contempla la ville tandis que le navire glissait doucement vers l'entrée du Vieux-Port. Le voyageur était fasciné par le spectacle qui s'amplifiait à l'approche de la terre, et surtout par la vision de Notre-Dame-de-la-Garde couronnant la ville comme un phare majestueux. C'était la première fois qu'il quittait l'Empire ottoman et arrivait dans des contrées où les chrétiens étaient les maîtres ; comme cette ville était différente avec ses clochers à la place des minarets !

L'adolescent de quinze ans avait quitté Constantinople quelques jours auparavant, conformément aux instructions de son père, pour poursuivre ses études en Occident. Le passage au Robert College avait été un succès, mais Kaloust éprouvait toujours quelques difficultés à s'exprimer en français et en anglais. Or Vahan voulait que son fils maîtrise parfaitement ces langues pour mieux réussir dans la vie ; quel meilleur endroit pour les apprendre que dans le pays même ?

— Monsieur Sarkisian ? demanda un homme en haut-de-forme sur le quai du Vieux-Port lorsque le passager débarqua. Bienvenue en France ! salua l'étranger, en soulevant son couvre-chef et en lui tendant la main. Je suis Pierre Marchand, le correspondant de la Banque impériale ottomane ici, à Marseille. Vous avez des bagages ?

Du pouce, Kaloust indiqua les porteurs qui le suivaient, deux commissionnaires du navire qui transportaient trois malles, dont deux de dimensions imposantes. Marchand conduisit le nouveau venu au fiacre et, une fois les bagages chargés, ils quittèrent le Vieux-Port et suivirent la Canebière animée jusqu'à un appartement dans le quartier des Réformés.

Le fiacre s'arrêta dans une ruelle tranquille et les voyageurs en descendirent. Obéissant à un geste du Français, le jeune Arménien franchit la porte entrouverte d'un bâtiment et se laissa guider jusqu'à un appartement au rez-de-chaussée. En entrant, il réalisa que le logement était petit, du moins au regard des maisons où il avait vécu à Trébizonde et Scutari, mais qu'il s'en dégageait un charme particulier.

— Est-ce ici que je vais loger ?

— J'espère que c'est à votre goût, confirma l'hôte. J'ai loué cet hôtel particulier selon les instructions de notre agent commercial à Constantinople, avec qui

M. votre père a parlé. Ils m'ont demandé de trouver un appartement avec un *je-ne-sais-quoi de charme* et… *voilà*[1] !

Kaloust se mordit la lèvre, ne sachant pas encore s'il allait détester ou adorer.

— Humm… ce n'est pas mal.

Marchand applaudit.

— Ah, bravo ! Je savais que ça vous plairait ! C'est charmant, n'est-ce pas ? – Il regarda en direction de la cuisine, où passa une silhouette fugace. – Mme Dinant ? Mlle Duprés ?

— Oui ? répondirent deux voix féminines en un chœur désaccordé.

Le nouveau venu tourna son regard et aperçut à la porte de la cuisine, se profilant dans la lumière d'une fenêtre intérieure, deux silhouettes de femmes qui s'approchèrent de l'entrée où se trouvaient les deux hommes ; la première était une matrone en tablier au visage rose, la seconde une jeune fille en robe bleue, avec des cheveux bruns bouclés et de grands yeux vert bouteille. La matrone, la quarantaine, corpulente, devait être une campagnarde française, mais Kaloust concentra son attention sur la jeune femme. Elle avait un visage frais, ni beau ni laid, et devait avoir dix-huit ans environ.

Marchand les présenta. Kaloust ôta son fez rouge et dit « Bonsoir madame, bonsoir mademoiselle » ; elles lui répondirent en faisant une révérence, pliant légèrement les genoux, une réaction à laquelle la jeune fille ajouta un sourire timide.

1. Les expressions et termes en français dans le texte sont notés en italique. *(N.d.T.)*

— Mme Dinant est chargée de l'organisation du service, expliqua le Français en indiquant la matrone au visage joufflu. C'est elle qui sera chargée de faire le ménage dans l'appartement, laver le linge, faire les courses et préparer les repas. – Puis il se tourna vers la jeune fille. – Mlle Duprés sera responsable de votre éducation. Elle vous donnera des leçons sur l'histoire de France et la littérature française et vous aidera à améliorer votre français, ce qui est, il me semble, le véritable objet de votre visite. – Il fit une pause, comme s'il avait dit tout ce qu'il avait à dire. – Pour ma part, je crois que c'est tout. Y a-t-il autre chose que je puisse faire pour vous ?

— Je ne crois pas, non.

Avec le professionnalisme de ceux qui connaissent la valeur du temps, l'hôte lui tendit un petit papier.

— Voici ma carte, dit-il. – Puis il remit aussitôt son chapeau sur la tête et s'apprêta à partir. – Mon bureau se trouve à côté du café Radieuse, c'est tout près d'ici. – Il lui tendit la main. – Si vous avez besoin de mes services, vous savez où me trouver. Je suis à votre disposition, monsieur.

Après un geste de la main sur son haut-de-forme en guise d'au revoir, Marchand quitta l'appartement et laissa le jeune Arménien seul avec les deux femmes. En tant que chrétien, et contrairement aux Turcs musulmans, Kaloust était habitué à coexister avec l'autre sexe. Cependant, c'était la première fois qu'il se trouvait dans une maison avec deux femmes qu'il ne connaissait pas et sans un seul homme alentour ; c'était absolument impensable dans le pays d'où il venait, en particulier pour un jeune homme qui entrait dans la puberté et s'éveillait à certaines réalités de la vie. En France, visiblement, les mœurs étaient plus libres. Il devrait s'y habituer.

Ce qu'il fit.

— Auriez-vous la gentillesse de me montrer mes appartements ?

Bien que l'éducation fût traditionnellement considérée comme une activité ardue, Kaloust l'avait toujours envisagée comme un divertissement. À Marseille, il porta cette approche ludique de l'apprentissage un peu au-delà, peut-être, des limites du raisonnable et, si son séjour dans cette ville déconcertante se révéla instructif, ce fut avant tout dans l'exploration des sens, portée à son apogée.

Les plats préparés par Mme Dinant étaient étonnamment raffinés. Le jeune homme pensait que la subtilité était un art oriental, mais le fait de voir la cuisinière française préparer avec maestria les sauces à la crème ou les champignons se révéla un véritable enchantement auquel il ne s'attendait pas, surtout pour son palais. Et les charmes de la gastronomie locale, l'Arménien le comprit bien vite, ne se limitaient pas aux délicieux plats domestiques. Il suffisait de se rendre dans l'une des nombreuses tavernes de la ville pour y découvrir de véritables trésors d'art culinaire.

Par ailleurs, les cours avec Mlle Duprés étaient eux aussi une source de plaisir inépuisable. La jeune fille arrivait toujours agréablement vêtue et parfumée, avec un maquillage discret et élégant, une grâce infinie dans le maintien, une voix d'une mélodie insurpassable. Bref, tout était *comme il faut*. Après le petit déjeuner, composé de café, de croissants et d'une baguette chaude, ils passaient la matinée à revoir des notions de grammaire ou, de préférence, à se délecter avec la littérature française, notamment les romans d'Honoré de Balzac, d'Émile Zola, d'Alphonse Daudet, de Stendhal et de Gustave Flaubert, les contes de Guy de Maupassant et la poésie de Charles Baudelaire, en particulier les vers puissants des *Fleurs du mal*, qu'elle déclamait de sa voix douce aux accents pleins de mélancolie langoureuse.

Ô toison, moutonnant jusque sur l'encolure !
Ô boucles ! Ô parfum chargé de nonchaloir !
Extase ! Pour peupler ce soir, l'alcôve obscure
Des souvenirs dormant dans cette chevelure,
Je la veux agiter dans l'air comme un mouchoir !

Elle prononçait les mots comme si elle les savourait, explorant la douceur de chaque syllabe, les yeux fermés, la poitrine palpitant et son corps svelte se laissant bercer par le rythme nostalgique de ces vers enchanteurs. Quand il la voyait ainsi, plongée dans les plus profondes extases poétiques, Kaloust sentait son ventre réagir, comme si la fougue de la déclamation contenait un appel, peut-être même une insinuation lubrique, et il devait faire un effort pour ne pas poser sur ses lèvres un baiser impétueux.

Malgré l'érotisme que contenaient ses déclamations, il devint clair peu à peu qu'elle s'acquittait de sa tâche avec beaucoup de professionnalisme et de rigueur. Cela n'empêchait pas la jeune préceptrice de vibrer à certaines lectures, en particulier celles des œuvres les plus populaires d'Eugène Sue et d'Alexandre Dumas. Son enthousiasme pour ces auteurs se révéla si grand qu'un matin, elle entraîna son élève jusqu'au

Vieux-Port et l'installa dans un bateau de pêche d'où se dégageait une forte odeur de poisson.

— Où allons-nous ? demanda Kaloust, gêné par l'odeur.

— Vous voulez de la littérature ? rétorqua-t-elle avec une légère moue, exhibant un livre dont le garçon reconnut bientôt la couverture. Je vous emmène à la rencontre du comte de Monte-Cristo.

Le château d'If se détachait à l'horizon : c'était une île minuscule située à deux kilomètres au sud-ouest de Marseille, que Dumas avait rendue célèbre dans son roman, *Le Comte de Monte-Cristo*, celui-là même qu'ils avaient lu la semaine précédente et qu'elle avait posé sur ses genoux. Quand il arriva au château d'If, Kaloust découvrit une forteresse du XVIe siècle transformée en prison, le lieu où le héros fictif de Dumas avait été emprisonné.

La préférence de Mlle Duprés pour ces deux grands romanciers permit au garçon de déceler en elle un trait particulier de sa personnalité : un incurable romantisme. C'était extraordinaire comme la respiration de sa préceptrice s'accélérait à la lecture des scènes d'amour, décrites sur un ton exagérément dramatique, ce qui constituait un singulier défi pour son timide élève. Comment allait-il concilier le penchant de la Française pour les thèmes amoureux avec l'ardeur qui lui brûlait le ventre pendant les cours ?

Cette réponse ne figurait pas dans les livres.

Si les ouvrages n'offraient pas de solution aux nouveaux défis de la vie, Kaloust réalisa qu'il pouvait percer ce mystère dans les rues de Marseille. Ou, plus précisément, chez certaines dames qui fréquentaient les environs de la Canebière, le cœur de la ville. Ces femmes portaient des jupes aux couleurs criardes qui leur arrivaient aux genoux, laissaient leurs épaules découvertes, permettant parfois même que l'on voie le haut de leurs seins, et leurs visages fortement maquillés dessinaient des sourires, des mimiques et des invitations auxquelles le jeune étranger n'était pas totalement indifférent.

Il les voyait tous les soirs quand il revenait de sa promenade et rentrait chez lui. Il réagissait toujours avec un détachement feint ; d'ailleurs, n'avait-il pas entendu quelqu'un dire que les jeunes filles aux charmes faciles portaient dans leurs entrailles des maladies aux noms imprononçables ? La curiosité, cependant, avait un effet corrosif sur sa volonté et suscitait des tentations. Comment rester indifférent à tant de provocations ?

Après un certain temps, s'armant de courage, il s'arrangea pour aborder la question dans ses conversations avec Mlle Duprés. L'occasion se présenta un vendredi matin, alors qu'ils lisaient ensemble *Les Mystères de Paris*, le feuilleton d'Eugène Sue dont l'action tournait autour du prolétariat parisien. Un passage du roman évoquait une dame qui vendait ses charmes dans la rue et, trouvant là l'occasion rêvée, Kaloust en profita immédiatement.

— C'est une chose curieuse, cette histoire de femmes faciles, remarqua-t-il avec l'expression la plus naturelle dont il fut capable. Vous savez, mademoiselle, à Constantinople, ce n'est pas comme ça.

La préceptrice interrompit la lecture et leva les yeux du livre.

— Il n'y a pas de femmes de petite vertu à Constantinople ?

— Il y en a sans doute, déclara le jeune Arménien. Mais elles ne s'exposent pas ainsi sans vergogne dans la rue. Tout est… comment dirais-je, plus discret. Mais ici… Vous avez vu comment ça se passe près de la Canebière ? Elles sont partout ! Et si par hasard nous passons par là, elles nous interpellent, nous lancent des baisers, font des insinuations ! Pas plus tard qu'hier soir cela m'est encore arrivé, rendez-vous compte…

Mlle Duprés rit discrètement.

— Est-ce que cela vous dérange ?

— Un peu…, dit-il, en simulant la pudeur. – Il se tut, hésitant. Il ne voulait pas donner l'impression d'être un petit garçon trop sage. – C'est-à-dire, je suis un peu curieux, je l'avoue.

— Curieux ? Curieux de quoi ?

— De… de savoir comment c'est.

La jeune fille le regarda avec une expression difficile à interpréter, comme si elle réfléchissait à quelque chose.

— Vous n'êtes jamais allé avec une femme ?

Kaloust sentit une rougeur d'embarras sur son visage. Il avait provoqué la conversation sans savoir exactement où il souhaitait aller ni où elle aboutirait, mais jamais il ne s'était attendu à une telle audace de la part de sa préceptrice.

— Non, admit-il du bout des lèvres.

Elle fit une nouvelle pause et l'examina attentivement, comme si elle l'évaluait.

— Et vous aimeriez essayer ?

Le garçon tenta de répondre, mais il eut du mal à parler ; il lui fallut un certain effort pour réussir à émettre un son qui ressemblât vaguement au mot qui constituait sa réponse.

— Oui.

Mlle Duprés resserra légèrement ses minces sourcils et se mordit la lèvre inférieure. Elle semblait réfléchir à la question. Puis elle parut se décider. Elle leva le bras et, lentement, passa la main dans les cheveux noirs et lisses de son élève, les peignant avec les doigts dans un geste qui ressemblait davantage à une caresse.

— Mes émoluments ne sont pas très élevés et les temps sont difficiles, déclara-t-elle avec la même douceur que celle avec laquelle elle déclamait les poèmes de Baudelaire. Mais, avec une amélioration significative de mon traitement, je pourrais certainement inclure dans mes services d'autres matières éducatives qui... disons, annuleraient la nécessité de recourir à ces femmes de petite vertu et à la santé douteuse pour acquérir des connaissances supplémentaires sur les choses de la nature et de la vie.

La proposition perturba momentanément Kaloust. Il la dévisagea pendant un long moment avec l'intensité de celui qui essaie de comprendre l'autre, et elle soutint son regard. Il réalisa qu'il l'avait mal évaluée. Contrairement à ce qu'il pensait, Mlle Duprés n'était pas une incurable romantique ; c'était plutôt une débauchée qui cachait son jeu. En somme, exactement ce dont il avait besoin.

— Cette augmentation de salaire..., dit-il d'une voix rauque. Vous l'estimez à combien ?

— Je voudrais faire des économies pour aller étudier la littérature à la Sorbonne, expliqua-t-elle sur le même registre détendu que celui avec lequel elle lui avait fait la proposition. Je pensais à une augmentation de mes émoluments de… disons, de 40 %. – Elle fit un geste convaincu de la tête. – Oui, c'est ça, 40 % ! Il me semble que ce serait le montant adéquat.

— Trente.

Elle retira sa main, comme si ce simple geste était une punition, et fit la moue avec le nez.

— Un gentilhomme ne négocie pas avec une femme, déclara-t-elle sur un ton de reproche. Une augmentation de 40 % serait, me semble-t-il, une juste rétribution pour une affaire comme celle-ci. N'oubliez pas que, grâce à mes connaissances et à mon pedigree, vous apprendrez tout ce qu'il y a à savoir d'une femme, et ce avec la plus grande discrétion et une hygiène irréprochable. – Elle cligna des yeux, séductrice. – Alors ? Nous sommes d'accord ?

Chez Kaloust, la volonté de négocier était instinctive. Cependant, ce n'était pas la simple possession d'un décadrachme de Syracuse, même en argent, qui était en jeu, mais une Française, en chair et en os, qui lui faisait cette proposition, et dans des conditions qui lui semblaient aussi intéressantes qu'inattendues. Une intense négociation ne s'imposait donc pas, la pension mensuelle que son père lui avait allouée suffisant d'ailleurs amplement aux dépenses annexes qu'exigeait son éducation de gentleman.

— 40 %, entendu.

— Avec effet à partir de quand ?

L'appel des sens, alors en ébullition, rendait l'apprentissage extrêmement urgent.

— Aujourd'hui… maintenant.

La jeune fille lui sourit. Elle lui caressa à nouveau les cheveux tout en passant sa langue humide entre ses lèvres de façon provocante, mais elle retira rapidement sa main. Son geste n'était qu'un simple préambule.

— Je partirai à l'heure habituelle cet après-midi, murmura-t-elle avec une douceur pleine d'insinuations. Après le dîner, quand Mme Dinant sera partie, mettez la lampe à la fenêtre pour indiquer que la voie est libre. – Elle lui fit un clin d'œil malicieux. – Je passerai à ce moment-là et, lorsque je verrai la lumière de la lampe, je viendrai frapper à la porte pour vous donner votre première leçon.

La pose lascive de femme en chaleur disparut à ce moment précis, laissant de nouveau la place à la préceptrice professionnelle. Mlle Duprés revint aux *Mystères de Paris*, comme si le véritable mystère était ce que révélait chaque page du feuilleton d'Eugène Sue, et non les tournures surprenantes que prenait parfois la vie.

Les nouvelles leçons de Mlle Duprés rendirent beaucoup plus agréable le séjour de Kaloust à Marseille. Outre les cours de français dans la matinée et la promenade l'après-midi, en général le long de la Canebière, le jeune Arménien se mit à passer des soirées extrêmement épicées, sa préceptrice lui dévoilant comment répondre au mieux à certains des besoins les plus mystérieux du corps humain.

Les choses se passèrent si bien que l'élève commença à inviter son instructrice à d'agréables promenades dans les environs. L'épisode le plus notable fut lorsque Kaloust loua un bateau dans le Vieux-Port et, prenant la mer avec un pêcheur, il l'emmena passer une fin de semaine en Camargue. Après que le petit bateau eut navigué le long des marais de la région, ils laissèrent le pêcheur aux Saintes-Maries-de-la-Mer, et allèrent pratiquer leurs cours du soir au bord d'un étang, à l'air libre, entourés de flamants roses et de hérons.

Lorsqu'ils revinrent chercher le pêcheur, Kaloust sentit qu'il ne pouvait y avoir de vie plus parfaite. Alors que la brise douce agitait ses cheveux noirs et que les gouttes d'eau salée lui mouillaient les lèvres, il regarda en arrière et, voyant sa Française, les paupières closes, abandonnée aux délices capiteuses de la passion, il cria à pleins poumons, comme s'il avait trouvé Dieu dans ce coin de la terre.

— *Vive la France !*

Hélas, rien de bon ne dure éternellement. Ce fut précisément ce que le garçon apprit lorsqu'un matin, quelques mois plus tard, pendant une leçon de français avec sa préceptrice, il entendit frapper à la porte et Mme Dinant, qui avait quitté sa cuisine pour aller voir qui c'était, se présenta au salon.

— C'est M. Marchand, annonça-t-elle en essuyant ses mains dodues sur le tablier. Il veut vous parler.

Kaloust interrompit la leçon et accueillit avec un thé le représentant à Marseille de la Banque impériale ottomane. Après avoir échangé quelques politesses et après que Pierre Marchand se fut enquis de la santé de son interlocuteur et du déroulement de son séjour, le visiteur sortit une enveloppe de la poche intérieure de son manteau et la lui tendit.

— Nous venons de recevoir de Constantinople un télégramme qui vous est adressé, annonça-t-il. Je crois qu'il a été envoyé par M. votre père.

Avec une nervosité soudaine, Kaloust prit l'enveloppe et en déchira le bord. Les télégrammes n'annonçant généralement pas de bonnes nouvelles, il lança un regard inquiet en direction de Marchand. Le visiteur demeura impénétrable, ne laissant pas deviner s'il avait connaissance ou non du contenu de la missive, bien qu'il semblât naturel qu'il l'eût déjà lue puisqu'il l'avait reçue dans ses bureaux.

Le visage fermé, le jeune homme déplia le télégramme et le lut enfin. Une pâleur fugace fut sa seule réaction visible, discrète mais suffisante pour inquiéter Mlle Duprés.

— Rien de grave, j'espère.

Kaloust leva les yeux vers elle, le regard déjà plein de nostalgie, et les ramena au télégramme. Il montra le texte à sa préceptrice.

ÉDUCATION FRANÇAISE TERMINÉE STOP
PARS IMMÉDIATEMENT LONDRES STOP
EXAMEN ENTRÉE KINGS COLLEGE STOP PÈRE

En lisant le message, la Française occulta sa réaction et ne fit aucun commentaire.

M. Marchand, en professionnel compétent, informa son client qu'il commencerait immédiatement les préparatifs logistiques, notamment l'achat d'un billet sur le premier paquebot à destination des îles Britanniques et, cinq minutes plus tard, il était déjà dans la rue en chemin vers le bureau.

Quand ils furent seuls, un long silence s'installa entre Kaloust et Mlle Duprés.

— C'est si soudain, murmura-t-elle, presque dans un gémissement. Je pensais que vous resteriez plus longtemps à Marseille…

— C'est ce qui était prévu.

— Mais alors, comment expliquez-vous ce départ précipité ? Pourquoi Londres ? Pourquoi maintenant ?

Le jeune Arménien baissa les yeux sur le télégramme qu'il tenait toujours entre les doigts, comme s'il ne savait pas quoi en faire. Il prit une profonde inspiration, inquiet à l'idée que la belle vie était sur le point de se terminer, et regarda enfin sa préceptrice.

— Il a dû être informé.

— Informé de quoi ?

Il exhala un nouveau soupir, plus doux, comme s'il s'était déjà résigné. Il tenta d'ébaucher un sourire, mais tout ce qu'il parvint à faire fut une grimace, fataliste.

— De nos cours du soir.

II

Le petit appartement vétuste, au premier étage d'un immeuble de Baker Street, montrait bien à quel point le père de Kaloust était mécontent de son comportement à Marseille. L'appartement était vieillissant ; le parquet était abîmé et une désagréable odeur de moisi planait dans le salon. Le quartier était populaire et, lorsqu'il croisa sa voisine de palier, ses narines furent agressées par une puanteur acide ; cela faisait certainement des semaines, voire des mois, que cette femme ne s'était pas lavée.

Sur une vieille commode près de la fenêtre de la chambre, il y avait une lettre. Le jeune homme s'approcha et constata que l'enveloppe, posée sur une épaisse couche de poussière, portait son nom griffonné par son père. Cette fois-ci, il ne serait pas reçu par le représentant d'une banque, seule la lettre avec des instructions l'attendait. Il était clair qu'il allait devoir improviser.

Il ouvrit l'enveloppe et lut le court message dans lequel Vahan lui indiquait où il pourrait retirer l'argent de sa pension mensuelle, une somme suffisante pour lui assurer une vie confortable à Londres mais pas pour faire des folies, et lui donnait les coordonnées d'une personne qu'il décrivait comme une étoile montante de la politique et des affaires en Angleterre, qui pourrait utilement le guider.

Conformément aux recommandations de la lettre, Kaloust se rendit le lendemain matin à Whitehall, le quartier des ministères près du Parlement, et se présenta à la réception du Foreign Office.

— Mr. Philip Blake, s'il vous plaît.

— Vous avez rendez-vous ?

— Dites-lui que c'est Mr. Sarkisian, de Constantinople.

On le fit patienter dans une salle d'attente au premier étage. Sur une table, il y avait des exemplaires du *Times* et du *Daily Telegraph*, ainsi que deux numéros de *Punch*, un de la *Westminster Review* et un autre du *London Magazine*, revues qu'il survola avec un intérêt modéré. Comme on pouvait s'y attendre, les journaux et les magazines abordaient les sujets d'actualité les plus divers, mais la curiosité du jeune homme se fixa sur le premier numéro de *Punch* qui comportait plusieurs dessins satiriques du Premier Ministre, l'honorable William Gladstone. C'était incroyable comme les Britanniques se moquaient de leur propre chef du gouvernement ! Ça aurait été impensable dans l'Empire ottoman. Cependant, à en croire le peu de choses qu'il avait vues dans la capitale britannique, la décadence semblait davantage marquée à Constantinople qu'à Londres…

— Mister Sarkisian ? dit un fonctionnaire, interrompant sa lecture. Mr. le secrétaire va vous recevoir.

Le secrétaire adjoint aux Affaires étrangères occupait un petit salon décoré d'acajou verni, avec des fleurs dans chaque coin et une grande photographie de la reine Victoria derrière le bureau. Un homme blond en frac, d'apparence sérieuse et aux manières formelles, l'accueillit avec une poignée de main vigoureuse, mais brève, et un sourire dissimulé par une moustache dorée dont les pointes étaient soigneusement coupées. D'un geste vif de la main, il désigna un canapé dans le coin.

— Je suis Philip Blake, se présenta-t-il en s'exprimant avec un accent *upper class* fort marqué. *By Jove*, c'est un plaisir de rencontrer le fils de l'éminent Mr. Sarkisian !

— Tout le plaisir est pour moi.

Le jeune Arménien avait pris soin de s'informer au préalable sur Blake, et la première chose qui le surprit fut son âge. Son interlocuteur avait trente ans mais, avec son maintien distingué, on lui donnait la quarantaine. Son ascension prématurée à un poste aussi élevé s'expliquait par les relations de sa famille, mais aussi par sa nature avisée et un flair acéré pour les bonnes affaires ou pour disséquer la plus complexe des situations politiques. Le secrétaire adjoint aux Affaires étrangères était diplômé d'Oxford, avec mention, et il était effectivement une étoile montante à Whitehall et à la City, où il dirigeait un cabinet d'avocats dynamique. Kaloust comprit qu'il s'agissait d'une relation qu'il avait tout intérêt à cultiver.

— Ma vie professionnelle m'a conduit, notamment, à Constantinople, expliqua Blake en caressant distraitement sa belle moustache blonde. *I say*, à cette occasion j'ai eu l'immense plaisir de rencontrer Mr. votre père et grâce à lui j'ai fait une excellente affaire qui m'a beaucoup rapporté. *Right-ho !*

Mister Sarkisian m'a écrit pour m'informer de votre arrivée à Londres et me demander de vous guider s'agissant de l'éducation qui convient à un gentleman, ce que je ferai avec le plus grand plaisir dans la mesure de mes disponibilités limitées. – Il remit une enveloppe à son visiteur. – Ceci est une lettre de recommandation de ma part destinée au recteur du King's College, où je sais que vous avez l'intention de vous inscrire. Serait-ce faire preuve d'une curiosité excessive que de vous demander quelle formation vous comptez suivre ?

— Une formation d'ingénieur. Mon père pense que l'avenir appartient à la technologie et aux machines.

— Ah, *jolly good* ! approuva l'Anglais. Choix judicieux, *indeed* ! – Il leva un sourcil. – Mr. votre père est-il toujours dans le commerce du kérosène ?

— C'est son activité principale.

— Je crois qu'on n'a pas fini de parler de l'huile minérale, *old boy*. Vous savez, il y a paraît-il des inventeurs qui développent une espèce de carrosse qui n'a pas besoin de chevaux. Apparemment, il serait tracté par une machine.

— Vous voulez parler des véhicules à vapeur ? Mais ils sont déjà bien connus. Le système Du Tremblay…

— Je ne parle pas de vapeur, *dear fellow* ! Les jours du système Du Tremblay sont comptés, *I'm afraid*. Je me réfère à l'utilisation de l'huile minérale comme source d'énergie. *I say*, un Italien a présenté il y a deux ans une bicyclette qui avançait avec cette huile. Il y aurait là de grandes potentialités. – Il se pencha en avant comme pour faire une confidence. – Et le Foreign Office a reçu des informations de nos agents à Berlin selon lesquelles les Allemands vont produire, l'année prochaine, un carrosse propulsé par un moteur à combustion interne, en utilisant un dérivé de l'huile minérale.

— Est-ce que ça fonctionne ?

— *Right-ho !* – Il se redressa, affichant tout à coup l'expression de quelqu'un qui vient d'avoir une idée. – *I say*, auriez-vous quelques disponibilités sur le plan financier ?

Kaloust se sentit momentanément embarrassé par le tour inattendu que prenait la conversation ; il ne voyait pas l'objet de la question, qui lui parut d'ailleurs quelque peu impertinente. Mais qui était-il pour questionner son hôte ?

— Oui… je crois. Pourquoi ?

— Seriez-vous tenté d'investir au Royal Exchange ?

— Cela dépend, répondit-il prudemment. Je ne suis pas joueur. Pour acheter des actions en Bourse, il faudrait que je dispose d'informations fiables.

— L'information c'est mon rayon, *old boy*, rétorqua Blake. Vous savez, le véhicule que les Allemands sont en train de développer est signé par un certain *Herr* Benz. Si vous voyez ce nom coté au Royal Exchange, je vous conseille d'acheter.

Le visiteur comprit qu'il venait de recevoir une information intéressante et il s'empressa de noter le nom.

— Vraiment ? *Bens*, c'est ça ?

— Benz, avec un z, dit-il. L'électricité c'est aussi l'avenir. Il y a trois ans, une démonstration a été faite ici qui, *I daresay*, nous a beaucoup impressionnés. Le gouvernement de Sa Majesté vient d'adopter une loi autorisant la création d'entreprises dans ce domaine.

– Il baissa la voix, de nouveau sur un ton confidentiel. – L'affaire, au Royaume-Uni, sera dirigée par la London Electric Supply Corporation. – Il fit un clin d'œil. – Achetez des actions de LESCo pendant qu'elles sont bon marché. Vous ne le regretterez pas.

Kaloust pris également note de ce nom.

— Autre chose ?

L'Anglais se pencha et ouvrit le tiroir d'une petite table à côté des canapés, d'où il sortit une boîte de H. Upmann. Il la tendit à son invité qui refusa.

— *Right-ho !* dit Blake en extrayant un cigare de la boîte. Comme vous pouvez le deviner, ma position au sein du gouvernement me donne accès à des informations confidentielles, très utiles pour qui investit au Royal Exchange. – Il fit glisser le cigare sous son nez, afin de sentir l'odeur du tabac. – Par gratitude envers Mr. votre père, pour les affaires que j'ai faites avec son aide, je serai heureux de partager avec vous certaines de ces informations. Vous comprenez, bien entendu, que compte tenu de ma position, il faudra être discret…

— Absolument !

— En outre, je m'attends à une commission de 10 % sur les bénéfices, ajouta-t-il en mettant le cigare dans sa bouche et en l'allumant. Dans l'éventualité, peu probable, d'un investissement malheureux, il va de soi que les pertes sont entièrement à votre charge. – Il fronça les sourcils et fixa son interlocuteur. – J'espère que vous n'y voyez pas d'inconvénient.

— Bien sûr que non. Cela me semble tout à fait raisonnable.

L'hôte laissa échapper une bouffée de fumée et s'apprêtait à faire quelques suggestions supplémentaires lorsqu'une sonnerie retentit dans le cabinet. Kaloust constata qu'elle sortait d'une boîte en bois posée sur le bureau de Blake. L'Anglais s'excusa, se leva et saisit deux cornets, collant l'un à l'oreille et l'autre à la bouche.

— *Hello ?* cria-t-il. *Hello ?* Oui, c'est moi ! – Pause. – Qui ? Ah oui ! Comment allez-vous, *old chap* ? – Nouvelle pause. – *What ?* Maintenant ? Mais… – Encore une pause. – *Right-ho*, j'arrive ! À tout de suite !

Le secrétaire adjoint aux Affaires étrangères reposa les deux cornets sur la boîte en bois et, regardant à nouveau son visiteur, comprit sa stupéfaction.

— Vous parliez à une boîte ?

Blake rit.

— C'est un téléphone. Une machine qui transmet la voix à distance. Elle a été inventée en Amérique et nous avons installé quelques appareils à Whitehall. C'est le progrès, *old boy* !

L'Arménien ne semblait pas totalement convaincu.

— Vous insinuez que quelqu'un vous entendait ?

— Certainement, *dear fellow* ! En l'occurrence, mon interlocuteur se trouvait au *Number 10*. Le Premier Ministre a prévu une réunion et c'était son secrétaire qui m'en informait. Je crains que notre conversation ne doive en rester là.

Kaloust gardait les yeux fixés sur la boîte en bois, comme s'il avait du mal à y croire, soupçonnant même qu'il était victime d'une plaisanterie très élaborée.

— Comment est-ce que vous appelez ce… cet appareil ?

— Un téléphone, répéta Blake. Tenez, voilà encore un bon investissement. Les nouveautés se multiplient en ce siècle merveilleux et elles vont changer le monde que nous connaissons. Si j'étais vous, j'achèterais des actions de The Edison Telephone Company of London. – Il indiqua la boîte. – *I say*, ces merveilles vont se répandre à toute vitesse et il y aura beaucoup d'argent à gagner pour ceux qui sauront où investir.

Effectivement, le savoir c'était le pouvoir, pensa Kaloust en notant cette dernière suggestion. Le temps s'était écoulé et le jeune Arménien se leva aussi pour prendre congé.

— Merci beaucoup pour votre temps, fit-il en se préparant à lui tendre la main. Je ne sais pas quoi dire pour vous remercier de votre gentillesse…

— Vous n'avez pas à me remercier, répondit Blake distraitement, en rassemblant les papiers dont il avait besoin pour la réunion. Comme je vous l'ai dit, je dois des faveurs à votre père. De plus, j'ai de la sympathie pour les Arméniens et j'ai sensibilisé le Premier Ministre Gladstone à la situation des minorités chrétiennes dans l'Empire ottoman, nous entretenons donc de bonnes relations avec votre communauté. D'ailleurs, demain je vais rencontrer le plus riche de tous les Arméniens de Constantinople, Mr. Ohannes Berberian, pour discuter de ce que nous pourrions faire pour vous.

Le nom sembla familier au visiteur.

— Berberian ? Il est ici ?

— *Right-ho !* Le *good old* Ohannes est venu passer quelque temps en Angleterre pour rejoindre sa fille, qui poursuit ses études dans le pays de Sa Majesté. Je crois que le brave homme se sent un peu seul, le pauvre. Il ne parle ni anglais ni français. Comme je baragouine le turc, il m'arrive d'échanger deux mots avec lui. – Il arrêta de ranger ses papiers dans sa serviette et regarda son visiteur. – *I say*, voulez-vous ses coordonnées ?

Kaloust avait déjà rencontré la famille Berberian à Constantinople. Ohannes était banquier et armateur. Le jeune homme avait connu les Berberian au cours d'un banquet offert par les Sarkisian dans la maison de Scutari, et l'un des neveux d'Ohannes avait même été son condisciple au Robert College. La fille en question, s'il avait bonne mémoire, n'avait qu'une dizaine d'années lorsqu'il était parti pour la France l'année précédente, mais cela ne l'empêchait pas d'être le parti le plus convoité par les Arméniens célibataires de l'Empire ottoman. La liste des prétendants de l'héritière des Berberian suffirait à remplir le Grand Bazar, mais…

L'idée, qui germait peut-être en silence depuis qu'il avait entendu les conversations de ses parents à Scutari, s'épanouit soudainement dans l'esprit du garçon. Si la jeune fille était venue étudier à Londres, cela signifiait qu'elle était à présent loin de tous ces prétendants. Et qui était le seul jeune Arménien dans les parages ? Lui-même, Kaloust.

Qu'avait-il à perdre ?

— Donnez-les-moi.

L'Anglais ouvrit un tiroir du bureau d'où il sortit un carnet et feuilleta la liste des contacts.

— Hyde Park Terrace, 11, déclara-t-il. C'est à Bayswater, *old boy*.

Sans perdre de temps, Kaloust nota l'adresse sur son bloc, et au moment de partir, il ébaucha un sourire malicieux.

— Il se peut fort que je leur rende visite.

Le plan prit forme après qu'il se fut inscrit en sciences de l'ingénieur au King's College. Afin de le mener à bien, le jeune Arménien savait qu'il devait changer certaines choses dans sa vie. En premier lieu, il allait devoir renoncer temporairement à son obsession pour les belles choses ; il pourrait, plus tard, se consacrer à l'esthétique, bien sûr, mais il devait d'abord s'affirmer dans le monde. Ensuite, il ne pouvait pas rester dans l'horrible appartement que son père lui avait loué à Baker Street pour le punir. Sa priorité consistait à trouver un logement dans un quartier plus adapté à ses ambitions.

Il alla se promener dans Hyde Park Terrace, l'un des quartiers les plus chics de Londres. Il trouva un *flat* élégant dans la *fashionable* Cromwell Road, à Kensington, de l'autre côté de Hyde Park. Malgré le prix, il le loua aussitôt, considérant qu'il s'agissait d'un investissement. En traversant le parc en ligne droite, l'appartement de Kensington était situé à proximité de la résidence des Berberian, ce qui était fort pratique et réglait deux problèmes à la fois. D'une part, Kaloust était convenablement logé, ce qui lui semblait important pour donner une image de dignité et d'aisance. D'autre part, cela accroissait les possibilités de rencontrer « par hasard » son objectif.

L'étape suivante consista à se rendre au Royal Exchange et à acquérir des actions des sociétés LESCo et The Edison Telephone Company of London, récemment créées. Il les acheta à un bon prix, car les deux entreprises étaient nouvelles et la plupart des investisseurs n'étaient pas convaincus qu'elles ne présentaient pas de risques. Les innovations technologiques se multipliant en ce siècle de prodiges sans égal, qui pouvait garantir que l'électricité et le téléphone n'étaient pas de simples modes qui passeraient avec le temps ? Le progrès ne s'accélérait-il pas et n'était-il pas en train de transformer les spectaculaires nouveautés d'aujourd'hui en antiquités de demain ?

Il fit preuve, en Bourse et dans la location du nouvel appartement, de la même discrétion que celle avec laquelle il entretenait une correspondance espacée avec Mlle Duprés. Non que le jeune homme ressentît une profonde affection pour son ancienne préceptrice ; en fait, il lui semblait sage de maintenir le contact avec des personnes qui, pensait-il, pouvaient lui être à nouveau utiles. Ils échangeaient des lettres de temps en temps, et c'est ainsi qu'il apprit que la Française, qui enseignait divers types de langues et autres arts de la vie, avait réalisé son vieux rêve et s'était inscrite en lettres à la Sorbonne.

Ce matin-là, Kaloust se leva tôt et se parfuma à l'eau de Cologne, endossa le frac qu'il avait commandé à Savile Row, posa son chapeau melon sur la tête, fit tourner sa canne dans ses mains gantées et sortit. Il parcourut quelques centaines de mètres et se posta à côté d'un bec de gaz, avec une vue privilégiée sur le 11, Hyde Park Terrace.

Selon lui, les conditions indispensables à la mise en œuvre du plan qu'il avait élaboré dans le moindre détail étaient remplies. Il ne lui restait plus qu'à passer à l'étape suivante. Ainsi qu'il l'avait prévu, il passa plus d'une heure à attendre, appuyé contre le bec de gaz. À un moment donné, comme cela devait inévitablement se produire tôt ou tard, la porte de la résidence s'ouvrit et Kaloust vit la silhouette imposante du grand

Ohannes Berberian. Le moment de passer à l'action était venu.

Fixant sa cible du coin de l'œil, le garçon se dirigea d'un pas décidé vers le numéro 11 et passa devant la porte précisément au moment où le grand banquier traversait le trottoir et s'apprêtait à monter dans son fiacre.

— M. Berberian ! s'exclama-t-il en arménien, avec une expression d'étonnement, comme si tout cela n'était qu'un heureux hasard. Vous êtes à Londres ?

En entendant quelqu'un parler dans sa propre langue, le banquier s'arrêta avant de monter dans le fiacre. Il tourna la tête et regarda derrière lui avec une expression interrogative.

— À qui ai-je l'honneur de… ?

— Kaloust Sarkisian, se présenta le jeune homme en soulevant son chapeau melon et en tendant la main. Je suis le fils de Vahan Sarkisian, je ne sais pas si vous vous rappelez de lui. Il vous est arrivé de passer chez nous, à Scutari, et…

Une lueur traversa les yeux de l'homme au corps trapu et au cou épais, comme s'il se souvenait.

— Ah, oui ! Vahan ! Vous êtes son fils ?

Ils se serrèrent la main, le banquier prudemment, le jeune homme avec une vigueur enthousiaste.

— Oui, en effet. Et on dirait que nous sommes voisins ! Il désigna le côté opposé du parc. J'habite dans un appartement là-bas, de l'autre côté. Je me rendais à la City, où je réalise quelques investissements fort lucratifs, quand je vous ai vu passer devant moi. – Il mit les mains sur les hanches et soupira de satisfaction. – Le monde est petit, n'est-ce pas ? Qui aurait dit que nous allions nous rencontrer ici, à Londres, et habiter si près l'un de l'autre ?

Ohannes sourit, exhibant deux belles dents en or.

— Ah, c'est vrai ! acquiesça-t-il, déjà un peu plus à l'aise. Que diable faites-vous ici ? Des investissements à la City ?

— Bien sûr, déclara le jeune homme avec l'aplomb de quelqu'un qui n'avait rien fait d'autre dans la vie. J'ai accès à des informations confidentielles et je compte bien gagner beaucoup d'argent avec les actions que j'achète. – Il prit une profonde inspiration, affichant soudain un air triste. – Le problème, c'est que je me sens très seul. Vous savez ce que c'est, je suis seul à Londres, je ne connais aucun compatriote ici et ça me manque de ne pas pouvoir parler notre belle langue arménienne…

Ces paroles résonnèrent aux oreilles d'Ohannes Berberian, qui sentit qu'il venait de rencontrer une âme sœur.

— Ah, comme je vous comprends ! Si vous saviez ! Moi aussi j'en souffre, croyez-moi !

— C'est terrible ! dit le garçon sur un ton compatissant. Je ressens le mal du pays, j'ai une immense envie de bavarder avec nos compatriotes et… – Il s'arrêta brusquement, prétendant qu'il venait d'avoir une idée. – Et si je vous rendais visite un de ces jours ? Trouveriez-vous cela gênant ?

Le banquier acquiesça avec enthousiasme.

— Gênant ? C'est une excellente idée au contraire ! – Il regarda sa maison. – Virginie va organiser une réception, samedi prochain, vers 17 heures – Il posa sa main épaisse à côté de la bouche, comme pour faire une confidence. – C'est horrible, vous savez ! Tout le monde parle anglais et je n'y comprends goutte ! Pourquoi ne viendriez-vous pas vous aussi ?

C'était tout ce que Kaloust voulait entendre. Craignant que son interlocuteur ne reconsidère sa proposition et ne change d'avis, il tendit aussitôt le bras et lui serra la main.

— C'est entendu !

La réception chez les Berberian rassembla quelques personnalités londoniennes de premier plan. Ce samedi-là, lorsque Kaloust entra dans la résidence, le grand salon était rempli de gens qui devisaient, un verre de champagne à la main et savourant des canapés. Il y avait des diplomates, des banquiers, des hommes d'affaires, des politiciens et même quelques artistes ; un petit attroupement entourait la star du dernier succès du West End, qui avait fait une apparition sensationnelle dans le salon et était alors le centre des attentions.

Le jeune invité croisa le regard d'Ohannes, assis sur le divan, l'air mi-ennuyé mi-honteux. Les yeux du banquier scintillèrent et son visage s'éclaira d'un sourire de soulagement quand il reconnut son compatriote.

— Ah, Sarkisian ! s'exclama-t-il, tel un naufragé voyant arriver la vedette des secours au milieu d'une mer démontée. Heureusement que vous êtes venu !

— Je ne pouvais pas manquer ce grand événement ! répondit Kaloust, en jetant un coup d'œil aux invités qui se coudoyaient dans le salon. Mon Dieu, le Tout-Londres est là !

— En effet, acquiesça l'hôte. Le problème, c'est que je ne les comprends pas. Oh, c'est une horreur !

Le visiteur s'assit à côté d'Ohannes et lui fit la conversation. Ils parlèrent de la vie à Londres, de l'électricité et du téléphone, notamment de l'avenir de ces inventions extraordinaires, ainsi que de Constantinople, le banquier lui faisant part des dernières intrigues impliquant le sultan et le grand vizir. De temps à autre, un invité venait saluer l'hôte et Kaloust servait alors d'interprète. Il avait une chance incroyable, se dit-il. Jamais à Constantinople un jeune homme comme lui n'aurait été capable d'attirer l'attention d'un personnage aussi puissant et distant qu'Ohannes Berberian, l'Arménien le plus riche du pays. Mais à Londres, le millionnaire recherchait désespérément une épaule amie, quelqu'un avec qui il pouvait parler, dans sa langue, de choses qui l'intéressaient. C'était une opportunité en or.

— Ah, je ne sais ce que je deviendrais sans votre aide ! s'exclama l'hôte lorsque l'un des invités se détourna. – Il posa sa main sur l'épaule du jeune homme en témoignage de sa reconnaissance. – Je ne manquerai pas de dire à Vahan qu'il a un fils formidable !

Kaloust baissa les yeux en signe de modestie.

— Mais ce n'est rien, dit-il. – Il regarda autour de lui comme s'il cherchait quelque chose. – Je suis sûr que votre famille vous aide aussi beaucoup en de telles occasions…

— Qui ? Virginie ? Oh, elle est trop occupée avec les invités, la pauvre. Avec tous ces gens à qui il faut dire un mot, elle n'a guère le temps de s'occuper de moi…

Le jeune Arménien avait commencé à préparer le terrain. Il sentit que le moment était venu d'aborder subtilement son objectif ultime.

— Mme Berberian… c'est votre seule famille ici, à Londres ? demanda-t-il avec désinvolture. Il n'y a personne d'autre ?

— J'ai ma fille, bien sûr.

Kaloust écarquilla les yeux, feignant la surprise.

— Quoi ? Votre fille est ici ?

— Oui, bien sûr ! C'est d'ailleurs à cause d'elle que nous sommes venus à Londres. Vous savez ce que c'est, Nunuphar est venue ici poursuivre ses études et Virginie m'a dit qu'elle se ferait du souci et ne pourrait rester loin d'elle très longtemps. Des histoires de mère. Et puis, Nunuphar n'a que onze ans, c'est encore une enfant. Et voilà comment nous avons fini par faire nos valises et décidé d'accompagner tous les deux notre fille. – Il ébaucha un geste de frustration. – Il n'y a pas un jour où je ne rêve de retourner à Constantinople, je l'avoue, mais… enfin, les obligations familiales prévalent.

Le visiteur prit un air pensif, comme s'il cherchait dans sa mémoire.

— C'est drôle, mais il me semble que je n'ai jamais vu votre fille.

— Eh bien, on va arranger ça tout de suite, déclara Ohannes. – Il leva la main et fit signe à un employé qui s'approcha immédiatement. – Semag, va donc chercher Nunuphar !

Le domestique hocha la tête et disparut dans la foule. Deux minutes plus tard, il réapparut en compagnie d'une frêle jeune fille.

— Vous m'avez appelée, Monsieur ? demanda-t-elle d'une voix d'enfant.

— Je veux te présenter M. Kaloust Sarkisian, déclara son père. Voici mon ange céleste Nunuphar, la prunelle de mes yeux.

La jeune fille saisit sa jupe et fit une courte révérence. Elle avait un corps fragile sous une robe blanche bordée de broderies, ce qui lui donnait un air angélique, et des cheveux noirs et lisses tombaient sur ses épaules. Bien qu'elle se trouvât encore au début de l'adolescence, et qu'elle ne fût pas vraiment de toute beauté, on sentait que sa présence était agréable.

— Bonjour, Nunuphar, dit Kaloust, visiblement satisfait. Vous êtes une très jolie jeune fille.

— Merci monsieur.

— Aimez-vous Londres ?

— Oui, monsieur.

Elle n'était pas très bavarde et nul ne s'attendait à ce qu'elle le fût. Les femmes devaient faire preuve de retenue, a fortiori une adolescente aussi jeune. C'est pourquoi, après la brève présentation, Ohannes fit un geste de la main pour la remercier.

— Félicitations, monsieur Berberian, déclara Kaloust quand elle se fut retirée. Vous avez une fille vraiment très jolie.

— Elle a de la grâce, n'est-ce pas ? Vous n'imaginez pas le nombre de demandes en mariage qui me sont adressées. Des dizaines !

— Oh, j'imagine, j'imagine ! Pas étonnant, elle est si belle !

— Eh bien, figurez-vous que bon nombre de ces demandes proviennent d'individus qui ne l'ont même jamais vue. Vous savez ce que je pense ? Ils courent après mon argent, voilà tout ! Ils sont tous pareils !

Le visiteur prit un air scandalisé.

— Oh, je ne peux pas le croire !

— N'en doutez pas ! – Un sourire malicieux se dessina sur le visage du banquier. – Mais ils n'ont aucune chance. Ma Nunuphar est déjà promise. Elle va épouser un cousin éloigné.

Ce n'était pas véritablement une nouvelle, et Kaloust ne fut pas surpris. À ce stade, il chercha la meilleure voie à suivre. Il venait de gagner un peu la confiance d'Ohannes, mais il devait être prudent et n'abattre son jeu que lorsqu'il aurait tous les atouts en main.

— Ah, voilà qui doit agacer tous ces prétendants ! s'exclama-t-il. Vous leur jouez un joli tour !

— N'est-ce pas ?

— Et… ce cousin ? Je suppose qu'il a une bonne situation ?

— Absolument. C'est de la famille éloignée, mais des gens fiables. Et puis, bien sûr, c'est la solution pour que tout reste dans la famille.

— Je suis sûr que c'est un excellent choix. – Il hésita. – Mais imaginez que, le moment venu, votre fille vous dise qu'elle n'accepte pas d'épouser son cousin…

Ohannes se renfrogna.

— Oh ! Elle ne s'y est pas opposée.

— Certes, mais elle est encore très jeune. Lorsque le moment viendra, elle pensera peut-être différemment, vous savez comment sont les femmes. Ou bien, imaginez qu'un meilleur parti se présente. Que feriez-vous dans une telle situation ?

L'hôte fronça les sourcils, ne voyant pas où son interlocuteur voulait en venir.

— Un meilleur parti ? Lequel ?

— Je ne fais que suggérer une hypothèse, s'empressa de préciser Kaloust. Je pense qu'il n'y a personne de mieux placé, mais imaginez, simple possibilité que je formule uniquement pour alimenter notre agréable échange, imaginez, disais-je, qu'une telle personne apparaisse ou que votre fille soulève des objections insurmontables vis-à-vis de son cousin. Que feriez-vous alors ?

— Eh bien, dans de telles circonstances, j'examinerais la question attentivement. Le fait est que rien n'a encore été signé, n'est-ce pas ? Le cousin, c'est juste une promesse verbale.

Kaloust accueillit cette information en avalant discrètement une gorgée de champagne. Gardant à l'esprit l'image de la jeune fille qu'il venait de rencontrer, il posa son verre, regarda autour de lui comme s'il voulait ainsi confirmer le succès de la réception et finit par sourire à son hôte.

— Il s'agit d'une simple hypothèse d'école, bien entendu.

III

La jeune fille ralentit le pas, zigzaguant au milieu de la foule pour dépasser les passants qui retardaient sa marche. Elle portait un grand sac en tissu et semblait être tout à sa mission, ne s'étant pas aperçue que quelqu'un la suivait de près depuis qu'elle était sortie dans la rue. La jeune fille s'arrêta au bord du trottoir, et regarda de chaque côté, une voiture s'approchait à droite, et deux cavaliers venaient de la gauche. Elle les laissa passer puis, en quelques bonds sur le sol boueux, traversa Haymarket.

Telle une ombre discrète, son poursuivant l'imita et traversa également la rue. Lorsqu'il arriva de l'autre côté, il accéléra légèrement le pas et intercepta la jeune fille à côté d'un marchand de journaux qui criait aux quatre vents pour qu'on lui achète *The Illustrated London News* ou *The Daily Telegraph*.

— Excusez-moi !

Surprise d'entendre quelqu'un lui parler en arménien, elle se retourna et se retrouva face à un jeune homme trapu, aux cheveux noirs, et impeccablement habillé.

— Oui ?

— Je m'appelle Kaloust Sarkisian, se présenta l'inconnu. La semaine dernière, j'étais à la réception organisée par M. Berberian, je ne sais pas si vous vous en souvenez…

La jeune fille secoua la tête.

— Je suis désolée, monsieur. Il y avait tellement de monde…

— C'est vrai, acquiesça-t-il. Auriez-vous une minute à m'accorder ?

L'Arménienne jeta un coup d'œil vers le marché, au coin de la rue, et lui montra le cabas qu'elle tenait à la main.

— Je dois faire les courses, monsieur, dit-elle. Je dois être de retour dans une heure et…

En apercevant une pièce d'une couronne, elle se tut. Conscient qu'il avait attiré son attention avec la couronne qu'il manipulait du bout des doigts, d'un signe de tête Kaloust l'invita à l'accompagner.

— Cette pièce est à vous si vous venez avec moi pendant dix petites minutes dans ce pub.

Sans hésiter, la jeune fille suivit l'homme qui l'avait interpellée et ils entrèrent dans un établissement nommé King Eddie's, à l'ambiance glauque, où des hommes grossiers étaient accoudés au comptoir. Ils s'installèrent à une table près de la fenêtre, et Kaloust commanda deux bières et une *pie*. Son invitée avait les yeux timidement posés sur le sol et ne semblait guère à l'aise ; il était évident qu'elle était habituée à servir, non à être servie. Tant mieux, pensa-t-il en préparant un bloc-notes et un crayon ; plus elle se révélerait humble, plus il serait aisé de la manipuler.

— Pour autant que je sache, commença-t-il, vous vous appelez Dirhoui, mademoiselle, et vous êtes la gouvernante personnelle de la fille de M. Ohannes Berberian. C'est exact ?

— Oui, monsieur, confirma-t-elle. Je travaille effectivement comme gouvernante chez M. Berberian.

— Vous accompagnez Nunuphar tous les jours ?

Dirhoui se tut et le regarda avec suspicion, prête à déguerpir à tout moment.

— Pourquoi voulez-vous le savoir ?

Le jeune homme se redressa. Il estimait qu'il n'avait pas à lui donner d'explications mais, s'il voulait s'assurer la collaboration de l'employée de maison des Berberian, il était évident qu'elle devait au moins connaître le but de tout cela. Après tout, c'était un inconnu qui l'interrogeait.

— Disons que je suis un prétendant à la main de Nunuphar, expliqua-t-il. Comme vous le savez certainement, la liste des candidats est très longue, ce qui signifie que je vais devoir trouver la bonne manière d'atteindre le cœur de… enfin, de ma bien-aimée. – À ce moment-là, il posa la couronne sur la table, pour qu'elle produise son effet. – Cette pièce est à vous si vous me donnez des informations utiles me permettant de réaliser mon projet.

Le visage de la gouvernante se détendit légèrement, mais elle gardait néanmoins un air étonné.

— Quelles informations voulez-vous ?

— Je veux connaître tous les goûts de Nunuphar, expliqua-t-il. Parfums, fleurs, nourriture, vêtements… tout ce qui peut être utile pour la conquérir.

Les yeux de Dirhoui glissèrent avec cupidité vers la couronne qui lui souriait sur la table. C'était beaucoup d'argent ! Une couronne équivalait à 5 shillings, soit un quart de livre. C'était bien payé pour quelques minutes de conversation. Qu'avait-elle à perdre ?

— Si je vous le dis, vous me donnerez cette pièce ?

— Certainement.

Ça ne semblait pas une demande difficile à satisfaire et, après une brève hésitation, sa timidité surmontée, la gouvernante conclut qu'il n'y avait rien de mal à partager certaines informations. Quel était le problème, d'ailleurs ? En fin de compte, elle contribuait simplement à faire naître un grand amour, non ? C'était une belle cause. Si, en outre, cela lui permettait de gagner une couronne, qui la blâmerait ? La vie des domestiques était si difficile par les temps qui couraient…

— Mlle Nunuphar aime tout ce qui est rose, dit-elle enfin, dévoilant une information précieuse. Fleurs, parfums, tissus, couleurs… tout ce qui sent la rose, a un dessin de rose ou est de couleur rose, elle adore ça.

Kaloust gribouilla rapidement les informations.

— Hmm hmm, murmura-t-il en écrivant. Et pour manger, elle ne mange pas de roses, je suppose…

Dirhoui répondit avec un rire nerveux.

— Bien sûr que non. Au petit déjeuner, elle demande toujours des *baked beans* et des saucisses, ce qui irrite un peu Mme Virginie. Sinon, elle aime les plats arméniens. Surtout les saucisses *soojoukh* et les boulettes *harpoot keufta*. Mais ce qu'elle aime pardessus tout, c'est le chocolat.

Son interlocuteur fit une grimace ; il ne connaissait pas le mot.

— Comment dites-vous ?

— Le cho-co-lat, répéta-t-elle, épelant presque pour qu'il puisse noter le terme correctement. C'est une nouvelle boisson. Sa mère essaie de l'empêcher d'en boire trop, ce qui la contrarie beaucoup. L'autre jour, elle a fait la tête et s'est enfermée dans sa chambre parce que Mme Virginie l'a empêchée d'en boire une tasse au goûter. Oh là là, quelle scène !

— Du chocolat, hein ? Un genre particulier ?

— Elle boit du Sir Hans Sloane's Milk Chocolate tous les matins. Mais si on lui en propose aussi l'après-midi, elle ne dit pas non…

Comme tout le reste, l'information fut dûment consignée dans le bloc-notes.

— Et les vêtements ? Où les achète-t-elle ?

— Dans la boutique la plus chic de Londres, bien sûr. Chez Harrods, à Knightsbridge. L'incendie de l'an dernier a mis un terme aux visites, mais en attendant la construction des nouveaux magasins, le gérant de Harrods s'est arrangé pour qu'elle puisse essayer les robes à la maison, ce qui est d'ailleurs plus pratique.

Le crayon ne cessait pas de courir sur le papier.

— Oh mon Dieu ! Je n'ai pas vu l'heure !

Le rapport était très complet et il ne fut achevé qu'au bout d'une demi-heure. Quand elle s'aperçut du temps qu'elle venait de passer au pub, Dirhoui bondit soudain de sa chaise et se leva, presque paniquée par le retard. Elle prit la pièce et se précipita hors du King Eddie's. Kaloust laissa une couronne pour payer les bières et la *pie* et la suivit ; il la rattrapa au coin de la rue, là où était le crieur de journaux, et l'accompagna d'un pas rapide sur le chemin du marché.

— Je voulais juste vous demander une dernière chose.

— Pas maintenant, monsieur Sarkisian ! – Le visage de la gouvernante trahissait la détresse qu'elle ressentait pour avoir perdu la notion du temps. – Oh, quelle horreur ! Madame serait capable de me congédier si je suis en retard. Que Dieu m'aide, je dois me dépêcher !

Sachant déjà ce qui ne manquerait pas de retenir son attention, le jeune homme sortit de sa poche une pièce d'un shilling qu'il présenta à l'employée de maison des Berberian.

— Je vous donnerai un shilling par semaine si vous me faites une petite faveur.

En voyant la pièce, Dirhoui s'arrêta, comme si le petit morceau de métal la soumettait à sa volonté. Elle hésita entre courir au marché et céder à la tentation. La tentation l'emporta.

— Quelle faveur ?

— Retrouvez-moi tous les vendredis près de Wellington Arch, à Hyde Park Corner, déclara-t-il. Je vous donnerai alors de petits cadeaux que vous voudrez bien offrir à Nunuphar. Pour ce service, vous recevrez votre shilling hebdomadaire.

— Très bien, acquiesça-t-elle. Vous pouvez compter sur moi.

La jeune fille recommença à marcher, mais Kaloust la saisit par l'épaule et l'arrêta de nouveau.

— Je voudrais aussi que vous parliez de moi à Mlle Nunuphar. Des choses gentilles, bien sûr.

— Gentilles comment ?

Le garçon rougit ; il ressentait un certain embarras à s'exposer ainsi, mais s'il voulait arriver à ses fins, il devait le faire.

— Eh bien, dites-lui que… que vous me trouvez beau, par exemple. – Il rougit encore plus, gêné par l'image qu'il donnait de lui-même. – Dites-lui que je suis généreux et un vrai gentleman… enfin, des choses que les femmes aiment entendre. Présentez-moi comme un galant homme du West End.

— Et qu'est-ce que j'y gagnerai ?

Dirhoui avait vite appris la règle du jeu, constata le jeune Arménien avec plaisir. Tant mieux, pensa-t-il. Ainsi, son plan serait plus facile à exécuter.

— Pour dire du bien de moi ? Rien. – Il fit une pause, laissant entendre qu'il n'avait pas encore tout dit. – Mais il est dans votre intérêt de la convaincre que je suis la personne qu'il lui faut.

— Pourquoi ?

— Parce que, si elle m'épouse, vous aurez un beau cadeau. – Il sortit une autre pièce de sa poche, sachant qu'il jouait sa carte maîtresse. – Dix souverains.

L'or massif scintilla à la lumière du jour, arrachant un regard stupéfait à la gouvernante. Dirhoui garda les yeux rivés sur la pièce, ayant du mal à croire qu'un tel trésor, multiplié par dix, pourrait un jour être à elle. Le souverain était la pièce de monnaie qui avait le plus de valeur : il pesait vingt-quatre onces et était en or de vingt-deux carats. Comment rester indifférente à un tel cadeau ?

— Monsieur Sarkisian, dit-elle, essoufflée par l'émotion et incapable d'ôter les yeux de l'or. C'est comme si vous étiez déjà marié à Mlle Nunuphar !

Le vendredi devint le jour des cadeaux pour la fille des Berberian. En se servant de Dirhoui comme intermédiaire, Kaloust lui fit remettre, tour à tour, au cours des mois qui suivirent, des bouquets de roses, des sucreries, des robes commandées chez Harrods, des flacons de parfum achetés chez Floris et de menus bibelots qui, selon la gouvernante, seraient agréables à sa protégée.

À ces cadeaux, le jeune homme joignait régulièrement un bristol parfumé avec un poème en français, en général des vers de Baudelaire ; il pensait que les mots délicats du grand poète auraient un effet exaltant chez la jeune fille et lui ouvriraient le chemin de son cœur. Si cela avait fonctionné avec Mlle Duprés, pourquoi pas avec Nunuphar ?

— Croyez-vous qu'elle va aimer celui-ci ? demandait-il à chaque fois, sollicitant l'avis de la gouvernante. Vous voulez l'entendre ?

— Certainement.

Il s'éclaircissait la gorge et, d'une voix flûtée, déclamait avec son meilleur accent français. Cette fois-ci, il avait copié quelques vers du bien nommé *Hymne à la beauté*.

— *Tu contiens dans ton œil le couchant et l'aurore ; Tu répands des parfums comme un soir orageux ; Tes baisers sont un philtre et ta bouche une amphore, Qui font le héros lâche et l'enfant courageux.*

— Je ne comprends pas l'italien, avoua la jeune femme, mais elle va adorer !

Il complétait cette cour assidue par de fréquentes visites au domicile des Berberian. Sous prétexte de tenir compagnie à Ohannes, il s'arrangeait pour rencontrer l'élue de son cœur. Nunuphar rougissait en le voyant chez eux et, incapable de prononcer le moindre mot, se couvrait le visage et courait se cacher dans sa chambre, ce qui amusait beaucoup ceux qui assistaient à la scène.

— Ah, l'enfance ! observa Ohannes. Quand on est jeune on peut être innocent !

Outre les multiples tâches qu'impliquait la séduction de l'héritière des Berberian, le jeune Arménien se consacrait assidûment à ses études au King's College ; il assimilait les cours avec une facilité qui ne manquait pas d'impressionner agréablement ses professeurs. Algèbre linéaire, calcul différentiel, mécanique des matériaux, modélisation géométrique et processus extractifs, il apprit toutes ces disciplines sans beaucoup de difficulté, bien qu'il eût découvert que sa grande et véritable passion était la physique.

— Je vous prédis un grand avenir en astrophysique, déclara le professeur William Thompson, considéré comme le plus grand cerveau des îles Britanniques dans cette discipline. Pourquoi ne vous inscrivez-vous pas à l'École normale supérieure de Paris ? C'est l'institution phare dans ce domaine.

La suggestion fit réfléchir Kaloust. Ah, les étoiles, les nébuleuses, la galaxie ! Jules Verne le séduisait, et Mlle Duprés aussi. Il écrivit à son père, lui disant qu'il était déterminé à étudier la physique et faisant valoir que Paris était la destination la plus appropriée pour cela ; mais la réponse qu'il reçut mit un terme à ses illusions. « Ne t'attache pas à des disciplines universitaires sans intérêt, mon garçon, le réprimanda le vieil homme, avec une irritation qui transparaissait dans chacun des mots nerveusement griffonnés. Nul ne vit de songes. »

C'était sans doute parce qu'il vivait de songes, mais sans toutefois s'en contenter, que le jeune étudiant continua à investir au Royal Exchange, où il commença à gagner des sommes considérables. Philip Blake l'avait accueilli sous son aile protectrice et, l'invitant régulièrement à déjeuner chez Simpson's, le restaurant du Strand où étaient servis les meilleurs repas de la ville, lui faisait des suggestions éclairées qui se révélèrent profitables, certaines à court terme, utiles pour maintenir un cash-flow sain, d'autres de longue haleine, avec un impact stratégique. La quasi-totalité des conseils se révélèrent intéressants, mais aucun ne fut sans doute aussi rentable que celui que l'Anglais lui donna à leur troisième déjeuner.

— *I say*, auriez-vous par hasard des scrupules particuliers à investir dans les armes ?

La question, que le secrétaire adjoint aux Affaires étrangères posa alors qu'il mordait dans du rosbif, suscita un regard intrigué chez son interlocuteur.

— Comment ça, les armes ? s'étonna Kaloust. Me suggérez-vous d'acheter un pistolet pour me défendre ?

— *Good heavens*, non ! rétorqua l'Anglais avec le plus grand flegme. Je parle de l'industrie de l'armement, *old boy* ! Avez-vous des scrupules à investir dans ce domaine ?

— Tant que c'est rentable…

Blake mit un morceau de rosbif dans sa bouche et le mâcha lentement en silence. Ce n'est que lorsqu'il l'eut avalé qu'il reprit la parole.

— J'ai été informé par un colonel de mes amis qu'un certain Maxim je-ne-sais-quoi est en train de mettre au point une mitrailleuse révolutionnaire, déclara-t-il. Je ne sais pas si vous le savez, mais l'armée se méfie des mitrailleuses. Il semblerait qu'elles aient une fâcheuse tendance à s'enrayer aux moments les plus délicats. Comme en plein milieu d'une bataille, par exemple.

— Ça doit être ennuyeux.

— Très, en effet. Ce handicap a aussi pour effet de maintenir la cote des actions des fabricants de mitrailleuses à un niveau bas.

— Je suppose, si vous me dites cela, que cette arme est différente…

— *Right-ho !* confirma Blake, saisissant le verre de vin que Simpson's importait de France. Le colonel m'assure que l'engin de ce fameux Maxim est d'une fiabilité à toute épreuve. Une vraie usine à tuer, *I daresay*. Si tel est le cas, et je ne doute pas que l'information se révélera fondée, c'est juste une question de temps avant que nos forces armées ne surmontent leurs réticences et ne l'acquièrent. Et quand ça arrivera… boum ! Les profits de ceux qui possèdent des actions dans cette société exploseront au même rythme que les balles de la mitrailleuse.

Le crayon et le bloc-notes étaient déjà prêts.

— Quel est le nom de l'entreprise ?

L'Anglais but un verre de vin et s'essuya la bouche avec la serviette brodée au monogramme de Simpson's, prenant un soin particulier à passer le tissu blanc immaculé sur les pointes de sa moustache blonde.

— Maxim Gun Company, dit-il. Ces actions, *old chap*, vont être une mitrailleuse à billets.

IV

La pluie tombait, fine et légère, les gouttes si ténues qu'elles s'envolaient parfois comme des feuilles portées par le vent, scindant en mille morceaux la lumière métallique qui irradiait du manteau nuageux du ciel ; c'était comme si une couche d'argent éthérée, mince et diffuse, s'était abattue sur la ville. En cette froide matinée de 1885, Hyde Park Corner grouillait comme à l'accoutumée à l'heure où les magasins ouvraient leurs portes ; les gens se hâtaient vers les bureaux, les hommes en chapeau et imperméable, certains un journal plié sous le bras, les femmes avec des parapluies colorés.

Alors qu'il regardait, impatient, les Londoniens qui traversaient le parc de toutes parts, évoluant dans un chaos étrangement organisé, Kaloust aperçut enfin la silhouette de Dirhoui qui émergeait de la foule et se dirigeait vers lui.

— Vous êtes en retard aujourd'hui ! lui lança le jeune homme sur un ton irrité. Je ne vous donne pas un shilling pour que vous me fassiez attendre !

— Mais… c'est juste cinq minutes…

— Et même si c'était cinq secondes ! Si nous avons rendez-vous à 9 heures du matin, ça veut dire 9 heures du matin !

La gouvernante des Berberian décida de ne pas répondre. Depuis un an qu'elle faisait le courrier secret et sentimental pour le jeune homme, elle avait compris que celui-ci s'agaçait face à l'imprévu, que le moindre changement de plan le plongeait dans des accès de fureur disproportionnés. S'efforçant de changer de sujet, Dirhoui posa les yeux sur le paquet que le prétendant de sa jeune maîtresse protégeait de la pluie.

— C'est le cadeau d'aujourd'hui ?

— Oui, confirma-t-il. Ce sont des biscuits de chez Huntley & Palmers. À l'intérieur de la boîte se trouve le poème. Cette fois, j'ai choisi quelques vers de Mallarmé.

La fille tendit la main pour prendre le paquet.

— Aujourd'hui, je suis pressée, dit-elle. Mme Virginie veut faire une promenade sur la Tamise avec Nunuphar, et la leçon du matin a lieu plus tôt que d'habitude. J'ai besoin de…

— Pas si vite ! coupa Kaloust en tenant le cadeau. Je pense que le moment est venu de faire le point sur la situation.

— Je n'ai vraiment pas le temps maintenant.

— Vous n'aviez qu'à être à l'heure ! la sermonna-t-il à nouveau. – Il agita le cadeau. – Cela fait un an que nous nous livrons à ce manège toutes les semaines ; on se retrouve ici et vous repartez avec des cadeaux, mais au bout du compte je ne sais pas à quoi ça sert. Cela ne peut plus durer !

Voyant qu'elle ne pourrait pas se libérer immédiatement, elle soupira et, avec une moue impatiente, le dévisagea.

— Que voulez-vous savoir ?

— Je me demande dans quelle mesure cette tactique donne des résultats. Je veux dire, mène-t-elle vraiment quelque part ?

— Nous faisons ce que nous pouvons, déclara Dirhoui. Est-ce qu'elle accepte les cadeaux ? Bien sûr qu'elle les accepte. Elle est très contente. Entend-elle dire du bien de vous ? Tout le temps ! Je lui parle souvent de l'avenir qui s'ouvre à vous, je lui dis que vous êtes une personne qui semble l'aimer et qui la protégera en toutes circonstances… enfin, je fais de mon mieux. Par exemple, comme elle passe son temps à lire des feuilletons, surtout ceux de Jane Austen, je ne rate pas une occasion pour vous comparer aux héros de ces romans. Ainsi, il y a quelques jours, elle a dévoré *Orgueil et Préjugés* et elle m'a raconté l'histoire. La voyant si enthousiaste, je lui ai dit que vous étiez une sorte de Mr. Darcy, version arménienne, avec elle dans le rôle d'Elizabeth.

Kaloust sourit, heureux.

— Ah, excellente idée ! Et Nunuphar ? Comment a-t-elle réagi ?

Dirhoui fit une pause, comme si elle réfléchissait à ce qu'elle devrait dire, et prit une profonde inspiration.

— Pour être franche, je ne sais pas si elle accueille mes suggestions avec enthousiasme. Elle aime les cadeaux, bien sûr. Elle apprécie aussi les poèmes, ça la flatte. Mais… – Elle hésita, cherchant les meilleurs mots. – Disons qu'elle est encore très infantile.

Le jeune homme sentit un problème dans l'hésitation et s'étonna du terme.

— Infantile ? Infantile, comment ?

— Elle… – Nouvelle hésitation. – Eh bien, essayez de comprendre, mademoiselle Nunuphar est encore très jeune, elle n'a que douze ans après tout, et elle vit dans un monde de rêves et de fantaisie. Elle idéalise un prince, quelqu'un qui apparaîtrait à cheval sous sa fenêtre et l'enlèverait au milieu de la nuit. Vous voyez ce que je veux dire, n'est-ce pas ?

Une grimace horrifiée traversa le visage de Kaloust.

— Quoi ? Elle veut que je monte à cheval et que je la kidnappe ? C'est un…

— Ce n'est pas tout à fait vous qu'elle a en tête, déclara la gouvernante qui avait toujours du mal à trouver les mots justes pour expliquer la situation. Elle imagine un prince, vous voyez. Un jeune homme, grand et blond, qui ne tarirait pas d'éloges sur sa beauté. Écoutez, vous devez comprendre que Mlle Nunuphar n'a que douze ans et qu'elle vit avec les histoires de Jane Austen et de Walter Scott dans la tête. Vous allez devoir être patient et attendre qu'elle mûrisse un peu avant de la voir tomber enfin dans vos bras.

Kaloust la regarda dans les yeux.

— Si je comprends bien, vous êtes en train de me dire que je ne l'ai pas conquise.

Les épaules de Dirhoui s'affaissèrent très légèrement, comme si elle renonçait à trouver une formulation plus élégante.

— C'est tout à fait ça.

— Mais alors, que puis-je faire ?

— Persistez et soyez patient, conseilla-t-elle. – Elle hésita encore une fois, comme si elle délibérait en elle-même sur ce qu'elle devrait dire ou ne pas dire.

Elle finit par se décider. – Si je puis me permettre, il y a un autre problème qui mériterait votre attention.

— Lequel ?

— M. et Mme Berberian ont deviné vos intentions, cela va de soi. Avec tous ces cadeaux et ces fleurs, il faudrait être aveugle et stupide pour ne pas comprendre. L'autre jour, j'ai surpris une conversation à ce sujet. Le patron semble avoir de l'estime pour vous. Il dit que vous êtes un bon garçon, intelligent et très serviable. Mais…

Elle laissa le « mais » se prolonger et rester en suspens, comme si ce silence plein d'insinuations en disait plus que tout ce qu'elle avait osé révéler.

— Mais quoi ?

La gouvernante fit un nouvel effort pour trouver les mots adaptés s'agissant d'un sujet aussi délicat.

— Ils doutent que vous soyez à leur niveau, si vous voyez ce que je veux dire.

Kaloust plissa les paupières, cherchant à analyser ce qu'il venait d'entendre.

— Pourquoi dites-vous ça ? demanda-t-il. Qu'avez-vous entendu exactement ? Pouvez-vous répéter, s'il vous plaît, et avec rigueur, les mots qui ont été prononcés ?

— C'était une conversation entre les patrons, il y a quelque temps. Quand ils ont remarqué votre intérêt pour leur fille, j'ai entendu M. Ohannes dire que la famille Sarkisian, bien qu'aisée, n'a pas encore un statut suffisamment élevé pour s'allier aux Berberian. Il craint que monsieur Kaloust ne soit qu'un dilettante et que…

— Dilettante ? C'est le mot que vous avez entendu ?

— Oui, dilettante. Il a ajouté qu'il doit s'assurer que vous êtes suffisamment ambitieux pour atteindre un niveau supérieur à celui de vos parents. – Elle prit une voix d'homme. – « Le garçon n'est qu'un étudiant. Il n'a même pas d'emploi. » – Puis elle reprit sa voix normale. – C'est ce qu'il a dit, mot pour mot.

Kaloust acquiesça doucement de la tête. Il détourna lentement les yeux de son interlocutrice et concentra son attention sur un point lointain. Dirhoui mit un long moment à remarquer qu'il fixait la façade du 11, Hyde Park Terrace, la maison des Berberian.

— Il a des doutes, hein ? murmura-t-il, les lèvres tendues, comme s'il foudroyait un adversaire dans un duel. Eh bien, je vais lui montrer à qui il a affaire.

À partir de ce jour, les cadeaux, les fleurs et les poèmes destinés à Nunuphar cessèrent, ce qui signifiait aussi que Dirhoui ne recevait plus son shilling hebdomadaire. Mais quiconque en aurait conclu que Kaloust avait renoncé se serait lourdement trompé ; un feu intérieur qui, dans de tels moments, brûlait encore plus intensément lui interdisait purement et simplement de capituler. Il semblait même que les obstacles constituaient un défi à surmonter, comme si tout cela n'était qu'un jeu qui l'amusait d'autant plus que les difficultés s'accumulaient.

Il décida néanmoins de changer de tactique. Il maintint la promesse faite à Dirhoui de lui offrir dix souverains en cas de succès dans son entreprise, afin de s'assurer que la gouvernante continuerait à éveiller l'intérêt de la jeune fille ; il lui semblait essentiel que Dirhoui demeure de son côté. En outre, il la consultait de temps à autre sur Ohannes, désireux de savoir en particulier quels étaient ses goûts et ses manies. Toute information utile était récompensée d'un shilling, somme qui déliait la langue de l'Arménienne.

— M. Berberian désapprouve la danse, lui dit-elle par exemple. Il pense aussi que la vie nocturne est pour les poules et les hommes dépravés. Il estime que cette génération est perdue et il passe son temps à dire qu'à son époque ce n'était pas comme ça, qu'autrefois il y avait des valeurs… des choses de ce genre.

Kaloust enregistrait tous ces détails à des fins que la gouvernante ne pouvait imaginer, bien qu'ils fussent de toute évidence une partie importante de sa nouvelle tactique. Et pour mettre celle-ci en pratique avec plus de chances de succès, le prétendant comprit clairement qu'il devait faire plus attention à son apparence.

Outre les initiatives pour se maintenir informé de ce qui se passait à Hyde Park Terrace, le jeune Arménien commença à se donner des airs plus respectables. Il continua de s'habiller dans les meilleures boutiques de Savile Row, comme se devait de le faire tout gentleman de bonne famille et de condition élevée, mais en privilégiant désormais les costumes sombres qui lui donnaient, pensait-il, un air plus conservateur. Ce en quoi il ne se trompait pas.

Il se laissa également pousser la barbe dans le meilleur style victorien, de façon à se vieillir et à gagner en respectabilité, et l'entretint. Lorsqu'enfin il estima qu'elle avait atteint la bonne taille, ni trop épaisse ni ridiculement courte, il se regarda dans le miroir et ne réprima pas sa satisfaction devant l'homme qui lui apparut.

— Ah, quelle classe !

L'allure du jeune homme à la barbe apprêtée qui franchit la porte et entra dans le salon ce jour-là, un chapeau melon à la main ; cette allure plus raffinée et plus mature ne fut pas tout de suite perçue par Ohannes.

— Je fais venir Nunuphar, déclara le patriarche des Berberian. Elle est là-bas en train de préparer un examen de piano.

— Non, ne la dérangez pas, répondit aussitôt Kaloust. Ce n'est pas elle que je suis venu voir, mais vous.

Le banquier leva les sourcils ; ce n'était visiblement pas la réponse à laquelle il s'attendait.

— Moi ?

— Oui, oui, confirma le visiteur. Je suis venu solliciter vos conseils au sujet d'un investissement.

Passé la surprise initiale, l'hôte afficha un sourire flatté et, connaissant les préférences de son interlocuteur, il l'invita d'un geste à s'asseoir sur le divan oriental.

— Certainement, dit-il. Asseyez-vous, asseyez-vous ! – Il s'assit lui aussi sur le divan et croisa les jambes. – Alors, dites-moi, quelle affaire vous amène ?

Le jeune homme s'installa au bout du canapé et se pencha en direction d'Ohannes, comme un fils cherchant la protection de son père.

— J'ai un ami, le secrétaire adjoint du Foreign Office, qui…

— Ah, Philip Blake ! interrompit l'hôte. Je le connais très bien !

— Eh bien, il se trouve qu'il m'a conseillé d'acheter des actions de Cadbury, une société qui fabrique du lait chocolaté. Il s'agit selon lui d'un bon investissement, surtout depuis cette campagne incitant les gens à boire du chocolat plutôt que de l'alcool. Philip dit que le commerce du chocolat va exploser. – Il se rapprocha de son interlocuteur. – J'avoue que j'ai gagné de vraies fortunes avec des investissements boursiers, mais… le chocolat ? – Il fit une grimace. – Quelle est votre opinion ? Vous pensez vraiment que ça peut avoir un avenir ?

Ohannes plissa le nez.

— En toute franchise, je dois admettre que ces choses modernes me dépassent. Cependant, je constate que Nunuphar aime boire ce breuvage. S'il y a d'autres personnes qui pensent comme ma fille, pourquoi pas ?

— Vous pensez donc que je devrais foncer ?

L'hôte leva la main, la paume en avant, comme s'il voulait freiner un fiacre se jetant droit sur lui.

— Du calme, je n'ai pas dit ça ! s'empressa-t-il de préciser. L'affaire doit être considérée sous tous les angles. De quelle société s'agit-il ? Comment est-elle gérée ? Comment a évolué le marché de cette boisson ? Quels sont les principaux concurrents ? L'entreprise en question a-t-elle augmenté sa part de marché ou non ? Enfin, il y a toute une série de facteurs dont il faut tenir compte avant de prendre une décision, n'est-ce pas ?

Kaloust prit une profonde inspiration.

— Cela me semble un excellent conseil, s'exclama-t-il. C'est un réconfort et un privilège de connaître une personne aussi avisée que vous. – Il baissa la voix, comme pour faire une confidence. – Il va de soi que j'ai déjà vérifié tous ces détails. Je ne serais pas un investisseur averti si je ne l'avais pas fait. – Il reprit son ton normal. – Les données que j'ai recueillies sont sans aucun doute encourageantes. La seule chose qui me fait vraiment hésiter, et c'est pourquoi je vous pose la question, c'est le produit lui-même. Pensez-vous vraiment que le chocolat est destiné à avoir du succès ?

L'hôte fit un geste vague de la main.

— Je dirais que non, dit-il. Mais si les données du marché sont vraiment bonnes…

Le jeune visiteur tapa sur sa cuisse, comme un juge frappant avec son maillet au moment du verdict.

— C'est entendu ! s'exclama-t-il. Vous m'avez convaincu d'investir dans cette société Cadbury !

— Eh bien… c'est une grande responsabilité, je ne veux pas vous influencer. Imaginez que ça tourne mal ? Vous direz que c'est de ma faute !

Kaloust éclata de rire.

— Ne vous inquiétez pas, lorsqu'il s'agit d'affaires, monsieur Berberian, je ne perds jamais ! Les affaires sont ma passion. – Il fit un geste vers la porte d'entrée. – Vous savez, il y a des gens de mon âge qui préfèrent perdre leur temps dans les salles de danse et fréquenter des établissements nocturnes, ces antres du vice et de la misère morale où abondent les filles faciles. Ça, c'est pour les bons à rien ! Ma génération est perdue ! Perdue, je vous le dis ! Mais moi, j'ai d'autres valeurs, des valeurs d'une autre époque bien sûr, et je préfère utiliser mon énergie pour produire de la richesse.

Un sifflement d'approbation s'échappa des lèvres d'Ohannes. Le patriarche des Berberian n'avait jamais imaginé qu'un jeune homme pouvait s'exprimer ainsi par les temps qui couraient.

— Voilà qui est parlé !

Les affaires étaient devenues le principal sujet de conversation entre Ohannes et Kaloust lors des visites hebdomadaires de ce dernier chez les Berberian. Le jeune homme cessa de demander à voir Nunuphar, au point que ce furent les hôtes eux-mêmes qui souhaitèrent savoir s'il désirait voir leur fille ; privilège que le visiteur acceptait comme s'il leur accordait une faveur.

Les Berberian multipliaient les réceptions, et c'était alors que la présence de Kaloust était le plus utile. Le jeune homme prenait soin de se trouver toujours à proximité lorsque c'était nécessaire, soit parce qu'un invité s'adressait à Ohannes, soit parce que l'hôte lui-même voulait parler avec un investisseur, un banquier ou un diplomate qui fréquentait sa résidence.

Entre les réceptions, et au cours de ses visites régulières, Kaloust tenait Ohannes informé des événements en général et lui donnait des nouvelles de certaines personnes en particulier. Il s'installait au bout du divan oriental où son hôte se reposait, et il l'abreuvait aussi d'informations concernant des possibilités d'investissement.

Ils étaient devenus tellement intimes s'agissant des affaires, qu'un jour le patriarche des Berberian se sentit suffisamment à l'aise pour partager avec lui son secret le mieux gardé.

— Voulez-vous savoir comment j'ai fait fortune ? lui demanda Ohannes sur un ton de défi. Savez-vous quel a été mon plus gros coup ?

Conscient qu'en lui dévoilant son secret, son interlocuteur lui donnait une preuve d'extrême confiance, Kaloust s'inclina davantage vers lui.

— Je suis tout ouïe.

— Sachez que je n'ai jamais raconté cela à personne, déclara le banquier, jetant un coup d'œil autour de lui pour s'assurer qu'aucun domestique ne pouvait l'entendre. Seuls moi, mon frère, un ministre et une poignée de personnes en avons connaissance.

— Rassurez-vous. Je serai muet comme une tombe et rien ne sortira de ma bouche.

Ohannes avala une gorgée de whisky et étendit les jambes pour se mettre à l'aise.

— Ma famille est de Kayseri, je ne sais pas si vous connaissez…

— Mes grands-parents en sont originaires.

Le visage du patriarche s'ouvrit avec un sourire surpris.

— Ça alors ! s'exclama-t-il avec une satisfaction évidente. Vous êtes originaire de Kayseri ? C'est extraordinaire ! Kayseri est, comme vous le savez certainement, la Césarée mentionnée dans le Nouveau Testament. – Il afficha une expression contemplative. – Vous voulez que je vous dise, que cela plaise ou non, c'est de là que viennent les meilleurs Arméniens !

— Je n'en ai pas le moindre doute ! acquiesça Kaloust avec conviction. Vous en êtes le meilleur exemple !

Rougissant de la flatterie, Ohannes se redressa sur le divan oriental.

— Eh bien, j'avais un magasin à Kayseri où je vendais de tout : tapis, casseroles, objets décoratifs, que sais-je. Parmi les nombreux produits dont je m'occupais, il y avait la ferraille. Il se trouve que l'achat et la vente de ferraille ont commencé à prendre beaucoup d'ampleur, au point que nous avons décidé d'investir principalement dans cette activité. À un moment donné, quand l'affaire a grandi et atteint une taille raisonnable, j'ai contacté une personne que je connaissais au ministère de la Marine et je lui ai proposé de fournir du cuivre à l'État ottoman. L'intéressé m'a présenté le ministre de la Marine en personne, et en moins de temps qu'il n'en faut pour le dire, nous étions fournisseurs exclusifs. La transaction a été conclue en un clin d'œil.

Le visiteur fit une mine incrédule.

— Comme ça ? En un tournemain ?

L'hôte rit.

— Bien sûr que non, ça n'a pas été aussi simple, admit-il. J'ai payé l'intermédiaire pour qu'il me facilite l'accès au ministre, et j'ai payé le ministre pour qu'il m'accorde l'exclusivité et signe le contrat.

— En somme, vous avez dû leur graisser la patte…

Ohannes écarta les bras, comme s'il exposait une évidence.

— Mon cher, dans l'Empire ottoman personne ne s'enrichit sans offrir de l'argent aux décideurs et à la clique qui les entoure, et vous le savez sûrement, rappela-t-il. Mais en réalité, là n'était pas la véritable affaire. Le grand secret concerne le prix. Le cuivre que je me proposais de fournir était de deux sortes, l'un de bonne qualité et l'autre de mauvaise qualité. Et il y avait donc un contrat pour chaque sorte de cuivre. En accordant des bakchichs astronomiques, j'ai convaincu le ministre de commettre une petite erreur et d'échanger les contrats, de sorte que le cuivre de mauvaise qualité coûte trois fois plus cher que l'autre.

Kaloust écarquilla les yeux. Avait-il bien entendu ?

— Quoi ? s'exclama-t-il. Le mauvais cuivre était trois fois plus cher que le bon ?

Sans aucune retenue, Ohannes éclata d'un rire sonore, et son interlocuteur fit de même lorsqu'il prit conscience de la véritable nature de l'affaire.

— Il va de soi que je les ai inondés de cuivre de mauvaise qualité ! révéla l'hôte quand il eut repris son souffle, les yeux noyés de larmes tant il riait. Des tonnes et des tonnes ! Il ne me coûtait presque rien et ils m'en offraient une fortune !

— C'est absolument génial !

Les éclats de rire se poursuivirent pendant un long moment, tous deux se tortillant de joie. La rigolade devint si bruyante qu'elle attira le regard interrogateur des domestiques, et elle ne cessa que lorsque Ohannes fut pris d'une quinte de toux incontrôlable. Il fallut alors le redresser sur le divan et lui donner un verre d'eau.

— Je me suis enrichi du jour au lendemain ! dit-il après avoir recouvré son calme. À partir de là, j'ai développé mon affaire. J'ai acheté quelques bateaux et je me suis lancé dans la navigation. Non content de ce que j'avais déjà réalisé, j'ai ouvert une grande banque d'affaires et je suis ainsi devenu l'Arménien le plus riche de tout l'Empire.

— Et tout ça grâce à un échange de contrats avec l'État…

Peut-être à cause de la quinte de toux, Ohannes eut besoin de s'éclipser. Allongé sur le canapé, il demanda à son invité de l'aider à se lever. Une fois debout et avant de quitter la pièce, il saisit le bras de Kaloust et le tira vers lui.

— N'oubliez jamais cette leçon, mon cher, lui murmura-t-il à l'oreille. Nul n'arrive à rien en ce monde sans remplir les poches des gouvernants.

Le jeune Arménien avait surtout à cœur de remplir ses propres poches. Avec cet objectif en tête, il partageait son temps entre différentes activités.

Les placements bien informés au Royal Exchange lui ayant permis de constituer un pécule important, il investissait régulièrement dans des déjeuners avec son protecteur, Philip Blake, et continuait à fréquenter la City avec assiduité. C'était un excellent moyen d'amasser des fonds, mais Kaloust se rendait bien compte que cette source de revenus n'était pas très fiable. Certes, les informations du secrétaire adjoint aux Affaires étrangères étaient généralement sûres ; mais que ferait-il quand Blake cesserait d'occuper ce poste si profitable ? Où diable obtiendrait-il les précieuses informations qui lui permettaient d'acheter les bonnes actions ?

Les autres activités qui dominaient sa vie à Londres constituaient donc des investissements à plus long terme. L'une d'elles, qui lui prenait une journée entière en fin de semaine, concernait Nunuphar. Kaloust avait décidé d'entrer dans la famille Berberian et la jeune fille était son laissez-passer. À cette fin, il maintenait le contact avec Dirhoui, qui avait pourtant du mal à comprendre son comportement.

— Vous avez cessé d'offrir des cadeaux à Nunuphar, et maintenant vous lui parlez à peine, observa-t-elle, intriguée. C'est comme ça que vous comptez la conquérir ?

La question lui parut impertinente et le jeune homme fut tenté de lui dire que ce n'était pas ses affaires, mais il se retint. Il avait encore besoin d'elle et, tout compte fait, il était sans doute plus sage de l'éclairer ; ce serait le meilleur moyen de continuer à l'intéresser à son plan.

— Vous n'avez pas encore compris ? Dans les riches familles arméniennes, comme vous le savez, les mariages sont arrangés par les parents. Qui a prévu le mariage de Nunuphar avec son cousin éloigné, par exemple ? Ce n'est pas elle, ni lui. Ce sont les parents !

— Et alors ?

— Alors ? Eh bien, c'est pour cette raison que je fais la cour à votre patron ! s'exclama-t-il. Ce sera lui, ma chère, qui me donnera sa fille.

Parmi toutes ces occupations, cependant, ce qui lui prenait le plus de temps, et cela semblait naturel, c'étaient ses études d'ingénieur au King's College. Elles permirent au jeune Arménien de se rendre compte qu'il n'était pas fait pour concevoir des ponts ou construire des gratte-ciel, comme ceux qu'on élevait de l'autre côté de l'Atlantique. Mais si le métier d'ingénieur ne l'intéressait pas, pourquoi diable étudiait-il l'ingénierie ? En quoi cette formation pouvait-elle être utile pour son avenir ? Perdait-il son temps ?

Il demanda conseil à Blake. Après plusieurs suggestions que son protégé rejeta, l'Anglais, tout en savourant son dessert chez Simpson's, eut une nouvelle idée.

— Votre père n'est-il pas le plus gros importateur de kérosène de l'Empire ottoman ? *I say*, pourquoi ne pas vous spécialiser dans ce domaine ? Vous savez, c'est l'avenir !

— Le kérosène ?

— L'huile minérale, *old boy* ! L'huile minérale !

L'idée fit son chemin dans l'esprit de Kaloust. En effet, pourquoi regarder si loin quand la réponse était si près ? Il commença alors à s'informer sur tout ce qui touchait l'huile qui coulait des pierres, cette huile de *petra* qui enthousiasmait tant son protecteur et avait déjà rapporté tellement d'argent à sa famille. Il étudia soigneusement les rapports de la Standard Oil américaine, et plus il enquêtait, plus il était convaincu que l'Anglais avait raison.

Ainsi, lorsque son tuteur au King's College lui demanda sur quel sujet porterait sa thèse de fin d'études, la réponse était toute prête.

— Le génie pétrolier.

Sa thèse lui prit deux ans. Il étudia les techniques d'extraction et de raffinage, mais surtout les conditions du marché, notamment la croissance de la demande, les problèmes liés à l'approvisionnement et les baisses de prix provoquées par les pratiques concurrentielles agressives de la Standard Oil.

Il soutint sa thèse au printemps 1887 et, quelques mois plus tard, il acheva ses études avec mention et reçut deux médailles, l'une en sciences, l'autre en ingénierie. Quand il apprit la nouvelle, son père lui envoya un télégramme enthousiaste pour le féliciter et lui dire combien il était fier de lui ; son fils avait obtenu son diplôme en Angleterre, et avec mention ! Qui ne serait pas fier ? Plus important, le bref télégramme qu'il lui avait envoyé s'achevait sur un ordre très clair.

RENTRE À LA MAISON STOP

Lors de sa dernière visite aux Berberian, Kaloust n'eut même pas à entrer au 11, Hyde Park Terrace.

Alors qu'il franchissait le seuil de la résidence, il croisa Ohannes qui sortait et l'arrêta.

— Vous ici, mon garçon ? le salua le banquier. Venez, sortons ! – L'hôte le prit par le bras et l'entraîna dans la rue. – J'en ai assez d'être enfermé chez moi. Je vais me promener à Hyde Park et je n'ai pas envie d'y aller tout seul. Tenez-moi compagnie.

Ils traversèrent la rue en évitant de se faire éclabousser par la boue projetée par les chevaux et les roues des voitures, et allèrent marcher dans le grand parc du centre-ville.

Pendant qu'ils déambulaient dans les jardins, Ohannes fit quelques commentaires anodins sur la météo londonienne, qu'il qualifia d'épouvantable, tout en louant le soin apporté par les Britanniques à leurs pelouses. Son interlocuteur écoutait sans rien dire, se contentant de secouer mécaniquement la tête sans lui prêter attention. Son corps était présent mais son esprit était ailleurs. Le monologue ne pouvait pas continuer ainsi, raison pour laquelle un silence gênant s'installa entre eux.

— Je pars, annonça soudainement Kaloust. J'ai reçu l'ordre de quitter l'Angleterre.

Ohannes s'immobilisa, choqué par la nouvelle.

— Oh non ! s'exclama-t-il. Pourquoi ? Il s'est passé quelque chose ?

— Non, rien qui n'était pas prévu. J'ai fini mes études et mon père m'ordonne de retourner à Constantinople.

Le banquier se remit à marcher, les yeux fixés sur le sol tandis qu'il réfléchissait aux conséquences de la nouvelle.

— Que vais-je devenir ? gémit-il. Désormais, qui me tiendra compagnie pendant ces épouvantables réceptions à la maison ?

Kaloust devait-il signaler enfin clairement ses intentions ? Il aurait sans doute souhaité apprivoiser davantage le patriarche des Berberian, afin de mieux préparer le moment où il lui en aurait fait part, mais il n'avait plus le temps. S'il ne le faisait pas maintenant, quand le ferait-il ?

— Vous aurez toujours de la compagnie, affirma-t-il, comme s'il prenait de l'élan avant de se lancer. Ne serait-ce que celle de votre futur gendre.

L'hameçon était lancé.

— Qui ? Le cousin éloigné ? s'étonna Ohannes. Oh, lui, il est à Kayseri, le pauvre ! Il ne m'est d'aucun secours…

— Dans ce cas, peut-être vaudrait-il mieux chercher un autre candidat, osa suggérer Kaloust. Quelqu'un qui… qui serait plus à même de vous appuyer…

Le vieux Berberian lui lança un regard interrogateur, se rendant enfin compte de sa méprise et comprenant où le jeune homme voulait vraiment en venir. Puis, regardant devant lui, voyant tout plus clairement, il marcha quelques instants en silence. Lorsqu'il rouvrit la bouche, ce fut pour faire des observations triviales sur l'état d'un parterre de fleurs dans le parc, et préciser que quelqu'un devrait en tailler les extrémités. Ils quittèrent le parc et prirent Bayswater Road, Ohannes évoquant ensuite une réception que sa femme prévoyait d'organiser le week-end suivant, et révélant enfin que son manoir à Constantinople lui manquait.

Les digressions verbales du banquier étaient une manière de rejeter les prétentions de Kaloust sans le lui dire directement. L'ingénieur nouvellement diplômé comprit le message et en conclut qu'il était, pour l'heure, tout à fait inutile d'insister. Il laisserait la conversation suivre son cours naturel et plus tard, quand il serait seul, il examinerait attentivement les implications de ce refus pour arrêter la marche à suivre. Il savait seulement qu'il n'était pas dans sa nature d'abandonner, et qu'il lui faudrait donc trouver une nouvelle méthode.

Au milieu de la conversation sans importance, au cours de laquelle tant de choses furent dites au sujet des fleurs, de la météo ou encore de la magnificence du nouveau magasin Harrods construit sur les décombres de celui qui avait brûlé peu de temps auparavant, Kaloust s'arrêta brusquement et fit un signe en direction d'une ruelle.

— Venez, je vais vous montrer quelque chose.

Ils empruntèrent Brook Street et, au bout de quelques mètres, ils tournèrent à droite dans une rue étroite et tranquille, qui donnait, à gauche, sur l'arrière de maisons en briques et, à droite, sur d'élégantes façades blanches ; la cime des arbres projetait de vastes ombres dans la rue et deux voitures attendaient devant les portes d'une résidence.

— Qu'est-ce qui se passe ?

Kaloust se tourna vers un grand manoir à l'une des extrémités de la rue.

— Vous voyez cette maison ? demanda-t-il en pointant sa canne dans la direction indiquée. Un jour j'y vivrai !

Ohannes regarda la façade du bâtiment situé au 38, Hyde Park Gardens. En constatant que le manoir était encore plus grand que celui où il vivait alors et, partant, beaucoup plus cher, il éclata d'un rire amical.

— Ah, Kaloust ! s'exclama-t-il en savourant ce qui lui semblait être une blague. Vous êtes drôle parfois !

L'ingénieur le dévisagea, très sérieux.

— Ce n'est pas une blague, déclara-t-il avec une certaine âcreté. Un jour, j'y vivrai vraiment ! N'en doutez pas !

La moue rieuse disparut aussitôt du visage du banquier, tout à coup embarrassé. Il réalisa que son interlocuteur parlait sérieusement et, gêné, s'excusa de sa réaction puis se tut. Le silence s'installa de nouveau entre eux et ils cheminèrent ainsi un bon moment. Pensif, Ohannes avançait le regard fixé sur le sol ; ses yeux avaient l'air vitreux, comme s'ils regardaient les choses mais ne voyaient que les pensées qui l'absorbaient.

À un moment donné il s'arrêta et il se tourna vers son compagnon.

— J'ai déjà pu constater que vous êtes très ambitieux, déclara-t-il en pesant ses mots. Cela me fait vraiment plaisir. – Il fit une courte pause, comme s'il soupesait les conséquences de la conclusion à laquelle il était parvenu. – Mon seul doute est de savoir si vous êtes à la hauteur de vos ambitions. Si vous parvenez à mettre vos actes en accord avec vos paroles, alors vous serez peut-être la personne idoine pour Nunuphar.

Le cœur de Kaloust fit un bond. Surpris par ce qu'il venait d'entendre, il se dit qu'il avait peut-être mal compris. Mais non ; Ohannes avait vraiment dit ce qu'il pensait avoir entendu, il en était sûr. Pouvait-il continuer à espérer ?

— N’ayez aucun doute à ce sujet, répondit-il avec conviction devant l’opportunité inattendue qui s’offrait à lui. J’ai de grands projets et je vais les réaliser !

Le patriarche des Berberian reprit la marche, une expression recueillie se lisait sur son visage. Il fit quelques pas en silence, comme s’il mettait de l’ordre dans ses idées, et s’arrêta à nouveau un peu plus loin.

— Voilà comment nous allons procéder, dit-il enfin. Nunuphar doit encore étudier pendant deux ans à Londres. D’ici là, nous ne ferons rien. Elle est promise à son cousin et elle l’épousera le moment venu. – Il se tut de nouveau et fit encore quelques pas, songeur. – Cependant, cet engagement sera rompu si, et seulement si, je suis finalement convaincu que vous êtes le prétendant approprié.

Kaloust écouta ces paroles dans un tourbillon d’émotions contraires, entre désespoir et exaltation.

— Et… et que dois-je faire pour vous convaincre ?

Ohannes se figea une dernière fois et dévisagea son compagnon avec une expression indéchiffrable.

— Je ne sais pas, dit-il. Surprenez-moi.

V

Un joyeux vacarme animait le quai n° 2 de la gare de l'Est. Dans les instants précédant le départ du train, les passagers disaient des mots de réconfort, tout en faisant leurs adieux et des recommandations de dernière minute à ceux qui restaient. Le voile ténu du crépuscule s'était abattu sur Paris et la silhouette fantomatique des wagons alignés le long du quai contrastait avec leur aménagement intérieur luxueux, mis en évidence par les becs de gaz.

À 7 h 25 précises, un employé vêtu de l'uniforme de la Compagnie internationale des wagons-lits, sa cravate noire l'identifiant comme assistant du *chef de train*, le *contrôleur*, apparut à la porte de l'une des voitures. Il y eut un silence soudain et la voix du *contrôleur* résonna dans la gare.

— *En voiture messieurs dames !* annonça-t-il. L'Orient-Express part dans cinq minutes !

Le vacarme reprit de plus belle, avec davantage d'intensité, et la nuée de têtes commença à s'agiter. Des couples, dont l'un des membres partait et l'autre restait, s'embrassaient et se séparaient, des mains s'agitaient, les *bagagistes* se hâtaient de charger les malles, des mouchoirs flottaient sur le quai, des mots et des baisers étaient échangés, tandis que sur quelques visages des larmes coulaient, trahissant déjà la nostalgie de ceux qui restaient.

— C'est l'heure, n'est-ce pas ?

Mlle Duprés continuait de sourire ; si d'aucuns pleuraient, ce n'était pas du tout son cas. Elle n'avait aucune raison de se sentir triste ; ce qui l'unissait à l'homme dont elle se séparait n'était pas de l'amour, mais un vague mélange d'amitié et d'intérêt.

— En effet, ma chère, rétorqua Kaloust. C'est l'heure. – Il leva la main pour un dernier adieu. – À bientôt !

— Bon voyage !

Un *bagagiste* emportait déjà les valises et l'Arménien, impeccablement vêtu d'une redingote et d'un haut-de-forme, lança un dernier regard à la Française avant de se retourner, de se mêler à la foule qui convergeait vers les wagons et, après un court instant d'attente, d'entrer enfin dans le train.

Il se sentit instantanément enveloppé dans une atmosphère chaleureuse et accueillante. Un *contrôleur* vérifia son billet, fit un petit signe de la tête pour confirmer que tout était en ordre et lui souhaita la bienvenue.

— *Soyez le bienvenu, m'sieur !*

Le contrôleur donna des instructions au *bagagiste*, qui conduisit le passager à travers le couloir jusqu'au compartiment n° 8.

— *M'sieur* aura comme voisin l'homme le plus riche du train, observa le *bagagiste* en montrant le compartiment n° 7. En tout cas, c'est celui qui donne les plus gros pourboires.

Kaloust songea à demander l'identité de son voisin, mais, pensant que la remarque n'était rien de plus qu'une astuce du *bagagiste* pour le convaincre de lui donner un bon pourboire, il ne dit rien.

Il entra dans son compartiment et constata que, comme il s'y attendait, la décoration était d'un luxe princier. Les murs de la cabine étaient recouverts de teck et d'acajou, les chaises matelassées étaient en cuir souple espagnol et ornées de motifs dorés, tandis que les rideaux, au tissu fleuri de couleur abricot, étaient tenus par des cordelettes en soie. Il y avait une clochette pour appeler le *brigadier-postier* et un tube pour parler directement au contrôleur.

— Ce n'est pas par hasard qu'on appelle l'Orient-Express le grand hôtel sur roues ! nota Kaloust tandis que le *bagagiste* rangeait ses valises dans le compartiment. Un hôtel de grand luxe sans aucun doute !

Il donna un *sou* de pourboire, ouvrit la fenêtre et s'appuya au garde-corps. Dehors, la foule qui était venue faire ses adieux aux voyageurs avait convergé vers la longue file de wagons. De nombreuses personnes scrutaient les fenêtres pour saluer une dernière fois ceux qui partaient. Kaloust chercha parmi elles le visage de Mlle Duprés mais ne le vit point et, à vrai dire, il ne s'y attendait pas vraiment.

À Londres, il avait décidé de retourner à Constantinople en grand style et le choix de l'Orient-Express, dont la mise en service quatre ans plus tôt avait donné lieu à un grand battage médiatique, s'imposait. Sa première impression confirma tout ce qui avait été dit. La presse l'avait appelé le « tapis volant pour l'Orient », une métaphore pompeuse qui avait aiguisé sa curiosité ; et il était venu à Paris à dessein, afin de voyager dans cette véritable merveille des temps modernes.

Sachant qu'il allait transiter par la capitale, il en profita pour y passer quelques jours et contacta son ancienne préceptrice marseillaise, Mlle Duprés, qui avait terminé ses études de littérature à la Sorbonne. Kaloust découvrit que Paris était une ville de plaisirs, surtout après que la Française l'eut guidé pendant la journée parmi les attractions de la ville, en particulier les trésors exposés au Louvre, mais aussi les spectacles des Folies-Bergère. Et le soir, lorsqu'ils rentraient à l'hôtel, elle lui livrait tous les délices de son corps de femme, comme s'ils étaient revenus au temps des cours du soir à Marseille. Tout cela en échange d'espèces sonnantes et trébuchantes, bien entendu ; l'amitié était certes l'amitié, mais certaines choses continuaient de se monnayer.

Un coup de sifflet lugubre et prolongé retentit dans la gare, balayant les agréables souvenirs de la semaine que Kaloust avait passée à Paris. La foule sur le quai s'agita, fébrile, sentant que le moment était venu ; le brouhaha grandissait, s'intensifiait, on se faisait les derniers adieux, des mains sortaient des fenêtres pour toucher celles qui se tendaient, on se lançait des baisers, on échangeait un dernier regard, un sourire. Avec un long soupir mélancolique, presque nostalgique, l'Orient-Express frissonna, on aurait dit qu'il toussait, et s'ébranla enfin.

Le voyage avait commencé.

Lorsqu'il quitta son compartiment pour explorer le train, Kaloust fut attiré par un son étranglé qui semblait provenir de la cabine voisine, celle qui portait le n° 7. Il ignora tout d'abord le bruit mais, se souvenant de la remarque du *bagagiste* au sujet du passager qui l'occupait, il s'arrêta. Qui sait, une opportunité pouvait s'offrir à lui. En fin de compte, les petites portes ne mènent-elles pas parfois aux grandes salles ? Surmontant ses réticences à se mêler de ce qui ne le regardait pas, il frappa à la porte de la cabine.

— Tout va bien ?

Il entendit un étrange gargouillis et, inquiet, saisit la poignée pour ouvrir la porte. Il se trouva face à un homme accroupi par terre, penché sur une mare de vomi.

L'homme leva la tête.

— Je ne me sens pas très bien…

Sans perdre de temps, Kaloust appuya sur la sonnette pour demander de l'assistance et aida le malade à se lever. Comme une puanteur acide remplissait le compartiment, il tira les rideaux et ouvrit la fenêtre afin de laisser entrer de l'air frais. Alerté par la sonnette, un *brigadier-postier* apparut quelques instants plus tard et, comprenant la situation, il saisit immédiatement le tube de communication et demanda au *contrôleur* d'envoyer un médecin. Après s'être assuré que le passager se remettait de son malaise, il annonça qu'il allait chercher un seau et des chiffons pour nettoyer la cabine et disparut dans le couloir.

En attendant l'arrivée du médecin, Kaloust aida l'homme à sortir du compartiment et l'accompagna jusqu'à l'extrémité la plus proche du wagon, où se trouvaient les toilettes. Devant la porte se tenait un employé dont la seule fonction était de les nettoyer après chaque utilisation. Avec l'aide de ce dernier,

Kaloust entra dans les toilettes et aida son compagnon de voyage à se laver le visage.

Le passager indisposé fut ensuite ramené dans sa cabine, où le médecin du train l'attendait déjà, sa trousse à la main et un stéthoscope autour du cou. Constatant que sa présence n'était plus nécessaire, Kaloust prit congé.

Un léger coup à la porte, presque une caresse, interrompit la lecture de Kaloust. C'était la fin de l'après-midi du deuxième jour de voyage et la boule rougeâtre du soleil, à droite, embrasait la vaste plaine bistrée de Hongrie.

— Entrez !

La porte s'ouvrit sur un visage avec une moustache et une barbe effilée. C'était le passager du compartiment n° 7.

— Je suis votre voisin, précisa l'homme, de toute évidence remis de son malaise de la veille. Je suis venu vous remercier de votre gentillesse. C'était fort aimable à vous.

Kaloust se leva d'un bond.

— Vous n'avez pas à me remercier ! Je me réjouis de vous voir en bonne santé. Je suppose que vous êtes remis de votre indisposition…

Ils se serrèrent la main.

— En effet, dit le voisin. À Paris, j'ai mangé des huîtres qui me sont restées sur l'estomac. Bien que doux, le balancement du train m'a donné la nausée. Mais le médecin s'est occupé de moi, il m'a prescrit des sels merveilleux, et après une nuit et un jour de repos, je me sens à nouveau en pleine forme. – Il désigna le livre que Kaloust avait posé sur la table basse.

– Je ne voulais pas vous interrompre. J'étais juste venu vous remercier pour la gentillesse dont vous avez fait preuve à mon égard, et vous dire que je suis à votre disposition. Vous avez été d'une grande générosité.

Ils échangèrent encore quelques amabilités, se félicitant notamment que l'Orient-Express disposât d'un médecin en permanence à bord, mais la conversation finit par tourner en rond. N'ayant rien d'autre à dire, ils prirent congé.

L'Arménien retourna à son fauteuil et reprit sa lecture. Une demi-heure plus tard, un nouveau coup à la porte l'interrompit derechef. Il ouvrit et constata que cette fois c'était le *contrôleur*.

— *M'sieur*, il est 19 h 45, annonça le Français sur un ton formel. Le dîner sera servi dans un quart d'heure.

Kaloust reprit sa lecture et acheva un chapitre, puis rangea le livre et alla se changer. Il ajusta sa cravate devant le miroir, enfila son veston et sortit.

À 20 heures précises, il arriva au restaurant. Après s'être imprégné de l'atmosphère générale, Kaloust concentra son regard sur les passagers, et le premier qu'il vit fut précisément son voisin ; l'homme était assis à côté de la deuxième fenêtre sur la gauche, à une table de deux.

— Vous voyagez seul ? demanda l'occupant du compartiment n° 7, indiquant d'un geste courtois le siège vide devant lui. Pourquoi ne me tenez-vous pas compagnie ?

Le nouveau venu n'hésita pas ; c'était une belle occasion pour essayer de connaître l'histoire de son compagnon qui, selon les mots du *bagagiste*, était l'homme le plus riche du train.

— Avec grand plaisir, dit-il en se dirigeant vers la table. Permettez-moi de me présenter. – Il tendit la main. – Je suis l'ingénieur Kaloust Sarkisian, de Constantinople.

Son voisin se leva, et lui serra la main en souriant.

— Ah ! Un compatriote ! s'exclama-t-il en se rasseyant. Je m'appelle Basil Zaharoff et je suis aussi de Constantinople.

— Heureuse coïncidence, en effet ! – Il plissa les paupières. – Mais, c'est curieux, ce nom n'a pas l'air très ottoman…

Zaharoff rit.

— Rien ne vous échappe à ce que je vois ! dit-il. Ma famille est grecque, mais nous avons fui en Russie après les pogroms turcs de 1821, et notre nom a été russifié, bien que nous soyons retournés plus tard à Constantinople. Je suis né Zacharias ; Basileios Zacharoff, mais je préfère qu'on m'appelle Basil Zaharoff. – Il fronça ses épais sourcils. – Ça fait plus mystérieux.

Tout en l'écoutant, Kaloust déplaçait distraitement les couverts en argent massif disposés sur la table.

— C'est curieux, votre nom me semble familier, observa-t-il l'air intrigué. Où l'ai-je déjà entendu ?

Le Grec fit une moue de ses lèvres trop minces.

— Le fait que mon nom vous semble familier tient sans doute à votre domaine d'activité professionnelle. Si ce n'est pas indiscret, que faites-vous dans la vie ?

— Eh bien, je viens de finir mes études d'ingénieur, et à présent je retourne à Constantinople. Les seules choses lucratives que j'ai faites ces dernières années ont été quelques bons investissements au Royal Exchange.

— Alors c'est peut-être de là que vous me connaissez.

Comme il était évident que son interlocuteur ne tenait pas à en dire beaucoup plus, l'Arménien se concentra sur cette remarque et commença à résumer ses investissements en Bourse. Il passa en revue chacune des acquisitions réalisées au fil du temps et, au bout de quelques secondes, il écarquilla les yeux avec un air de satisfaction.

— Maxim ! s'exclama-t-il. Vous êtes le représentant mondial de Maxim !

— Nordenfelt-Maxim, corrigea Zaharoff avec un sourire. Bravo, je vois que vous êtes non seulement bien informé, mais aussi un bon investisseur ! Bien que ma société soit en fait Nordenfelt. En grande partie grâce à mes efforts, et je le dis sans fausse modestie, nous avons réalisé une alliance avec Maxim qui, j'en suis sûr, deviendra très rentable.

Kaloust examina attentivement l'homme qui était devant lui. Il se rappela que Philip Blake lui avait déjà parlé de Basil Zaharoff, qu'il avait surnommé le « Marchand de mort » ; on disait qu'il vendait des armes à toute la planète. En cet instant, l'Arménien sentit un frisson lui traverser le dos. Acheter des actions de la Maxim Gun Company, simples bouts de papier échangés au Royal Exchange, était une chose ; partager la table du principal négociant d'armes au monde en était une autre. Que devait-il faire ? Se lever et partir ? L'idée lui effleura l'esprit, mais il l'écarta aussitôt. Il devait se comporter en gentleman. De plus, qui sait s'il n'apprendrait rien du succès de son interlocuteur ?

— Sur les conseils d'un ami, j'ai acheté il y a deux ans des actions de Maxim, révéla-t-il. Mais elles ne m'ont encore rien rapporté et je crains que cela ne continue ainsi…

— Vous vous trompez, mon cher. À partir du moment où elle s'est associée à nous, la société Maxim a cessé d'être un ennemi qu'il faut saboter pour devenir un allié à promouvoir. – Il se pencha en avant sur la table. – Je négocie actuellement des contrats formidables ! Vous savez que…

— Ces messieurs désirent-ils voir le menu ?

Un serveur interrompit la conversation et leur tendit la carte ; imprimée à l'encre dorée, celle-ci était digne d'un banquet. Elle n'était pas destinée à ce qu'ils choisissent un plat, mais à les informer de ceux qui leur seraient servis, et l'on commença presque aussitôt à leur apporter le dîner tandis que les commensaux discutaient affaires.

— J'ai peur d'être responsable de la relative improductivité de vos actions, se vanta Zaharoff en mangeant. Vous savez, tant que Maxim était notre concurrent, j'ai tout fait pour le saboter.

— Le saboter ? Comment ?

— Oh, vous n'avez pas idée ! Il y a deux ans, les forces armées italiennes ont convoqué Nordenfelt et Maxim à La Spezia, pour une démonstration des capacités de leurs mitrailleuses respectives. Bien sûr, la nôtre était bien moins bonne que celle de Maxim qui était excellente. Conscient que dans des conditions d'égalité nous aurions perdu le marché, vous savez ce que j'ai fait ? La veille de la démonstration, je me suis arrangé pour emmener les représentants de Maxim dans un bordel de La Spezia, après avoir donné des instructions rigoureuses aux filles pour qu'elles les laissent K.-O. Elles ont été tellement zélées que les gars n'ont pas pu assister à la démonstration. Conclusion : Nordenfelt a remporté le contrat !

Kaloust haussa un sourcil.

— Ça ne semble pas être une concurrence très loyale…

— En affaires, mon cher, c'est comme à la guerre et comme en amour : il faut faire feu de tout bois ! déclara le Grec sur un ton sentencieux. L'année dernière, c'est l'armée austro-hongroise qui a organisé une démonstration à Vienne. Je ne pouvais pas recourir une fois de plus au même stratagème, n'est-ce pas ? Alors, vous savez ce que j'ai fait ? J'ai soudoyé le garde de l'entrepôt où Maxim stockait son équipement et, le soir précédant la démonstration, j'y suis allé et j'ai saboté leur mitrailleuse. Le lendemain, lorsqu'il a fallu montrer ce qu'elle avait dans le ventre, l'arme de Maxim a tiré quelques coups de feu et… pfff, elle s'est enrayée. Nous avons à nouveau remporté le contrat ! Je leur ai mis des bâtons dans les roues jusqu'à ce qu'ils comprennent qu'ils n'iraient nulle part et finissent par accepter une alliance avec Nordenfelt. C'était pour eux le seul moyen de se débarrasser de moi.

— En somme, s'étonna Kaloust, vous êtes devenu le représentant du fabricant de mitrailleuses que vous sabotiez il y a encore peu !

Le Grec éclata de rire.

— C'est un coup de génie, pas vrai ?

Pendant qu'ils parlaient, les serveurs, tous en queue-de-pie, culotte descendant jusqu'au genou et bas de soie, posaient sur la table les assiettes, toutes en porcelaine de Sèvres à marli doré, puis les retiraient. Le potage fut suivi de *hors-d'œuvre* : des huîtres, du caviar et du homard ; ensuite, on leur apporta successivement une assiette de pagre rôti, de la venaison et un coquelet aux pruneaux ; et enfin, un assortiment de sorbets, diverses pâtisseries, une douzaine de fromages et des fruits variés. Le balancement du train était si léger que pas une goutte de vin ne fut renversée des verres en cristal de Baccarat.

À la fin du repas, deux heures plus tard, Kaloust et Zaharoff passèrent au *salon de société*, situé au fond du wagon-restaurant. Le compartiment était meublé de sofas en cuir et d'une bibliothèque pleine de livres et de journaux dans diverses langues, reproduisant ainsi l'atmosphère caractéristique d'un club privé londonien. L'Arménien demanda un porto, le Grec opta pour un cognac Napoléon qu'il dégusta particulièrement, affirmant qu'il célébrait encore l'alliance récente entre Nordenfelt et Maxim.

Le marchand d'armes se targua d'avoir une vie bien remplie. Il passait son temps à voyager et ne fréquentait que des hôtels de luxe, information qui ne manqua pas d'impressionner Kaloust. Mais, ce que le jeune ingénieur voulait vraiment entendre, c'était autre chose. L'Arménien brûlait d'envie de savoir comment l'homme d'affaires prospère avait conclu son premier grand contrat, une expérience qui, pensait-il, pouvait lui être utile pour son propre avenir professionnel, mais il était réticent à poser directement la question.

Cependant, une heure plus tard, constatant que son interlocuteur était déjà bien imbibé et contrôlait moins ses paroles, il osa aborder la question.

— L'une des choses qui m'intéresse le plus chez un homme d'affaires est de savoir comment il a gravi les échelons dans la vie, dit-il comme s'il ne parlait de personne en particulier. On peut tirer des leçons très intéressantes de ces histoires, vous ne pensez pas ?

— Et comment ! rétorqua Zaharoff, une lueur dans les yeux, en regardant la boisson couleur caramel qui dansait dans son verre ; c'était peut-être la quatrième fois qu'il reprenait du cognac, et il commençait à cafouiller en parlant. Prenez mon cas. Je n'étais qu'un foutriquet qui a commencé par conduire les touristes aux bordels de Constantinople. Un jour, un ami m'a recommandé comme vendeur chez Nordenfelt. C'était un travail à temps partiel. J'étais payé une misère, 5 livres par semaine, mais on m'a promis une commission de 10 % si je parvenais à réaliser une vente. Dit comme ça, ça paraît tout bête, n'est-ce pas ? Mais vous savez ce qu'on m'a confié ? Un sous-marin de merde, qui tombait toujours en panne ! À l'époque, nul ne savait ce qu'était un sous-marin, et Nordenfelt n'arrivait à convaincre personne de l'acheter. Eh bien, c'est cette saloperie qu'on m'a donné à vendre !

— Ah ! Et comment vous en êtes-vous sorti ?

Zaharoff appuya son index sur le front.

— J'ai utilisé ma tête, monsieur ! – Il réprima un hoquet. – Les Balkans sont sur le pied de guerre à cause des Ottomans, n'est-ce pas ? Comme personne ne voulait de ces putains de sous-marins, j'ai demandé à Nordenfelt l'autorisation d'en vendre un premier en dessous du prix de revient. Au début, les types ne voulaient pas, pingres comme pas deux ! Mais j'ai réussi à les convaincre. Je suis alors allé à Athènes et j'ai rencontré le ministre grec de la Défense. Je lui ai proposé le sous-marin avec une très belle remise, en lui disant que c'était un nouvel engin avec lequel ils allaient remettre les Ottomans à leur place… Et, bien sûr, je lui ai promis que 5 % de la vente seraient versés sur un compte à son nom. L'affaire a été conclue et c'est ainsi que j'ai vendu mon premier sous-marin !

— J'ignore combien coûte un sous-marin, mais je doute que la vente d'un unique submersible fasse la fortune de quiconque…

Le Grec leva la paume de la main.

— Attendez mon ami, je n'ai pas encore fini ! – Il avala une autre gorgée de cognac. – Quand j'ai quitté Athènes, vous savez où je me suis rendu ? Directement à Constantinople, bien sûr ! J'ai obtenu un entretien avec le ministre de la Guerre ottoman et, sur un ton alarmiste, je lui ai révélé que les Grecs venaient d'acquérir un dangereux navire qui se déplaçait sous l'eau et pouvait s'infiltrer dans la mer de Marmara sans que personne ne s'en rende compte. Pire, il pouvait même franchir le Bosphore et bombarder le palais du sultan ! Le gaillard est devenu blanc comme un linge, vous auriez dû le voir ! Il m'a immédiatement commandé deux sous-marins, et cette fois au prix fort !

— Fichtre ! Une vente sans bakchich, bravo !

— Pardon ? Le ministre était stupide, mais pas à ce point. Il a eu sa petite commission, bien sûr !

— Ah.

— Qu'ai-je fait ensuite ? J'ai trouvé le moyen de faire savoir aux agents russes que les forces armées ottomanes venaient d'acquérir deux puissants sous-marins, capables de naviguer dans la mer Noire et de pilonner leurs installations navales en Crimée. Le tsar a failli avoir une attaque, le pauvre ! Il a aussitôt envoyé son attaché naval à Londres acheter plusieurs de nos sous-marins ! Et cette fois, sans bakchich !

— Mais vous avez eu votre commission, bien sûr.

Zaharoff but d'un coup ce qu'il restait dans son verre et le posa sur la petite table du *salon de société*. Puis, il se leva pour se retirer dans sa cabine.

— J'étais plein aux as, mon ami !

Pendant le reste du voyage, Kaloust ne rechercha pas la compagnie de son voisin. Du reste, à partir de Bucarest, Zaharoff resta avec une Roumaine rousse que quelqu'un avait introduite dans le compartiment n° 7, et l'Arménien se borna à des salutations formelles chaque fois qu'il le ou les croisait dans le train.

Lorsque l'Orient-Express arriva à Niš, en Serbie, le *chef de train* annonça aux passagers qu'ils allaient devoir poursuivre leur voyage en diligence, la voie ferrée étant incomplète en Bulgarie. Kaloust descendit du train, pendant qu'un *bagagiste* transférait ses valises dans la diligence, un véhicule à quatre places tiré par deux chevaux. L'intérieur était apparemment confortable, bien qu'exigu et avec des ouvertures minuscules.

— Quelles foutues fenêtres ! protesta l'Arménien. On ne peut pas respirer ! N'y a-t-il pas de diligence avec des fenêtres plus grandes ?

Un fouet à la main, le cocher secoua la tête.

— Ce n'est pas par hasard qu'elles ont cette taille, dit-il en se préparant à monter. C'est pour des raisons de sécurité.

— De sécurité, comment ça ?

Le cocher se hissa sur le siège du conducteur.

— Les coups de feu, monsieur, les coups de feu ! s'exclama-t-il en prenant les rênes. Avec de petites fenêtres, les passagers sont mieux protégés des balles tirées par les bandits qui grouillent en chemin.

L'information terrifia les quatre occupants de la diligence, parmi lesquels Kaloust, qui commença vraiment à s'interroger sur le caractère raisonnable de l'aventure. On disait que les travaux ne seraient achevés que l'année suivante en Bulgarie et qu'il serait alors possible d'aller jusqu'à Constantinople sans transbordement à Niš. Il songea à ne pas poursuivre le voyage, mais renonça. Que ferait-il ? Il resterait à Niš, au milieu de nulle part, à regarder paître les vaches ? Il réalisa qu'il était trop tard pour faire marche arrière et, résigné, prit place dans la petite cabine.

Le voyage en diligence se révéla un vrai cauchemar. Ils progressèrent en cahotant pendant plus de deux cents kilomètres sur des routes rudimentaires, en traversant de grandes régions sauvages. Et ce, uniquement en faisant de brefs arrêts, dans des villages jugés relativement sûrs pour changer les chevaux.

— Si pour une raison quelconque nous devons passer la nuit dans l'un de ces villages, expliqua le cocher, les passagers devront dormir dans la diligence.

— Allons bon ! Et pourquoi cela ?

— Raisons de sécurité et d'hygiène.

L'explication ne convainquit pas certains passagers, mais les événements finirent par donner raison au cocher. À mi-parcours, après avoir dépassé Sofia, des coups de feu retentirent.

— Mon Dieu ! s'écria une matrone française dont les joues habituellement roses avaient pâli. On va mourir !

Kaloust tressaillit sur son siège, lui aussi blanc comme un linge. Il se sentait si effrayé qu'il fut incapable de pousser un cri ; un bruit sourd se faisait entendre dans son corps, c'était le grondement incontrôlé de son cœur. Les coups de feu alentour se prolongèrent, parfois proches, mais la plupart du temps éloignés, et la diligence poursuivit son chemin comme si de rien n'était. Quelques kilomètres plus loin, le calme revint et le véhicule continua d'avancer. Il ne s'arrêta que le lendemain matin, à Tatar Pazardjik où ils purent prendre un autre train de la Compagnie internationale des wagons-lits.

Celui-ci partit lorsque toutes les diligences furent arrivées avec leurs passagers sains et saufs. Le voyage fut relativement court, et quelques heures plus tard, tandis que chacun se remettait de ses émotions, un steward vint frapper aux portes des cabines en annonçant ce que tout le monde attendait alors avec impatience.

— Mesdames et messieurs, disait-il à mesure que les portes s'ouvraient, dans trente minutes nous arriverons à Constantinople.

VI

Il y avait quelque chose d'apaisant dans le mouvement lointain des voiliers et des bateaux à vapeur qui encombraient la mer de Marmara et convergeaient vers le Bosphore ou en venaient, glissant doucement face à la ville qui se découpait à l'arrière-plan, telle une gigantesque aquarelle aux couleurs lumineuses. La vue de Constantinople emplissait la fenêtre de la salle à manger où la famille Sarkisian déjeunait, une vue privilégiée que Kaloust, qui avait presque oublié ce panorama à couper le souffle, ne se lassait pas de contempler.

L'attention des parents en revanche était centrée sur leur fils, rentré depuis peu ; c'était lui, et non la ville au loin, qui les réjouissait.

— Maintenant que tu es diplômé, dit Vahan en goûtant la soupe, que comptes-tu faire ?

C'était une bonne question. Ces derniers temps, le jeune homme lui-même s'était longuement interrogé sur son avenir.

— Je ne sais pas, rétorqua-t-il. Peut-être des affaires…

— Des affaires ? Quelles affaires ? N'as-tu pas suivi une formation d'ingénieur ?

— En effet.

— Alors… qu'attends-tu pour exercer ? Il y a tellement de chantiers à mettre en œuvre dans ce pays ! – Il avala une cuillerée de soupe. – Veux-tu que je parle à Salim Bey pour voir où tes connaissances peuvent être utiles ?

Le visage de Kaloust se crispa.

— Si je peux vous parler franchement, je n'ai aucune envie de construire des routes, des ponts, des immeubles ou je ne sais quoi encore…

Son père posa sa cuillère sur l'assiette et le fixa avec une moue d'incrédulité.

— Mais alors, pour quelle raison as-tu fait des études d'ingénieur ? Pourquoi ai-je financé ton séjour à Londres ? Ça m'a coûté cher, tu sais ! Il doit y avoir un retour sur investissement, tu ne penses pas ? Et tu as reçu une excellente formation, le travail ne manquera sûrement pas.

Kaloust tourna à nouveau le regard vers Constantinople, qui remplissait toute la fenêtre. Il fixa son attention sur le quartier si gracieux de Stamboul, où se détachaient les silhouettes imposantes de Sainte-Sophie et de la mosquée Süleymaniye. Elles avaient l'air de colossales sentinelles, deux sanctuaires encadrés par des minarets tels des sultans entourés de concubines dans le harem.

— Ma thèse de fin d'études a porté sur le pétrole, rappela-t-il avec une expression lointaine. Or, vous avez l'exclusivité de la fourniture du kérosène au sultan, n'est-ce pas ? – Il détourna le regard de la ville distante et fit face à son père. – Pourquoi ne pas concilier les deux ?

— Tu veux travailler dans le secteur du kérosène ? Mais c'est un travail de commerçant, tu sais…

— Pour être honnête, vendre du kérosène ne m'attire pas non plus. Ce qui me paraît vraiment intéressant, c'est de s'occuper du commerce du pétrole dans son ensemble et d'en repenser l'architecture. Quand j'ai étudié la question à Londres, j'ai réalisé qu'il y avait là des potentialités incroyables. Comme nous n'en sommes qu'au début de l'exploration et que peu de gens ont une idée exacte de ce que c'est, celui qui deviendra leader aura un avantage concurrentiel décisif.

— Nous en sommes au début, dis-tu ? Mais… mais beaucoup de monde est déjà dans ce secteur depuis longtemps !

— Des gens sans préparation ni qualification, Monsieur. Des aventuriers, rien de plus ! Ce dont je parle, c'est d'une approche professionnelle, voyez-vous ? Une démarche sérieuse, comme en Amérique.

L'attention de Vahan revint à son potage. Les commensaux plongèrent momentanément dans un silence pensif. Seul résonnait le son des cuillères dans les assiettes dont le contenu était avalé à une cadence rythmée, presque comme une composition musicale.

Le patriarche des Sarkisian finit son potage et attendit que les domestiques débarrassent son assiette vide avant de reprendre la parole.

— Tu sais ce que je pense ? Tu dois faire un voyage.

Le fils le regarda, surpris.

— Un voyage ? Où ?

Les domestiques réapparurent et posèrent un plateau de *khorovats* au centre de la table. La viande grillée dégageait un arôme agréable qui fit venir l'eau à la bouche de Kaloust ; cela faisait longtemps qu'il n'avait pas dégusté le plat de son enfance.

— Au pays du kérosène, mon garçon.

Le train poussa un long soupir enfumé comme un souffle d'épuisement. Dans une dernière secousse, tel un spasme mortel, le convoi s'immobilisa enfin.

Après avoir jeté un dernier coup d'œil par la fenêtre afin d'essayer de prendre le pouls de la ville, Kaloust fit un signe au porteur de la compagnie de train et le jeune homme, un Géorgien qui affirmait appartenir à une famille noble mais appauvrie, prit ses deux valises et les traîna le long du couloir jusqu'à la porte. Dans un ultime effort, il les déposa sur le quai.

Puis l'Arménien descendit, lui donna neuf pence de pourboire, et fut immédiatement assailli par trois cochers tatars dans leurs costumes traditionnels.

— Transport, monsieur ?

Kaloust choisit celui qui lui inspira le plus confiance, le suivit le long du quai jusqu'à la sortie de la gare et entra dans un fiacre décrépit ; il était clair que l'entretien du véhicule avait été quelque peu négligé.

— Au Grand Hôtel.

Après avoir observé le cocher tatar ranger ses valises, il monta dans le fiacre. Lorsque le véhicule démarra, il s'installa à la fenêtre et dévora la ville de tous ses sens.

Bakou.

Le voyage avait été long depuis que, trois semaines plus tôt, il avait quitté le quai de Galata à Constantinople, dans le bateau à vapeur *Niemen*. Il avait parcouru le Bosphore et navigué sur la mer Noire jusqu'à Batoumi, d'où il avait traversé la Mingrélie dans un train des chemins de fer transcaucasiens qui l'avait mené jusqu'à Tbilissi. Du troisième étage de l'hôtel Berlin, il avait vu le tsar et la tsarine en chair et en os défiler en carrosse dans la belle capitale de la Transcaucasie russe, accompagnés par le tsarévitch et le reste du cortège, tous escortés par les régiments arménien, géorgien et tatar dans leurs uniformes impeccables. Ah, quel spectacle !

Mais à présent, il était à Bakou, destination finale de son expédition, et sa surprise ne pouvait être plus grande. Kaloust s'attendait à trouver une ville avec une forte influence persane, peut-être dominée par la tour d'où s'était jetée la fille d'un khan, du moins à en croire le récit palpitant d'Alexandre Dumas qu'il avait lu quelques années auparavant à Marseille. Mais ce qu'il découvrit, tandis que le fiacre parcourait les rues de la ville azérie, fut une cité moderne, avec de larges avenues et d'imposants bâtiments de construction récente. Il ressentit un sentiment de déception ; il recherchait la magie des khans d'antan, mais il ne semblait pas y avoir beaucoup de différence entre cette ville et de nombreuses autres localités de Russie.

Le vent lui frappait le visage, secouant violemment ses cheveux, quand soudain une forte odeur pénétra ses narines. La puanteur lui fut très désagréable, avec des relents acides semblant provenir d'un produit chimique. Il tendit le cou par la fenêtre et, s'efforçant de se faire entendre malgré le bruit du véhicule en mouvement, il cria à l'intention du cocher :

— Quelle est cette odeur ?

L'homme agitait son fouet dans l'air pour encourager les chevaux, mais il s'immobilisa.

— Le pétrole, monsieur ! C'est l'odeur du pétrole ! – Il désigna la route sur laquelle ils se trouvaient. – Vous voyez là-bas ?

Le regard du passager glissa le long de la voie et s'arrêta sur une tache bleu-gris qui recouvrait partiellement la route. Il l'examina attentivement et remarqua que les Russes utilisaient les résidus du raffinage du naphte, une fois solidifiés, pour en revêtir les rues. Sa première réaction fut le dégoût, mais après avoir observé les autres véhicules et les chevaux qui circulaient sur la même voie, il constata qu'il n'y avait ni poussière dans l'air ni éclats de boue. Il en conclut que l'utilisation du naphte solidifié comme revêtement pour les routes était ingénieuse. L'idée pourrait sans doute être exportée en Europe.

En poussant des « Ho ! » et des « Stop ! », le cocher finit par arrêter les chevaux, interrompant le fil des pensées de son passager. Le fiacre ralentit et s'arrêta enfin.

— Nous sommes arrivés, monsieur ! annonça le cocher dès qu'il eut sauté à terre et que le silence se fut installé. – L'homme entreprit immédiatement de descendre les valises. – C'est le Grand Hôtel de Bakou !

L'établissement passait pour le meilleur de la ville, relativement bien décoré et meublé, mais cela n'impressionna pas Kaloust. Le voyage dans l'Orient-Express lui avait donné le goût du grand luxe, surtout après avoir entendu Basil Zaharoff se vanter de descendre dans les meilleurs hôtels d'Europe. C'est ce qui s'appelait savoir vivre !

Alors qu'il rangeait ses affaires dans sa chambre, il entendit un léger coup à la porte et alla ouvrir. Dans le couloir, un homme grand et barbu, aux yeux bleus intenses, aux cheveux blonds épais et soigneusement coiffés le dévisageait ; il devait avoir la trentaine et tenait un chapeau.

— Bonjour, dit-il. Je suppose que je m'adresse à M. Sarkisian…

— Oui, c'est moi.

L'inconnu lui tendit la main.

— Je m'appelle Emanuel Nobel, se présenta-t-il. Je suis un fournisseur de votre père, qui m'a envoyé un télégramme annonçant votre arrivée et me demandant de vous guider dans la ville. Le directeur de l'hôtel m'a informé que vous aviez fini de vous installer et je suis aussitôt venu me mettre à votre disposition.

Après avoir salué le visiteur et l'avoir remercié de sa gentillesse, Kaloust lui demanda juste un moment pour se préparer. Quelques instants plus tard, lavé et rafraîchi, il descendit l'escalier de l'hôtel en direction du hall et retrouva son nouveau guide.

— Êtes-vous de la famille Nobel ? demanda-t-il à son nouveau compagnon. Celle qui domine le secteur du pétrole en Russie ?

— C'est ma famille, en effet.

— Comme c'est curieux ! Vous savez, j'ai beaucoup lu sur vos investissements quand je préparais ma thèse de fin d'études au King's College. Il semblerait que l'un des membres de votre famille, M. Ludvig, soit le grand magnat du pétrole dans cette partie du monde.

— C'était mon père. Malheureusement, il est décédé l'an dernier…

La nouvelle sembla embarrasser Kaloust.

— Oh, je suis désolé ! Je ne savais pas.

— Il n'y a pas de mal. Depuis que mon père est mort, c'est moi qui ai pris les rênes de l'entreprise.

— Mais, et vos oncles ? Qu'en est-il de celui qui a inventé la dynamite ? Il me semble avoir lu quelque part qu'il était décédé lui aussi…

— Oncle Alfred ? C'était une erreur. Lorsque mon père est mort, les journaux ont pensé qu'il s'agissait de mon oncle et ils ont annoncé la disparition de l'inventeur de la dynamite. Certains l'ont même appelé « l'Inventeur de la mort ». – Il ébaucha un bref sourire. – Mon oncle a été très déprimé en lisant les notices nécrologiques, le pauvre. Il a réalisé qu'il serait toujours connu pour la dynamite. Ces nouvelles l'ont tellement affecté qu'il a même modifié son testament afin de créer des prix destinés à améliorer sa réputation. – Il haussa les épaules. – De l'argent gaspillé, si vous voulez mon avis… Mais enfin, il s'occupe avec tout ça et a préféré me laisser la gestion des affaires, ici à Bakou. Comme vous pouvez aisément le deviner, peu de gens sont disposés à s'enterrer dans une ville comme celle-là.

Ils quittèrent l'hôtel et l'Arménien constata que l'intense odeur de pétrole, qui l'avait tant dérangé lorsqu'il se trouvait dans le fiacre, lui était devenue presque indifférente. Il n'y avait aucun doute, on finissait par s'habituer à tout.

D'un geste impérial, Emanuel renvoya sa voiture, préférant faire découvrir la ville à pied. Derrière eux suivait un homme grand et robuste, avec une barbe de corsaire et un pistolet à la ceinture, que l'hôte désigna comme un *kotschi*, un Tatar qui assurait sa garde personnelle.

— Et vous avez besoin d'un garde du corps ? interrogea Kaloust. Nous sommes pourtant dans une ville civilisée, non ?

Un sourire ironique éclaira le visage d'Emanuel.

— Vous croyez ?

À peine trois cents mètres plus loin, une silhouette s'abattit sans prévenir sur Kaloust. Un tumulte éclata soudainement sur la droite et l'Arménien se retrouva par terre sur le dos, l'homme qui était sur lui l'empêchant de faire un geste. Avant de réaliser ce qui se passait, il sentit le poids de l'inconnu s'évaporer et comprit que le *kotschi* d'Emanuel l'avait saisi comme si c'était un sac de pommes de terre et l'avait jeté au milieu de la rue goudronnée.

Toujours stupéfait par ce qui venait de se passer, Kaloust se leva en titubant et regarda dans la direction d'où venait le tumulte. Un colosse d'environ deux mètres de haut, avec un visage long et grotesque, une barbe noire fournie et un fouet à la main, se battait avec trois petits hommes d'apparence misérable. Il était difficile de distinguer qui l'emportait car, à peine le malabar se défaisait d'un assaillant, les deux autres revenaient à la charge.

Emanuel fit un signe de la tête au *kotschi* et le garde tatar plongea dans la mêlée comme un taureau, aidant le géant à dominer ses adversaires. Face à deux véritables titans, les petits hommes comprirent qu'ils n'avaient aucune chance et s'enfuirent immédiatement, l'un d'eux en boitant, mais le géant ne les lâcha pas et se mit à courir après eux, les flagellant avec son fouet. Au bout de quelques mètres, cependant, le poursuivant abandonna et fit demi-tour ; ses adversaires, même boiteux, étaient trop rapides pour lui.

— Alors, Arpiar ? demanda le Suédois au géant quand le calme fut revenu. Même après les avoir vaincus, vous les poursuivez, hein ? N'est-ce pas un peu méchant de votre part…

Le malabar s'approcha en remettant de l'ordre dans ses vêtements et en enroulant son fouet. Il haletait, mais ce qui le caractérisait, outre son apparence générale de colosse violent, c'était son regard un peu fou et sauvage, voire maléfique, peut-être à cause des épais sourcils qui lui donnaient un air de Méphistophélès corpulent.

— Un peu méchant ? rugit-il d'une voix tonitruante. Je suis méchant ! Très méchant, même ! Et j'en suis fier ! Savez-vous pourquoi ? Parce que seuls les faibles sont bons, vous comprenez ? Et ils se disent bons parce qu'ils ne sont pas assez forts pour être méchants !

— Oui, oui, je connais votre théorie, dit Emanuel d'un ton condescendant. Mais vous ne pensez pas qu'il est temps d'avoir un peu de bon sens ? Pourquoi ne laissez-vous pas les *kotschis* se battre à votre place ?

— Je n'ai pas besoin de ces tapettes ! – Il désigna le Tatar derrière lui. – Et je n'ai pas besoin de l'aide de votre *kotschi* ! J'étais tout à fait capable de me débarrasser de cette bande de mauviettes tout seul !

— Tsss, tsss ! rétorqua le Suédois en agitant l'index dans un geste de réprimande. L'ingratitude, ce n'est pas très joli, mon cher Arpiar Zinovieff ! J'ai envoyé mon garde vous donner un coup de main et c'est comme ça que vous me remerciez ?

— Que voulez-vous que je fasse ? Que je vous embrasse ?

— Un simple « merci » suffirait.

Zinovieff renifla profondément et, se tournant vers la droite, lança un épais crachat par terre.

— Vous voulez que je vous remercie ? Eh bien, venez demain soir à mon palais ! Vous allez voir ce qu'est une vraie fête !

— Est-ce une invitation ?

Le géant mit les mains sur sa taille. La mine renfrognée et le fouet à la main, il fixa son interlocuteur comme s'il se préparait à se mesurer à lui.

— C'est un ordre !

Emanuel guida Kaloust, stupéfait et effrayé, à travers les rues de Bakou. L'Arménien avait retiré son manteau et secouait la poussière qui l'avait recouvert ; l'incident ne l'avait guère incité à poursuivre la promenade et il avait demandé à retourner à l'hôtel. Bien qu'il fût un peu apeuré, il était surtout perplexe face à l'étrange scène à laquelle il venait d'assister.

— C'est toujours comme ça ?

Le Suédois sourit.

— Disons que Bakou est une ville très animée. Les différends sont constants et il n'y a presque pas de maintien de l'ordre. – Du pouce, il indiqua le *kotschi* qui les suivait. – Quiconque veut se sentir en sécurité doit embaucher un de ces Tatars ou de ces princes géorgiens qui circulent armés jusqu'aux dents. Si vous ne le faites pas, vous êtes cuit.

— Et ce… cet énergumène ?

— Zinovieff ?

— Oui. C'est un *kotschi* ?

Le Suédois éclata de rire, amusé.

— Il en a l'air, en effet ! s'exclama-t-il. Mais non. Arpiar Zinovieff, croyez-le si vous le voulez, est l'un des hommes les plus riches de Bakou !

À ces mots l'Arménien laissa paraître une certaine incrédulité, se demandant si son interlocuteur se moquait de lui.

— Qui ? Ce monstre ? L'un des plus riches de... Non, ce n'est pas possible ! Vous vous moquez de moi !

— Demandez à n'importe qui ! Zinovieff possède l'entreprise la plus prospère de Bakou, après la nôtre et celle des Rothschild. L'homme roule sur l'or ! Il est si riche qu'il ne sait pour ainsi dire pas quoi faire de son argent !

Stupéfait, Kaloust se remémorait le colosse à l'aspect bestial qui se battait dans la rue, à mains nues, contre la bande de voleurs en haillons. Était-ce possible que ce pendard fût un magnat ? C'était incroyable ! Et surtout, quel contraste avec les millionnaires qu'il avait rencontrés au cours de sa vie ! Il était difficile d'imaginer Ohannes Berberian ou même Basil Zaharoff avec de telles manières.

— Comment est-ce possible ? demanda-t-il. Comment un tel homme peut-il devenir aussi riche ?

— L'histoire de Zinovieff ferait un roman digne de Dumas ! observa l'hôte. Vous savez qu'il est Arménien, comme vous ?

— Vraiment ?

— Mais, au départ, ce n'était qu'un pauvre bougre, un humble paysan engagé comme domestique par un général. Il se trouve que ce général était l'aide de camp du tsar et qu'apparemment il avait des intérêts à Bakou. Il est venu ici et a amené Zinovieff avec lui. Ressentant le besoin de travailler la terre, ce dernier a rassemblé ses maigres économies et acquis dans les environs quelques arpents de terre avec des vignes. Un lopin sans importance, bien sûr. Un beau jour, Zinovieff ne s'est pas présenté au travail et ça a rendu le général furieux. Il l'a traité de paresseux et menacé de le renvoyer, et je ne sais quoi encore. Mais il ne l'a jamais fait car, en réalité, on avait découvert une formidable quantité de pétrole dans le jardin de Zinovieff.

— Vous plaisantez !

— L'homme est devenu millionnaire du jour au lendemain ! Ces misérables arpents de terre valaient presque un demi-million de dollars. Bien que grossier et brutal, Zinovieff est loin d'être un imbécile. Il a donc décidé de ne pas en rester là. Comme il avait de l'argent plein les poches, il s'est mis à acheter plus de terres. Et comme la chance attire la chance et l'argent attire l'argent, eh bien il a aussi découvert du pétrole sur ces terres ! – Il rit. – Toujours est-il qu'à partir de son champ dérisoire, Zinovieff a bâti un empire. Maintenant, il a tellement d'argent qu'il fait même distiller le kérosène dans des citernes en platine ! Et, bien sûr, il s'est fait construire un palais digne d'un pacha, où il organise toutes les semaines une fête grandiose.

L'Arménien s'arrêta sur le trottoir et regarda quelques instants son cicérone comme s'il refusait de le croire. Puis il secoua la tête et reprit sa marche.

— Quelle chance, hein ? Et vous avez été invité à l'une de ces fêtes.

Emanuel se tourna vers son invité et sourit d'une façon étrange.

— Nous l'avons été, mon cher, corrigea-t-il. Nous l'avons été.

— Que voulez-vous dire ?

Ils s'arrêtèrent devant le Grand Hôtel, point de départ de cette promenade mouvementée, et le Suédois posa son index sur la poitrine de Kaloust.

— Vous venez avec moi !

VII

Quelques coups sur la porte, légers mais insistants, réveillèrent Kaloust le lendemain matin. À moitié endormi, l'Arménien ouvrit un œil et regarda par la fenêtre ; le ciel était d'un bleu très sombre avec une lueur violacée à l'horizon, signe que le soleil allait bientôt se lever. Il était tôt. Il sauta du lit et se dirigea vers la porte en chancelant dans l'obscurité, tout en ronchonnant à voix basse, murmurant entre ses dents qu'il allait tuer l'imbécile qui venait l'importuner à une heure si matinale.

Il ouvrit la porte d'un geste brusque et se trouva face à un groom de l'hôtel.

— Bonjour monsieur, le salua le jeune homme visiblement embarrassé. Désolé de vous déranger, mais M. Emanuel Nobel a envoyé un messager pour vous informer qu'il sera en bas à 6 heures précises.

L'hôte se frotta le visage du bout des doigts.

— Quelle heure est-il ?

— 5 h 30.

Kaloust pesta à nouveau et claqua la porte. Son cicérone lui avait dit qu'il viendrait tôt, mais il ne l'avait pas prévenu que ce serait si tôt. Heureusement, il ne s'était pas couché tard. Bakou n'avait ni théâtre ni salle de concert, tout juste quelques bars peu fréquentables qu'il jugea bon d'éviter, de sorte que la veille, après le dîner, il n'avait rien eu de mieux à faire que de monter se coucher.

Il n'y avait pas de temps à perdre. L'Arménien aimait la ponctualité et pensait que les autres aussi. Il s'habilla rapidement, quitta sa chambre et descendit prendre un petit déjeuner.

Le Suédois apparut alors qu'il était au milieu du repas. Après avoir avalé deux morceaux de fruits, Kaloust se déclara prêt et accompagna l'hôte à sa voiture ; cette fois, il était hors de question de faire une nouvelle promenade à pied. Une fois dehors, le visiteur inspira l'air imprégné de pétrole, mais n'en fut pas incommodé. Le soleil était déjà levé et la ville s'éveillait dans une agréable fraîcheur matinale ; il fallait profiter de la brise délicieuse car la journée promettait d'être chaude.

— Et maintenant, annonça Emanuel, allons voir le pétrole !

La voiture traversa Bakou en direction de l'est, quitta l'agglomération et se dirigea vers l'extrémité de la péninsule d'Apchéron. Kaloust observa attentivement le paysage, étudiant la végétation, le terrain et même les personnes, et constata les changements dès qu'ils eurent quitté la ville.

Le sol était devenu uniformément gris ou blanc, accumulant d'énormes masses de sel ou de sable, et le paysage avait un aspect désolé. Ici et là, la voiture traversait des zones imprégnées de naphte ou de pétrole, et il était clair que la terre était absolument stérile ;

rien ne pouvait pousser dans les parages. En théorie, les montagnes du Caucase se terminaient là, c'était du moins ce qu'indiquaient les cartes, mais en fait le terrain était à peine légèrement ondulé et débouchait sur une bande de terre plate.

— Nous avons atteint la fameuse « Plaine du feu éternel » !

Ici, le paysage était encore plus inhospitalier. La voiture circula lentement dans le village de Surakhany et emmena les voyageurs jusqu'au temple du Feu, où la terre brûlait sans cesse. Kaloust regarda, incrédule, la flamme qui s'élevait du sol dans un cercle entouré de pierres, comme un feu inextinguible, et demeura silencieux face à un phénomène qui émerveillait les gens depuis des temps immémoriaux.

Puis ils reprirent leur voyage et traversèrent les marais naturels de naphte jusqu'à la plaine voisine de Balakhany. C'était là que se trouvaient les grands champs de pétrole de Bakou, la source du produit qui avait fait la richesse de son père et d'une poignée d'autres hommes. Lorsque la voiture s'immobilisa enfin, les occupants en descendirent ; l'Arménien se sentait incapable de détacher les yeux du spectacle surprenant qui se déroulait devant lui.

— Mon Dieu !

Des jets de liquide noir étaient projetés dans l'air avec une force incroyable, comme un champagne noir qui sortait sans interruption des entrailles de la terre, formant des geysers visqueux qui s'élevaient à quatre-vingts ou quatre-vingt-dix mètres de hauteur. Voulant observer le phénomène de plus près, le visiteur fit quelques pas hésitants autour du puits en furie, mais le vent changea soudain de direction et, surpris, Kaloust sentit le liquide visqueux tomber sur lui.

— Attention ! cria Emanuel. Sortez de là !

L'Arménien obéit et recula aussitôt à distance raisonnable. Mais il était déjà maculé de pétrole, ce qui ne sembla pas le déranger. Passé l'étonnement initial, il eut même l'air amusé ; ce n'était pas tous les jours qu'on était arrosé par une telle pluie. Il passa l'index sur le liquide qui imprégnait ses vêtements puis le renifla et le toucha avec les doigts afin d'en sentir la consistance et la texture.

— C'est fin, dit-il en rejoignant son hôte. Et dense.

Ils revinrent à la route et parcoururent les divers puits qui parsemaient la plaine. Partout, on voyait des tours de forage en bois et des structures assemblées pour recueillir le liquide projeté. Par endroits, cependant, le pétrole jaillissait librement dans l'air, comme une lave obscure expulsée par d'invisibles volcans, et s'accumulait pour former de petits lacs noirs dans les dépressions du terrain.

— Quel gaspillage !

— Et quel danger, se hâta d'ajouter Emanuel, élevant la voix pour se faire entendre au milieu de la sinistre rumeur de la plaine souillée de noir. Les gens qui vivent ici sont terrifiés par les accidents. L'autre jour, un de ces puits a projeté un jet de plus de deux cents pieds de hauteur. Devinez où est retombé le sable projeté ? Dans les rues de Bakou, rendez-vous compte !

— Bon sang !

Ils réalisèrent alors qu'à l'horizon brillaient des points jaunes et rougeâtres, formant des colonnes sombres de fumée semblables à celles des cheminées d'usine. Voyant la curiosité de son invité, Emanuel ordonna au cocher de se diriger dans cette direction. En approchant, Kaloust constata qu'il s'agissait de flammes verticales. Plus près encore, il devint clair qu'ils se trouvaient face à des colonnes de feu lançant du pétrole incandescent à soixante ou quatre-vingts mètres de hauteur, qui retombait aussitôt en flocons enflammés ; une grêle pourpre semblait tomber du ciel. Si l'enfer existait, pensa le visiteur effrayé, ça devait ressembler à ça. Le jet de feu émettait une lueur sinistre, d'un rouge tacheté de noir qui se transformait en épaisses colonnes de fumée, et une odeur âcre imprégnait l'air.

— Les feux sont ce qu'il y a de pire, observa Emanuel, le reflet rouge orangé des flammes dansant sur son visage telle l'ombre du diable. L'incendie de Droujba a duré dix semaines.

— Mais comment est-ce que ça commence ?

— Oh, de différentes manières. Les incendies peuvent être dus à des accidents, par exemple. Ou bien à l'incurie. Parfois, ils sont même provoqués par les propriétaires eux-mêmes.

— Non, je n'y crois pas !

— Je sais que ça peut paraître incroyable, admit le Suédois. C'est pourtant la vérité. – Il indiqua le sud. – Regardez là-bas ; il y a quelque temps, des puits ont vomi des flux de près de 200 000 hectolitres. Le spectacle était magnifique, comme vous pouvez l'imaginer. Le problème, c'est qu'il y avait tant de pétrole que les champs environnants étaient complètement détrempés. Les propriétaires, alarmés, sont allés protester. Ils ont dit que c'était dangereux car ça pouvait provoquer un gigantesque incendie, ce en quoi ils n'avaient pas tort. Incapable de régler le problème, savez-vous ce qu'a fait le propriétaire des puits hors de contrôle pour mettre fin aux inondations ? Il les a enflammés. Ce fut la seule manière d'en finir !

Gênés par l'air saturé autour des colonnes de feu, ils s'éloignèrent. La voiture reprit son chemin, mais Kaloust gardait les yeux fixés sur les étendues de pétrole créées par les gerbes successives non maîtrisées, constatant avec frayeur qu'elles s'étendaient à travers les champs de part et d'autre du chemin qu'ils parcouraient.

— Nul doute, c'est dangereux, admit-il. Mais surtout, ne trouvez-vous pas que c'est un énorme gaspillage ?

— Bien sûr ! dit le Suédois avec colère. Vous savez ce qui va arriver à tout le naphte accumulé dans toutes ces étendues ? Comme il n'est plus récupérable, il ira se perdre dans la Caspienne. Quel gâchis ! Et ce n'est qu'une partie du problème. Vous noterez qu'il y a par ici beaucoup de puits dont le jet n'est pas régularisé, et qui deviennent totalement improductifs. Il y a peu, un propriétaire a fait faillite alors que son puits, rendez-vous compte, crachait des millions de litres de naphte. Le problème, c'est qu'il ne parvenait tout simplement pas à le contrôler. Ainsi, alors qu'en Amérique un tel puits aurait fait la fortune du premier venu, ici son propriétaire a été ruiné.

— Est-ce fréquent ?

— Hélas, oui. La moitié du pétrole découvert dans la péninsule d'Apchéron est perdue en raison de l'amateurisme des extracteurs. Il y a quelques années, les frères Orbelovi ne tinrent pas compte de la pression de leur puits et le couvrirent avec un couvercle trop lourd et trop solide. Savez-vous ce qui s'est passé ? Avec la pression, le pétrole éventra les parois du puits et remplit, en une demi-heure, un réservoir de 2000 hectolitres pour ensuite déborder et se répandre dans la campagne. – Il claqua des doigts. – En un clin d'œil, 2 millions d'hectolitres ont ainsi été perdus !

Une cacophonie infernale, faite de cris, de rires et de musique joyeuse, emplissait la nuit étoilée de la Caspienne quand Kaloust descendit de la voiture de la compagnie Nobel et accompagna Emanuel jusqu'au grand portail de l'entrée. Deux *kotschis* à la mine patibulaire montaient la garde et leur barrèrent la route. En reconnaissant le Suédois, ils lui firent signe d'entrer, mais l'un d'eux tendit le bras et intercepta son compagnon.

— C'est M. Sarkisian, déclara Emanuel. Il est avec moi.

Avec un grognement désagréable, le garde tatar recula, laissant la voie libre. Les deux invités avancèrent et, le portail franchi, ils découvrirent un véritable cirque installé dans le jardin d'une grande propriété. La façade de l'édifice brillait de teintes dorées, qui resplendissaient sous l'effet des multiples torches illuminant le jardin.

— Vous avez vu ces effets sur la propriété ? demanda Kaloust. Est-ce une peinture spéciale ?

Son compagnon rit.

— Ce sont des feuilles d'or ! dit-il avec une expression amusée. Zinovieff a recouvert le palais de feuilles d'or, vous vous rendez compte ! Un jour, il y a eu une émeute à Bakou, des mendiants ont rappliqué et ont attaqué la propriété pour voler les feuilles d'or.

Depuis, il a recruté plus de *kotschis* pour renforcer la sécurité.

Kaloust fut attiré par ce qui se passait dans le jardin. Un homme vêtu d'un simple pagne crachait des flammes par la bouche, ce qui déchaînait un brouhaha admiratif parmi les spectateurs, tandis qu'un fakir marchait sur un tapis couvert de morceaux de verre brisé. L'activité de ces deux artistes de cirque était digne d'admiration, mais l'Arménien fixa rapidement son attention sur les danseuses. Elles étaient presque toutes blondes, portaient des robes courtes ou des jupes audacieuses, de celles qui laissaient voir les genoux, mais le plus remarquable était qu'elles dansaient avec sensualité, remuant les hanches en avant et en arrière au rythme de la musique que jouait un groupe de gitans.

— Nobel ! cria une voix familière. Enfin, vous voilà !

Les nouveaux venus se retournèrent et aperçurent la silhouette colossale de leur hôte qui se dirigeait vers eux. Arpiar Zinovieff arrivait les bras ouverts ; il portait une chemise écarlate en soie, un pantalon doré brillant et des bottes hautes avec des éperons, un fouet enroulé dans sa main droite ; on ne pouvait pas dire que c'était la discrétion personnifiée.

Le colosse s'approcha d'Emanuel, le souleva par les épaules jusqu'à ce qu'il soit presque suspendu en l'air et l'embrassa bruyamment quatre fois sur les joues, deux fois de chaque côté.

— Arpiar, arrêtez ça !

Zinovieff le lâcha et éclata de rire.

— Vous êtes plus délicat qu'une jeune fille, Nobel, s'exclama-t-il. Si vous aviez de beaux tétons, je vous mangerais tout cru !

— Mais que dites-vous ? Un peu de tenue, voyons !

Nouvel éclat de rire du géant de deux mètres. D'un geste brusque du bras, il montra le jardin à son invité.

— Alors ? Vous aimez ma petite fête ?

— Je crains de ne pas pouvoir répondre à cette question, répliqua le Suédois. Nous venons d'arriver, et nous n'avons encore rien vu, hormis ces artistes là-bas.

Zinovieff regarda autour de lui et fit signe à un groupe de danseuses qui venait de donner un spectacle devant un imposant jet d'eau.

— Les filles, venez ici !

Les danseuses accoururent en trottinant, avec de petits éclats de rire.

— *Vous nous avez appelées, m'sieur ?*

L'hôte ignora la fille, qui lui avait parlé en français. Au lieu de cela, il se tourna vers les deux invités qui observaient la scène et désigna le groupe de danseuses avec le pouce.

— L'une d'elles vous plaît ?

Kaloust et Emanuel se regardèrent, surpris par la question.

— Eh bien…, bredouilla le Suédois. Ces dames sont très jolies, mais je ne les connais pas, et je ne peux donc pas…

— Vous ne les connaissez pas ? Mais regardez-les, bon sang !

Les regards des deux invités passèrent de l'une à l'autre. Elles étaient cinq, trois blondes, une rousse et une brune. Elles avaient des formes provocantes et de grands décolletés qui laissaient voir le haut de leurs seins. Curieusement, le fait d'être exposées comme du bétail ne semblait pas les déranger. Au contraire, elles regardaient les hommes avec espoir, leur faisant des clins d'œil et souriant. Voyant l'hésitation des nouveaux venus, l'une d'elles plaça la paume de sa main sur un sein et le serra comme si c'était un fruit, tout en jetant un regard provocant en direction d'Emanuel.

— *Ça vous plaît, m'sieur ?*

Le Suédois rougit et s'étrangla, visiblement embarrassé et ne sachant que dire.

— Eh bien, vous êtes… charmantes, balbutia-t-il. Cependant, je dirais que… enfin, peut-être un autre jour. – Il désigna l'espace alentour. – Maintenant j'aimerais faire un tour dans votre palais et admirer la fête. Ça me semble effectivement très animé.

Le visage difforme de Zinovieff se ferma, il jeta sur son invité un regard plein de méfiance.

— Eh ! Nobel, vous n'êtes pas pédéraste quand même ?

Se voyant ainsi interpellé, de manière si directe, le Suédois eut un rire nerveux.

— Bien sûr que non, répondit-il avec emphase. Mais ce genre de choses, ce n'est pas mon truc.

L'hôte secoua la tête, déçu, et se tourna vers Kaloust.

— Et vous ? Vous voulez en choisir une ?

Le visiteur, qui se sentait minuscule, se contracta, presque intimidé par les manières agressives de Zinovieff, mais cela ne le dissuada pas de jeter un nouveau coup d'œil sur les filles, en particulier l'une des trois blondes, celle aux formes plus généreuses. Il hésita un moment, surtout après que la fille eut passé sa langue mouillée sur ses lèvres rouge vif, mais il finit par secouer la tête.

— Non.

Le géant plissa les paupières et, visiblement méfiant, inclina la tête vers Kaloust.

— J'ai quand même l'impression que tu aimerais bien croquer la petite Française. Parce que je ne veux pas que tu ailles dire que t'es venu à la fête de Zinovieff et que tu ne t'es pas amusé ! rugit-il soudainement. – Il saisit la blonde pulpeuse aux lèvres rouges comme si c'était un sac et la posa devant l'invité, en prenant soin de frotter ses seins rebondis contre son visage. – Vas-y, cette fille est à toi ! – Puis, désignant l'immense domaine. – Prends-la et emmène-la dans une chambre ! Va t'amuser !

Kaloust ne savait pas quoi faire, regardant alternativement Emanuel, Zinovieff et la fille qui se frottait déjà contre lui. Le Suédois intervint alors, tirant son compagnon d'embarras.

— Hum, nous allons faire un petit tour, d'accord ?

Tous deux s'éloignèrent et commencèrent à déambuler dans le domaine. D'un côté, il y avait des numéros de cirque, avec des jongleurs et des prestidigitateurs, tandis que de l'autre, un groupe de gitans dansait, les hommes vêtus de chemises blanches et de pantalons noirs, les femmes portant de grandes jupes aux couleurs criardes. Partout, il y avait de longues tables remplies de mets variés et de pâtisseries, et les domestiques zigzaguaient parmi les invités, tenant en équilibre des plateaux avec des verres débordant de champagne.

Mais surtout, il y avait beaucoup de femmes, belles et évidemment européennes. En les regardant attentivement, avec une certaine fascination, Kaloust réalisa qu'elles entraient dans la propriété, toujours accrochées à des invités, ou sortaient en remettant de l'ordre dans leurs robes. Emanuel ne fit aucun commentaire, mais il était évident que Zinovieff les avait fait venir des plus grands bordels d'Europe, spécialement pour la fête.

Au bout d'un certain temps, se rendant compte que tout cela n'était qu'une orgie déguisée en grand événement social, le Suédois sortit sa montre de sa poche et regarda l'heure.

— On ferait peut-être mieux de rentrer…

Tous deux allèrent à la rencontre de leur hôte pour prendre congé. Celui-ci leur demanda sans détour s'ils « s'étaient fait une fille », mais le Suédois ne releva pas, se bornant à le remercier pour l'invitation, imité par son compagnon. Puis, sans chercher à faire davantage la conversation, ils fendirent la foule et se dirigèrent vers la sortie.

Alors qu'ils passaient le portail, Kaloust s'arrêta et se frappa le front.

— Oh non ! s'exclama-t-il avec une expression agacée. J'ai oublié mon mouchoir !

— Où cela ?

— Quand je suis allé aux toilettes. Attendez-moi, je reviens tout de suite !

Avant qu'Emanuel puisse répondre, l'Arménien avait déjà fait demi-tour et disparu parmi les invités qui se trouvaient dans le jardin. Kaloust marchait avec la détermination d'un chien de chasse qui aurait reniflé un lièvre, mais l'odeur de la proie ne le mena pas à la propriété, et encore moins aux toilettes où il était censé avoir oublié son mouchoir. Il chercha le maître de maison qu'il trouva là où il l'avait laissé, lorsqu'il avait pris congé.

— Encore là ? s'étonna Zinovieff quand il l'aperçut. Je pensais que vous étiez déjà parti !

L'invité s'étira, essayant de s'approcher le plus possible de l'oreille gauche du colosse.

— Vous vous souvenez de cette fille française que vous m'avez présentée tout à l'heure ?

L'hôte fronça ses épais sourcils, surpris par la question.

— La pute de Paris ? Oui, pourquoi ?

Avant de répondre, Kaloust jeta un regard inquiet autour de lui pour s'assurer que son ami ne l'avait pas suivi. Dans le jardin, la foule était compacte mais il ne décela pas de signe d'Emanuel Nobel. Il se tourna vers le géant et se hissa sur la pointe des pieds, tentant en vain d'approcher ses lèvres de son oreille.

— Je suis dans la chambre 201 du Grand Hôtel, murmura-t-il presque avec crainte. Vous pourriez me l'envoyer ce soir ?

VIII

Les eaux agitées de la mer de Marmara, fougueuses quoique inoffensives, cognaient la jetée, mais en dépit du clapotis permanent, Kaloust restait concentré sur le texte. Il était assis sur un banc public au bord de la mer, là où le Bosphore commençait son voyage vers la mer Noire, étranger à ce qui se passait autour de lui ; même le cri mélancolique des mouettes, triste et profond, semblait incapable de le déconcentrer.

— « *Après... que... l'on... a... vue* », murmura-t-il en écrivant. *Vue* ? se demanda-t-il avec hésitation. Ne serait-ce pas plutôt *vu* ? Oui, c'est masculin, ça doit être *vu*. Il barra le *e* et laissa *vu*. Puis il reprit la rédaction : « *sur... les... plateaux... désolés... de... la... péninsule... d'Apchéron... le... pétrole...* »

Le jeune ingénieur était déterminé à écrire un article dans son meilleur français, un français qui devait nécessairement être parfait, et il se força alors à réfléchir dans cette langue en écrivant, comme il avait appris à le faire à Marseille. Il avait découvert que c'était là, sur la promenade de Pera, à la lisière entre l'agitation de Constantinople à laquelle il tournait le dos et la rumeur tranquille de la mer face à lui, que l'inspiration était la meilleure. Il avait donc décidé de passer l'après-midi sur ce banc, avec ses notes de voyage et un dictionnaire arménien-français.

Il s'arrêta un instant d'écrire et relut à voix basse ce qu'il avait déjà rédigé. Cela lui sembla correct, malgré deux fautes d'accord, qu'il corrigea rapidement. Il savait que la langue française était exigeante sur la question des accords et il y faisait particulièrement attention ; il ne voulait pas avoir honte quand Mlle Duprés lirait le texte. Son ancienne préceptrice, avec qui il correspondait régulièrement, avait terminé ses études à la Sorbonne et lui avait écrit qu'elle avait trouvé un emploi dans une prestigieuse maison d'édition à Paris, la Librairie Hachette et Compagnie. Lorsqu'il lui raconta son aventure au pays du pétrole, Mlle Duprés se montra enthousiaste et suggéra à son ancien élève d'écrire un texte pour une revue avec laquelle elle collaborait.

C'était précisément cet article que Kaloust était en train de rédiger. Après avoir examiné le travail effectué, il consulta à nouveau ses notes et reprit le texte là où il l'avait laissé : « ... *s'élancer... dans... les... airs... en... jets... bruyants,... il... reste... à... le... suivre...* »

Le son d'un clairon entonnant une marche militaire envahit la promenade en même temps que le bruit synchronisé de dizaines de sabots de chevaux sur les pavés. La concentration de l'Arménien était telle qu'il avait réussi à ignorer la mer, les mouettes et l'agitation de la ville, mais elle n'était pas suffisante pour résister à une pareille cacophonie, moins fréquente dans ce secteur.

Les mots qu'il essayait de rédiger s'évanouirent ainsi de l'esprit de Kaloust, dérangé par le clairon et les chevaux. Il se retourna et essaya de comprendre ce qui se passait. Ce qui semblait être un régiment de cavalerie, avec les élégants cavaliers en uniforme d'apparat, venait de traverser le pont sur la Corne d'Or, venant du Sérail, et approchait au trot. Au milieu, encadré par les cavaliers, se trouvait un carrosse noir découvert, dont l'intérieur était occupé par plusieurs personnages évidemment importants, deux hommes en uniforme, la poitrine couverte de médailles, et une femme européenne en robe blanche à dentelle et ombrelle jaune.

— Le Kaiser ! cria un garçon turc en sautant sur le trottoir. Le Kaiser arrive !

Le cortège s'approcha et l'Arménien se joignit à la foule agglutinée sur le parcours, le long de la promenade en direction du Bosphore. Cela ne dura qu'un instant, comme une averse qui s'abat puis disparaît, mais ce fut suffisant pour apercevoir la tête de l'empereur coiffée d'un casque germanique *Pickelhaube*, avec une plume sur le sommet, et la robe de l'impératrice d'Allemagne, mais rien de plus.

Le cortège et l'escorte disparurent rapidement, pour se diriger sans aucun doute vers le palais Dolmabahçe ou le palais de Yildiz. L'agitation retombée, et après s'être dit qu'il avait vu de ses yeux, en chair et en os, quelques-uns des puissants de ce monde, le tsar à Tbilissi et maintenant le Kaiser à Constantinople, Kaloust se rassit sur son banc et, se coupant de tout ce qui l'entourait, replongea dans le monde des mots.

Les dernières lignes de l'article furent achevées pendant la soirée, dans la maison de Scutari. Le jeune ingénieur le relut plusieurs fois, corrigeant sans cesse de petites imperfections, jusqu'à ce qu'enfin il fût capable de faire deux relectures sans rien retoucher. Cela lui sembla parfait.

Il se leva de sa chaise et alla au bureau chercher une enveloppe, dans laquelle il glissa les feuilles de papier pliées, puis la ferma avec de la colle. Il écrivit son nom et son adresse au dos de l'enveloppe, et ceux de Mlle Duprés dans l'espace réservé au destinataire. Il s'approcha ensuite de la porte qui menait à l'aile des domestiques.

— Ghougas ! appela-t-il. Ghougas !

Le vieux serviteur, impeccablement vêtu de blanc, apparut aussitôt dans le hall.

— Oui, mon garçon ?

Ce détail, le fait que le *kahveci* l'appelle encore, après toutes ces années, « mon garçon » ne déplut pas à Kaloust ; le domestique était trop vieux pour s'habituer au nouveau statut du fils des patrons. Sans faire le moindre commentaire, le jeune ingénieur lui tendit l'enveloppe.

— Tâche de poster cette lettre demain.

Le *kahveci* disparut avec l'enveloppe, et Kaloust sortit sur la terrasse pour profiter du plaisir de la tâche accomplie. La soirée était agréable ; il s'installa sur la *chaise longue* préférée de son père et contempla Constantinople dans l'obscurité. En vérité, le panorama n'était pas spectaculaire. On n'apercevait, tremblotant par endroits, que quelques lueurs de lampes à pétrole, probablement alimentées par le kérosène que son père importait de Bakou et d'Amérique, qui miroitaient dans l'agitation houleuse et noire des eaux du Bosphore.

Une tache sombre occupait ainsi tout l'espace devant lui, à l'exception d'un point, sur la droite, qui était bien éclairé. C'était le palais de Yildiz, où le sultan donnait une réception en l'honneur du Kaiser, et à laquelle ses parents avaient été invités par leur protecteur, Salim Bey. Fatigué par la longue journée consacrée à l'exigeant exercice d'écriture et bercé par le clapotis rassurant de la mer, quelques mètres en contrebas, il se sentit glisser dans une douce torpeur et, sans s'en rendre compte, s'endormit allongé sur le très confortable divan.

Il se réveilla quelques heures plus tard en entendant les voix de ses parents dans le salon. Il se leva brusquement, somnolent, et après un bref moment de confusion, il réalisa qu'un vent frais soufflait sur Scutari. Il sentit un frisson et, se frottant les bras, rentra dans la maison.

— Eh bien ? s'étonna son père en le voyant à cette heure tardive. Encore debout ?

— Je me suis endormi dehors, expliqua Kaloust en bâillant longuement, comme pour prouver ce qu'il venait de dire. Et le banquet ? C'était bien ?

Vahan prit une profonde inspiration.

— Ce Kaiser est fou à lier ! s'exclama-t-il en frappant à plusieurs reprises son index sur sa tempe. Fou à lier, je te le dis. Il est du genre à créer de graves problèmes pour le monde, tu vas voir !

Une telle déclaration suscita l'étonnement de son fils, qui se sentait encore un peu léthargique.

— Que s'est-il passé ? Qu'est-ce qu'il a fait ?

— Il a commencé par porter quelques toasts en l'honneur du sultan et puis, de but en blanc, il a exprimé son amour pour l'islam ! Non mais, c'est incroyable !

— Quoi ? Mais n'est-il pas chrétien ?

— C'est ce que je pensais... enfin, que je pense encore. Quoi qu'il en soit, le type doit être un peu dérangé ! Les Turcs exultaient, bien sûr. Ils ont même commencé à l'appeler Hadji Wilhelm.

Kaloust secoua la tête, pour tenter de mettre de l'ordre dans ses pensées.

— Attendez, racontez-moi ça comme il faut. Cela s'est passé au cours du banquet offert par le sultan ? Vous y avez assisté ?

— Bien sûr que nous y avons assisté, mon garçon ! s'exclama Vahan, presque irrité par le fait que son fils mette en doute ce qu'il venait de lui dire. Après le banquet, les Allemands ont rempli leurs verres de vin pour porter un toast, et les Turcs en ont fait autant, mais avec de l'eau bien sûr. Jusque-là, tout était normal. Seulement, au milieu du toast, le Kaiser, en véritable apostat, a fait un vibrant éloge public de l'islam, et déclaré que les chrétiens devraient avoir honte. Il s'est ensuite retiré avec le sultan dans le harem, où apparemment ils auraient assisté à une danse des concubines circassiennes.

— Et les Allemands qui faisaient partie du cortège ? Qu'ont-ils pensé de tout ça ?

Le père haussa les épaules.

— Eh bien, que voulais-tu qu'ils disent ? Ils ont écouté et se sont tus, un point c'est tout ! Mais pendant le cocktail, j'ai gagné la confiance de l'un d'eux, un certain Oppenheimer, qui m'a confié que Bismarck s'était opposé à cette visite à Constantinople, estimant que c'était une provocation inutile à l'égard des Russes. Le Kaiser est quand même venu. Apparemment, il ambitionnerait d'établir une espèce de lien stratégique avec l'Empire ottoman, afin de convaincre le monde islamique de déclarer le djihad contre les Britanniques et les Français. – Il se tapota à nouveau la tempe. – À ton avis, l'imbécile n'est pas un fou dangereux ? Il joue avec le feu !

— Mais comment prévoit-il d'établir cette alliance stratégique avec l'Empire ottoman ? Que va-t-il faire ?

Vahan prit une profonde inspiration, affichant des signes de grande préoccupation. Il alla au bar, en sortit une bouteille de cognac arménien et se servit un verre.

— On dit qu'il aimerait nous envoyer des conseillers militaires, dans le but de réorganiser l'armée ottomane, déclara-t-il. Et il a officialisé un accord en vue de construire une ligne de chemin de fer jusqu'en Anatolie. Selon Oppenheimer, l'Allemand dont j'ai fait la connaissance, il s'agira d'un chantier très important.

— Vraiment ? s'étonna Kaloust. Pourquoi ?

— Parce que l'idée serait d'étendre ensuite la ligne jusqu'à Bagdad. En d'autres termes, l'objectif ultime de cette ligne de chemin de fer serait de permettre aux Allemands d'atteindre la Mésopotamie.

Kaloust examina mentalement la carte de la région, mais sans voir de signification particulière dans cette information.

— Et alors ? En quoi est-ce si important ?

Son père regarda le liquide couleur caramel qui se balançait dans son verre et, d'un geste sec, en avala l'essentiel d'un seul trait. Son visage enfla et rougit en un instant, comme si une explosion de dynamite venait de lui déchirer les entrailles, et il ne se reprit qu'après une longue expiration.

— Ils insinuent de façon très confidentielle que la région regorgerait de pétrole !

Il souleva à nouveau son verre, le porta à la bouche et avala le reste du cognac.

Lorsque Kaloust descendit de sa chambre pour prendre son petit déjeuner, le *kahveci* s'approcha de lui avec un plateau et le lui tendit. Le fils du patron supposa d'abord qu'il s'agissait du repas, mais en regardant le plateau il ne vit ni pain ni lait, seulement une grande enveloppe.

— C'est arrivé ce matin, mon garçon.

Il reconnut les pleins et les déliés de l'écriture de Mlle Duprés. Saisi d'une prémonition soudaine car il n'était pas habituel de voir son ancienne préceptrice lui envoyer des lettres de ce format, il prit l'enveloppe avec excitation et, trop impatient pour aller chercher un couteau, en déchira les bords. À l'intérieur, il trouva une petite revue appelée *Revue des Deux Mondes*, avec un long sous-titre : « Journal des voyages, de l'administration et des mœurs, etc., chez les différents peuples du globe ou archives géographiques et historiques du XIXe siècle ; rédigée par une société de savants, de voyageurs et de littérateurs français et étrangers ». Il la feuilleta avec frénésie jusqu'à ce qu'il eût trouvé l'article qu'il cherchait. « La péninsule d'Apchéron et le pétrole russe ». Une ligne sous le titre, en petits caractères imprimés en italique, les lettres magiques indiquant le nom de l'auteur. Kaloust Sarkisian.

Ah, la gloire !

Une extraordinaire euphorie lui envahit la poitrine et le remplit d'extase, comme si la lumière divine émanait de son corps. Il était auteur ! Il avait écrit un article et quelqu'un, dans la lointaine et érudite France, l'avait trouvé digne d'être publié. La preuve était là, dans ces pages. Il avait une voix ! Un jour, il mourrait, mais ces quelques pages, avec son nom, dureraient éternellement. Il lut le texte une fois, deux fois, trois fois, savourant chaque mot, admirant la virtuosité de la syntaxe, appréciant la pensée élaborée qui s'exprimait, fier de sa maîtrise de la langue. Il le lut une première fois pour voir ses mots transformés en texte imprimé ; il le relut en tentant d'adopter la perspective de Mlle Duprés ; puis il le lut une troisième fois avec les yeux d'un lecteur français assis à une terrasse du boulevard Saint-Germain, et enfin, audace suprême, en se mettant à la place du président de la République française, M. Carnot. Oui, qui sait si le président lui-même n'avait pas apprécié sa prose ?

Ses parents, bien sûr, ne comprenaient pas le français. Les lettres de l'alphabet latin, auquel ils n'étaient pas habitués, formaient des mots indéchiffrables, aux sonorités éventuellement agréables mais dont la compréhension leur échappait entièrement. Cependant, ils avaient parfaitement compris deux choses. La première était les seize lettres qui composaient le nom de leur fils dans l'en-tête de la première page de l'article ; bien que l'alphabet leur fût étranger, ils pouvaient formuler les sons que ces lettres suggéraient. La seconde, tout aussi importante, découlait du fait qu'il n'était pas courant de voir un magazine français très réputé et de haute tenue, dans lequel écrivaient des géants comme

Alexandre Dumas, Victor Hugo, Charles Baudelaire, Guy de Maupassant et Honoré de Balzac, publier un article signé par un jeune étranger de vingt ans.

— Un exploit ! exulta Vahan quand il vit le nom de son fils imprimé sur ces pages impérissables. C'est un véritable exploit !

Le patriarche des Sarkisian était euphorique. N'était-ce pas là la preuve patente qu'il avait bien préparé son fils ? L'éducation que celui-ci avait reçue ne valait-elle pas l'investissement consenti ? La publication de son article dans ce magazine levait toute incertitude pouvant encore planer dans son esprit. Ah, il n'y avait aucun doute : son fils était voué au succès !

— Et maintenant ? voulut savoir sa mère ; avec son pragmatisme habituel, elle fut la première à surmonter l'état d'exaltation dans lequel la famille était plongée. À quoi est-ce que ça va servir ?

La question scandalisa presque son mari.

— À quoi ça va servir ? demanda-t-il, en serrant le magazine dans ses mains comme s'il s'agissait d'un trophée de chasse. Ça sert à... à..., eh bien ça sert à montrer à nos amis ! Tout Constantinople connaîtra les hauts faits de mon fils !

Vahan ne perdit pas de temps pour joindre l'acte à la parole. Il fit venir de Paris 1 000 exemplaires de ce numéro et les diffusa dans la capitale ottomane et aux alentours, en les offrant à des amis, des clients, des diplomates, des fournisseurs, ainsi qu'à tous ceux qu'il voulait impressionner. Il appelait leur attention sur la justesse du français, comme s'il parlait lui-même couramment cette langue de culture, et il n'eut de cesse de souligner les connaissances que révélait l'article.

— Alors, il n'est pas intelligent, mon garçon ?

Curieusement, l'orgueil avec lequel son père réagit à la publication du texte fit redescendre Kaloust sur terre. Un tel tapage ne lui semblait absolument pas justifié ! Le spectacle légèrement grotesque d'un père gâteux finit par l'embarrasser, voire lui faire honte. Après tout, il s'agissait d'un simple récit de voyage publié dans un magazine français, rien de plus. Ce n'était pas exactement l'invention de la dynamite. L'article avait été publié, rien de plus.

Point final.

Une nouvelle lettre de Mlle Duprés vint démentir le sentiment de Kaloust. Son ancienne préceptrice lui rendait compte de l'intérêt que l'article avait suscité chez l'éditeur pour lequel elle travaillait et, divine surprise, elle précisait que celui-ci lui avait posé une question à laquelle Kaloust devait répondre. « M. Hachette, écrivait-elle, aimerait savoir si l'auteur du très intéressant article serait disposé à rédiger un livre sur son voyage en Transcaucasie, région du globe largement inconnue du public français. »

La demande vint renforcer la conviction de Vahan que son fils était sur la bonne voie. Combien de jeunes de son âge, qui plus est vivant à Constantinople, ville on ne peut plus périphérique, étaient invités à écrire des livres pour un éditeur européen aussi réputé ? N'était-ce pas une preuve suffisante ?

Kaloust avait un avis différent, mais il le tint secret. Le jeune ingénieur prit conscience que l'article qu'il avait publié dans la *Revue des Deux Mondes*, certes un exploit pour quelqu'un de son âge, n'était ni ne pouvait être un objectif en soi, mais un moyen pour atteindre l'objectif suivant, à savoir le livre. En outre, il devrait envisager de la même manière le nouveau projet qui lui était confié, simple moyen pour parvenir à un objectif encore plus ambitieux.

Il s'attela à la tâche et mit presque un an à l'écrire. S'il considérait qu'un simple article impliquait une grande responsabilité, on peut imaginer ce que représentait un livre entier. Cependant, il garda à tout moment à l'esprit que le texte sur lequel il travaillait n'était, une fois de plus, qu'un nouvel instrument. La publication du livre ne servirait pas simplement à flatter son ego et à satisfaire sa vanité personnelle, ou à permettre à son père de se vanter auprès de ses amis et clients. L'enjeu était bien plus grand. Les histoires qu'il racontait à chaque paragraphe et les informations contenues dans chaque chapitre devaient lui ouvrir les bonnes portes.

Comme il l'avait fait pour l'article, mais à plus forte raison maintenant, il relut le texte encore et encore, en veillant à l'exactitude de la syntaxe et à la fluidité de la langue française qu'il dominait chaque jour davantage, bien que ce ne fût pas sa langue maternelle. Ne se fiant pas à son seul jugement, il demanda à deux Français, un diplomate de la légation française et un professeur qui enseignait au lycée Galatasaray, de relire le manuscrit. Ce n'est qu'après avoir reçu leurs menues suggestions, auxquelles il fit droit sans hésiter, qu'il osa envoyer son texte à Paris.

Le colis qui lui parvint par courrier, à la fin de 1891, était un beau volume de plus de trois cents pages, comprenant des gravures et des cartes, relié en daim gris, le titre imprimé à l'encre dorée, *La Transcaucasie et la péninsule d'Apchéron : souvenirs de voyage.*

Kaloust en ressentit une immense fierté. Il admira le livre comme un artiste contemplant sa création, enivré par la prose qui était sortie de son esprit et s'était transformée en mots imprimés sur tant de pages, mais il ne ressentit pas l'extase absolue qu'il avait connue la première fois, avec l'article de la *Revue des Deux Mondes*. Ne serait-ce pas le signe qu'il était déjà un auteur reconnu ?

Son père réagit avec l'enthousiasme qui le caractérisait, mais de façon plus modérée. Il se vanta un peu partout, bien sûr, mais la preuve que cette fois-ci il avait gardé les pieds sur terre tenait au nombre d'exemplaires qu'il avait commandés à l'éditeur. Une centaine. C'était une commande raisonnable, qui n'avait rien à voir avec les 1 000 copies de la revue où l'article de son fils avait été publié.

Un exemplaire de l'ouvrage fut envoyé par Kaloust à Hyde Park Terrace à Londres, à l'instar de ce qu'il avait fait l'année précédente avec le texte de la *Revue des Deux Mondes*. À l'époque, Ohannes Berberian avait répondu avec des mots plutôt élogieux, se disant largement satisfait de ce qu'il avait lu et l'avait « félicité avec enthousiasme », mais sans rien ajouter de très pertinent à propos de sa fille, hormis que Nunuphar se portait bien.

Cette fois-ci, lorsque la réponse de Londres lui parvint, le jeune ingénieur eut du mal à contenir sa tension. Il déplia la mince feuille de papier et fixa les lignes rédigées dans l'élégant et énigmatique alphabet arménien. Ohannes reconnaissait dans la missive qu'il était profondément ému de voir un si beau travail sortir des presses, et il révéla que même Nunuphar s'était montrée « vivement impressionnée ». Plus importantes, cependant, étaient les dernières phrases.

« J'avoue, mon cher, que vous avez finalement réussi à me surprendre, et je me demande en conséquence si vous êtes toujours intéressé par la main de ma fille. »

Kaloust sut à ce moment-là qu'il avait gagné la partie.

IX

La couronne étincelante, tenue par les mains pâles du patriarche, demeura un court instant en l'air et commença à descendre avec une majestueuse solennité, comme s'il s'agissait de la cérémonie de couronnement du plus grand des empereurs, jusqu'à ce qu'elle se pose sur les cheveux ébène de Nunuphar. La jeune fille, vêtue d'une magnifique robe de soie rouge, leva des yeux rêveurs vers son époux, qui avait déjà sa couronne sur la tête, puis les tourna vers son témoin, qui n'était autre que son propre père et qui se tenait entre eux, portant une croix au-dessus de leurs têtes.

— Je vous couronne roi et reine de votre royaume ! proclama le patriarche d'une voix grave qui se répercuta dans toute l'église. Nous allons à présent bénir la coupe commune.

Ohannes Berberian bénit un verre de vin, comme cela se faisait dans la tradition arménienne, et les mariés burent chacun une gorgée. Le maître de cérémonie les bénit tous les deux, demandant au Christ de les accueillir sous l'ombre protectrice de sa sainte et honorable croix dans la paix, et les proclama enfin mari et femme.

La marche nuptiale retentit dans l'église patriarcale Surp Asdvadzadzin, au cœur de Constantinople, suivie d'un tonnerre d'applaudissements lorsque le couple se retourna, descendit les marches devant l'autel, traversa le chœur et alla recevoir les félicitations de la famille et des amis rassemblés dans la nef.

— Félicitations ! cria une voix.

— Puissiez-vous vieillir sur le même oreiller ! lança un autre.

Le clan des Berberian et celui des Sarkisian, y compris les parents venus d'Anatolie et celui de Kayseri pour l'occasion, participaient à la cérémonie. La seule exception fut, bien sûr, le cousin à qui Nunuphar était promise depuis l'enfance, et qui invoqua des « problèmes intestinaux » pour justifier son absence, excuse qui sembla à tous chargée de sarcasme et de dépit, voire injurieuse.

— Mon garçon, déclara Ohannes, en saisissant Kaloust par les épaules. Ou devrais-je plutôt dire… mon fils ?

— Fils, non, coupa Vahan en riant, car il a toujours un père, fort heureusement.

— Bien, acquiesça le père de Nunuphar. Mais que cela ne m'empêche pas de vous adresser une invitation. Je souhaiterais que vous vous installiez dans ma maison, à Stamboul. C'est une modeste résidence, certes, mais elle devrait pouvoir satisfaire vos besoins minimaux.

Vahan fronça les sourcils.

— Allons, mon ami, vous savez bien que dans la tradition arménienne c'est la mariée qui vient habiter chez le marié…

— Je connais bien la tradition, rétorqua Ohannes. Mais les temps changent, que diable ! Nous sommes en 1892. Le xxe siècle arrive à grands pas ! De plus, chez moi, les tourtereaux seront seuls et n'auront de comptes à rendre à personne. N'est-ce pas nettement mieux ?

— Comment ça, ils seront seuls ? Et vous, alors ?

— Nous, nous sommes à Londres, mon ami. Ma santé ne me permet pas de vivre ici, et c'est là-bas que se trouvent les meilleurs médecins. Je n'ai pas envie de laisser mon humble maison sans contrôle, livrée aux domestiques et à Dieu sait quoi. Si nos tourtereaux acceptaient de s'installer chez moi, eh bien ils me feraient une faveur, voyez-vous.

La maison des Berberian, loin d'être « la modeste résidence » et « l'humble maison » décrite par Ohannes, était en fait l'une des plus belles propriétés de Constantinople. Elle était située dans un quartier verdoyant de Stamboul, pas très loin du palais de Topkapi, et jouissait d'une vue incomparable sur la mer de Marmara. C'est pour cette raison que Kaloust accepta l'invitation sans hésiter, et aussi parce qu'il n'aurait pas ses beaux-parents sur le dos.

Les mariés descendirent du fiacre et contemplèrent le dernier joyau de Constantinople. Le Pera Palace, qui venait d'être inauguré, était la nouvelle fierté du père de la mariée, qui avait voulu faire construire l'hôtel le plus luxueux de l'Empire ottoman afin que les voyageurs de l'Orient-Express pussent être dignement accueillis. L'établissement, spécialement décoré pour le cocktail du mariage le plus attendu de l'année, était situé sur les hauteurs de Pera et offrait une vue splendide sur l'étendue bleue de la Corne d'Or et les bâtiments du Sérail, mais les mariés n'eurent guère le temps de savourer le paysage. Ils furent directement dirigés vers l'intérieur somptueux, où les invités s'étaient rassemblés pour les accueillir.

Dans la demi-heure qui suivit, Kaloust serra la main de plus d'une centaine de personnes. L'une d'elles était un Turc assez maigre, portant un fez et un frac noir, affublé d'une moustache aux pointes relevées formant une curieuse arabesque, que son père tenait par le bras.

— Je te présente M. Salim Bey, dit Vahan avec une certaine solennité dans la voix. Comme tu le sais, c'est un vieil ami, à qui nous devons beaucoup.

Le fils hésita un court instant avant de serrer la main de l'homme qui lui était présenté. Il avait toujours entendu parler de Salim Bey, un nom très populaire à la maison, mais avait imaginé que le protecteur turc était un vieil homme, ou du moins quelqu'un de l'âge de son père. La vérité était très différente. Salim Bey devait avoir une quarantaine d'années, ce qui fut une grande surprise. Il jouissait certainement de la protection du sultan, seule explication possible pour sa fulgurante ascension dans la *liste civile* du monarque ottoman.

— Ton père m'a beaucoup parlé de tes exploits, déclara Salim Bey après avoir salué le marié avec une certaine familiarité. Il a même eu la gentillesse de m'offrir le brillant livre que tu as publié en France.

Kaloust rougit.

— Ah, effendi ! Il n'aurait pas dû le faire.

— Et pourquoi donc ? Y aurait-il dans ces pages quelque chose dont un père honorable devrait avoir honte ?

— Non, non, ce n'est pas cela. C'est juste que... enfin, il attribue peut-être trop d'importance à quelque chose qui ne le mérite pas.

Un sourire éclaira le visage de Salim Bey. Il lança un regard amusé à Vahan et se tourna à nouveau vers son jeune interlocuteur.

— Je vois que tu es modeste ! s'exclama-t-il. Mais tu te trompes. Ton livre est effectivement très intéressant et c'est un travail très méritoire. Et l'article que tu as publié dans la *Revue des Deux Mondes*, que j'ai aussi eu le bonheur de lire, ne l'est pas moins. Je te présente mes sincères félicitations pour ton talent de grand écrivain !

— Merci.

— D'ailleurs, j'ai conseillé au ministre des Mines de lire tes deux textes, et lui aussi était de mon avis.

Kaloust écarquilla les yeux, surpris.

— Vraiment ?

Le Turc opina, puis il s'immobilisa, se pencha en avant, presque comme s'il voulait partager une confidence, et plissa les yeux.

— Pourquoi ne viendrais-tu pas à mon bureau un de ces jours ? demanda-t-il, le regard plein de sous-entendus. J'aimerais m'entretenir avec toi.

Un petit groupe d'hommes d'affaires, en majorité grecs et arméniens, était rassemblé devant la porte du bâtiment gouvernemental dans le palais de Topkapi, en plein cœur du Sérail. Vêtu de son plus beau costume, coiffé d'un fez rouge, le jeune homme passa parmi le groupe d'hommes fortunés et s'adressa au fonctionnaire turc qui était au comptoir.

— Je voudrais parler à Son Excellence M. Salim Bey.

Habitué au harcèlement inlassable des hommes d'affaires chrétiens qui venaient aux portes du palais mendier quelque faveur aux effendis, l'employé jeta sur lui un regard dédaigneux.

— Vous avez rendez-vous ?

— À 16 heures précises. – Il sortit sa montre de la poche de son manteau. – C'est-à-dire dans cinq minutes.

La ponctualité n'étant pas une qualité particulièrement appréciée dans l'Empire ottoman, le Turc garda son air courroucé.

— Nous allons voir ça, déclara-t-il avec une évidente mauvaise humeur. Votre nom ?

— Kaloust Sarkisian.

L'homme consulta le registre et constata, avec étonnement, que le jeune homme avait effectivement rendez-vous avec le ministre de la *liste civile*, également comptable du sultan. Il était peu fréquent de voir un Arménien aussi jeune se présenter à un premier entretien avec une personnalité si importante. Cependant, il n'y avait aucun doute, celui qui portait ce nom devait bel et bien rencontrer Salim Bey.

— Veuillez monter.

Soudain plus courtois, n'évaluant pas bien les pouvoirs et l'influence du giaour qu'il n'avait jamais vu dans les parages, le réceptionniste l'accompagna dans le labyrinthe du bâtiment et le conduisit jusqu'au bureau du ministre du sultan.

Le chef de cabinet de Salim Bey lui demanda de patienter dans une salle d'attente qu'il lui indiqua.

C'était une pièce exiguë au bout du couloir. Kaloust se posta près de la fenêtre d'où il s'amusa à regarder le va-et-vient des bateaux glissant silencieusement sur la mer de Marmara. Il distingua la maison de ses parents sur l'autre rive, à Scutari, et essaya de localiser la propriété toute proche où il vivait, mais constata qu'il était impossible de la voir de cette fenêtre. Elle se trouvait de l'autre côté de la colline.

— Veuillez entrer, s'il vous plaît.

La voix du chef de cabinet le surprit ; l'homme lui fit signe de l'accompagner. Ils empruntèrent le couloir jusqu'à la porte menant au bureau du ministre. En pénétrant dans la pièce magnifiquement décorée de tapis de Shiraz, Kaloust trouva Salim Bey assis sur un canapé en compagnie d'un autre Turc, plus âgé. À la vue du jeune homme, le protecteur de son père se leva pour le saluer et lui présenta l'étranger en cravate.

— M. Ahmet Ferit, ministre des Mines, déclara-t-il. Comme je te l'ai dit l'autre jour, lui aussi a lu ton livre remarquable et il souhaitait vivement te rencontrer.

— C'est un honneur, dit Kaloust, en s'inclinant vers ses hôtes. Je suis bien sûr à votre disposition pour toute précision que vous jugerez nécessaire.

Salim Bey tourna le regard vers les canapés.

— Pour l'instant, commençons par nous asseoir, plaisanta-t-il, en faisant un geste en direction des sièges. Je vous en prie.

Dès qu'ils furent installés, un employé entra avec un plateau et posa une cafetière et trois tasses sur la table basse devant les canapés. Ils avalèrent une gorgée de café turc, puis le ministre des Mines posa quelques questions de courtoisie sur le mariage et souhaita bonheur et prospérité aux mariés.

Après une dizaine de minutes d'échange de politesses et d'observations plus ou moins érudites sur les collections de tapis, un sujet qui les intéressait tous les trois, Salim Bey s'éclaircit la voix et finit par entrer dans le vif du sujet.

— As-tu suivi la visite du Kaiser dans notre ville, il y a trois ans environ ?

— Vaguement, rétorqua Kaloust. Il me semble qu'à ce moment-là, j'étais justement en train d'écrire mon article pour la *Revue des Deux Mondes*, mais j'ai eu l'occasion de voir le cortège du Kaiser traverser le nouveau pont sur la Corne d'Or lorsqu'il se rendait au banquet avec Sa Majesté le sultan.

Salim Bey se frotta les mains.

— Ah, très bien ! s'exclama-t-il avec satisfaction. Il se trouve que, suite à cette visite, notre gouvernement a chargé la Deutsche Bank de construire la ligne des chemins de fer d'Anatolie. Les travaux avancent d'ailleurs rapidement et nous espérons inaugurer la ligne pour Ankara à la fin de l'année. L'idée, cependant, est de poursuivre jusqu'à Bagdad puis jusqu'au port de Bassorah. L'objectif des Allemands est d'accéder à l'océan Indien et à leurs possessions au Tanganyika par un itinéraire évitant le canal de Suez. Cela les mettrait à l'abri des sautes d'humeur occasionnelles des Britanniques ou des Français et leur permettrait même d'avoir accès directement aux matières premières en provenance d'Afrique, nécessaires à leur industrie. N'oublie pas que la production industrielle d'acier de l'Allemagne est déjà supérieure à celle de l'Angleterre.

— C'est pourquoi les puissances occidentales n'ont pas aimé que ce contrat soit signé avec les Allemands. Et qui pourrait les critiquer ?

— C'est un fait, confirma Salim Bey. Les Britanniques voient dans cette ligne une menace pour l'Inde. Ils pensent que les Allemands sont en train de devenir une puissance trop importante, peut-être plus importante encore que les empires britannique, français et russe, et ils font tout ce qu'ils peuvent pour contrôler leur croissance. – Il fit un geste vague dans l'air. – Mais… enfin, c'est une autre histoire. En fait, ce qui nous a amenés à t'inviter à cette petite réunion est un aspect particulier du projet de chemin de fer. – Il se tourna vers Ahmet Ferit. – Je crois que M. le ministre pourra nous éclairer à ce sujet.

Le ministre des Mines s'éclaircit la voix.

— Les Allemands ont envoyé une équipe technique pour étudier en détail l'itinéraire de la ligne jusqu'à Bagdad, déclara-t-il. Or, il y a quelques mois, ils sont venus me demander de leur accorder des concessions pour exploiter les richesses minérales de la Mésopotamie. J'ai trouvé la requête un peu bizarre et je me suis mis à réfléchir…

— Qu'ont-ils bien pu découvrir de si intéressant dans les parages ?

— C'est exactement ce que j'ai pensé ! s'exclama Ferit avec un sourire, pointant le doigt vers son interlocuteur arménien. Je vois que M. Sarkisian est un homme perspicace…

— Je vous avais prévenu, dit Salim Bey avec une expression entendue. Les chiens ne font pas des chats…

— Alors, qu'ai-je fait ? reprit le ministre des Mines. Eh bien, j'ai fait examiner les terres qui intéressaient les Allemands. J'ai découvert qu'ils avaient passé quelque temps à Mossoul, Kirkouk et Bassorah mais, malgré nos recherches, nous n'avons rien détecté de spécial. Cependant, je n'ai pas abandonné. Convaincu qu'il y avait là quelque chose qui nous échappait, j'ai commencé à éplucher le C.V. des experts allemands envoyés par la compagnie des chemins de fer d'Anatolie pour établir l'itinéraire de la ligne, et je me suis aperçu qu'il y avait parmi eux des géologues spécialisés dans la prospection pétrolière. – Il saisit sa serviette et en sortit un livre que Kaloust reconnut immédiatement, et dont le titre *La Transcaucasie et la péninsule d'Apchéron : souvenirs de voyage* était imprimé en lettres dorées. – Toute cette affaire a coïncidé avec la lecture de votre intéressant travail. J'ai fait le tour de la question et j'en suis arrivé à la conclusion que les Allemands ont trouvé du pétrole dans nos terres et qu'ils se sont bien gardés de nous le dire.

— Ils doivent penser que nous sommes stupides, observa Salim Bey.

— Je pense que vous comprenez la situation dans laquelle nous nous trouvons, n'est-ce pas ?

Kaloust comprenait, en effet. Cependant, il garda une expression impénétrable, ses yeux allant d'un interlocuteur à l'autre.

— Je comprends parfaitement, dit-il lentement. Mais… en quoi puis-je vous être utile ?

Les deux ministres se regardèrent, un peu comme si l'un invitait l'autre à prendre la parole. Salim Bey finit par se lancer, eu égard à sa familiarité avec la famille de l'Arménien.

— Il n'y a personne, dans l'Empire ottoman, qui comprenne quoi que ce soit au pétrole, admit-il. En fait, après avoir lu ton livre, nous sommes arrivés à la conclusion que tu es, malgré ton évidente jeunesse, la plus grande, pour ne pas dire la seule autorité en la matière dans l'Empire. Tu as fait une thèse sur le pétrole, tu es allé à Bakou pour voir comment il était extrait, et tu as écrit un article et un livre sur le sujet, qui ont été publiés en Europe. Personne ici ne possède tes compétences. – Il s'éclaircit la gorge, indiquant par là qu'il arrivait au point clé de la conversation. – Nous aimerions donc savoir si tu es disposé à rendre un service à Sa Majesté le sultan.

La question embarrassa Kaloust. Ainsi formulée, elle ne lui laissait guère de marge de manœuvre. Et, somme toute, souhaitait-il vraiment renoncer ? Rendre service au sultan pourrait être sa grande chance. Que redoutait-il ? Combien de portes cela pouvait-il lui ouvrir ?

— Certainement ! s'exclama-t-il. Je suis entièrement à la disposition de Sa Majesté. Dites-moi ce qui doit être fait, et je le ferai !

Les dirigeants turcs étaient pleinement satisfaits.

— Nous voulons que vous enquêtiez sur la question, déclara le ministre des Mines. Établissez un rapport complet sur le pétrole dans l'Empire. – Il sourit. – Je fais allusion à la Mésopotamie, bien sûr. Ce sont ces contrées qui intéressent nos amis allemands.

Dans les jours qui suivirent, Kaloust fut occupé par les préparatifs de son grand voyage. S'il devait élaborer un rapport pour la Sublime Porte, il lui semblait logique de commencer par visiter la région concernée. Pour cela, il lui fallait mettre en place la logistique et établir les contacts appropriés pour résoudre les nombreux problèmes pratiques qui se posaient, ne serait-ce que parce qu'il n'y avait aucun train pour ces régions de l'Empire.

Il demanda à son père s'il avait des contacts à Mossoul ou à Kirkouk, secteurs que les Allemands avaient explorés, mais Vahan fut surpris par sa demande.

— Pourquoi me demandes-tu ça ?

— Je dois y aller. Salim Bey m'a demandé d'établir un rapport sur le potentiel pétrolier en Mésopotamie.

Le père inclina la tête.

— Écoute-moi, as-tu la moindre idée du voyage que tu vas entreprendre ? À lui seul, le trajet est un cauchemar. Tu devras te déplacer à cheval ou en chariot pendant une ou deux semaines, sur des routes en très mauvais état et n'offrant aucune sécurité. Pire encore, ce sont des régions sauvages. La Mésopotamie est pleine de tribus nomades, de Bédouins et d'Arabes, et tout ce beau monde n'a qu'une envie : trancher la gorge du premier venu pour lui voler son argent. Tu es sûr de vouloir te mettre dans ce guêpier ?

Kaloust réfléchit. La Mésopotamie était effectivement une terre sauvage, avec de vastes déserts et des habitants peu amènes. Les histoires de voyageurs attaqués étaient devenues trop fréquentes pour être prises à la légère. En outre, il n'y avait pas vraiment d'hôtels dans la région. Cela signifiait qu'il devrait dormir dans des tentes, manger de la viande de chameau voire pire encore, et aussi se soulager en plein air. Cette perspective ne lui sembla pas bien attrayante.

— C'est vrai, vous avez raison, admit-il. Mais si je n'y vais pas, comment vais-je établir mon rapport ?

Vahan réfléchit.

— En effet…, murmura-t-il. L'idéal serait d'y envoyer quelqu'un, tu ne penses pas ?

La suggestion donna une idée à son fils.

— Pourquoi envoyer quelqu'un s'il est possible de parler à une personne qui y est déjà allée ? – Il écarquilla les yeux, soudain enthousiaste. – C'est ça ! s'exclama-t-il avec conviction. Je peux obtenir des informations de quelqu'un qui y est déjà allé !

Il alla consulter le dossier qu'il avait constitué pour préparer sa thèse au King's College et y rechercha les copies des premiers documents sur la présence de pétrole en Mésopotamie. C'étaient les rapports du colonel Chesney, qui avait parcouru la région dans les années 1830. Cependant, les informations collectées lors de cette expédition n'étaient pas très riches et seraient certainement obsolètes ; il devait interroger des personnes qui y étaient allées récemment. Mais qui ?

Il n'eut pas à réfléchir bien longtemps. Il s'adresserait aux techniciens allemands qui avaient travaillé sur la ligne ferroviaire d'Anatolie. Naturellement, il ne pouvait pas interroger les responsables, qui comprendraient aussitôt le but de ses questions. L'idéal serait de s'entretenir avec des subordonnés, des gens qui n'étaient pas familiarisés avec les questions stratégiques. Ils devaient certainement être nombreux, mais comment les contacter ?

Là encore, la solution lui fut suggérée par son père. Vahan se souvint que de nombreux Européens fréquentaient son magasin de tapis au Grand Bazar, y compris des Allemands impliqués dans le projet ferroviaire. Deux d'entre eux étaient devenus des collectionneurs et l'un en particulier, un certain Günter, faisait souvent des comparaisons avec d'autres tapis qu'il avait acquis au cours de ses voyages à travers l'Empire, notamment à Bagdad, Alep et Kirkouk, ce qui laissait clairement entendre qu'il faisait partie des équipes de prospection sur le terrain participant à l'établissement de l'itinéraire.

— C'est notre homme !

L'Allemand apparut un matin dans la boutique pour savoir s'il y avait de nouveaux arrivages de Perse, de Transcaucasie ou des Indes. Comme cela faisait déjà un mois que le patron avait indiqué aux employés ce qu'ils devraient faire lorsque ce client-ci se présenterait dans l'établissement, deux messagers partirent en courant, l'un pour alerter Vahan, l'autre pour prévenir Kaloust.

Le propriétaire arriva le premier et, sans perdre de temps, s'adressa au client.

— *Herr* Günter, quel plaisir de vous voir dans mon humble boutique ! s'écria-t-il avec un large sourire et les bras ouverts, le tenant par les épaules. Où étiez-vous passé ? Ça fait un moment qu'on ne vous a pas vu !

L'accueil avait toujours été amical, comme c'était d'ailleurs la tradition dans le Grand Bazar, mais cette fois-ci l'hôte était particulièrement chaleureux, ce qui surprit l'Allemand. Il n'aurait jamais imaginé qu'il était devenu un client aussi populaire.

— Eh bien… j'étais par monts et par vaux. Mon travail exige que je m'absente souvent de Constantinople, comme vous le savez.

— Oh, nous sommes tous esclaves du travail ! acquiesça Vahan avec un visage triste et théâtral. – Il fit un geste vers les tapis qui remplissaient l'établissement. – Ce qui nous sauve, mon cher ami, c'est l'art. C'est lui qui donne du sel à notre existence !

— Sans aucun doute, sans aucun doute.

L'Arménien indiqua un divan couvert de coussins.

— Asseyez-vous ! proposa-t-il. Vous voulez un thé ? Un café ?

— Ne vous dérangez pas…

— Allons donc, ça ne me dérange pas du tout ! – Il fit un geste à un employé. – Kashig, apporte un café ! Et en chemin, passe par Sark Kahveci et achète des baklavas pour notre ami ! – Il fit de nouveau face à l'Allemand. – Ah, vous savez, on se faisait du souci pour vous. J'ai lu dans le journal que des actes de vandalisme s'étaient produits en Mésopotamie et j'ai tout de suite pensé à vous !

Si bien accueilli, Günter s'installa sur le divan et sentit son corps se détendre au milieu des coussins.

— Oui, parfois c'est compliqué, reconnut-il. Cependant, je fais toujours partie d'une équipe et nous avons notre propre sécurité, bien sûr. Non, il n'y a pas de problème.

— Ah, je me réjouis de le savoir ! Je dis toujours que c'est une bénédiction que de vous avoir pour nous aider. – Il se pencha en avant et baissa la voix. – Vous autres Allemands, vous êtes mille fois mieux que les Britanniques ou les Français, ou même les Russes ! Notez que je n'ai rien contre eux, d'ailleurs j'ai beaucoup de clients de ces nationalités et ce sont des chrétiens comme moi, mais… rien de tel que les Allemands !

— Merci. Nous essayons de vous aider de notre mieux.

Vahan s'appuya contre le divan rembourré.

— Eh bien, moi aussi ! s'exclama-t-il soudainement. C'est pourquoi, comme je sais que vous êtes un collectionneur avisé et que je connais vos goûts et vos besoins, je vous ai réservé une surprise !

Une lueur de curiosité éclaira le regard bleu de l'Allemand.

— Allons donc ! De quoi s'agit-il ?

À ce moment-là, Kaloust entra dans la boutique. Son père et lui avaient préparé, quelque temps auparavant, un échange qu'ils mettraient en œuvre lorsque l'occasion se présenterait. Le moment était venu et il lui incombait à présent d'incarner son personnage et de jouer son rôle.

— Ah, te voilà ! s'exclama Vahan, ravi de voir son fils arriver, en lui faisant signe de s'approcher. Viens ici, je veux te présenter le client dont je t'ai parlé l'autre jour ! – Il se tourna vers Günter. – Je vous présente mon fils. C'est lui qui a découvert le petit trésor que nous vous avons réservé.

Kaloust salua le client et s'installa également dans le canapé garni de coussins. Kashig apparut alors avec un plateau sur lequel étaient disposées trois petites tasses de café, à la turque, et une assiette pleine de baklavas. Vahan s'excusa et s'absenta un moment, laissant son fils conduire la conversation.

— J'ai récemment voyagé aux Indes britanniques, mentit-il, commençant à jouer son rôle. Quand j'étais à Lahore, je suis allé dans un magasin de tapis, comme je le fais toujours au cours de ces voyages, car je suis un grand amateur… mais un collectionneur modeste. En conversant avec le marchand indien, celui-ci m'a montré sa collection privée de tapis, dont certains m'ont semblé très vieux. J'ai voulu les acquérir, bien sûr, mais j'ai précisé que je ne les achèterais qu'après les avoir fait expertiser. J'ai appelé le conservateur du

British Museum de Lahore, sir Malcolm Teigh, avec qui j'avais déjà fait quelques affaires, et je lui ai montré la collection. Sir Malcolm est resté sans voix.

Le père réapparut à ce moment-là avec, derrière lui, plusieurs employés portant un grand tapis rectangulaire. Il était en laine pashmina et semblait usé, mais il présentait un dessin complexe, écarlate et doré, avec de multiples figures géométriques en forme d'étoile à douze branches, semblables à des cristaux de neige.

— Oh ! s'exclama l'Allemand en écarquillant les yeux. Ne serait-ce pas un… un *mogul* ?

Kaloust hocha la tête.

— Du XVIIIe siècle. Le conservateur m'a dit qu'il faisait partie d'une collection du palais de Lahore qui avait été pillée pendant une révolte voilà quelques décennies.

— Et vous l'avez acheté ?

— En fait, le commerçant indien a dû rendre la collection car elle avait été volée. Mais, pour me remercier, le conservateur m'a permis de garder deux tapis. L'un se trouve à présent dans ma collection et il n'en sortira pas. Mais l'autre… eh bien, mon père m'a conseillé de vous le réserver. Il m'a dit que cela vous ferait plaisir.

À ces mots, le client décolla ses yeux fascinés du tapis et dévisagea son interlocuteur.

— Pour moi ? Mais… pourquoi moi ?

Kaloust s'éclaircit la voix et se prépara à jouer son joker.

— Parce que je sais que vous êtes un collectionneur raffiné, expliqua-t-il. Je suis prêt à vous vendre le tapis, dûment accompagné d'un certificat délivré par le conservateur du musée de Lahore, pour 10 livres d'or.

La cupidité qui se lisait jusque-là dans les yeux de l'Allemand se transforma en une grimace outrée.

— Comment ? Mais c'est une fortune ! Je n'ai pas les moyens de… de…

— C'est un *mogul* du XVIIIe siècle ! insista l'Arménien. La période où la tapisserie était à son apogée. Vous réalisez ce que c'est que de posséder une telle pièce ? Les collectionneurs du monde entier vous envieront !

— Oui, c'est vrai, admit Günter, les yeux à nouveau rivés au tapis. Le problème c'est que je n'ai pas une telle somme.

— Je peux vous accorder un rabais. – Il regarda dans le vide, comme s'il réfléchissait à une somme. – Disons… 8 livres d'or.

— *Ach !* Le maximum que je puisse offrir est 5, j'en ai peur. Et c'est au prix de beaucoup d'efforts et de sacrifices, croyez-moi.

Kaloust prit une profonde inspiration, faisant semblant d'être contrarié, et il jeta un regard plein de ressentiment à son père.

— Vous m'aviez dit que ce client était spécial, observa-t-il avec aigreur. Mais si c'est pour ça…

— Attends ! dit Vahan, comme s'il essayait de sauver l'affaire. Peut-être que *Herr* Günter peut t'être utile autrement. N'es-tu pas en train d'écrire un guide sur les merveilles de la nature en Mésopotamie ? *Herr* Günter a énormément voyagé dans cette région. Si tu lui fais une remise, il pourra peut-être t'aider. – Il se tourna vers le client. – N'est-ce pas, *Herr* Günter ?

— *Jawohl !* rétorqua aussitôt l'Allemand, désireux d'acquérir le tapis. Avec grand plaisir !

Kaloust se frotta la main sur sa cuisse, comme pour évaluer si l'affaire l'intéressait.

— Cela dépend des informations que vous aurez à me donner, finit-il par dire, avec une réticence feinte.

— Qu'est-ce que vous voulez savoir ?

— Je cherche des choses curieuses sur les paysages de la Mésopotamie et sa géologie. Fumerolles, propriétés inconnues de la terre… le genre de choses susceptibles d'intéresser un visiteur qui aime les bizarreries de la nature.

La demande fit presque bondir Günter de contentement.

— Par hasard, nous avons vu des choses curieuses en effet, dit-il avec enthousiasme. Vous ne le savez peut-être pas, mais mon travail consiste à effectuer des relevés topographiques, afin de déterminer précisément l'itinéraire idéal pour la ligne de chemin de fer que nous construisons. Il se trouve que notre équipe comprend des géologues qui effectuent des recherches un peu étranges. Il y a quelque temps, ils ont découvert une vingtaine de trous dans le sol d'où sortaient des flammes. Les villageois kurdes appellent ça des « pères du feu » et ils disent que ça a toujours existé. – Il fronça les sourcils. – Ça peut être intéressant pour votre guide, vous ne pensez pas ?

« Très intéressant », pensa Kaloust, se souvenant des flammes éternelles qu'il avait vu brûler dans la péninsule d'Apchéron, à Bakou ; nul doute, il s'agissait du même type de phénomène. Cependant, il s'efforça de dissimuler l'excitation que cette information lui causa.

— Peut-être, se borna-t-il à répondre, aussi impénétrable qu'un joueur de poker. Vous avez dit que c'est au Kurdistan ?

— Oui, dans un endroit appelé Baba Gurgur, près de Kirkouk. Nos géologues étaient très intéressés par ce feu qui montait de la terre. On était tous très excités quand ils ont fait cette découverte !

— Et vous avez fait d'autres trouvailles du même genre ?

— Mes amis m'ont dit qu'il y avait quelque chose de similaire dans la région de Mossoul, précisa Günter. Mais j'avoue que je n'y étais pas, car à ce moment-là je faisais des relevés dans la vallée de l'Euphrate.

L'Arménien continua son interrogatoire, sondant son interlocuteur et enregistrant les informations toujours avec un air d'indifférence, comme si tout cela était vaguement intéressant mais pas extraordinaire ; il alla même jusqu'à simuler un bâillement. Après avoir obtenu de l'Allemand tout ce qui pouvait lui être utile, il secoua négativement la tête.

— Non, rien de tout cela ne semble pertinent pour mon guide, dit-il. Je maintiens mon prix pour le tapis. 8 livres d'or ou rien !

Découragé, le client laissa s'affaisser ses épaules.

— Je ne peux pas donner ce que je n'ai pas, déclara-t-il. 8, c'est trop.

— Alors, tant pis… on ne fait pas affaire !

Dans un long soupir, Kaloust se leva, prit congé de Günter et de son père, et quitta le magasin à la hâte, craignant que l'Allemand ne change d'avis. En réalité, il n'avait jamais envisagé de se débarrasser du précieux *mogul* du XVIIIe siècle, l'une des perles de sa collection, encore modeste, de tapis.

Dans les semaines qui suivirent, l'ingénieur arménien réussit à compléter les données fournies par

Günter avec des informations émanant d'autres ingénieurs allemands qui participaient aux travaux de la ligne de chemin de fer d'Anatolie. Il était clair que, bien qu'ils n'aient fait aucune découverte fondamentale, les géologues allemands avaient détecté de menus indices laissant supposer qu'il existait du pétrole en Mésopotamie.

Toutes ces données, associées aux informations recueillies dans des livres de voyages, furent compilées dans un rapport unique. Kaloust compléta le texte avec des notes explicatives concernant spécifiquement l'industrie pétrolière qu'il tira de sa thèse au King's College, et conclut en affirmant que, selon toute vraisemblance, il devait effectivement y avoir d'importantes quantités de pétrole dans la région concernée.

Lorsqu'il eut fini son travail, la première personne à qui il le soumit fut son père.

— Bon sang ! rit Vahan lorsqu'il acheva la lecture. On dirait que tu y es vraiment allé !

Le rapport fut finalement transmis au palais de Topkapi, à l'attention de Salim Bey. Ce n'est qu'après avoir remis le document que Kaloust, soudain désœuvré, commença à méditer sur ce qu'il avait réellement découvert. Les Allemands avaient subodoré l'existence de pétrole en Mésopotamie et cette information était largement ignorée. À présent, le gouvernement ottoman, et lui seul, en prenait connaissance.

Ainsi que lui-même, bien entendu.

Ses pensées le transportèrent à ses débuts au Grand Bazar, lorsqu'il avait fait sa première affaire avec le décadrachme de Syracuse. Qu'avait-il vraiment appris de cette expérience ? Il savait que le savoir c'était le pouvoir. Celui qui connaissait quelque chose qu'un autre ignorait disposait d'un puissant avantage concurrentiel.

Eh bien, il savait maintenant une chose que la plupart des gens ignoraient. Kaloust avait compris que, selon toute probabilité, la Mésopotamie regorgeait de pétrole. Qu'allait-il faire de cette information ? Comment pourrait-il en profiter ? Quelles précautions devait-il prendre pour ne pas être dupé comme lors de l'épisode du décadrachme ? Les questions s'accumulaient dans son esprit, et sa seule certitude était qu'il devait utiliser l'information à bon escient.

Lorsqu'au bout de quelques semaines il fut convoqué par Salim Bey à une nouvelle réunion, il nourrit l'espoir que son heure n'allait pas tarder à venir. Il avait obtenu des informations précieuses pour la Sublime Porte. Quelle récompense en obtiendrait-il ?

— Félicitations, Kaloust ! le complimenta l'ami de son père, le rapport à la main. Ce document est précieux !

À côté de lui se trouvait, comme lors de la première réunion, le ministre des Mines, Ahmet Ferit, qui mena la conversation.

— Les informations contenues dans ce rapport nous aident à mieux comprendre ce que cachent vraiment les demandes des autorités allemandes pour explorer la Mésopotamie, déclara le ministre. Il ne fait aucun doute que c'est un grand service rendu à Sa Majesté.

Kaloust attendit patiemment une allusion à une récompense, mais rien ne vint.

— Et maintenant, effendi ? fut la question la plus audacieuse qu'il osa poser. Qu'allez-vous faire ?

— Nous allons accorder l'autorisation, bien sûr, sourit Ferit, esquivant à dessein le sous-entendu de la question. Nous allons donner à nos amis allemands la permission d'explorer ces terres. Après tout, ils nous aident à construire la ligne, n'est-ce pas ? Il est juste qu'ils obtiennent une compensation.

L'Arménien demeura perplexe pendant un instant.

— Quoi ? s'étonna-t-il. Mais… mais…

— Cependant, s'empressa d'ajouter son interlocuteur, les droits d'exploitation seront limités aux propriétés immédiatement attenantes à la voie ferrée. Rien de plus.

Le sourire plein d'arrière-pensées du Turc compléta son commentaire. Kaloust comprit qu'il s'agissait d'une concession très limitée et il soupira presque de soulagement.

— Ah, très bien ! Et… quant au reste ?

— Sa Majesté a déjà engagé la procédure d'acquisition de grandes propriétés en Mésopotamie. – Il leva le doigt. – Et à un bon prix, qui plus est ! Les gouverneurs ont reçu l'ordre d'informer les propriétaires concernés que Son Excellence va publier des *tapous* qui, comme vous le savez, sont des titres de propriété officiels, afin de transférer des terres qui appartiennent à l'État ottoman au gouvernement civil de Sa Majesté sans aucun paiement. – Il afficha encore un sourire sournois. – Dans ces conditions, personne n'osera exiger beaucoup d'argent pour ces misérables propriétés.

L'ingénieur comprit immédiatement la véritable portée de cette mesure.

— En somme, c'est Sa Majesté le sultan qui possédera les terres où… enfin, où il pourrait y avoir du pétrole…

— Grâce à vos informations, ajouta Ahmet Ferit. Par la suite, Sa Majesté pourra accorder des concessions pour l'exploitation de ces terres, bien entendu. – Il fronça les sourcils, comme pour souligner l'importance de ce qu'il allait dire. – Moyennant une juste récompense, cela va de soi.

La manœuvre du sultan était brillante, réalisa Kaloust. Le plan permettrait à la *liste civile* de gagner beaucoup d'argent en échange d'une poignée de concessions acquises à un prix bradé. Jamais il n'avait été tenu compte de l'intérêt de l'État ottoman, mais uniquement des coffres du sultan. Pourquoi cela devrait-il le surprendre ?

— Et… et moi ? – Il réalisa alors qu'il était allé trop loin et tenta de se rattraper. – Je veux dire, en quoi puis-je être encore utile ?

Cette fois-ci, ce ne fut pas le ministre qui répondit, mais Salim Bey. Comprenant ce que l'ingénieur avait en tête, l'ami de son père lui prit la main et la serra chaleureusement.

— Mon garçon, tu devrais être fier d'avoir servi le trésor de Sa Majesté, déclara-t-il avec une apparente ferveur. Servir le sultan, c'est servir ta conscience !

Quelques minutes plus tard, Kaloust était dans la rue. Il se sentait aussi abusé que le jour où il avait découvert que le décadrachme qu'il avait vendu pour une bouchée de pain au Grand Bazar valait en fait une véritable fortune. Il n'y avait aucun doute, le monde appartenait aux scélérats !

X

Ce matin-là, Kaloust était allé prendre un café au Pera Palace. Depuis l'Orient-Express, il avait découvert son penchant pour le grand luxe, son attrait pour le raffinement, l'élégance et l'harmonie qui s'accordaient profondément avec son sens esthétique de la vie. Or, tout confirmait que l'établissement de son beau-père était le meilleur hôtel de l'Empire et une escale obligée pour les passagers du célèbre train de la Compagnie internationale des wagons-lits, ce qui lui donnait une aura cosmopolite.

L'Arménien s'installait souvent à une table du salon pour prendre son café turc et lire un journal fraîchement arrivé de Londres ou de Paris, notamment le *Times* et *Le Matin*, quotidiens de référence en cette année 1895. De sa place, il regardait les allées et venues, ce qui lui permettait d'observer nombre d'étrangers fortunés. Il ne leur parlait pas, n'ayant d'ailleurs aucun prétexte pour leur adresser la parole, mais il étudiait leur style de vie.

Vers 11 heures, l'Arménien quitta le Pera Palace et rentra chez lui. Dans les rues s'accumulaient encore les détritus laissés par la manifestation du Hentchak, le parti qui exigeait la mise en œuvre des réformes promises et l'égalité de traitement pour les Arméniens, y compris la possibilité d'occuper des postes dans la police et le gouvernement, interdits aux chrétiens. Mais tout cela était de la politique ; Kaloust s'intéressait à d'autres choses et il ignora les tracts qui jonchaient les rues.

Il était préoccupé par certaines questions, en particulier une série de placements en Bourse qui n'avaient pas été très lucratifs. Les succès qu'il avait obtenus quelques années auparavant au Royal Exchange l'avaient convaincu qu'il pourrait gagner sa vie en achetant et en vendant des actions, mais la réalité s'était chargée de mettre à mal son projet. Le fait est qu'il n'avait plus accès aux informations confidentielles de Philip Blake, ce qui faisait, il l'avait amèrement compris, toute la différence.

En réalité, aucune de ses affaires ne tournait bien. Depuis qu'il s'était aperçu des potentialités pétrolières de la Mésopotamie, il fréquentait la Sublime Porte avec assiduité. Salim Bey lui avait expliqué ce qu'il savait déjà depuis longtemps, à savoir ne pas lésiner sur les bakchichs. Il utilisa le bas de laine qu'il avait constitué à Londres grâce à ses placements au Royal Exchange pour distribuer des gratifications et tenter d'obtenir une concession sur les terrains que le sultan avait acquis à titre préventif, mais en vain. Or, l'argent gagné en Bourse s'était tari et il puisait déjà dans la dot qu'il avait reçue pour son mariage avec Nunuphar. Mais cet argent non plus, il le savait pertinemment, ne durerait pas éternellement. Que ferait-il lorsqu'il n'y en aurait plus ? Serait-il contraint d'abandonner le projet mésopotamien ? Si seulement…

— Au secours !

Un cri de détresse interrompit le cours de ses pensées et le força à revenir au présent. Il vit un homme qui courait dans la rue, près de la tour de Galata ; il réalisa que c'était un Arménien. Puis un cheval au galop apparut, et la suite fut extrêmement rapide. Le cavalier leva le bras, au bout duquel scintillait une épée, et quand il atteignit le fugitif, il fendit l'air avec la lame et le frappa.

— Non ! Non !

L'Arménien criait comme un cochon à l'abattoir et les murs de la maison à côté de laquelle il se faisait achever furent maculés de sang. Puis il y eut un autre cri et un garçon d'une quinzaine d'années surgit en courant, et lui aussi fut terrassé par une épée, celle d'un autre cavalier venu on ne savait d'où.

— Psst !

Une main sortit de l'entrebâillement d'une porte et fit signe à Kaloust, qui était paralysé par la vision des cavaliers poursuivant les civils.

— Quoi… Qui ? hésita-t-il avec une expression horrifiée. Qu'est-ce qui se passe ?

— Enlevez immédiatement votre fez, lui ordonna la femme qui lui faisait des signes péremptoires depuis la porte. Et venez par ici ! Dépêchez-vous, avant qu'ils ne vous voient !

L'ordre libéra Kaloust de sa paralysie suicidaire. Abasourdi par ce qu'il voyait et incapable de réfléchir, il obéit mécaniquement à l'inconnue. Il cacha son fez rouge et se réfugia dans la maison. Lorsque la femme eut fermé la porte, il la regarda, haletant et toujours incrédule, un sentiment d'irréalité lui obscurcissant l'esprit. Comme si tout se passait dans un rêve étrange dans lequel la réalité, ses formes et ses contours étaient sans cesse mouvants.

— Qu'est-ce qu'il y a ? Que se passe-t-il ?

— Eh bien, vous ne voyez pas ? Les Turcs recommencent à tuer des Arméniens ! Ils ont commencé il y a deux heures environ. C'est horrible !

La femme n'était qu'une mince silhouette qui se découpait dans l'embrasure du hall d'entrée. Elle verrouilla la porte et s'approcha d'une petite table, où elle alluma une lampe à pétrole ; éclairé par la flamme vacillante, son visage devint enfin visible. C'était une femme âgée, au visage parcheminé, avec un nez crochu, des cheveux blancs tirés en arrière et formant un chignon, le corps légèrement courbé vers l'avant.

— Pourquoi font-ils ça ?

La vieille femme fit un claquement agacé avec la langue.

— Quelle question ! Parce que nous sommes Arméniens, bien sûr ! – Elle approcha son visage. – Dans quel pays vivez-vous ? Vous ne savez donc pas que les Turcs tuent des Arméniens depuis l'année dernière ? Vous n'avez pas vu ce qui s'est passé en Cilicie ?

— Mais la Cilicie, c'est la province ! s'exclama-t-il, presque comme s'il protestait. Nous, nous sommes à Constantinople. Ici nous sommes en sécurité !

— Ah oui ?! lui lança la femme sur un ton sarcastique. Et alors, pourquoi vous cachez-vous chez moi ?

— Parce que... parce que...

Elle le dévisagea intensément et secoua la tête avec un air de reproche.

— Aucun Arménien n'est en sécurité parmi les Turcs, vous entendez ? Aucun ! Ils sont très remontés contre nous !

— Pourquoi ? À cause de la manifestation du Hentchak ? En quoi sommes-nous responsables de…

— Ça, c'était le prétexte, voyons ! répliqua la vieille femme, agacée. Ce qui les énerve vraiment, vous savez ce que c'est ? C'est le fait que les puissances européennes les obligent à nous traiter, nous des chrétiens, en égaux. Ils se considèrent supérieurs, et ils ne l'acceptent pas ! Voyez les malheureux en Cilicie. – Elle désigna la porte, comme si la Cilicie était au coin de la rue. – Les Kurdes ont commencé à imposer des taxes indues aux chrétiens et, l'année dernière, quand les Arméniens ont protesté, qui le gouvernement a-t-il puni ? Les Kurdes qui violaient les droits des Arméniens ? Non ! Il a puni les Arméniens, bien sûr ! Les Arméniens ! Ils ont tué des milliers des nôtres en Cilicie ! Pour quelle raison devraient-ils nous épargner, nous, les Arméniens de Constantinople ?

En entendant de nouveaux cris de panique et de fureur, la femme se tut, imposant un silence lugubre dans la maison. La tuerie se poursuivait dans la rue, où se croisaient victimes et prédateurs, et il était clair qu'il n'y avait pas d'autre solution que d'attendre que le sang étanche la soif de meurtre, et que l'heure du dîner vienne mettre un terme à la chasse à l'Arménien.

À la nuit tombée, ayant revêtu des habits de femme, Kaloust, une écharpe sur la tête, se faufila parmi les ombres et parvint à descendre de Pera, à traverser le pont sur la Corne d'Or et à rentrer chez lui. Voyant la grande propriété plongée dans le noir, il eut le cœur serré. Il franchit la porte, terrifié ; les Turcs seraient-ils entrés et…

Une silhouette apparut dans l'obscurité.

— Enfin, tu es revenu ! gémit-elle en le serrant dans ses bras. – C'était Nunuphar, en larmes. – Oh ! j'étais tellement inquiète, mon Dieu ! Tellement inquiète ! – À bout de nerfs, elle parlait confusément, horrifiée par ce qui se passait dehors. – On m'a dit que c'était le chaos à Pera et qu'on tuait tous les Arméniens qui passaient dans la rue ou qui sortaient de l'hôtel de papa et que…

— Calme-toi, calme-toi ! lui murmura son mari à oreille. Tout va bien, je suis là.

Nunuphar sanglotait sur son épaule et ce ne fut qu'une fois calmée qu'elle put se séparer de lui. Les domestiques, Arméniens et Grecs, s'étaient retranchés dans la propriété. La loi interdisant aux chrétiens d'avoir de grands couteaux à la maison, ils s'étaient tous emparés de bâtons et de canifs, prêts à se défendre en cas d'attaque.

— Ce sont les régiments hamidiés, déclara l'un des cuisiniers, un homme qui était arrivé l'année précédente de la province. Depuis leur création, il y a cinq ans, ils n'ont pas arrêté de tuer des gens en Anatolie. Ils ont ravagé mon village et plusieurs de mes cousins sont morts ! Ils ont attaqué les Arméniens à Zeitoun, Trébizonde, Erzurum, Bitlis, Harpout, Diyarbakir, Van, Sivas… et je ne sais où encore ! Maintenant… maintenant, les Hamidiés sont ici !

— Qu'est-ce que tu racontes ! s'exclama Kaloust. Comment sais-tu que ce sont des régiments hamidiés ?

— C'est ce qu'on raconte, Monsieur, répondit le cuisinier. En plus, je les ai vus. Ceux qui s'en prennent aux Arméniens et les tuent sont des Kurdes en uniforme. Or, les seuls Kurdes qui portent un uniforme sont les Hamidiés, n'est-ce pas ?

Le majordome acquiesça.

— C'est vrai, Monsieur. Ce sont les Hamidiés. Mais il y a aussi des Turcs. Et beaucoup, même. Les agents du sultan ont excité ceux qui sont allés à la mosquée aujourd'hui, en leur disant que les Arméniens veulent faire ici ce que les autres chrétiens ont fait en Roumélie et qu'il fallait leur donner une leçon… et autres sornettes de ce genre.

— Le sultan, dit une voix, n'a rien à voir avec ça.

— Tais-toi, idiot, coupa le majordome. Bien sûr que si ! Tout ça est dû à ce dégénéré ! Tu crois peut-être que les Hamidiés pourraient tuer ainsi librement des Arméniens sans le consentement du sultan ?

Les regards se croisèrent, les yeux pleins de terreur. Tous savaient que le majordome avait raison.

Tous ceux qui se trouvaient dans la propriété semblaient au bord de la crise de nerfs, et le moindre désaccord déclenchait de violentes discussions. Les femmes de ménage se tenaient tapies près des fenêtres, regardant la rue avec crainte et murmurant des prières, tandis que les hommes, entre deux brèves explosions de fureur, débattaient à voix basse de la manière de réagir si des cavaliers entraient dans la propriété. Ils savaient qu'ils n'iraient pas loin avec leurs bâtons et leurs canifs face aux épées des agresseurs, mais c'était tout ce qu'ils avaient.

Kaloust se sentait extrêmement fatigué. Il avait eu une journée épuisante, cloîtré durant des heures dans la maison de la vieille femme à Pera, le chaos régnant autour de lui, sans parler de la tension du retour à la maison, la nuit, dans les rues jonchées de cadavres gisant là où ils étaient tombés.

— Montons, murmura-t-il à l'oreille de sa femme. Nous serons mieux dans la chambre.

Il aida Nunuphar à gravir l'escalier jusqu'au premier étage. Sa femme lui avait annoncé, deux semaines auparavant, qu'elle était enceinte, et bien que son ventre ne fût encore que légèrement arrondi, Kaloust savait qu'il devait faire de son mieux pour la calmer. Mais dans ces circonstances, ce ne serait pas possible. Il devait la sortir de cet environnement.

— Pourquoi font-ils cela ? gémit-elle lorsqu'ils furent seuls. Qu'est-ce qu'on leur a fait ?

— Chut, chut ! murmura Kaloust, s'efforçant de la rassurer. Toi et moi ne leur avons rien fait.

— Mais alors pourquoi ? Pourquoi ?

— Les choses se dégradent rapidement, Nunuphar, déclara-t-il, s'efforçant d'être serein. Les Turcs sont furieux parce que nous exigeons d'être traités comme leurs égaux, et ils nous accusent de vouloir la désintégration de l'Empire. Comme ils ne peuvent pas soumettre les Serbes, les Bulgares et les Grecs, qui se sont déjà révoltés et ont proclamé leur indépendance ou sont sur le point de le faire, ils se sont retournés contre nous. Tu comprends ? C'est à nous qu'ils peuvent s'en prendre. Nous payons pour tous les chrétiens qui se sont révoltés en Roumélie.

Nunuphar renifla et acquiesça avec un léger signe de tête.

— Nous sommes les boucs émissaires, c'est ce que tu veux dire.

Le regard livide, Vahan cligna nerveusement des yeux dans le clair-obscur de la chambre, la moitié du visage transpirant, baigné par l'étroit rai de soleil que les rideaux ne parvenaient pas à arrêter. La famille et le médecin se tenaient autour du lit et regardaient le malade, la résignation leur obscurcissant le visage.

— Docteur, souffla Kaloust à l'oreille de l'homme à ses côtés, il nous entend ?

Le médecin hocha la tête.

— Il est même capable de parler, dit-il. Mais vous ne devriez pas le fatiguer. Une crise cardiaque à cet âge… enfin, il faut faire attention.

— C'est que son ami au gouvernement est venu le voir et voudrait lui dire un mot. Vous pensez que ce serait possible ?

La visite fut autorisée et Salim Bey entra immédiatement dans la chambre. Le reste de la famille le salua en murmurant et se retira, laissant le Turc et Kaloust seuls avec le patriarche des Sarkisian. Tous deux s'assirent au bord du lit et le visiteur prit la main froide de Vahan qu'il serra affectueusement.

— Alors, mon ami ? dit Salim Bey d'une voix douce, en se penchant vers le patient. Comment ça va ?

Vahan esquissa un sourire.

— J'ai connu des jours meilleurs, effendi…

— Et vous en aurez d'autres. Allah est grand !

L'Arménien ferma les yeux un instant et respira pesamment. Puis il les rouvrit et regarda le Turc, épuisé.

— Votre Allah nous donne beaucoup de soucis, effendi, dit-il avec difficulté, en hachant les mots. Combien d'entre nous devront mourir jusqu'à ce qu'il soit satisfait ?

Le visage de Salim Bey s'assombrit. Il lança un regard furtif à Kaloust, puis dévisagea de nouveau le malade.

— C'est précisément l'une des raisons de ma visite, précisa-t-il sur un ton lugubre. J'aurais préféré ne pas vous importuner en ce moment si difficile où la maladie vous frappe, mais des questions tellement importantes sont en jeu qu'il est impossible de les ignorer ou d'en reporter l'examen.

Vahan respira dans un râle ; le simple fait de parler lui semblait un effort surhumain.

— Qu'est-ce qui se passe ?

— La situation n'est pas bonne pour les Arméniens, déclara le Turc. On a entendu Sa Majesté le sultan dire qu'il allait vous mater. Il affirme que la perte de la Roumélie a gravement amputé l'Empire et qu'il ne tolérera pas qu'il en aille de même avec l'Arménie. Il a juré qu'il préfèrerait mourir plutôt que vous accorder des droits égaux, car cela finirait par vous conduire à l'indépendance.

Voyant que son père n'avait pas la force de parler, mais sachant ce qu'il pensait, Kaloust s'éclaircit la gorge et prit la parole.

— Et que va faire Sa Majesté ?

— Ce qu'elle est déjà en train de faire, répondit le Turc. Elle fait distribuer des armes à la population, l'incite à tuer des Arméniens et dit au peuple que le massacre des chrétiens est un devoir religieux de tous les croyants, comme l'a affirmé le Prophète. Qui tuera des Arméniens rejoindra les jardins éternels d'Allah, où soixante-dix vierges attendront chaque guerrier. – Il baissa la voix comme s'il partageait une information confidentielle. – L'un des conseillers de Sa Majesté, Izzet Pacha, a déclaré que la meilleure façon d'éliminer le problème arménien était d'éliminer les Arméniens.

— Je ne peux pas y croire ! s'exclama Kaloust avec une pointe d'irritation, agacé par les propos alarmistes de l'invité. Ils ne peuvent pas faire ça…

— Ils le font déjà, j'en ai peur.

— Sa Majesté encourt la fureur des puissances européennes…

Salim Bey secoua la tête.

— Des mots, ce ne sont que des mots, dit-il en faisant un geste vague de la main. Les puissances européennes sont trop occupées par leurs querelles internes et les rivalités qui les divisent. Bien qu'elles ne cessent d'exiger de nous des réformes et de promouvoir une intervention humanitaire, chacune se limite à protéger ses intérêts économiques et géostratégiques. Personne ne viendra à votre secours.

— Mais… mais elles ont déjà lancé plusieurs avertissements ! Sa Majesté ne peut pas les ignorer !

— Des mots, je vous dis ! insista le Turc. Nous savons que les chefs des légations britannique et française ont informé leurs gouvernements que l'ordre de perpétrer ces meurtres est venu directement du palais. – Il baissa la voix et prit un air de conspirateur. – Et je suis en mesure de vous révéler qu'en privé, les différentes puissances européennes ont déjà fait savoir à Sa Majesté qu'elles n'attaqueront jamais notre Empire à cause de la question arménienne. – Il fit une brève pause pour peser ses mots. – Vous comprenez les implications de ce que je viens de dire ?

Kaloust se redressa, livide.

— Mais c'est… c'est donner carte blanche à Sa Majesté pour qu'elle nous massacre !

Le Turc hocha la tête.

— Je t'aime bien, mon garçon, parce que tu es intelligent, murmura-t-il sur un ton lourd. C'est pour ça que je suis venu ici. – Il lança un regard inquiet à Vahan, qui avait de nouveau fermé les yeux. – Je voulais rendre visite à ton père, mais je suis aussi venu vous prévenir que vous devez être prudents. Très prudents, même. Les temps, je le crains, sont difficiles pour les Arméniens.

— Mais que pouvons-nous faire, effendi ?

— Prier, déclara le ministre de la *liste civile*. Et si vous me permettez un conseil, à votre place je commencerais à envisager de quitter l'Empire ottoman.

Kaloust prit conscience que la situation était effectivement très préoccupante.

— Mais, effendi, le gouvernement bloque l'émission de visas de sortie, observa-t-il. On dirait qu'il a peur que les chrétiens emportent avec eux toute la richesse de l'Empire. Comment allons-nous faire ?

En guise de réponse, Salim Bey leva la main gauche et se frotta le pouce et l'index.

— Avec beaucoup de bakchichs, bien sûr.

XI

Le tic-tac régulier de la grande horloge murale rythmait avec une indolente solennité le rythme lent et nonchalant du chaud après-midi du mois d'août. La poussière flottait paresseusement, luisant à la lumière des rayons de soleil qui passaient par la fenêtre, et le bois du plancher grinçait comme pour protester contre la chaleur étouffante qui asphyxiait la maison.

Le cri perçant d'un bébé s'éleva d'un petit berceau et rompit le silence, tirant la villa de la douce torpeur de la sieste. Une brusque agitation s'ensuivit, comme si toute la maison était régie par ces pleurs. Des portes claquèrent et des pas précipités se firent entendre. La nourrice et la mère arrivèrent ; l'une d'elles murmura : « Allons, allons ! » tandis que l'autre s'enquit des besoins de l'enfant, « Qu'y a-t-il mon bébé ? » Elles conclurent qu'il avait faim, la nourrice leva son corsage et plaça son sein dans la bouche déjà entrouverte.

Le calme revint dans la maison comme un baume qui apaise la douleur. En voyant le bébé téter le sein qui lui était offert avec une voluptueuse avidité, Nunuphar ne put s'empêcher de penser qu'ils vivaient des moments étranges. La naissance de son fils la semaine passée avait été une grande source de joie, un rayon de lumière dans une maison endeuillée par la mort récente de Vahan Sarkisian, qui avait succombé à sa maladie cardiaque.

Le pire, cependant, était de réaliser dans quel monde son enfant allait grandir. Cela faisait plus d'un an que la famille vivait terrifiée par les tueries occasionnelles ordonnées par le sultan. Les Arméniens aspiraient à l'autonomie, qui pourrait peut-être un jour les conduire à l'indépendance. Mais les Turcs ne voulaient pas en entendre parler et les pogroms se succédaient. La situation était très grave en province, mais Constantinople était également en effervescence, ce qui avait incité les Sarkisian à poster un ou deux employés aux fenêtres afin de surveiller les allées et venues à l'extérieur. Nul ne savait quand la foule excitée par le sultan allait faire irruption chez eux en poussant des hurlements meurtriers.

— Nunuphar ! retentit une voix dans la maison. Nunuphar et tout le monde ! Tous au salon !

Le bruit de la porte d'entrée qui se refermait résonna dans toute la propriété et Nunuphar comprit que son mari venait de rentrer ; il était arrivé plus tôt que d'habitude et l'urgence dans sa voix, inhabituelle chez lui, était un signe clair que quelque chose de grave était arrivé. Les occupants de la maison convergèrent aussitôt vers le salon, l'inquiétude se lisant sur leur visage, et leur crainte s'accrut lorsqu'ils virent que le maître de maison les attendait avec une nervosité évidente, faisant les cent pas en un mouvement elliptique, s'interrompant uniquement pour jeter un œil par la fenêtre.

— Les types du Dashnak ont attaqué la Banque impériale ottomane ! annonça-t-il, pressé et sans préambule. Ils s'y sont enfermés avec des fonctionnaires anglais et français. Il y a eu des coups de feu et des soldats turcs ont été tués. C'est une catastrophe !

Tous comprirent aussitôt la gravité de l'information. Le Dashnak était la Fédération révolutionnaire arménienne, l'un des partis arméniens qui prônait l'égalité des droits dans l'Empire et avait organisé les manifestations de l'année précédente, aboutissant à des tueries dans la capitale elle-même. Si de simples manifestations pacifiques avaient déchaîné la fureur du sultan, on pouvait imaginer comment la Sublime Porte réagirait à un tel affront !

— Mon Dieu ! murmura Nunuphar, se laissant tomber sur le canapé. Mais que veut le Dashnak ? Que les Turcs nous anéantissent ?

Kaloust prit un air sombre.

— Ils disent vouloir attirer l'attention du monde sur le problème arménien, déclara-t-il. Et en particulier sur les promesses non tenues de réformes destinées à instaurer l'égalité.

Sa femme eut un rire nerveux.

— Il ne fait aucun doute qu'ils vont attirer l'attention sur nous. Au prix de notre sang. – Elle dévisagea son mari. – Que pouvons-nous faire à présent ? Les Turcs vont nous exterminer !

Un lourd silence s'abattit sur le salon. Personne ne se faisait la moindre illusion sur la réaction des Turcs face à un tel acte.

— Salim Bey est venu me voir au Pera Palace tout à l'heure, et il m'a averti que le sultan allait publier un firman ordonnant à tous les musulmans de réprimer la rébellion sans la moindre pitié, dit-il lentement. Il m'a aussi apporté les passeports et les visas que nous avions demandés il y a un an pour pouvoir quitter le pays. – Il fit un signe en direction des domestiques qui l'écoutaient dans un silence pesant. – Je suis désolé de ne pas pouvoir vous emmener. Mais je vous autorise à rester ici dans la propriété avec vos familles, et je prie pour que les grandes maisons arméniennes de Stamboul ne soient pas attaquées. – Il se tourna vers sa femme. – Tu es prête ?

— Prête ? Prête pour quoi ?

— Nous devons partir le plus vite possible.

Surprise par la tournure que prenaient les événements, Nunuphar regarda autour d'elle avec stupéfaction.

— Mais... on ne peut pas partir maintenant ! s'exclama-t-elle. Les vêtements ne sont pas encore arrivés de la blanchisserie !

Pendant un instant, son mari ne sut que dire. Quelle étrange préoccupation que celle de sa femme à un moment aussi tragique de leur vie... Il indiqua la pendule accrochée au mur.

— Nous partons dans une heure.

L'heure qui suivit fut chaotique. Tandis que les domestiques allaient chercher leurs familles pour que tous se retranchent dans la propriété, avec l'espoir que les maisons arméniennes les plus riches seraient épargnées par le vent de folie qui n'allait pas tarder à souffler, Nunuphar et Kaloust fouillèrent dans leurs garde-robes pour choisir ce qu'ils pouvaient emporter.

— Ne prends pas ça ! dit-il scandalisé en voyant sa femme choisir une belle robe pour le voyage. Si on te voit porter ça, on nous attaque aussitôt !

Comprenant le problème, Nunuphar échangea immédiatement certaines de ses plus belles robes contre de vieilles fripes utilisées par les femmes de chambre. Son mari ôta les vêtements arméniens qu'il portait habituellement et enfila un de ses vieux costumes de Savile Row, qui était déjà légèrement serré ; la vie conjugale lui avait fait prendre un peu d'embonpoint et les vêtements de sa jeunesse ne lui allaient plus. Ensuite, il plaça trois habits de rechange dans un paquet et y cacha toutes les livres, tous les francs et les dollars qu'il avait dans le coffre-fort, ainsi que les bijoux de sa femme.

— Comment allons-nous sortir de Constantinople ? demanda-t-elle, en continuant les préparatifs. En bateau ?

— Les ports sont surveillés, rétorqua-t-il. J'ai réservé l'Orient-Express.

Nunuphar arrêta de ranger ses vêtements et leva un regard étonné vers son mari.

— Il y a un train aujourd'hui ?

— Demain seulement.

La femme se redressa.

— Mais alors, pourquoi un tel empressement ?

Kaloust la regarda intensément.

— Les prières du vendredi se terminent dans deux heures. À l'heure qu'il est, le firman du sultan est probablement lu dans les mosquées. Quand les prières seront finies, ce sera le chaos. Nous devons être en lieu sûr avant cela. Après, les Arméniens ne pourront plus circuler dans les rues. – Il montra l'horloge murale dont les aiguilles indiquaient, imperturbables, la marche inexorable du temps. – Il nous reste vingt minutes, pas plus.

Il quitta immédiatement la chambre et envoya une domestique préparer le lait pour l'enfant. Puis il alla chercher un tapis turc, qu'il enroula et prépara pour le voyage, afin de faire croire qu'il n'était qu'un simple marchand de tapis. Lorsqu'il revint dans la chambre pour voir où en était sa femme, la servante apparut avec le biberon sur un plateau. Kaloust prit un flacon dans sa poche et y versa trois gouttes.

— Allez donner le lait au bébé, ordonna-t-il. Ensuite, mettez-le dans le couffin et amenez-le ici.

Sa femme, qui avait assisté à la scène, était mal à l'aise.

— Qu'as-tu mis dans le biberon ?

— Un somnifère, dit-il en hâtant les préparatifs. Je veux que Krikor dorme tant que nous ne serons pas en sécurité.

Lorsqu'ils sortirent dans la rue, tout était calme. Ils traversèrent le Sérail dans un fiacre, et Constantinople leur parut déserte ; les musulmans étaient massés dans les mosquées pour la prière du vendredi et les Arméniens s'étaient rassemblés chez eux, où ils attendaient nerveusement l'inévitable explosion de violence.

Ils se rendirent chez Salim Bey, dont la villa était idéalement située derrière la gare de Sirkeci, et s'installèrent dans une chambre du fond. De là, ils entendirent les premiers cris dans la rue et distinguèrent les terribles bruits du pogrom déclenché par la lecture du firman du sultan dans les mosquées. La tuerie commença au milieu de l'après-midi et Kaloust ferma la porte de la chambre pour tenter de protéger sa femme contre ce qui se passait à l'extérieur.

La nuit fut difficile, malgré les efforts de Salim Bey et de sa famille pour calmer leurs invités. Ils leur avaient préparé un grand dîner et passèrent la nuit à raconter de vieilles légendes turques. Cela ne suffit pas pour oublier ce qui se passait, mais c'était assez pour qu'ils se sentent protégés en ces heures difficiles.

Les deux aiguilles de l'horloge murale se superposèrent sur le douze et, respirant profondément pour se donner du courage, Kaloust se leva et regarda ses hôtes.

— Midi. Le moment est venu.

Ils regardèrent par les fenêtres et constatèrent que les cris dans les rues s'étaient calmés, comme ils l'avaient prévu. Les prédateurs étaient retournés chez eux ou ailleurs pour reprendre des forces et déjeuner ; c'était le moment idéal pour tenter une sortie.

Kaloust versa de nouveau quelques gouttes de somnifère dans le lait de son fils. Quand le petit Krikor s'endormit, Nunuphar l'enroula dans un drap de soie et le cacha dans le tapis turc. Il était impératif de le cacher afin de ne pas donner l'impression qu'ils étaient une famille en fuite, ce qui laisserait à penser qu'ils étaient arméniens.

Lorsque tout fut prêt, le couple ne perdit pas de temps, prit congé de ses hôtes et sortit dans la rue.

— Qu'Allah vous protège ! dit Salim Bey en les embrassant sur le seuil. Il vous guidera dans sa sagesse infinie !

Ensemble, ils marchèrent aussi discrètement que possible. Serré dans son costume de Savile Row, Kaloust portait le tapis turc enroulé dans ses bras, son fils caché à l'intérieur, dormant emmitouflé dans son drap de soie, tandis que Nunuphar portait un paquet en équilibre sur la tête, à la manière orientale.

Ils scrutaient les rues, regardaient dans toutes les directions, craignant l'apparition de la foule à tout moment, mais le chemin vers la gare de Sirkeci était court et ils arrivèrent à destination sans incident.

— Où est le train ? demanda Nunuphar, incapable de contenir l'anxiété qui la rongeait lorsqu'elle vit qu'il n'était pas à quai. À quelle heure part-il ?

Kaloust regarda le quai vide et, pris d'angoisse, sentit sa respiration s'alourdir.

— Il n'est pas là, observa-t-il avec consternation. – Il jeta un coup d'œil désespéré à l'horloge sur le mur de la gare. – Le départ de l'Orient-Express est prévu à 14 heures. – Il soupira, impuissant. – C'est dans une heure et demie. – La transpiration tombait en gouttes zigzagantes sur ses tempes. – Il va… il va arriver, ne t'en fais pas.

À mesure que le temps passait, avec une lenteur exaspérante, les passagers arrivaient sur le quai. Mais aucun signe du train. À 14 heures, heure à laquelle l'Orient-Express aurait dû quitter la gare de Sirkeci, la voie demeurait vide et l'impatience fébrile du couple se transforma en panique croissante. Kaloust, qui surveillait les portes de la gare, commença à constater que de plus en plus de Turcs regardaient vers le quai avec méfiance. Les époux arméniens avaient l'impression obsessionnelle que tous les yeux étaient braqués sur eux ; ils durent faire un effort surhumain pour se maîtriser et ne pas céder à la panique.

Se sentant traqué et pris au piège, Kaloust vit passer un employé portant l'uniforme de la Compagnie des wagons-lits et lui barra le chemin.

— Que se passe-t-il, *m'sieur* ? Où est le train ?

Le Français haussa les épaules.

— Je suis aussi surpris que vous, admit-il. Il aurait déjà dû être là !

— Mais il va venir, n'est-ce pas ?

— Je l'espère…

Vers 15 heures cependant, l'Orient-Express n'était toujours pas arrivé. La chaleur du mois d'août était devenue insupportable, et un petit bruit venant de l'intérieur du tapis effraya le couple ; l'effet du somnifère sur le bébé avait dû cesser.

— Il vaudrait mieux le sortir du tapis, dit Nunuphar avec inquiétude. Avec cette chaleur, il va étouffer.

Son mari scruta les alentours, évaluant les mille dangers qui menaçaient de partout.

— Calme-toi, conseilla-t-il. Surveille le petit, mais ne le sors pas de là. C'est trop dangereux.

Il suffisait d'observer ce qui se passait dans la gare pour se rendre compte que la plus grande prudence était effectivement nécessaire. Les Turcs, de plus en plus nombreux, fixaient avec un intérêt menaçant et une agressivité croissante les passagers massés qui attendaient ce train qui ne venait pas. Les prières de l'après-midi étaient terminées et la gare de Sirkeci se remplissait de Turcs qui venaient de sortir des mosquées ; nombre d'entre eux à la recherche d'Arméniens. La tension était devenue palpable et l'inquiétude avait gagné tous les passagers.

Une femme cria.

Cela provoqua aussitôt la confusion le long du quai et, au milieu de l'agitation, quelqu'un dit qu'un Turc avait essayé de la traîner dehors, la soupçonnant d'être arménienne. L'intervention d'un colonel de la légation britannique venu prendre congé d'un ami, un pistolet à la main et faisant preuve d'autorité, avait sauvé la malheureuse de la horde en furie.

Comme par instinct, les passagers se regroupèrent sur le quai, tels des agneaux entourés par les loups. Bien que la plupart fussent européens, ils n'étaient pas indifférents au climat d'hostilité qui s'était installé dans la gare.

— Oh mon Dieu ! gémit Nunuphar. Qu'allons-nous faire ? Le train a été supprimé ! Comment allons-nous retourner chez Salim Bey avec cette foule qui nous attend ? Mon Dieu, mon Dieu ! Si nous devons sortir d'ici, ils vont…

Un ronflement cadencé suspendit respirations et conversations, et tous les yeux convergèrent vers le fond de la voie. Une locomotive noire, crachant d'imposantes et épaisses volutes de fumée par la cheminée, s'approchait en tirant une longue file de wagons verts.

— Enfin ! soupira Kaloust, soulagé.

C'était l'Orient-Express. Ils durent attendre encore une heure pour permettre aux passagers qui arrivaient de sortir et aux agents de faire le ménage. Les Turcs demeuraient agressifs, mais la présence des hommes de la Compagnie des wagons-lits offrait une certaine protection.

À 17 heures, le *chef de train* se présenta à la porte de l'une des voitures et regarda les passagers avec un sourire.

— En voiture, mesdames et messieurs !

Une cohue s'ensuivit, tous les passagers ayant hâte de quitter le quai et de se réfugier dans les voitures. Kaloust et sa femme luttèrent presque pour être les premiers. Ils n'y parvinrent pas, mais réussirent à entrer et cherchèrent immédiatement refuge dans le compartiment n° 10 qui leur était réservé. Dès qu'elle eut fermé la porte, Nunuphar sortit le bébé du tapis, tandis que son mari baissait les stores.

— Cache-le dans les sièges, conseilla Kaloust. Tant que le train n'est pas parti, nous ne sommes pas en sécurité.

Quelques minutes plus tard, le sifflet du *chef de train* retentit et, en une secousse salvatrice, le train s'ébranla, d'abord lentement, puis plus rapidement, et encore plus rapidement, jusqu'à ce qu'il prenne de la vitesse, contourne le Sérail et quitte enfin Constantinople. Çà et là s'élevaient des colonnes de fumée, traces fumantes du pillage en cours dans les quartiers arméniens. Le grand carnage était en marche, mais le couple occupant le compartiment n° 10 était en sécurité.

XII

Les tours du château s'élevaient, robustes, au-dessus du port, le drapeau austro-hongrois dansant au gré des rafales de vent. Kaloust leur jeta un dernier regard avant de poser le pied sur la passerelle et d'embarquer sur le navire ancré dans la magnifique baie de Trieste. C'était un paquebot de la Lloyd Triestino, une compagnie de navigation appartenant à Ohannes Berberian, le père de Nunuphar ; ils étaient déjà chez eux ou presque.

Le paquebot était rempli de passagers, parmi lesquels bon nombre d'Arméniens qui avaient réussi à échapper au grand massacre à Constantinople et dans toute l'Anatolie. Un commissionnaire conduisit les Sarkisian dans leur cabine, une suite située à l'avant, la partie la plus noble du paquebot. Kaloust y laissa sa femme et son fils pour aller faire un tour et se familiariser avec le navire.

La baie de Trieste ressemblait à un vaste lac d'un bleu profond qui contrastait avec l'azur plus doux du ciel. De petits voiliers voguaient autour du paquebot et des rangées de pins bordaient le rivage. D'un côté, la ville de Trieste s'étendait avec ses maisons aux toits de couleur brique, de l'autre brillaient de petits bijoux architecturaux, comme le Castello di Miramare, qui se dressait au bout d'un cap, tel un immense promontoire. Les mouettes poussaient des cris mélancoliques à la poupe du navire, sans doute attirées par des restes de nourriture, ce qui poussa l'Arménien à leur lancer quelques morceaux de pain.

Il descendit jusqu'à un pont inférieur et passa la porte par laquelle les passagers accédaient au navire. À ce moment-là, tout le monde était à bord et le capitaine fit signe à l'équipage de retirer la passerelle et de se préparer à appareiller. Trois marins commencèrent alors à retirer la structure reliant le navire au quai.

— Attendez-moi ! cria une voix sur le quai. Attendez-moi !

Les marins se retournèrent, le capitaine et Kaloust firent de même. Un homme énorme, à la barbe dense et aux sourcils touffus, courait frénétiquement en direction du navire, suppliant qu'on ne parte pas sans lui.

— Trop tard, déclara le capitaine. Il n'avait qu'à être à l'heure. On y va, les gars !

Kaloust avait les yeux rivés sur le géant qui courait le long du quai. Cette silhouette était reconnaissable entre mille, même après sept ans ; c'était Arpiar Zinovieff, le multimillionnaire arménien que Nobel lui avait présenté à Bakou.

— Attendez, dit-il avec véhémence. Capitaine, vous ne pouvez pas le laisser à terre !

Le capitaine Collins, un Anglais de Birmingham qui avait récemment pris sa retraite de la Royal Navy, secoua la tête.

— Il est en retard. En outre, le navire est déjà plein.

Le retardataire s'arrêta près du quai, à bout de souffle, attendant une décision, que l'ancre soit levée pour que le navire puisse partir, ou que la passerelle soit remise en place pour qu'il puisse monter.

— Vous ne comprenez pas, capitaine, insista l'Arménien en désignant le géant. Cet homme est un grand ami de mon beau-père. Vous devez l'autoriser à embarquer !

— Mais nous sommes complets !

— On trouvera une solution, mais il est hors de question qu'il reste à terre !

Le capitaine regarda Kaloust, indécis. Il n'avait aucun moyen de déterminer quelles étaient les relations entre le propriétaire du navire qu'il commandait et le retardataire, mais il savait que Kaloust était le gendre d'Ohannes Berberian et il le voyait déterminé à aider cet homme.

— Baissez la passerelle, finit-il par ordonner à un membre d'équipage. Laissez-le monter.

Les manières d'Arpiar Zinovieff n'avaient pas changé. Dès qu'il posa le pied sur le paquebot de la Lloyd Triestino, il envoya un énorme crachat verdâtre sur le pont et poussa deux jurons. Il avait l'air hagard et des taches de sang séché souillaient ses vêtements. Le capitaine Collins regretta d'avoir écouté le gendre du propriétaire, mais il était trop tard pour changer d'avis.

— Où est ma cabine ? demanda le géant de Bakou, en montrant ses énormes mains avec du sang sous les ongles. J'ai tué deux Turcs de mes propres mains et j'ai dû courir pour échapper à ces monstres qui me poursuivaient. J'ai besoin de m'allonger sur un lit et de me reposer. Et si vous aviez du cognac arménien et quelques filles plantureuses qui ont envie de prendre du bon temps, ce serait encore mieux. J'ai besoin de me détendre.

Le capitaine secoua la tête.

— Je crains, sir, que le navire ne soit complet, déclara-t-il sur un ton formel. Il n'y a plus de place pour personne. – Il désigna Kaloust, juste à côté de lui. – Seule l'intervention de M. Sarkisian m'a incité à autoriser votre venue à bord. Mais vous devrez vous installer ici, sur le pont. – Il leva les yeux vers le ciel bleu, limpide. – Vous avez de la chance, nous sommes au mois d'août et le temps est splendide.

— Quel pont ? grogna le géant, irrité. Je suis Arpiar Zinovieff, le roi du pétrole à Bakou ! J'ai un palais couvert de feuilles d'or, moi, monsieur ! Je suis l'une des personnes les plus riches de Russie ! Et vous êtes en train de me dire qu'il n'y a pas de cabine pour moi sur ce foutu rafiot ?

L'officier britannique se redressa, dans une attitude quasi martiale, et leva le menton de manière à fixer son interlocuteur avec une expression de mépris.

— Je suis désolé, sir, dit-il d'un ton affecté, mais il n'y a plus de place. Si les conditions vous déplaisent et que vous souhaitez retourner d'où vous venez, je le comprendrais parfaitement. – Il montra le quai. – Je peux donner l'ordre de baisser la passerelle afin que vous puissiez débarquer et rechercher un transport plus compatible avec votre statut.

— Quel débarquement ? C'est hors de question ! J'exige une cabine ! – Il sortit un paquet de billets de la poche de son pantalon. – Combien voulez-vous ?

À la vue de l'argent, le capitaine Collins rougit d'indignation.

— Mais vous n'avez donc rien compris ? rugit-il sur un ton à peine contenu. Il n'y a plus de place, toutes les cabines sont occupées, sir. Aucune somme au monde ne peut changer cette réalité, vous comprenez ? Je vous salue !

À peine eut-il prononcé ces mots que l'Anglais se retourna et s'éloigna. Zinovieff n'avait pas l'habitude qu'on lui parle ainsi, et il s'apprêtait à le poursuivre, lorsque le petit homme qui avait assisté au duel lui barra la route.

— Calmez-vous, tout va s'arranger, déclara Kaloust. Je vais vous trouver une cabine ou même un salon de luxe, rassurez-vous.

Le géant s'arrêta et baissa les yeux, ses pupilles noires brillant comme des perles entre ses sourcils épais.

— Qui es-tu, le nain ?

— Je suis l'un des propriétaires de ce navire, rétorqua Kaloust, déformant la vérité. J'ai de l'influence sur le capitaine. Je lui ai ordonné de vous autoriser à monter et… j'espère vous obtenir une place afin que vous puissiez rester. Ce ne sera pas facile, bien sûr. Le paquebot est plein et, comme vous l'avez vu, vous avez quelque peu contrarié le capitaine. Mais je ne doute pas qu'en usant de mon influence, je vous trouverai une cabine où vous pourrez vous installer.

L'intervention calma Zinovieff, qui examina son interlocuteur avec une expression de plus en plus intriguée.

— C'est drôle, ton visage m'est familier, finit-il par dire. N'es-tu pas venu dans mon palais à Bakou il y a quelques années ?

Un sourire flatté éclaira le visage de Kaloust.

— C'est le cas, en effet. J'ai visité votre résidence avec M. Nobel lors d'une... euh... soirée privée que vous aviez organisée. – Il lui tendit la main. – Kaloust Sarkisian, pour vous servir. Ma famille avait l'exclusivité de la fourniture de kérosène au sultan et j'étais moi-même conseiller chargé des questions pétrolières auprès de la *liste civile*. – Il fit un geste vers le pont. – Mon beau-père est propriétaire non seulement de la compagnie maritime dont ce paquebot fait partie, mais aussi de l'une des plus grandes banques de Constantinople, et de l'hôtel Pera Palace, où descendent les passagers de l'Orient-Express.

Le géant ronronna de contentement.

— Je vois que je suis en bonne compagnie !

— Bien sûr que vous l'êtes. – Il désigna un banc sur le pont. – S'il vous plaît, installez-vous là. Je vais m'occuper de vous trouver une cabine. Ça ne va pas être facile, mais je ferai de mon mieux.

Sans nourrice pour allaiter le bébé et n'ayant elle-même plus de lait, Nunuphar obtint d'une hôtesse un verre de lait tiède qu'elle fit couler goutte par goutte sur les lèvres de Krikor assoiffé. Le bébé, enveloppé dans son drap de soie, assouvissait enfin sa faim après les tribulations de la fuite de Constantinople.

La porte de la cabine s'ouvrit et Kaloust entra, sortit la valise achetée à Trieste, qui se trouvait sous le lit, et la posa, ouverte, dessus.

— Tu dois sortir de la cabine !

Nunuphar suspendit son geste au-dessus de la bouche de son fils et le regarda avec étonnement.

— Quoi ?

Son mari avait commencé à ouvrir les tiroirs et à en sortir les vêtements qu'il disposait à la hâte dans la valise.

— L'un des hommes les plus riches de Russie se trouve sur le bateau ! Je l'ai rencontré à Bakou lorsque j'y suis allé. Il est richissime. Il est arménien comme nous et a également été pris dans la tourmente à Constantinople. J'ai fouillé tout le bateau et j'ai même parlé au capitaine, mais il n'y a pas de cabine libre pour lui. Il doit venir dans la nôtre.

Nunuphar le regarda avec une expression étrange, comme si elle ne comprenait pas ce qu'il disait.

— Sortir de notre cabine ? Mais dans quel but ?

Son mari était tellement occupé à mettre des vêtements dans la valise qu'il ne leva même pas les yeux.

— Il n'a nulle part où aller, je viens de te le dire !

— C'est son problème, pas le nôtre.

— Maintenant c'est le nôtre. Tu dois sortir pour qu'il entre.

Les paroles de Kaloust ajoutèrent à la confusion de sa femme qui le regardait avec perplexité.

— Mais alors… et nous ? voulut-elle savoir, en montrant le bébé. Nous allons où ?

— Eh bien, vous allez sur le pont, dit-il en faisant un geste vague vers la porte de la cabine. Il y a quelques places à l'ombre et vous serez très bien installés. Il fait chaud, tu ne trouves pas ? Ce sera agréable de voyager à l'air libre. On dit même que c'est très sain. Cela fera du bien au petit.

— Mais… mais… tu es fou ou quoi ? Nous allons sur le pont ? Moi et le bébé ? Sur le pont ?

— C'est juste pour quelques heures… je l'espère. Je vais essayer de convaincre le capitaine de vous trouver un meilleur endroit.

— Et toi alors ?

— Moi ? Je resterai ici avec le type de Bakou. Il est très important de créer une relation avec lui.

La jeune mère secoua la tête, refusant d'accepter cette situation inattendue.

— Cela n'a aucun sens ! Aucun ! Je ne sortirai pas d'ici !

À ce moment seulement, son mari cessa de faire la valise et la regarda. Il la fixa de son regard hypnotique et déterminé.

— Écoute, Nunuphar, s'exclama-t-il sur un ton rude. C'est notre grande chance, tu comprends ? L'homme que je vais aider roule sur l'or. Il est si riche qu'il a fait recouvrir son palais de feuilles d'or, tu te rends compte ! Je l'ai vu de mes propres yeux. Des feuilles d'or ! Ce n'est pas le moment d'hésiter, mais d'agir. Il est essentiel qu'il sympathise avec moi et qu'il nous soit redevable, tu saisis ? Essentiel ! Notre avenir en dépend. – Il reporta son attention sur la valise et rangea le dernier vêtement. – Installe-toi sur le pont avec Krikor ! Tu peux trouver tout ça absurde, mais je t'assure que notre vie changera si nous savons traiter ce type comme il faut.

N'ayant plus rien à ajouter, il prit la valise et quitta immédiatement la cabine.

Le voyage sur le paquebot de la Lloyd Triestino dura une semaine, mais cela sembla une éternité aux Sarkisian. Voyant la fille du patron avec un bébé sur le pont, et pressé par Kaloust de régler le problème, le capitaine Collins finit par ordonner à un mousse de quitter sa cabine et installa Nunuphar et Krikor dans cet espace minuscule, situé non loin de l'enfer de la salle des machines, véritable four à charbon incandescent. La cabine n'était guère agréable, mais compte tenu des circonstances, c'était une solution acceptable.

Kaloust partageait sa cabine de luxe avec Zinovieff, qui lui en était reconnaissant. Les deux Arméniens s'entendirent bien malgré leurs différences, ou peut-être à cause d'elles ; alors que l'un était énorme, extraverti et grossier, l'autre était petit, introverti et poli.

— Qu'aimeriez-vous pour dîner ? demanda Kaloust à son camarade de chambre le premier soir, en regardant le menu qu'il avait apporté du restaurant. Il y a du pagre rôti et des *spaghetti allo scoglio*. Si vous préférez de la viande, il y a du steak tartare ou du poulet au riz.

Le géant, étendu sur le lit, leva le bras et fit une grimace.

— Quel bordel ! protesta-t-il. Ces animaux immondes n'ont-ils aucun plat arménien ? N'y a-t-il pas de *khachapuri* ni de *khorovats* ?

Kaloust parcourut à nouveau la carte des yeux.

— J'ai bien peur que non. Le menu est européen.

— C'est quoi ce bordel ! Ils n'ont jamais rien, ces imbéciles ! Si j'avais mon fouet, ils verraient de quel bois je me chauffe !

— Mais je peux parler au cuisinier, répondit son compagnon, serviable. De quoi avez-vous envie ?

— Moi ? – Zinovieff prit une profonde inspiration, presque mélancolique. – Vous savez, quelques *keufta* me conviendraient vraiment ! Ça oui, ça me conviendrait ! – Il se lécha les lèvres. – Ce serait merveilleux.

Kaloust se leva d'un bond et quitta la cabine en disant « Je reviens tout de suite ! » Il alla chercher

Nunuphar et l'emmena chez le cuisinier du paquebot pour qu'elle lui apprenne à faire des *keufta*.

Le cuisinier protesta, disant que les passagers devaient s'en tenir au menu quotidien du restaurant, qu'il n'était pas possible de faire des plats spéciaux et qu'il y avait déjà assez de travail, mais un billet de 5 francs finit par le convaincre de coopérer. Une demi-heure plus tard, des boulettes de viande arméniennes fumaient dans une assiette, dûment accompagnées de riz et d'une salade *pilaki*, ainsi que d'une bouteille de champagne.

Kaloust ne refusait rien à son riche compagnon de cabine. Il veillait à ce qu'on lui serve les plats qu'il préférait, il le protégeait contre les moustiques et le soleil, gardait une bouteille de champagne toujours au frais et lui lisait à haute voix les journaux achetés à chaque escale. Malgré cela, Zinovieff n'était pas entièrement satisfait.

— Il n'y a pas de filles dans ce rafiot ! se plaignit-il la deuxième nuit en se caressant. Comment voulez-vous qu'un homme survive à un tel voyage ? On me prend pour un moine ou quoi ?

Soucieux de le satisfaire, Kaloust descendit au pont de la troisième classe et s'adressa à une jeune Italienne visiblement humble, à qui il demanda d'accorder ses faveurs à un riche passager contre 20 francs. La jeune fille commença par refuser, pour qui la prenait-il ? Mais elle hésita lorsque le tarif monta à 50 francs, et finit par céder lorsqu'il atteignit 100 francs.

— *Va bene*, soupira l'Italienne vaincue. Dieu me pardonnera…

Kaloust lui-même la lava, la parfuma et l'habilla, lui faisant revêtir l'une des plus belles robes que Nunuphar avait achetées à Trieste. Il lui donna des instructions détaillées sur la manière de satisfaire le passager, puis il l'emmena dans la cabine et la laissa avec Zinovieff pendant une heure.

La relation entre les deux Arméniens ne se nourrissait pas seulement de ce genre de faveurs. Chaque fois qu'il en avait la possibilité, en particulier lorsqu'il lui lisait le journal, Kaloust orientait la conversation sur les affaires, et évoquait discrètement ses connaissances en la matière et ses relations avec les ministres de la *liste civile*. Il en parla tellement que Zinovieff finit par aborder la question.

— Je vais vous avouer une chose, lui dit le colosse la veille de l'arrivée du navire à Southampton, alors qu'ils prenaient l'air tous les deux sur le pont. J'ai du pétrole à n'en plus finir, vous savez.

— Bien sûr que je le sais. N'oubliez pas que j'ai été dans votre palais à Bakou. La péninsule d'Apchéron en regorge, hein ? La question est de savoir ce que vous allez faire de tout le kérosène que vous exportez vers l'Empire ottoman, lequel, comme vous le savez pertinemment, est en faillite. C'est une commission de liquidation composée de banques européennes qui gère les comptes de l'Empire. Un jour ou l'autre, il va cesser de vous payer…

— Ne m'en parlez pas ! Parfois, je dois courir après ces voleurs de Turcs pour qu'ils me paient ce qu'ils me doivent, qu'est-ce que vous croyez ? Ce sont des voyous ! – Il hésita. – Mais… que puis-je faire ? Je suis entre leurs mains. Maudits Turcs !

— Trouvez d'autres marchés.

— Bien sûr, mais c'est plus facile à dire qu'à faire ! rétorqua le géant. J'ai un représentant à Paris qui passe sa vie à me voler. Parfois, je pense qu'il est encore pire que les Turcs ! Ah, ce monde est rempli de voleurs, je vous le dis ! De voleurs !

— Mais pourquoi avez-vous besoin d'un représentant à Paris ? Le centre de l'Europe c'est Londres, mon cher ! Pendant des années, j'ai investi au Royal Exchange, je sais très bien de quoi je parle. Londres est l'endroit où il faut miser. C'est le centre financier du monde, la loi y est respectée et on peut faire valoir ses droits devant les tribunaux ; c'est la capitale du plus vaste empire de la planète, mais dans lequel il n'y a pas une goutte de pétrole. C'est un marché sûr !

Zinovieff fourragea dans sa longue barbe noire, songeur.

— En effet… c'est bien vu. – Il ouvrit les mains en signe d'impuissance. – Mais le problème, c'est que je ne connais personne là-bas. Et, vous savez, j'ai besoin de faire confiance aux gens. Je ne peux pas aller à Londres et recruter le premier imbécile venu, n'est-ce pas ? Je me méfie des Anglais, avec leurs costumes raffinés, leurs beaux discours et leur sentiment de supériorité. Ce qu'il me faudrait, c'est quelqu'un de notre peuple, qui parle notre langue et qui connaisse en même temps le milieu. Mais où vais-je trouver une telle personne ?

— Vous auriez besoin d'un Arménien, suggéra Kaloust le regard dans le vague, comme si lui-même ne voyait personne répondant à ces critères. Quelqu'un que vous connaissez bien et qui a des compétences dans le domaine du pétrole. En outre, il me semble important que cette personne ait de l'expérience dans le domaine financier, vous ne croyez pas ?

— Bien sûr, mais ce n'est pas facile de trouver cette perle rare.

Il y eut un silence.

— Il est vrai que je vais m'installer à Londres à présent, et je peux rechercher une personne qui corresponde à ce profil, observa Kaloust sur le ton le plus anodin dont il fut capable. Certes, je n'aurai pas beaucoup de temps libre. Je vais renouer avec mes contacts au Foreign Office et je compte recommencer à investir au Royal Exchange. Avec mes connaissances dans le domaine pétrolier, je pense qu'il me sera facile de trouver un emploi qui…

Le géant sursauta, interrompant le raisonnement de son compagnon et pointant énergiquement un doigt vers lui.

— Pourquoi pas vous ?

Kaloust prit un air surpris.

— Moi ? Moi quoi ?

— Vous ! Soyez mon représentant ! Pourquoi pas ?

— Moi ?

— Oui bien sûr ! Vous avez le profil idéal ! D'ailleurs, c'est comme si le poste n'attendait que vous !

Le petit Arménien baissa les yeux et esquissa un regard sceptique, comme il avait appris à le faire avec les vendeurs du Grand Bazar lors des négociations.

— Oh… je ne sais pas.

Une ombre de déception et d'incrédulité envahit le visage hébété de Zinovieff.

— Ne me dites pas que vous refusez !

Kaloust prit une profonde inspiration et fit une pause avant de répondre, comme s'il envisageait cette possibilité pour la première fois.

— Il ne s'agit pas de refuser, finit-il par dire. En fait, j'ai d'excellents contacts au sein du gouvernement britannique et je suis sûr que je vous ferai gagner beaucoup d'argent à Londres. Le problème, c'est que j'ai en vue des projets très prometteurs et une telle fonction exige bien sûr un dévouement total. Je ne sais pas si je peux…

— 100 livres ! tonna le millionnaire arménien. Je vous paie 100 livres par mois pour être mon agent à Londres !

La somme mentionnée fit presque pâlir Kaloust. 100 livres par mois, c'était beaucoup d'argent. C'était une opportunité incroyable ! Et son intuition de commerçant aguerri lui disait que ce n'était que le début.

— Ce n'est pas beaucoup, affirma-t-il avec toute la froideur et la maîtrise de soi dont il était capable, ce qu'il savait très bien faire. – Son visage était absolument impénétrable. Le moment était venu de jouer gros. – 100 livres, ça me semble correct comme salaire de base, mais j'aime surtout être rémunéré… au pourcentage.

Les épais sourcils de son interlocuteur se froncèrent d'étonnement.

— Au pourcentage ? Diable, je n'ai jamais travaillé au pourcentage ! Je vous offre un très bon salaire, bon sang !

Les yeux de Kaloust glissèrent sur le pont.

— La rémunération au pourcentage est le système idéal pour un producteur comme vous, déclara-t-il. Si je vends plus de pétrole ou plus cher, je gagne plus.

Si j'en vends moins ou moins cher, je gagne moins. C'est une incitation puissante à vous faire réaliser de bonnes affaires et à vous aider à gagner beaucoup d'argent. De l'argent anglais, qui plus est. De celui qui rentre sans qu'on ait à toujours courir derrière le client, vous voyez ce que je veux dire ? De celui qui ne se dévalorise pas…

Les doigts de Zinovieff trifouillèrent à nouveau dans sa barbe épaisse tandis qu'il réfléchissait à la question. Il avait beaucoup de réserves sur la rémunération au pourcentage, mais les arguments de son interlocuteur présentaient sans aucun doute des avantages qui méritaient sa plus grande attention.

— 1 %, finit-il par accepter. Je vous donne 1 % de commission sur les ventes.

— 10 %.

Le géant écarquilla les yeux.

— Quoi ? hurla-t-il scandalisé. Vous êtes fou ? Personne ne reçoit une commission de 10 % ! C'est exorbitant !

— Alors que proposez-vous ?

— Eh bien… je peux aller jusqu'à 3 %.

— 8.

— Hors de question ! Ce serait une pure folie !

— Faites-moi une contre-proposition.

— 4 %.

— 6.

Zinovieff secoua la tête avec emphase.

— Ah non ! s'exclama-t-il. 6 c'est beaucoup. Je ne peux pas accepter ça ! Pas du tout !

Son interlocuteur croisa les bras.

— Écoutez, j'ai déjà beaucoup cédé. 10 % me semble le pourcentage juste. Mais comme vous m'êtes sympathique et que ça me fait vraiment plaisir d'aider un compatriote en ces temps difficiles, je suis d'accord pour réduire ma commission à 6 %. Vous vous rendez compte que quatre c'est trop peu. En fait, c'est moins de la moitié de ma proposition initiale. Accepter, ça serait perdre la face.

Le géant prit une profonde inspiration et regarda l'horizon, comme si la mer pouvait lui apporter la réponse.

— Je comprends ce que vous dites, admit-il. Alors coupons la poire en deux et n'en parlons plus.

— 5 % ?

— Oui. Et c'est déjà beaucoup !

C'était en fait beaucoup plus que ce que Kaloust n'aurait jamais rêvé. Le petit Arménien avait envie de sauter de joie, de serrer dans ses bras tous ceux qui se promenaient sur le pont, d'éclater de rire et de faire des cabrioles, mais il garda un visage fermé, voire légèrement agacé, comme si ce marché était une faveur qu'il faisait à contrecœur.

— Soit, dit-il. 100 livres par mois plus une commission de 5 %.

Ils se serrèrent la main et l'accord fut scellé.

TROISIÈME PARTIE

MILLIONS

« À quoi ne forces-tu pas le cœur de l'homme, maudite soif de l'or ? »

VIRGILE

I

Le majordome appuya sur le bouton, et la grande caisse aux barres de fer, telle une cage géante, eut une secousse et amorça sa descente, suscitant un doux bruissement parmi les occupants. Des notes de piano résonnaient au loin, mais l'attention des cinq passagers restait entièrement fixée sur la descente de la caisse.

— C'est merveilleux ! observa Kaloust avec un sourire. Vraiment merveilleux !

— C'est l'avenir, mister Sarkisian, déclara le majordome. Le Savoy s'enorgueillit de posséder le premier ascenseur électrique au monde. Le jour viendra où on se déplacera tous grâce à l'électricité !

Cette dernière remarque effaça le sourire de satisfaction qu'affichait l'Arménien.

— Surtout pas, mon cher, dit-il en secouant la tête. Surtout pas. Sinon, qui m'achètera du pétrole ?

L'ascenseur acheva son parcours et s'immobilisa dans une dernière secousse. Le majordome tendit la main et fit glisser la grille de fer qui servait de porte, laissant la voie libre aux passagers. Kaloust et Nunuphar arrivèrent au rez-de-chaussée, où le son du piano était plus proche, et ils se dirigèrent vers le hall où se tenait le cocktail de l'hôtel Savoy. Il était vêtu d'un smoking, comme l'exigeait l'événement et comme il seyait à un homme qui fréquentait la haute société londonienne, tandis que sa femme portait une belle robe lilas à volants, venue de Paris.

— *Monsieur* Sarkisian ! appela une voix sur sa gauche. *Monsieur* Sarkisian, s'il vous plaît !

Kaloust se retourna et reconnut l'homme au large front et à la longue moustache aux extrémités torsadées qui s'approchait de lui.

— *Monsieur* Ritz, s'exclama-t-il. Félicitations ! Le cocktail est somptueux !

— Oh, appelez-moi César, je vous en prie, sourit l'homme. – Il considéra le salon avec fierté. – La réception est magnifique, n'est-ce pas ? – Il approcha ses lèvres de l'oreille de Kaloust. – Je vous conseille de goûter le homard. On l'a fait venir spécialement de Floride pour épicer notre petite réception. Un vrai délice !

— Je vais le goûter, cela va de soi. Il ne faut pas ignorer un conseil du roi des hôteliers !

— Vous êtes trop aimable, *Monsieur* Sarkisian, rougit Ritz. J'espère que vous passerez une bonne soirée en notre compagnie !

Le salon accueillait le gratin de la société londonienne. Les femmes de l'aristocratie, jusqu'alors peu disposées à apparaître en public, remplissaient le rez-de-chaussée du Savoy de leur accent *upper class*. Un brouhaha plus intense au fond de la salle révélait la présence de quelqu'un d'important. Le couple s'enquit de son identité.

— C'est le prince de Galles, *milords*.

En contemplant les invités du cocktail, et en particulier leur pedigree aristocratique, Kaloust ne put s'empêcher de se féliciter de l'excellent choix qu'il avait fait. C'était l'endroit idéal vu son goût croissant pour le raffinement et la beauté.

Lorsqu'il était arrivé à Londres, près de quatre ans auparavant, l'Arménien avait demandé à plusieurs personnes quel était le meilleur hôtel de la ville, et les réponses avaient été unanimes : le Savoy. Le fait est que la réalité confirmait chaque jour le bien-fondé de sa renommée. Outre la qualité de la clientèle, le Savoy était parfait pour accueillir des invités de haut vol, et ce d'autant plus qu'il s'agissait du premier hôtel au monde à éclairage électrique. Plus important, les salles de bains de l'établissement étaient en marbre, et il y avait de l'eau chaude dans la plupart des chambres, chose encore jamais vue ailleurs.

— Sarkisian ! *Right-ho*, Sarkisian !

Kaloust se tourna vers la personne qui l'avait interpellé et aperçut l'élégante silhouette de Philip Blake, l'ancien secrétaire adjoint aux Affaires étrangères, à présent député et représentant pétrolier des Rothschild. Blake était devenu un rival, car il vendait en Europe le pétrole exploité par les Rothschild à Bakou, en concurrence avec celui de Zinovieff représenté par l'Arménien, mais rien de tout cela n'avait affecté leur relation. Au contraire, Blake avait aidé Kaloust à mieux comprendre les subtilités du commerce pétrolier européen, ce qui s'était révélé très utile pour obtenir d'excellents contrats en faveur de Zinovieff, ainsi que de confortables commissions pour son représentant. Tout aussi important, Blake avait continué, grâce à ses contacts au sein du gouvernement, à lui fournir des informations précieuses pour l'achat d'actions qui allaient prendre de la valeur.

— Philip ! répondit l'Arménien. Je vous cherchais !

L'homme des Rothschild indiqua une table au fond de la salle.

— Je suis là-bas, *old chap* ! Hendrik et Samuel ne devraient pas tarder, et nous avons beaucoup de choses à nous dire !

L'Anglais entraîna le couple vers la table où il s'était installé, mais Nunuphar résista.

— Oh, non, gémit-elle en levant des yeux quand elle réalisa ce qui allait arriver. Encore une interminable conversation d'affaires !

— Pourquoi n'irais-tu pas faire un tour et bavarder avec les baronnes ici présentes ? suggéra son mari. Ça pourrait t'amuser, tu ne crois pas ?

— Absolument ! rétorqua-t-elle. – Elle leva la main et fit un signe. – Amuse-toi bien avec tes amis !

Les deux négociants en pétrole s'installèrent à la table afin de pouvoir observer les groupes qui bavardaient dans le salon. Blake versa un whisky à son ami puis remplit son propre verre.

— Et alors, les actions Royal Dutch ? voulut-il savoir en savourant son scotch *on the rocks*. Ce fut un *jolly good* investissement, hein ?

Kaloust leva son verre pour rendre hommage à son interlocuteur.

— Comment avez-vous su qu'elles allaient autant s'apprécier ?

— Sarkisian, *old boy*, vous savez bien que j'ai de l'entregent, non ? rétorqua l'Anglais avec un sourire entendu. Lorsque des informations ont commencé à circuler selon lesquelles il y avait de l'eau dans les puits de la Royal Dutch à Sumatra, les actions de la compagnie ont piqué du nez. *Good Lord*, quel chaos ! Tout le monde a pensé que c'était la fin des Hollandais ! Le pétrole de la Royal Dutch commençait à s'épuiser. Mais j'ai eu accès à des renseignements confidentiels de notre ambassadeur à Batavia, indiquant que l'entreprise avait effectué de nouveaux forages dans des zones très prometteuses. *Right-ho !* Nul besoin d'être un génie pour se rendre compte que les actions, qui à ce moment-là étaient au plus bas, allaient remonter quand on annoncerait l'existence de nouveaux gisements de pétrole. C'était le moment idéal.

— Et comment ! acquiesça l'Arménien. J'avoue que lorsque vous m'avez donné le tuyau, j'ai acheté des actions mais avec un peu de crainte. Tout le monde disait que la Royal Dutch était finie. Mais lorsqu'on a annoncé la découverte des nouveaux champs à Sumatra… quel soulagement !

— Et quel profit ! Combien avez-vous gagné dans l'opération ?

Kaloust sourit.

— Un bon paquet, admit-il. Mais votre commission a été plus que confortable, avouez-le…

— Je ne le nie pas, reconnut Blake en rougissant. – L'Anglais remua sur son siège, se préparant à changer de sujet ; parler de profits en ces lieux ne le mettait visiblement pas à l'aise. – *I say*, la semaine prochaine, venez donc avec moi au Home Office, d'accord ?

La référence au ministère de l'Intérieur étonna l'Arménien.

— Pourquoi ? Que se passe-t-il ?

— Eh bien, ne voulez-vous pas devenir un sujet de Sa Majesté ? demanda Blake, surpris par l'inquiétude de son interlocuteur. Vous savez, j'ai fait jouer mes relations pour vous…

— Ah oui, répondit Kaloust soulagé. Est-ce que la procédure avance ?

— Avance ? Eh bien, si je vous dis que la semaine prochaine vous devez venir au Home Office avec moi pour officialiser les choses, c'est qu'elle fait plus qu'avancer ! C'est presque fini, *old boy* ! Dans quelques jours, vous allez acquérir la nationalité britannique. Désormais, votre sultan ne pourra plus toucher un seul de vos cheveux.

Le regard de l'Arménien s'illumina.

— Quelle bonne nouvelle !

Le cocktail se poursuivait, animé, les éclats de rire se mêlant aux airs de musique, lorsque deux hommes sortirent tout à coup de la foule et s'approchèrent de la table.

— Ah, *jolly good* ! s'exclama Blake en se levant pour les accueillir. Enfin, les voilà.

Hendrik Van Tiggelen, un homme de petite taille aux grands yeux bleus, dont le sourire dévoilait toutes ses dents, était récemment devenu président-directeur général de Royal Dutch. L'autre, Samuel Mark, un homme tout aussi petit et trapu, aux sourcils épais et au regard nerveux, était le fondateur d'une compagnie de navigation qui avait révolutionné le transport du pétrole, et qu'il avait baptisée Shell en hommage à une activité de son père liée aux coquillages décoratifs.

— *What ho, old chaps ?* les salua l'Anglais jouant son rôle d'hôte. Vous êtes en retard, mais vous avez fini par arriver !

Les quatre hommes se saluèrent et, après les politesses d'usage, s'installèrent à table. Kaloust regarda ses trois interlocuteurs et ne put s'empêcher de penser que c'étaient ces hommes qui feraient définitivement de lui un acteur du secteur pétrolier. Le fait de représenter Zinovieff constituait son billet d'entrée dans ce monde, mais les vraies cartes étaient entre les mains de Philip, Hendrik et Samuel.

Ils avaient le monde à leurs pieds, même si en les voyant ainsi renfrognés ça ne sautait pas aux yeux. Après quelques instants de conversation, il ne faisait aucun doute que les nouveaux venus étaient d'humeur étonnamment maussade.

— Mais qu'y a-t-il ? s'étonna Kaloust. Vous êtes dans le plus bel hôtel du monde pour passer la nuit de la Saint-Sylvestre et débuter un nouveau siècle, et vous semblez complètement démoralisés…

— Nous allons passer à l'an 1900, mon cher, corrigea Hendrik. Le XXe siècle ne commencera qu'en 1901.

— Simple détail, répliqua l'Arménien avec un haussement d'épaules, comme si cela n'avait aucune importance. Cette nuit, nous quittons l'ère des 1800 et nous entamons celle des 1900, si vous préférez. Ce qui compte, c'est que c'est un événement important ! Pourquoi ces têtes de… d'enterrement ?

Hendrik soupira.

— Ce sont les Américains qui nous ont mis dans cet état, révéla le nouveau président de Royal Dutch.

Vous avez vu le dernier coup des vautours de Standard Oil ?

— Quoi ? La baisse des prix ?

— Bien sûr ! Si ça continue comme ça, ces gars-là vont nous mettre sur la paille ! Qui peut se le permettre ? Ils vendent en dessous du prix de revient. C'est du *dumping* pur et simple ! Mon Dieu, comment peuvent-ils faire ça ? Rockefeller est une fripouille !

— Je vous ai déjà expliqué mille fois comment ils font, dit Kaloust. Les Américains vendent du pétrole très cher dans les pays où ils sont seuls, et très bon marché dans les pays où ils sont en concurrence. Les profits qu'ils obtiennent d'un côté compensent les pertes de l'autre, ce qui leur permet d'éliminer la concurrence. Ça fait des années qu'ils font ça !

— Je sais bien ! répliqua le Hollandais. Malgré tout, cette tactique me surprend toujours autant. Vous savez ce qu'on devrait faire ?

— Quelle est votre idée ?

Hendrik Van Tiggelen remua sur son fauteuil et, dans un geste théâtral, il leva le poing en l'air.

— *Eendracht maakt macht !*

— Hendrik, arrêtez ça ! demanda Philip. Personne ici ne parle cette langue de serpent !

— Je viens de citer un vieux proverbe de mon pays, précisa le président de la Royal Dutch. La Hollande est un petit pays doté d'un grand empire. Comment y est-elle parvenue ? – Il leva de nouveau son poing fermé. – *Eendracht maakt macht !* Autrement dit, l'union fait la force ! C'est le secret de la Hollande. Et c'est aussi le secret pour faire face à ces loups de la Standard Oil. – Il ouvrit la main. – Divisés, nous sommes aussi faibles que ces doigts isolés. – Il referma sa main. – Ensemble, nous sommes forts comme ce poing !

— C'est facile à dire, nota Philip. Mais les Américains sont en train de miner tout le terrain, *the darn bastards* ! Ne se sont-ils pas alliés aux Nobel en Allemagne pour nous expulser, nous, les Rothschild, de ce marché ?

— Cette histoire est déjà ancienne ! dit Hendrik. N'oubliez pas que pour se débarrasser des concurrents américains en Allemagne, la Standard a baissé les prix sans en avertir les Nobel !

— Je sais, insista le représentant des Rothschild. J'ai parlé à Emanuel Nobel l'autre jour et il était furieux, *poor lad. I say*, chaque fois que je prononçais le nom de Standard Oil, le pauvre se mettait en pétard ! Mais ce que je veux dire, c'est que les Américains passent leur temps à faire ce genre de manœuvres pour nous diviser.

Le Hollandais serra de nouveau le poing.

— *Eendracht maakt macht !*

— Oui, oui, vous l'avez déjà dit. Le problème, *old chap*, c'est de passer aux actes…

Samuel Mark suivait la conversation en silence. Mais à ce moment-là, le propriétaire de la Shell s'avança sur son siège, visiblement mal à l'aise.

— Je… J'ai quelque chose à vous dire, hésita-t-il. Je ne sais pas si… si vous allez apprécier.

— Quoi ? Quel est le problème ?

Samuel prit une profonde inspiration et rassembla son courage pour annoncer la nouvelle.

— La Standard Oil… a fait une offre pour mon entreprise.

Ses trois compagnons de table entrouvrirent la bouche et écarquillèrent les yeux, incrédules.

— Quoi ?

— Ils m'offrent 40 millions de dollars, ajouta-t-il. Essayez de comprendre, je vous prie. Shell, dont les gisements sont situés à Bornéo, produit du pétrole à un coût d'extraction élevé. La baisse des prix est en train de nous achever. Je ne sais pas si nous pourrons tenir beaucoup plus longtemps. Par ailleurs, le pétrole de Bornéo contient peu de kérosène et beaucoup d'essence. Et notre raffinerie fonctionne mal. – Il fit un geste d'impuissance. – Cette offre de la Standard Oil peut être notre salut.

— Et ce n'est que maintenant que vous nous le dites ? cria Hendrik, explosif. Comment est-ce possible, Samuel ?

Le propriétaire de Shell baissa les yeux, embarrassé.

— Je n'ai pas eu le courage…

— J'en ai assez des manigances de la Standard Oil ! s'exclama le Hollandais. Ils nous attaquent avec des prix bas, et quand ils n'éliminent pas la concurrence, ils l'achètent ! C'est toujours la même histoire. Et nous, pauvres crétins, nous nous laissons faire !

— Seriez-vous en train de me traiter de crétin ?

— Ne vendez pas Shell à la Standard Oil, implora Hendrik, ignorant sa question. Vendez-la nous ! Ou mieux, joignez-vous à nous ! Royal Dutch a découvert un nouveau gisement à Sumatra et elle est en pleine expansion. Pour la première fois, nous sommes en mesure de faire face à la Standard Oil. C'est notre chance ! Mais si les Américains achètent Shell, ce sera une catastrophe ! La Standard va tout dominer. Vous rendez-vous compte de ce que cela implique ?

— Ils offrent 40 millions, vous imaginez ? 40 millions de dollars ! C'est une sacrée somme, non ? Ma famille m'a déjà supplié d'accepter !

— Je n'ai que faire de votre famille ! rétorqua rudement le président de la Royal Dutch. – Il désigna son interlocuteur. – Je veux savoir ce que vous, vous en pensez ! Qu'allez-vous faire ?

Angoissé par le dilemme qui le déchirait, Samuel esquissa une grimace.

— Je ne sais pas, je ne sais pas ! Ma raison me dit d'en profiter pendant qu'il en est temps. Mais mon cœur… – Il soupira. – Oh, je ne sais pas quoi faire ! Je suis très indécis.

Hendrik Van Tiggelen posa ses grands yeux bleus sur le patron de Shell ; il le connaissait bien et savait qu'il avait un point faible. Il était temps de l'exploiter.

— Samuel, dites-moi une chose, dit-il à brûle-pourpoint. Vous êtes anglais ou vous êtes juif ?

Le propriétaire de Shell leva les yeux, outré ; il avait du mal à croire ce qu'il venait d'entendre.

— Qu'est-ce que vous insinuez ? protesta-t-il en élevant la voix. Je suis juif, oui monsieur ! Mais je suis aussi anglais ! Et j'en suis fier ! Comment osez-vous mettre en question mon patriotisme ?

— C'est que parfois, on pourrait en douter, répondit froidement Hendrik. Vous savez aussi bien que moi que le pétrole c'est l'avenir. Votre entreprise est anglaise et si vous gardez le contrôle de Shell, cela signifiera qu'une partie importante de l'affaire bénéficiera à l'Angleterre que vous dites tellement aimer. Mais il semblerait que quelques difficultés conjoncturelles vous incitent à vendre Shell à la Standard Oil, et à livrer ainsi l'ensemble de l'activité aux Américains.

Comment peut-on se préparer à priver son pays de quelque chose d'aussi important et clamer en même temps aux quatre vents qu'on est un patriote ? Cela n'a aucun sens ! Si vous vendez Shell aux Américains, votre patriotisme ne sera rien de plus qu'un discours creux. – Il pointa vers lui un doigt accusateur. – Mettez vos actes en accord avec vos paroles ! Vous vous prétendez patriote ? Prouvez-le !

— Mais comprenez mon problème, insista Samuel, acculé. J'ai des difficultés d'extraction à Bornéo ! De plus, le pétrole que j'ai stocké a un coût de production élevé et les prix du marché sont actuellement ruineux. Ruineux ! Nous ne pourrons pas survivre !

— Ce sont des problèmes conjoncturels.

— Pas tout à fait, insista le patron de Shell. – Il désigna les lampes qui illuminaient le salon du Savoy. – Vous voyez l'éclairage de cet hôtel ? Il est intégralement électrique. Le Savoy est peut-être le premier hôtel au monde entièrement éclairé à l'électricité, mais bientôt c'est ainsi que toutes les villes seront éclairées. Regardez Berlin, par exemple ! L'éclairage au kérosène va disparaître. À l'instar des bougies et des lampes à gaz, le kérosène produit de la suie, brûle de l'oxygène et peut provoquer des incendies. L'électricité n'a aucun de ces inconvénients. C'est l'avenir. Partant de là, ce problème n'est pas conjoncturel mais structurel !

Le Hollandais croisa les bras.

— Soit, pour ce qui est de l'éclairage, l'électricité remplacera le kérosène, reconnut-il. Mais n'avez-vous pas dit que votre pétrole de Bornéo est pauvre en kérosène et riche en essence ? Or, l'avenir du pétrole, mon cher, c'est précisément l'essence ! Avez-vous vu ces voitures sans chevaux qu'on est en train d'inventer actuellement ? Un jour, toutes les voitures seront comme ça !

— Elles marcheront à la vapeur.

— Et à l'essence ! Les Allemands ont commencé à fabriquer des voitures sans chevaux, des… automobiles, comme ils les appellent, qui fonctionnent selon le principe de la combustion interne. Il semblerait que ce soit plus efficace. Vous avez vu ce qui s'est passé dans la course Paris-Bordeaux ? La moitié des seize automobiles à essence qui ont pris le départ sont arrivées à destination. Mais sur les huit automobiles à vapeur, une seule est arrivée. Et les mieux classées étaient toutes des automobiles à essence. En somme, l'essence a vaincu la vapeur ! Et les conséquences ne touchent pas uniquement les voitures sans chevaux, mon cher. Un jour viendra où les bateaux marcheront également à l'essence. Prenez note de ce que je vous dis. L'essence c'est l'avenir !

Il y eut un bref silence à table. Autour des quatre hommes, l'ambiance était festive, le pianiste jouait un morceau rythmé et quelques couples dansaient. On entendait des rires joyeux et l'excitation était générale, mais les quatre hommes se regardaient avec inquiétude, comme s'ils étaient dans un autre monde. Posant un coude sur la table, Samuel cala sa tête dans la paume de sa main et se frotta le visage.

— Et maintenant, mon Dieu, gémit-il, qu'est-ce que je fais ? Je vends aux Américains, ou je cours le risque de me ruiner ?

Le Hollandais donna un coup de poing sur la table qui les surprit tous.

— Ni l'un ni l'autre ! rugit-il. Unissez-vous à Royal Dutch ! *Eendracht maakt macht* ! Seule l'union pourra nous sauver. Mettons nos ressources en commun, partageons les raffineries et les moyens de transport, réalisons des économies d'échelle et stabilisons les marchés. Il y a beaucoup d'argent à gagner, et nous allons en gagner, comptez sur moi !

Kaloust s'éclaircit la gorge.

— Si vous me permettez, ce n'est pas suffisant, dit-il sur son ton calme habituel, rompant un silence prolongé. Une union entre les différents producteurs européens ne fonctionnera que si nous pénétrons les marchés où la Standard Oil est en position de monopole. Dans le cas contraire, les Américains pourront continuer à utiliser leurs bénéfices sur ces marchés pour nous attaquer avec des prix bas sur les marchés où ils sont en concurrence avec nous. Or, si nous sommes présents partout, leur marge de manœuvre pour lancer ces guerres des prix s'amenuise.

— Vous avez raison, acquiesça Hendrik. Mais rien de tout cela n'est possible si nous restons divisés. Nous devons fusionner nos activités là où nous le pouvons, et collaborer dans la mesure du possible. – Il regarda le représentant de Rothschild. – Philip, qu'en dites-vous ?

L'Anglais secoua la tête.

— Les choses ne peuvent pas continuer comme ça. Ces guerres finiront par nous ruiner. – Il leva la tête et fixa son interlocuteur. – Vous pouvez compter sur nous, *old boy*.

Le Hollandais se tourna à nouveau vers l'Arménien.

— Kaloust, qu'en est-il pour vous ? La Russie est le deuxième producteur mondial de pétrole et si nous voulons faire face à la Standard Oil, nous avons besoin des producteurs indépendants de Bakou. Quelle est votre position ?

Le représentant de Zinovieff demeurait impassible, comme un vendeur du Grand Bazar en pleine négociation.

— Je suis convaincu que la seule solution est une entente, finit-il par dire. Les producteurs indépendants de Bakou vous suivront, je peux vous le garantir. Mais sur la base d'une collaboration.

Hendrik se tourna enfin vers Samuel qui se frottait toujours le visage du bout des doigts.

— Et vous ? Vous vendez à la Standard Oil et vous trahissez votre pays ? Ou vous rejoignez Royal Dutch dans un partenariat anglo-néerlandais et sauvez ainsi votre entreprise sans avoir à vendre votre âme ? Qui est votre patron ? Rockefeller ou la reine Victoria ?

En formulant ainsi la question, le Hollandais savait qu'il venait d'asséner le coup de grâce à son interlocuteur, toujours très soucieux de montrer son patriotisme. Samuel Mark cessa sa réflexion, leva la tête, regarda son interlocuteur pendant cinq longues secondes et, décidé, tendit brusquement la main.

— Comptez sur moi.

La tension surmontée, et une fois trouvée la solution qui leur permettrait de résister à la Standard Oil des Rockefeller, les quatre hommes se détendirent et commencèrent progressivement à se laisser gagner par l'esprit de la fête. La salle était pleine de couples qui dansaient au rythme endiablé d'un petit orchestre, tandis que des groupes d'invités discutaient avec enthousiasme et picoraient les plats préparés par quelques-uns des meilleurs cuisiniers du monde, qui avaient été recrutés en France.

En regardant la fête battre son plein, Kaloust ne put s'empêcher de penser à l'ironie de la vie. L'année qui s'achevait avait vu la mort de sa mère dont le décès, après la disparition de sa belle-famille au cours des années précédentes, avait fait de lui un orphelin. Lui et Nunuphar étaient à présent livrés à eux-mêmes, sans pouvoir compter sur la protection de quiconque, notamment parce que c'étaient les frères de sa femme qui avaient hérité de la banque, de l'hôtel Pera Palace et des navires du vieil Ohannes. Mais, dans le même temps, Kaloust avait consolidé sa position de représentant de Zinovieff et avait pris pied dans le monde du pétrole. L'accord de cette nuit avec ses trois partenaires était également important et laissait augurer un avenir prospère pour ses affaires. Il avait donc de bonnes raisons de célébrer les années à venir.

Peu avant minuit, le directeur du Savoy, César Ritz, se détacha de la foule et, les bras levés pour attirer l'attention et faire taire les convives, occupa le centre du salon. Un silence inhabituel s'installa dans la salle. D'un geste spectaculaire, Ritz se tourna vers le mur et désigna la grande horloge qu'il avait lui-même apportée de Suisse, son pays natal, dont les aiguilles indiquaient 23 h 55.

— Mesdames et messieurs, dit-il avec solennité, l'année 1899 prendra fin dans moins de cinq minutes. Avec elle s'éteindra également le glorieux XIXe siècle, durant lequel le monde est sorti des ténèbres et a embrassé le progrès sous le *leadership* éclairé de la Grande-Bretagne et de la reine Victoria. Je propose que nous fassions dignement nos adieux à l'année et au siècle qui vont s'éteindre au cours de cette soirée mémorable.

On entendit quelques « *Hear, hear !* » comme cela se faisait à la Chambre des communes, d'autres crièrent « *God save the Queen !* », l'orchestre attaqua les accords familiers de *Rule, Britannia* et un chœur retentit parmi les invités.

When Britain first, at Heaven's command
Arose from out the azure main ;
This was the charter of the land,
And guardian angels sang this strain :
Rule, Britannia ! Britannia, rule the waves :
Britons never shall be slaves.

Puis Ritz entama le compte à rebours des dernières secondes de 1899, à nouveau accompagné en chœur par les invités.

« Cinq… quatre… trois… deux… un… »

Ce fut alors un déchaînement de bruits de bouchons de champagne qui sautaient, de toasts, de baisers et d'embrassades. « Bonne année ! » « Heureuse année 1900 ! » « Que le siècle nouveau vous apporte à tous le bonheur ! »

La musique retentit de nouveau dans le salon, plus entraînante que jamais, tandis que des couples continuaient à s'embrasser et que d'autres tournoyaient déjà sur la piste de danse, le champagne débordant de tous les verres. Les quatre hommes du pétrole, trois petits et un grand, levèrent en même temps leurs coupes, trinquant à la nouvelle ère qui se levait.

— À la nouvelle année !

— À la Royal Dutch Shell !

Kaloust leur fit signe de se taire avec un « Chut ! » plein de douceur et, le verre levé, il porta un toast qui lui parut plus conforme à l'avenir que ce siècle nouveau laissait augurer.

— Au siècle du pétrole !

II

La *nounou*, *mademoiselle* Clémence, s'approcha, tenant dans la main le peigne mouillé, et s'accroupit devant le petit Krikor pour coiffer ses cheveux noirs, écartant une mèche pour tracer une raie latérale parfaite. Elle ajusta le col de sa chemise et, prenant un peu de recul, regarda le petit garçon de cinq ans.

— *Voilà !* s'exclama-t-elle, enfin satisfaite. – Mais bientôt une mince ride d'inquiétude lui barra le front. – Êtes-vous prêt ? Est-ce que tout est bien comme il faut ?

Krikor hocha la tête.

— *Oui, mademoiselle.*

Se levant, la *nounou* indiqua alors la porte et lui fit signe d'avancer.

— *Alors, allons-y !*

Le petit aimait *mademoiselle* Clémence. La Française avait des manières douces, bien plus agréables que celles de l'ancienne *nanny*, la sévère Miss Sawyer qui, quelques mois plus tôt, s'occupait encore de son éducation. Ses parents tenaient à ce que leur fils reçoive la meilleure éducation possible et ils avaient engagé alternativement une Anglaise puis une

Française afin qu'il puisse parler couramment les deux langues.

Cependant, dès qu'il franchit la porte et entra dans le *drawingroom*, Krikor oublia sa *nounou* et commença à sentir ses genoux trembler comme une feuille. Devant lui, tel un jury impatient d'assister au spectacle, ses parents étaient étendus sur des chaises longues, sa mère tenant son pékinois blanc, son père caressant distraitement sa barbe noire, tous deux entourés de visiteurs qui tournèrent le regard vers lui, comme s'il était une bizarrerie qui venait d'apparaître pour leur présenter un numéro de cirque. Ah, comme ces matinées étaient difficiles ! Les parents avaient acheté la maison peu de temps auparavant et faisaient de lui un élément du mobilier.

La *nounou* fit un signe de la main pour lui indiquer qu'il pouvait commencer. Krikor avait mal au ventre tant il était nerveux, et ses yeux noirs et brillants se posèrent sur son père. L'allure de Kaloust, avec sa barbe et ses épais sourcils qui lui donnaient un air renfrogné, le terrifiait au-delà du raisonnable. Il pressentait, d'ailleurs, qu'il n'était pas la seule personne dans cette maison qui se sentait intimidée en présence du chef de famille. L'ancienne *nanny*, la *nounou* actuelle, les domestiques, les cuisiniers et jusqu'à sa mère elle-même, semblaient se comporter différemment, empreints d'un respect aveugle et craintif chaque fois qu'ils se tenaient devant lui.

— Alors, Krikor, dit sa mère. Quand commences-tu ?

Nerveusement, le petit mit ses mains dans les poches de son pantalon et, sentant le vide lui balayer l'esprit, jeta un regard interrogateur vers sa *nounou*, comme s'il implorait son aide.

— La lune, murmura *mademoiselle* Clémence, était sereine…

Ah oui ! Au souvenir des premiers mots, la suite lui revint naturellement, en cascade.

— *La lune était sereine et jouait sur les flots.*
La fenêtre enfin libre est ouverte à la brise,
La sultane regarde, et la mer qui se brise,
Là-bas, d'un flot d'argent brode les noirs îlots.

Lorsque la voix douce et tremblotante de l'enfant se tut, un tonnerre d'applaudissements enthousiastes remplit le *drawingroom*, accompagné de quelques « Bravo ! » et « *Well done !* ». *Mademoiselle* Clémence précisa à haute voix qu'il s'agissait d'une strophe de « Clair de lune », de Victor Hugo, ce qui suscita de nouveaux applaudissements. Mais l'attention des invités se dissipa aussitôt et Krikor, telle une étoile qui pâlit après avoir intensément brillé, fut reconduit par sa *nounou* dans sa chambre, avec une friandise en récompense de son petit numéro.

Chaque mercredi, un spectacle du même genre animait les réceptions organisées par les parents de Krikor, dans la maison qu'ils venaient d'acquérir au 38, Hyde Park Gardens – celle-là même que, des années auparavant, Kaloust avait prédit à son futur beau-père qu'il achèterait. La promesse avait finalement été tenue et les Sarkisian vivaient maintenant dans la maison dont le chef de famille avait rêvé.

Les rituels du manoir comprenaient une *performance** poétique de Krikor, ce qui contraignait le petit à apprendre par cœur, chaque semaine, un poème différent. La semaine précédente, il avait récité du Baudelaire, cette semaine du Victor Hugo, qui serait-ce mercredi prochain ? Cela ne l'amusait guère, bien sûr, mais au moins il y avait la friandise pour le récompenser de sa peine et du mal qu'il se donnait pour mémoriser les phrases bizarres qu'il répétait comme un perroquet, sans vraiment les comprendre.

— Krikor !

La voix de son père le paralysa de terreur. Le petit s'immobilisa et se retourna, raide comme un piquet, pour faire face au maître de maison. Bien qu'il fût un personnage distant et très absent, son père le traitait toujours avec correction. Malgré cela, Krikor tremblait devant lui ; c'était peut-être la distance et la peur que Kaloust inspirait aux domestiques qui le mettaient dans cet état.

— Oui, Monsieur ?

Kaloust s'approcha de son fils et se pencha pour le regarder dans les yeux.

— Tu vas avoir six ans la semaine prochaine, n'est-ce pas ?

— Oui, Monsieur.

— Eh bien, demain matin je t'emmène chez Swears & Wells, annonça-t-il. Nous partirons à 10 heures. Je veux que tu sois équipé comme il faut pour le cadeau que tu vas recevoir.

Swears & Wells, l'enfant le savait, était aussi appelé *Young Gentlemen's Outfitters* ; c'était une boutique de vêtements pour garçons. Si son père voulait l'y emmener pour son anniversaire, cela ne pouvait signifier qu'une chose : ses cadeaux seraient des vêtements. Ce n'était pas exactement une bonne nouvelle, mais que pouvait-il faire ?

La séance chez Swears & Wells fut rapide et efficace, comme chaque fois que son père se mêlait de quelque chose. Reçu par Mr. Wells en personne, Kaloust choisit pour son fils une paire de guêtres à boutons, un manteau court avec des boutons de nacre, un pantalon de cheval et un chapeau écossais en coton Tam O'Shanter bleu et vert, avec une belle plume blanche sur le côté.

— Les gants et la canne ! dit Mr. Wells en se dirigeant vers le rayon approprié. Un gentleman qui se respecte porte une canne et des gants lorsqu'il sort, que ce soit pour la marche ou pour l'équitation.

La canne lui fut imposée, mais pour les gants, Krikor put choisir entre une paire noire ou marron. Il opta pour les marron, seule décision qu'il eut vraiment à prendre. Tout le reste fut choisi par le propriétaire du magasin et approuvé par son père. Lui n'avait qu'à s'habiller et se taire.

Dûment équipé, le petit fut conduit la semaine suivante dans Hyde Park, non loin de sa nouvelle maison. Il y avait là plusieurs chevaux, mais son père le mena directement à un petit animal blanc avec des taches noires sur le dos, que le cocher de la famille, Mr. Ashton, tenait par les rênes.

— Tu vois ce *pony* ? lui demanda Kaloust. Il est à toi ! Bon anniversaire !

Recevoir ce poney pour son sixième anniversaire fut un moment de véritable bonheur. Krikor était heureux car c'était son premier cheval, mais surtout car il y avait eu une complicité avec son père, même momentanée. Kaloust ne le voyait pas souvent le reste du temps, car c'était un homme très pris, toujours en voyages d'affaires, s'occupant de choses d'adultes extrêmement sérieuses. Les rares fois où il ne rentrait pas trop tard, il rendait visite à son fils dans sa chambre pendant quelques minutes, mais sa rigidité et son sens obstiné du devoir, conjugués à la froideur de son visage, terrifiaient Krikor.

Au moins, il avait eu un poney.

Durant les premières années de sa vie, l'héritier des Sarkisian était plus proche de sa mère. Il la voyait dès le matin, quand il se réveillait et courait dans sa chambre pour lui tenir compagnie au petit déjeuner. La *nounou* venait le chercher pour les leçons du matin, mais il retrouvait Nunuphar au déjeuner. Il était agréable de partager le repas à la même table qu'elle, bien que sa mère fût extrêmement exigeante et inflexible sur ce qu'il devait manger.

— Les légumes d'abord, disait-elle souvent. Ils sont bons pour la santé. La carotte vous donne de beaux yeux.

— Mais je veux un steak !

— Seulement après les légumes, vous avez compris ? C'est pour votre bien.

Hélas, Krikor détestait les maudits légumes presque autant que l'argument imparable selon lequel « c'était pour son bien ». Quel bien ? De quoi parlait-elle ? Cela n'avait aucun goût ! Comment pouvait-on le forcer à avaler une chose aussi infecte ?

Au bout de moult protestations, de gémissements et de pleurs, le jour vint où il décida d'ignorer les instructions de sa mère ; il mit les légumes de côté, en l'occurrence du chou, et passa directement à la viande. Sa mère, cependant, ne l'entendait pas ainsi et, se levant précipitamment, remit la viande dans le plat.

— Écoutez, mon garçon ! Vous ne mangerez le steak qu'après les légumes, c'est compris ? Je ne tolérerai pas d'insubordination !

— Mais je n'aime pas les choux !

— Je ne veux pas le savoir. Mangez !

L'ordre était péremptoire et le petit savait que la désobéissance avait des conséquences. Chaque fois qu'il se comportait mal, sa mère ou sa gouvernante le corrigeait. Les punitions étaient fréquentes, comme habituellement à cette époque, mais ce n'était jamais son père qui les lui infligeait. Toujours est-il que Krikor ne les craignait plus. Ce n'étaient pas quelques taloches qui allaient le convaincre d'avaler ce maudit chou.

— Je n'en mangerai pas !

Sa mère haussa les sourcils.

— Ah bon ! – Elle fit un geste vers *mademoiselle* Clémence. – Cet enfant n'aura rien d'autre à manger tant qu'il n'aura pas fini les choux, c'est compris ? Pas même une pomme de terre !

Krikor s'attendait aux habituelles tapes sur les fesses, ou à l'interdiction de dévorer des friandises pendant une semaine, mais pas à cette punition. Sa mère ne le toucha pas ; elle se contenta de lui imposer tout un après-midi de jeûne. Comme il ne mangea pas les légumes, on ne lui donna rien jusqu'au goûter.

Vers 17 heures, à l'heure du thé, il vint à table pour les scones habituels. Il sentait son estomac crier famine, ses bras et ses jambes étaient affaiblis. En salivant, il vit la femme de chambre apparaître dans le salon de thé avec le plateau, mais entre les tasses, la théière et la corbeille de scones, il distingua avec consternation une assiette de choux. Ses choux. Les choux qu'on lui présentait de nouveau pour qu'il les mange. Il regarda l'assiette avec découragement, abattu, prêt à capituler, mais quelque chose se leva dans son âme. C'était un vent de révolte qui aiguisait sa volonté, ou peut-être son orgueil, et qui lui enjoignait de ne pas céder. Il décida de résister.

— Je ne veux pas de cette cochonnerie !

Sachant que sa mère se souciait de son bien-être, il voulait voir ce qu'elle ferait. Recourrait-elle enfin à la fessée ? Il le souhaitait presque, car ainsi l'affaire serait close une bonne fois pour toutes. Il leva des yeux provocateurs vers Nunuphar et attendit que sa mère explosât ou cédât. Elle ne résisterait sans doute pas à la souffrance de son fils adoré.

— Vous pouvez emporter le chou à la cuisine, ordonna-t-elle sur un ton inhabituellement froid. Le petit ne mangera rien jusqu'au dîner.

Contenant difficilement ses larmes, Krikor quitta la table et se dirigea vers sa chambre, tête basse et d'un pas rapide. Il avait tellement faim que, lorsqu'il s'assit au bord du lit, il se mit à mordre la peau autour de ses ongles. Puis, il découvrit que l'eau apaisait momentanément son appétit et il en but beaucoup. Mais l'envie de manger revenait aussitôt, à des intervalles de plus en plus courts, jusqu'à devenir permanente. Sa résistance et son courage atteignaient leurs limites.

Le soir, alors que son père n'était pas encore rentré, il s'assit à table dans un état de faiblesse générale. La domestique servit la soupe, mais il constata, sans que cela le surprenne, qu'il n'y avait pas droit. Au lieu de cela, et conformément aux ordres de la maîtresse de maison, elle lui apporta le même plat avec les mêmes choux, que cette fois il mangea sans protester et, pour tout dire, avec une certaine avidité.

Étrangement, il trouva même que c'était bon.

III

Le ciel s'illuminait à l'horizon en un étrange mélange de jaune et de lilas, comme si le firmament était une gigantesque toile déchirée par de vigoureux coups de pinceaux. Kaloust venait de se lever et regardait par la fenêtre. Il lui était parfois arrivé de voir un cavalier passer devant la maison en annonçant « *The Queen's coming !* » et, quelques instants plus tard, il voyait apparaître le carrosse de la reine Victoria qui se dirigeait vers la gare de Paddington, où la souveraine prenait le train pour Windsor. Cependant, il n'avait pas vu le cortège royal depuis plusieurs semaines ; d'après la rumeur, la reine, qui occupait le trône depuis plus de soixante ans, était malade.

« Plutôt elle que moi », pensa l'Arménien en haussant les épaules avec indifférence. Il bâilla et entra dans la salle de bains sans faire de bruit pour ne pas réveiller Nunuphar. Après être passé aux toilettes, il se regarda dans le miroir. Il avait une barbe noire et une expression hypnotique dans le regard. Il se lava le visage et se brossa les dents puis, enveloppé dans son peignoir, descendit au gymnase.

— Bonjour Monsieur Sarkisian, le salua le robuste Belge qui l'attendait à la porte. Prêt pour votre massage ?

Kaloust répondit avec un grognement. Il enleva son peignoir et s'allongea sur la table sans un mot. Le masseur répandit une lotion sur son corps et commença à lui malaxer les muscles des jambes du bout des doigts. Tandis qu'il s'abandonnait à sa séance de massage quotidienne, l'Arménien repensa à sa dernière prouesse, un nouveau client pour le pétrole de Zinovieff. Mais cela ne surpassait pas l'achat du manoir dans lequel il vivait alors, au 38, Hyde Park Gardens. La maison qu'il avait convoitée une douzaine d'années plus tôt lui appartenait enfin. Y avait-il meilleur témoignage de son succès ?

— Voilà, Monsieur Sarkisian.

Le masseur connaissait bien les habitudes de son client et respectait le programme à la lettre. Il savait ce qui allait suivre, chaque matin c'était la même chose, mais le maître de maison ne pouvait s'empêcher de le lui rappeler.

— Allez préparer le bain.

Lorsqu'il se leva de la table, Kaloust commença ses quinze minutes quotidiennes de gymnastique suédoise. Depuis un certain temps, il s'était mis en tête qu'il vivrait plus longtemps que son grand-père. Carnig Sarkisian avait atteint l'âge de cent six ans, mais son petit-fils était déterminé à le surpasser.

Après le gymnase, il se rendit à la salle de bains pour la grande *toilette*. L'eau ondulait tranquillement dans la baignoire, où des sels, de la mousse et des fleurs flottaient à la surface. Kaloust se pencha et plongea un doigt dans l'eau pour en tester la température. Celle-ci lui sembla bonne mais, toujours méfiant, il y mit le thermomètre pour s'en assurer. Quand il l'enleva, il constata que le mercure indiquait deux degrés.

— Ce n'est pas assez froid, s'indigna-t-il. Vous voulez ruiner ma santé ou quoi ?

Le masseur saisit immédiatement un seau de glace qu'il vida dans la baignoire.

— Je suis désolé, Monsieur Sarkisian, dit-il, sincèrement navré. J'ai dû me tromper dans la quantité.

— Que cela ne se reproduise plus, vous entendez ? le prévint-il le doigt levé. Combien de fois dois-je vous dire que je veux de l'eau à un degré Celsius ? – Il leva l'index pour souligner le chiffre. – Un degré, pas un de plus, pas un de moins !

En mûrissant, Kaloust supportait de moins en moins l'incompétence. Il tolérait mal les erreurs, et les défauts de la nature humaine l'irritaient, l'imperfection de ses congénères offensait son sens esthétique. Au moins avec l'art, les belles choses restaient belles, impeccables, immuables en apparence, épurées jusqu'à la perfection comme si elles étaient touchées par la grâce de Dieu. Quel contraste avec l'imperfection humaine ! Si, auparavant, la nécessité l'obligeait à transiger avec les défauts des hommes, à présent que ses comptes étaient bien garnis grâce au pétrole de Zinovieff, il se sentait plus libre et était moins disposé à supporter les erreurs de ses semblables.

Le bain dura encore quinze minutes. Lorsqu'il eut fini, Kaloust s'habilla et sortit pour sa promenade habituelle de mille cinq cents mètres le long de Hyde Park. Les défaillances des hommes l'obsédaient, surtout lorsqu'elles contrastaient avec la perfection de l'art. Mais il n'y avait point d'imperfection qui le dérangeât davantage que le vieillissement. Kaloust était déterminé à combattre la dégénérescence du corps ; il avait trente-deux ans et, bien qu'il se sentît en pleine forme physique, il devinait que, s'il ne faisait rien, le processus lent mais irréversible de dégradation ne tarderait pas à faire son œuvre. Il était urgent d'arrêter cette dégénérescence.

La femme était assise, la tête inclinée, son bébé nu sur les genoux, un homme en habit rouge à sa droite et ce qui semblait être un évêque à sa gauche. Kaloust se frotta le menton en examinant l'image. La femme était évidemment Marie et le bébé l'Enfant Jésus, mais qui étaient l'homme et l'évêque ?

— Le *Retable Ansidei*, dit une voix derrière lui. Ce tableau de Raphaël est très représentatif de la haute Renaissance. Remarquez comment la dorure de la peinture semble réelle.

L'Arménien se retourna et découvrit celui qui avait parlé. C'était un jeune homme aux yeux bleu clair et aux cheveux tirés en arrière.

— Excusez-moi ?

L'étranger tendit la main.

— Je m'appelle Kenneth Bark, dit-il en se présentant. Je suis le nouveau conservateur de la National Gallery.

Le nom sembla familier au visiteur.

— Kenneth Bark ? s'étonna-t-il. Sir Kenneth Bark ?

Ils se serrèrent la main.

— En personne, sourit le conservateur, manifestement satisfait de constater que son interlocuteur connût son titre. Comment allez-vous ?

— Et moi, je suis…

— Kaloust Sarkisian, s'empressa de dire sir Kenneth pour montrer qu'il le connaissait aussi. Votre réputation vous précède, mon cher. Notre ami commun Philip Blake m'a déjà parlé de vous. – Il regarda le tableau de Raphaël. – Cependant, il ne m'a pas dit que vous appréciez la peinture...

Les yeux du visiteur se promenèrent distraitement sur le *Retable Ansidei*.

— J'aime tout ce qui est beau, rétorqua-t-il. Mais ne le dites à personne. C'est un secret.

— Vraiment ?

Les lèvres de Kaloust se plissèrent en un sourire.

— Je plaisante, déclara l'Arménien. Vous savez, je suis né avec le sens de l'esthétique. Mais, pendant longtemps, j'ai dû mettre cette passion de côté. J'avais d'autres priorités...

— Les nécessités de la vie prévalent, n'est-ce pas ? Il faut d'abord gagner de l'argent.

— Je vois que vous me comprenez. Cependant, j'ai réussi à amasser un petit pécule et je pense que je vais enfin rouvrir la porte de ce monde qui me fascine tant. Je passais par Trafalgar Square, j'ai vu la National Gallery et j'ai décidé d'entrer sur un coup de tête.

— Vous avez très bien fait ! s'exclama le conservateur sur un ton d'approbation, en se frottant les mains. Y a-t-il quelque chose que vous aimez particulièrement ?

Le visiteur fit un geste en direction du tableau devant eux.

— J'adore les classiques. Raphaël, par exemple. – Il désigna le fond de la salle. – Mais aussi les tableaux de Van Dyck, de Hogarth et de Constable qui sont dans l'autre salle.

— Avez-vous déjà vu ceux de Turner et du Lorrain, salle 15 ?

— Eh bien non, pas encore.

Avec un « Ah, vous devez les voir ! » péremptoire, sir Kenneth Bark saisit le visiteur par le coude et l'entraîna le long des couloirs pour lui montrer les plus belles œuvres de la National Gallery. Outre les Turner et les Lorrain évoqués, le conservateur l'emmena également voir *Les Ambassadeurs* de Holbein, en soulignant dans ce tableau le goût du détail et des symboles. Profitant de la présence d'un spécialiste, Kaloust saisit l'opportunité pour revenir sur un thème qui le troublait depuis qu'enfant il avait traversé le Bosphore pour se rendre au Robert College et qu'il avait admiré la ville de Constantinople, baignant dans la chaude lumière de l'aube.

— Cette peinture est vraiment belle, déclara-t-il en se référant au Holbein. – Il recula, comme s'il voulait apprécier le tableau à distance, et laissa échapper un long soupir de frustration. – Savez-vous ce qui m'intrigue ? C'est de rester bouche bée face à ce qui est beau. Comment se fait-il que Holbein m'enchante tant ? Mais ce n'est pas seulement ce tableau, c'est… c'est tout. Pourquoi la fange abjecte des quartiers pauvres de Londres m'écœure, et la bucolique verdure de Hyde Park me transporte ? Pourquoi cela m'affecte-t-il ? Pour quelle raison ne suis-je pas indifférent à la beauté et à la laideur ? Quelle qualité possèdent certaines choses pour me mettre dans de tels états ?

Une étincelle scintilla dans les yeux bleus et doux de l'Anglais.

— Ah, vous voulez savoir ce qu'est la beauté.

Incapable de détacher son regard des autres tableaux de la salle, comme s'il voulait les emporter tous chez lui, Kaloust tourna les talons et recommença à parcourir tranquillement le couloir.

— C'est bel et bien la question qui me tourmente.

Le conservateur du musée l'accompagna.

— Vous savez, c'est le propre de l'être humain que de rendre les choses spéciales, dit-il. Les gens sont naturellement attirés par tout ce qui leur paraît beau et repoussés par ce qu'ils jugent laid. Ils trouvent la beauté dans les choses qui semblent conférer de l'harmonie à leur vie et un sens à leur façon de voir le monde, du spectacle d'une chaîne de montagnes grandiose aux simples pétales colorés d'une fleur qui s'épanouit au printemps.

L'Arménien désigna les tableaux au mur.

— Et l'art aussi…

Sir Kenneth Bark esquissa une grimace.

— L'art relève d'une catégorie spéciale, déclara-t-il. Bien entendu, face à la nature, les êtres humains adoptent une attitude contemplative. Ils regardent le monde tel qu'il est et s'émerveillent de tout ce qu'ils voient et ne les menace pas. Un volcan crachant de la lave incandescente, une lionne chassant un zèbre dans la savane, une tempête qui déchire les ténèbres de ses éclairs, le ciel étoilé qui scintille dans la nuit profonde de l'espace comme de la poussière de braise.

— Et qu'en est-il de l'art ?

— L'art n'est pas quelque chose qui existe naturellement dans le monde, il s'agit plutôt d'une création humaine. L'art est le produit de l'action de l'homme lorsqu'il s'efforce de transcender sa condition animale et, de créature, devenir créateur. L'art surgit lorsqu'on transforme un acte animal en un objet culturel qui peut devenir sublime. En peignant une scène dans la forêt, l'homme devient Dieu parce qu'il crée la nature sur une toile ; en racontant une histoire dans un roman l'homme devient Dieu parce qu'il crée, sur le papier, la vie de personnages, même imaginaires.

— L'homme devient Dieu ? N'allez-vous pas trop loin ?

Le conservateur fit tourner sa main dans l'air, indiquant tout ce qui les entourait.

— Dieu est un artiste, mon cher, alors l'art est un acte divin, affirma-t-il. Dieu est l'entité qui crée tout mais qui demeure invisible derrière Sa création, vous ne pensez pas ? Or, tout bien considéré, un artiste c'est exactement ça. Un peintre peint un tableau, mais le créateur demeure invisible derrière la création. Il en va de même pour un dramaturge ou un romancier, par exemple. Imaginez que nous ne soyons pas des êtres de chair et de sang, mais des personnages de roman.

— Quelle absurdité !

— Certes, mais imaginez un instant que ce soit notre situation. Que serions-nous ? Des créatures, bien sûr. Mais qui serait notre créateur ? Le romancier qui nous a conçus et qui nous a donné la vie dans les pages de son roman. En d'autres termes, en rendant tout possible et en nous insufflant l'étincelle de la vie, le romancier serait Dieu, bien qu'il demeure invisible derrière chaque mot qu'il a écrit. Dans le fond, la vie est un roman et nous ne sommes que des personnages conçus par l'artiste suprême, Dieu. C'est pour cela aussi que je dis que l'art est le processus de divinisation de la condition humaine. Le point de départ, cependant, est un acte animal !

Kaloust s'immobilisa devant un tableau de Sebastiano del Piombo dans lequel Jésus ressuscite Lazare au milieu d'une foule.

— Désolé, je ne comprends pas. Êtes-vous en train de dire que ce tableau, par exemple, résulte d'un acte animal devenu divin ?

— Le point de départ de tout art est un acte animal qui devient un objet culturel, puis un élément artistique dans un processus de divinisation. Dans le cas de la peinture, elle est née de l'acte animal de la chasse. Les hommes primitifs chassaient, comme vous le savez. Ensuite, ils ont commencé à dessiner des scènes sur les murs des cavernes pour exorciser les démons de la chasse et s'attirer la faveur des dieux. En d'autres termes, ils se sont appropriés culturellement l'acte de chasser. Non contents d'avoir fait cela, ils ont perfectionné ces scènes et créé des objets artistiques, telles que les peintures rupestres d'Altamira. La culture s'est ainsi transformée en art. Tout art naît d'une épuration de la culture, laquelle naît d'un acte animal. Manger est un acte animal, griller un steak est une action culturelle, créer un plat comme les *ris de veau et écrevisses en chausson feuilleté parfumés à l'estragon*, riche de délicieuses saveurs subtiles, est un geste artistique. Vous voyez ?

— En somme, selon vous l'art est une forme complexe de culture.

— Exactement, acquiesça sir Kenneth en hochant la tête avec insistance. Avoir froid est une réaction animale, tisser des chandails en laine est un acte culturel, créer des vêtements chauds de *haute couture* est un geste artistique. La notion d'esthétique implique de passer à un stade supérieur de l'expérience humaine, où la simple survie n'est plus en question. Un homme affamé regarde un cygne glissant sur les eaux de la Serpentine, à Hyde Park, et voit de la nourriture ; un homme rassasié observe le même volatile et se sent ébloui par l'élégance et la grâce naturelle de son allure, la blancheur virginale de ses plumes, la courbe majestueuse de son cou, il le regarde dans le seul but de se satisfaire de la pure contemplation de sa beauté.

Kaloust parcourait du regard la série de tableaux qui ornaient la salle où ils se trouvaient, ensorcelé par leur richesse chromatique et leurs détails.

— Si je vous ai bien compris, conclut-il en balançant la tête pensivement, un objet ne devient esthétique qu'à un niveau supérieur de l'existence humaine.

Le conservateur du musée sourit et ouvrit les bras comme pour embrasser tout le musée.

— Bienvenue dans le monde de l'art.

IV

Un matin de la semaine suivante, la nouvelle d'une tempête dans le sud de l'Italie l'obligea à se servir du téléphone, appareil qu'il avait fait installer chez lui et qui se révéla extrêmement utile. Il appela le bureau pour connaître l'itinéraire du *Murex*, le navire de la Shell qui traversait la Méditerranée avec une cargaison expédiée de Bakou par Zinovieff, puis il téléphona à la clinique de Holborn et ordonna au médecin de venir le voir chez lui. Le médecin lui répondit qu'il arriverait deux heures plus tard, car il avait déjà deux patients qui attendaient, mais son interlocuteur ne fut pas convaincu par l'argument.

— Venez immédiatement ! ordonna Kaloust. C'est pour ça que je vous paie si cher.

Le docteur Ajemian était un Arménien de la vieille école, dont la grande barbe blanche lui donnait un air de catholicos de la sainte Église d'Arménie. Devant l'insistance de son riche compatriote, il n'eut d'autre choix que de reporter ses deux consultations et de se mettre immédiatement en route. Il arriva vingt minutes plus tard au 38, Hyde Park Gardens, avec le porte-documents en cuir dont il ne se séparait jamais.

— Avez-vous fait tout ce que je vous ai recommandé ? voulut-il savoir après avoir ausculté le patient. Y compris la gymnastique ?

— Tous les matins.

— Et la nourriture ?

— Bonne, mais frugale.

Le médecin fourragea dans sa barbe.

— Alors, qu'est-ce qui vous préoccupe ?

L'auscultation étant terminée, Kaloust finissait de boutonner sa chemise.

— Existe-t-il un élixir de jeunesse ?

Le docteur Ajemian rit, exhibant ses dents en or.

— Pas que je sache ! Pourquoi me le demandez-vous ?

— Quand j'étais enfant, je suis entré involontairement dans un harem, déclara Kaloust. J'allais à l'école sur l'un de ces bateaux à vapeur qui traversaient le Bosphore et, je ne me souviens plus trop comment ni pourquoi, mais je me suis retrouvé dans le compartiment réservé aux harems. Un eunuque est même venu me sermonner ! Toujours est-il que quelqu'un m'a dit à ce sujet que les pachas turcs avaient toujours dans leur harem des jeunes filles de moins de dix-huit ans. Apparemment, ils pensent que les hommes qui ont des relations avec de très jeunes filles parviennent à prolonger leur jeunesse. – Il regarda le médecin avec une expression interrogative. – Est-ce vraiment le cas, docteur ?

Le docteur Ajemian hocha la tête.

— C'est effectivement le cas. Les Turcs ont cette théorie, qui me semble scientifiquement prouvée, selon laquelle les rapports sexuels entre une jeune fille et un homme plus âgé permettent de transférer la jeunesse à l'homme. En somme, cette pratique est bonne pour lui… et mauvaise pour elle, bien sûr. Il gagne la jeunesse, elle la perd.

Le patient écouta avec beaucoup d'attention. Lorsque le médecin se tut, Kaloust se frotta les mains, comme il le faisait chaque fois qu'il plongeait dans ses pensées. Puis il se redressa d'un coup et regarda son interlocuteur.

— J'ai compris, docteur.

Après avoir déjeuné au restaurant de l'hôtel Carlton, son nouvel endroit favori à Londres, il se rendit au bureau, à St Helen's Place, pour savoir s'il y avait du nouveau au sujet du *Murex*.

— Le *Murex* se porte bien, mister Sarkisian, l'informa Robert Cook, le jeune avocat à qui il avait délégué la gestion des affaires courantes du bureau et qui le secondait dans les questions professionnelles. Mais on ne peut pas en dire autant de Bakou, j'en ai peur.

— Que voulez-vous dire par là ?

Cook lui tendit une longue feuille imprimée en lettres majuscules.

— Regardez cette dépêche de la Reuters Telegram Company, sir, dit-il. C'est arrivé à l'heure du déjeuner.

Intrigué, Kaloust saisit la feuille et sentit son cœur frémir. La première phrase de la longue dépêche était effrayante : « La grève paralyse Bakou. » Le texte précisait que « les manifestations et les grèves des travailleurs ont entraîné la suspension des activités pétrolières dans le Caucase », et ajoutait que la police russe avait procédé à une série d'arrestations. Il se terminait en indiquant que la situation s'était « quelque peu calmée, même si elle reste instable », avant de conclure que « le leader du mouvement de grève, Iossif Djougachvili, communément appelé Koba, avait menacé de paralyser à nouveau le secteur pour lutter contre ce qu'il appelait "l'exploitation sauvage du prolétariat" ».

— Ça va de mal en pis en Russie, marmonna l'Arménien entre ses dents, tout en rendant la dépêche à son subordonné. Ce nouveau tsar est un fou ! Au lieu de remettre les choses en ordre à Bakou, il a laissé la ville se transformer en camp d'esclaves, qui est en train de devenir une pépinière de rebelles. – Il secoua la tête. – Les choses vont mal finir…

Kaloust était tellement absorbé par ces mauvaises nouvelles qu'il lui fallut un certain temps pour voir les signes que faisait Cook.

— Un certain Mr. Kitabdji vous attend, dit l'Anglais en indiquant la salle d'attente. Il a dit qu'il voulait vous parler.

Kaloust s'installa dans son bureau et fit entrer le visiteur. L'homme se présenta comme étant le général Antoine Kitabdji, un Géorgien qui occupait le poste de directeur général des Douanes en Perse. Après avoir échangé quelques amabilités et s'être enquis de la santé de connaissances communes dans le Caucase, le visiteur cessa de tourner autour du pot et expliqua la raison de sa présence.

— Mon gouvernement, je regrette de le dire, fait face à des difficultés de trésorerie, déclara le général Kitabdji, et il a décidé de vendre des concessions minières afin de lever des fonds pour surmonter les problèmes auxquels il est confronté.

— Des problèmes ? Quels problèmes ?

Embarrassé par la question, le directeur général des Douanes perses sourit timidement.

— Disons que le shah est un homme qui a des habitudes… comment dire, des habitudes somptuaires.

— Ah !

Kitabdji se pencha pour ouvrir son porte-documents d'où il sortit des papiers officiels rédigés en caractères arabes et traduits en français.

— J'ai été chargé de trouver un acheteur pour une concession pétrolière en Perse. Le prix fixé par mon gouvernement est de 15 000 livres, payables en espèces. Vous m'avez été recommandé comme étant quelqu'un qui connaît ce milieu et qui, en échange évidemment d'une confortable commission en ma faveur, pourrait être intéressé par cette concession. Est-ce le cas ?

Kaloust se caressa la barbe en examinant la proposition.

— Donnez-moi deux semaines pour vous répondre.

L'offre de la concession en Perse sortit de l'esprit de l'hôte dès que le visiteur prit congé. Préoccupé par les nouvelles alarmantes concernant les grèves à Bakou, Kaloust appela Cook et lui dicta le texte d'un télégramme à l'attention de Zinovieff, dans lequel il sollicitait des informations et des estimations sur la suite des événements à court, moyen et long terme afin qu'il se prépare à répondre aux questions des clients. La pire chose qui pouvait arriver était une interruption des approvisionnements ; ce serait une véritable catastrophe. Fort heureusement, le *Murex* avait appareillé avant que tout cela n'arrive. Mais la situation reviendrait-elle à la normale d'ici le prochain voyage ?

Tant qu'il ne recevrait pas de réponse de Zinovieff, il ne pourrait rien faire. C'est pourquoi, lorsque son subordonné sortit pour envoyer le télégramme, Kaloust s'enferma dans son bureau et se consacra au courrier du jour. L'une des lettres, envoyée de Constantinople par son beau-frère qui avait hérité du Pera Palace, lui annonçait encore une mauvaise nouvelle. Salim Bey, l'ami turc de son père, était tombé en disgrâce à la cour et avait été écarté par le sultan.

— Le pauvre, murmura-t-il.

Il prit du papier à lettres et écrivit un message de solidarité destiné au Turc, lui offrant son aide ; il lui devait trop de faveurs pour l'ignorer en cette heure difficile.

Puis il parcourut les dépêches de l'agence Reuters faisant état des dernières informations relatives au Royal Exchange. Il était particulièrement intéressé par l'évolution de la cote de la Royal Dutch Shell, dont il avait parrainé la fusion et dont il avait acquis un bon nombre d'actions. Sur ce front, les choses allaient bien, les gains étant conséquents. Il avait acheté les premières actions de la Royal Dutch à un prix extraordinairement bas, une véritable aubaine, et ce grâce aux conseils de Philip Blake. De plus, les champs pétrolifères de la Royal Dutch Shell se trouvant à Bornéo et à Sumatra, leur cote n'avait pas été affectée par les événements de Bakou. On ne pouvait pas en dire autant des Rothschild et des Nobel, qui étaient fortement tributaires de la production du Caucase. Tout comme lui, du reste.

Quelqu'un frappa.

— Qu'est-ce que c'est ?

Cook pencha sa tête blonde dans l'embrasure de la porte.

— Un télégramme, Monsieur, dit-il en lui tendant une enveloppe. Ça vient d'arriver.

— De Bakou ? s'étonna l'Arménien. Zinovieff a déjà répondu ?

— Non, c'est de La Haye.

Alors il ne pouvait s'agir que d'une communication de Hendrik Van Tiggelen, se dit Kaloust. Il ouvrit l'enveloppe et lut. C'était en effet un message du président-directeur général de Royal Dutch Shell qui sollicitait une rencontre. Hendrik suggérait qu'ils se retrouvent à mi-chemin entre l'Angleterre et les Pays-Bas et, sachant que l'Arménien devait se rendre à Paris tous les mois pour vendre le pétrole de Zinovieff en France, il proposait que le tête-à-tête ait lieu dans la capitale.

Lorsque Kaloust prit la plume pour commencer à rédiger sa réponse, il fut interrompu par une cacophonie de sons métalliques qui parvenaient jusqu'au bureau, certains proches, d'autres éloignés. S'étonnant de ces coups rythmés, il se leva et alla à la fenêtre pour regarder dans la rue. Des fiacres s'étaient arrêtés et les passants semblaient surpris eux aussi. Il comprit alors que les cloches sonnaient.

— Robert !

— Oui, sir ?

— Allez voir ce qui se passe.

Lorsque le jeune avocat quitta le bureau, Kaloust jeta un dernier coup d'œil par la fenêtre et se rassit. Les cloches sonnaient toujours, mais il oublia rapidement ce tohu-bohu. Il reprit la plume et répondit à Hendrik, lui disant qu'il acceptait l'invitation et fixa le jour, l'heure et le lieu de la rencontre. Celle-ci se déroulerait la semaine suivante, car il avait déjà des rendez-vous prévus à Paris à ce moment-là. Puis il prit une autre feuille et écrivit un second message, à envoyer aussi par télégramme, adressé à son ancienne préceptrice et maîtresse de Marseille, Mlle Duprés, avec qui il entretenait une correspondance occasionnelle.

Alors qu'il terminait ce message, il entendit la porte d'entrée se refermer et comprit que c'était Cook qui revenait. Il fallait qu'il aille à la poste avant l'heure de fermeture pour envoyer les télégrammes.

— Robert ? Venez là !

L'Anglais entra dans le bureau, l'air troublé, ses cheveux blonds en bataille et le regard perdu.

— Sir…

Kaloust fut frappé par l'air bouleversé de Robert.

— Mon Dieu ! s'exclama-t-il avec inquiétude. Quel est le problème ? Il est arrivé quelque chose ?

— La reine, balbutia le jeune avocat. La reine…

— Quoi ? Qu'y a-t-il ?

Robert Cook fit deux pas, machinalement, dans le bureau et se laissa tomber lourdement sur la chaise qui était en face de son patron, l'air choqué et le regard incrédule.

— La reine Victoria est morte.

V

Dans le salon régnait une excitation contenue, des centaines de personnes se préparant pour le grand événement. En redingote, la moustache et la barbe soigneusement taillées, les gentlemen conversaient sur un ton grave, de manière formelle et cérémonieuse, tandis que les ladies, le regard caché par les éventails en mouvement, avaient revêtu leurs plus belles robes pour l'occasion.

Tiré par la main de la *nounou*, le petit Krikor compara les tenues de ces dames avec celle de sa mère, et bien qu'il fût encore inexpérimenté en matière de mode, il réalisa avec fierté que Nunuphar était la plus élégante. Il est vrai qu'elle s'habillait chez les sœurs Callot, à Paris. C'était justement dans ces occasions solennelles que l'on voyait tout l'avantage qu'il y avait à fréquenter le meilleur couturier d'Europe, sinon du monde.

— Allons, dépêchons-nous ! marmonna son père en hâtant le pas. Ils sont sur le point de passer !

Les employés de l'hôtel Carlton se frayèrent un chemin parmi la multitude d'invités et conduisirent les Sarkisian jusqu'à un petit balcon. Kaloust et Nunuphar s'installèrent sur des chaises qui s'y trouvaient, payées à prix d'or, pour assister au grand événement, tandis que leur fils regardait dans la rue à travers la balustrade. En bas, Haymarket et Pall Mall fourmillaient de monde ; il y en avait presque autant que lors des obsèques de la reine Victoria, auxquelles les Sarkisian avaient assisté depuis la même fenêtre du Carlton quelques mois auparavant.

Le brouhaha s'intensifia et, aussitôt, un cavalier apparut dans la rue.

— *The King's coming !*

En entendant l'annonce du héraut du palais, un frisson de fébrilité parcourut les spectateurs. Les gens se penchèrent et tournèrent les yeux, attentifs, vers le bout de la rue, sentant que le cortège approchait. Du balcon de l'hôtel, les invités du Carlton faisaient de même.

— Ils arrivent ! s'exclama Krikor en sautillant. Ils arrivent !

Les cavaliers apparurent effectivement au bout de la rue, impressionnants dans leurs uniformes écarlates, les lames de leurs épées scintillant au soleil de ce chaud mois d'août. Le cortège approchait du Carlton, on commençait à entendre les tambours et les cornemuses, les escortes de militaires dans leurs uniformes d'apparat passant en premier, suivis des cavaliers écossais, puis des Indiens, des Africains, des Gurkhas et des Gallois, et enfin apparut le somptueux carrosse royal, tiré par quatre paires de chevaux et encadré par des fantassins. Dans le carrosse, on apercevait l'énorme silhouette d'Édouard VII saluant ses sujets d'une main, tenant le sceptre dans l'autre, et les Anglais répondaient par des salves d'applaudissements et des ovations.

— *God save the King !* acclamait la foule enthousiaste. *God save the King !*

Le petit garçon gardait les yeux rivés sur la silhouette du roi qui saluait et, quand il passa enfin, il se retourna.

— Est-il déjà roi ?

— Oui, Krikor, confirma sa mère, les yeux toujours collés à ses petites jumelles. Il vient d'être couronné à l'abbaye de Westminster et il se rend maintenant au palais.

Son père, protégé du soleil par son haut-de-forme habituel, gardait les yeux vissés à ses jumelles.

À ce moment-là, il tendit le bras.

— Regardez là-bas ! Regardez là-bas !

Krikor se tourna vers la rue et contempla le cortège. Les carrosses se suivaient les uns derrière les autres, tous élégants, tous différents.

— Qu'est-ce qu'il y a ?

— Le kaiser Guillaume II est là, vous ne voyez pas ? dit son père. C'est le neveu du roi, vous savez. – Puis, il indiqua une autre direction. – Et voilà le tsar ! Ils sont tous venus au couronnement !

Le défilé du couronnement du roi Édouard VII fut émouvant, la reine Victoria ayant vécu tant d'années que rares étaient ceux qui avaient assisté au sien ; c'était un peu comme si elle avait fini par faire partie des meubles, de sorte que le couronnement d'un autre roi fut un événement extraordinaire pour tout le monde. Le cortège disparut rapidement en direction de Buckingham Palace et, une fois le spectacle terminé, la foule se dispersa en quelques minutes.

Ce jour-là, les Sarkisian déjeunèrent au restaurant du Carlton, le préféré de Kaloust, au son d'un orchestre à cordes. C'était la première fois qu'ils emmenaient leur fils au restaurant, moment très marquant pour l'enfant. Se voyant ainsi intégré aux adultes, Krikor se sentait fier de partager une telle occasion. Il avait assisté au défilé du couronnement et déjeunait parmi les élites de la ville, écoutant leurs conversations et partageant leurs plats, presque comme s'il était l'un d'eux.

Il était déjà un adulte !

À cette époque, les Sarkisian décidèrent que la *nounou* française ne convenait plus à leur fils et ils la remplacèrent par Miss Brockway, une anglaise d'âge mûr, de l'ancienne école victorienne. La nouvelle préceptrice était une femme sévère, qui n'hésitait pas à infliger à Krikor une dose « saine » de corrections. Elle le faisait chaque fois qu'il se comportait mal, ce qui, compte tenu de ses exigeants critères, se produisait au moins une fois par jour, mais elle en vint même à le battre sans motif apparent.

— Qu'est-ce que j'ai fait ? s'étonna le garçon après la première de ces corrections indues. Pourquoi m'avez-vous frappé ?

— Parce que c'est bon pour toi ! rétorqua-t-elle sévèrement. Un homme, pour devenir fort, doit être éduqué avec sévérité. Regarde les spartiates !

Curieusement, et sans qu'il comprenne vraiment pourquoi, Krikor développa une affection particulière pour cette nouvelle préceptrice. Peut-être parce qu'elle lui prêtait une attention constante, contrairement à son père, qui demeura distant durant ses années de formation. Il le voyait deux ou trois fois par semaine, guère plus, un fantôme à la fois fascinant et terrifiant.

L'exception, c'étaient les vacances bien sûr. Chaque hiver, son père louait une villa à Cap-Martin, en France, et y envoyait la famille quelques semaines. À l'occasion, chaque fois que les affaires le lui permettaient, Kaloust rejoignait Nunuphar et Krikor pendant quelques jours. Malgré la peur que lui inspirait son père, c'étaient des moments heureux pour le garçon. Ils se promenaient en ville, dans une voiture aux grosses roues rouges, et parfois ils allaient jusqu'à la villa Cyrnos, où vivait Eugénie de Montijo, la veuve de Napoléon III, ancienne impératrice de France.

Comme toujours, c'était Miss Brockway qui le ramenait à la réalité lorsqu'il revenait à Londres.

— Cette maison est très modeste, déclara la préceptrice. J'aimerais pouvoir travailler pour des gens vraiment riches…

Ces remarques installèrent chez Krikor la conviction étrange que sa famille, bien que fréquentant le Carlton et séjournant occasionnellement à proximité de la dernière impératrice française, était en fait plutôt humble. Ou, au mieux, aisée. Sur le plan social, la maison du 38, Hyde Park Gardens se trouvait du mauvais côté du parc, trop éloignée de Park Lane pour pouvoir être considérée comme une adresse prestigieuse, détail sur lequel Miss Brockway ne se lassait pas d'insister. Et elle avait raison, bien sûr, car dans cette maison, il n'y avait même pas une femme de chambre s'occupant exclusivement de l'habillage du garçon !

Compte tenu des exigences des bonnes maisons de Park Lane, les Sarkisian ne pouvaient être qu'« aisés ». Dans ce quartier, très aristocratique, circulait même l'information scandaleuse selon laquelle Mr. Kaloust se rendait à la City pour, rendez-vous compte, travailler – activité qui causait la plus vive répulsion à cette partie si *posh* et *fashionable* de la ville.

— Quelle horreur, entendit Krikor une fois dans la bouche d'un lord qui promenait son chien devant le numéro 38. L'Arménien travaille !

Dans ces conditions, comment pouvait-il ne pas croire qu'il comptait parmi les personnes les plus humbles de la chic société britannique ? Son père ne s'était-il pas vu refuser l'accès au St James Club parce qu'il était, comble de l'horreur, un *professional man* ? Les gens bien ne géraient pas des entreprises, ils vivaient des revenus des grandes propriétés familiales. Les nouveaux riches, c'est-à-dire les riches de la première génération, étaient regardés de haut, comme des roturiers qui tentaient de s'immiscer dans un monde qui n'était pas naturellement le leur. Ces gens-là ne savaient-ils donc pas rester à leur place ?

En fait, Krikor ignorait à cette époque qu'il existait des gens vraiment pauvres à quelques pâtés de maisons de chez lui. Le fils des Sarkisian ne fréquentait qu'un espace géographique restreint, entre Hyde Park et Kensington Gardens, protégé par des murs de richesses et un enchevêtrement de conventions sociales strictes. Il n'imaginait donc pas qu'il pouvait exister des gens qui n'avaient rien. Pour lui, « ne rien avoir » signifiait posséder un manoir plus ou moins petit, dont le jardin était séparé de celui du voisin par un mur, comme c'était le cas au numéro 38, où ils vivaient. L'indigence complète était un phénomène dont il n'avait jamais entendu parler. C'est pourquoi, après s'être rendu compte que Miss Brockway se plaignait souvent de la frugalité qui régnait dans la maison, il finit par la dévisager d'un air malheureux et formula le verdict résigné auquel il était arrivé.

— Nous sommes pauvres.

VI

Ce soir-là, le menu du restaurant du Ritz, place Vendôme à Paris, suscitait une grande curiosité chez les gastronomes. Le bruit courait qu'un millionnaire américain avait fait une demande inhabituelle pour le dîner et on n'était pas sûr que le *chef de cuisine*, le célèbre Olivier Dabescat, fût à la hauteur.

La rumeur provoqua l'intérêt de Kaloust, qui réserva une table pour y dîner ce soir-là avec Mlle Duprés. L'Arménien arriva le premier et alla prendre un apéritif au bar du restaurant. Il s'enquit du menu auprès des employés, mais ceux-ci gardèrent le secret, se contentant de lui dire qu'il devrait attendre pour voir. Heureusement, il surprit César Ritz lorsque celui-ci se rendait au salon Vendôme pour s'assurer que tout était *comme il faut*. Saisissant l'occasion, l'Arménien l'interpella.

— *Monsieur* Ritz !

L'hôte s'arrêta et, reconnaissant son interlocuteur, se fendit d'un large sourire professionnel.

— Oh, *Monsieur* Sarkisian ! Quel honneur ! Quel plaisir ! Vous êtes vous aussi venu participer à notre petite soirée ?

— Absolument ! À condition que vous me disiez quel menu vous allez nous servir ce soir…

Le sourire de commande disparut et Ritz, tout en s'efforçant de paraître naturel, ne put dissimuler une certaine consternation qui le fit pâlir.

— Je suis une tombe, répondit-il en passant les doigts sur ses lèvres. J'ai promis à Olivier qu'il annoncerait lui-même le plat spécial de ce soir.

L'expression accablée du propriétaire de l'hôtel provoqua l'étonnement du client.

— Mais que diable ! s'exclama Kaloust. Est-ce une raison pour être si abattu ?

Ritz fit un geste de frustration.

— *Zut, alors !* Ce n'est rien !

— Allons, parlez-moi ! Quel est le problème ? Ne me dites pas que c'est à cause de la reine Victoria ! Elle a été enterrée, mon ami ! Ne vous en faites pas. Nous avons déjà un nouveau roi !

L'hôte prit une profonde inspiration et s'approcha pour lui parler sans être entendu des autres clients.

— Oh, *Monsieur* Sarkisian, ne plaisantez pas. Vous savez, je n'ai que des ennuis ! Les uns après les autres ! – Il soupira, le corps courbé dans une expression d'abattement. – Vous vous souvenez que jusqu'à l'année dernière, j'étais au Savoy, n'est-ce pas ? Eh bien, ces… ces *salauds d'Anglais* m'ont accusé d'avoir détourné plus de 3 000 livres en vins et spiritueux et… et ils m'ont viré ! – Il posa sa main sur la poitrine en un geste théâtral. – Moi, César Ritz ! *Ah, quelle honte, mon Dieu !* Quelle honte !

Kaloust posa la main sur son épaule pour le réconforter.

— Oui, je sais, mais c'est du passé, mon ami. – D'un geste ample, il indiqua l'espace autour de lui. – En moins d'un an, vous avez ouvert ce magnifique hôtel ici, à Paris ! C'est le meilleur de la capitale, peut-être même du monde ! Vous savez ce que je pense ? Vous avez gagné au change !

— C'est vrai, admit Ritz. Mais j'ai de nouveau des ennuis ! Pour me venger du Savoy, je me suis mis en tête de construire le meilleur et le plus luxueux hôtel d'Angleterre ! – Il éleva la voix, avec un regain d'enthousiasme. – Je veux ouvrir un Ritz à Piccadilly pour montrer à ces mangeurs de rosbif ce qu'est un hôtel *comme il faut* ! Les crétins du Savoy se morfondront d'envie et regretteront le jour où ils m'ont humilié. Oh, ils vont me le payer ! – Ses épaules s'affaissèrent et il reprit un ton soumis. – Mais *hélas*, le projet est dans l'impasse car les fonds me manquent. C'est une catastrophe ! Je ne sais vraiment pas quoi faire. Depuis cette maudite histoire des vins, les banques britanniques refusent de me prêter un centime pour financer le projet. Pas un centime ! – Il secoua la tête. – Que puis-je faire ? Je suis au bord de la ruine !

Le découragement de César Ritz fit forte impression sur Kaloust. Dès l'époque du Savoy, il avait perçu que la vision du Suisse dans le domaine de l'hôtellerie était tout à fait novatrice. S'il y avait bien quelque chose que l'Arménien savait apprécier, depuis ses premiers voyages dans l'Orient-Express et ses visites quotidiennes au splendide Pera Palace de Constantinople, c'était précisément le raffinement des services d'un grand hôtel. Et il n'y avait pas d'établissement plus luxueux que le Ritz de Paris.

— Vous voulez vraiment bâtir le meilleur hôtel de Londres à Piccadilly ?

— Ah, j'aurais bien aimé ! – Le regard de Ritz s'illumina. – Le projet est grandiose, *Monsieur* Sarkisian ! Un hôtel néoclassique, de style Louis XIV, avec une façade parisienne comme celles de la rue de Rivoli, vous voyez l'idée ? Oh, ce serait magnifique ! – Il secoua à nouveau la tête, toujours plus découragé. – Des rêves, rien que des rêves ! Je ne suis qu'un pauvre fou…

Son interlocuteur fit une grimace.

— De combien avez-vous besoin ?

— De beaucoup.

— Combien ?

Ritz baissa la voix.

— Environ 500 000 livres, dit-il presque dans un murmure, comme s'il craignait de prononcer le chiffre. C'est énorme, je le sais ! Aucune banque anglaise ne veut me prêter autant d'argent. Je suis au bord de la ruine !

Kaloust caressa sa barbe épaisse, pensif. Mais il n'eut pas à méditer très longtemps ; il faisait confiance au talent de Ritz et avait l'intuition que l'hôtelier serait un excellent investissement. Ne l'avait-il pas déjà vu à l'œuvre au Savoy et à présent dans cet hôtel, place Vendôme ? Difficile d'imaginer pari plus sûr.

— Si vous me donnez une part des bénéfices, dit-il lentement, comme s'il mesurait ses paroles, je suis prêt à vous prêter l'argent qui vous manque.

— Pardon ?

— Vous m'avez bien entendu, *monsieur* Ritz. J'avance les 500 000 livres dont vous avez besoin pour réaliser le projet.

Ritz regarda attentivement Sarkisian, essayant d'évaluer la sincérité de ses paroles.

— Vous êtes sérieux ?

— Ai-je l'air de plaisanter ? répliqua Kaloust avec une expression de quasi-indifférence, comme s'il venait de lui promettre un simple bonbon. Passez demain à mon bureau, vers 10 heures du matin, pour qu'on établisse le contrat.

Passé la surprise initiale, et constatant qu'il ne s'agissait nullement d'une blague, Ritz sentit monter les larmes. Le Suisse serra l'Arménien dans ses bras et se mit à l'embrasser comme s'il était Jésus-Christ en chair et en os.

— *Oh, bon Dieu ! Merci, merci !* répéta-t-il. Je ne sais pas quoi dire ! C'est... c'est *incroyable* ! *Fantastique ! Oh là là !* Comment pourrais-je vous remercier ?

L'Arménien n'était pas un grand adepte du contact physique avec d'autres hommes, raison pour laquelle il se dégagea immédiatement de l'emprise de son hôte.

— Il suffit que vous fassiez du Ritz l'hôtel le plus luxueux de Londres et que vous partagiez les bénéfices avec moi, en proportion de mon investissement, dit-il. – Il pointa son doigt vers lui, déterminé à obtenir un autre avantage. – D'ailleurs, dites à Olivier de venir satisfaire ma curiosité au sujet du menu de ce soir.

Ritz éclata de rire, essuya ses larmes et, avec les gestes gracieux qui le caractérisaient, s'inclina profondément, se retira du bar à reculons pour ne pas tourner le dos à son mécène inattendu, et se dirigea immédiatement vers la cuisine.

— Vos désirs sont des ordres, *Monsieur* Sarkisian !

Il s'écoula moins de deux minutes. Kaloust trempait ses lèvres dans le verre de porto qu'il avait commandé en apéritif lorsqu'il vit Olivier Dabescat arriver au bar.

— *Monsieur* Sarkisian, l'interpella le *chef de cuisine* du Ritz. Je ne sais pas comment vous y êtes parvenu, mais M. Ritz est déchaîné et il m'a donné l'ordre express de vous révéler le grand secret de cette soirée. Vous voulez vraiment le savoir ?

— Je suis on ne peut plus curieux, rétorqua Kaloust. Les rumeurs vont bon train. Certains disent que c'est un faisan spécial, d'autres de la viande africaine. Éclairez-moi, s'il vous plaît ! La curiosité me ronge !

Regardant autour de lui pour s'assurer qu'aucun autre client ne les entendait, Dabescat s'approcha de l'oreille gauche de l'Arménien.

— Vous connaissez ma devise, n'est-ce pas ? murmura-t-il. En tout, satisfaire les désirs des clients.

— Oui, je sais. Et alors ?

— Eh bien, un Américain m'a mis au défi de lui faire un plat de pattes d'éléphant à l'étouffée !

Kaloust plissa les yeux.

— Pardon ?

Le chef eut un rire nerveux.

— Vous avez bien entendu, dit-il. L'homme voulait un ragoût de pattes d'éléphant. Comme il m'a toujours entendu dire que je satisfaisais tous les désirs des clients, il m'a mis au défi de lui préparer ce plat. – Il fit un geste ample de la main, comme un illusionniste lorsqu'il fait un tour devant le public. – Eh bien, je vais le servir ce soir !

— Mais… mais où diable avez-vous trouvé un éléphant, bon sang ? Ne me dites pas que vous êtes allé le chasser en Afrique !

Nouveau rire de Dabescat.

— Il a fallu que je l'achète au Jardin des plantes, révéla-t-il. Ça m'a coûté une petite fortune, vous n'avez pas idée, mais on sait déjà qui va payer, n'est-ce pas ? L'Américain.

Le *chef de cuisine* retourna à ses tâches, fort nombreuses à cette heure-là, et Kaloust porta son attention sur son verre de porto, mais il ne put rien avaler car, se retournant sur sa chaise, il vit une femme plantée devant lui.

C'était Mlle Duprés.

Les quatre pattes d'éléphant furent toutes servies à la grande table circulaire où se trouvait le groupe de convives invités par l'excentrique client américain. Cependant, conformément aux ordres de César Ritz, le *chef de cuisine* vint à la table près de la fenêtre où Kaloust et Mlle Duprés étaient installés et, discrètement, posa devant eux un petit plat dont le contenu était caché par un couvercle.

— C'est une petite portion du menu servi aux Américains, murmura Dabescat. Avec les compliments de *monsieur* Ritz.

Débordant de curiosité, tous deux goûtèrent le plat exotique, mâchant la viande avec mille précautions et une méfiance redoublée. Le morceau de patte d'éléphant avait une texture étrange, mi-coton mi-éponge ; ils décidèrent de ne pas le finir et de commander un ragoût d'huîtres qui, le *chef de cuisine* les en assura, était « divin ». Détendus par l'ambiance du salon

Vendôme, où un pianiste en redingote interprétait avec brio la *Lettre à Élise* de Beethoven, les deux anciens amants purent enfin se consacrer l'un à l'autre.

— Alors, comment allez-vous, mademoiselle ? demanda Kaloust quand l'excitation provoquée par le plat de l'Américain se fut apaisée et que les huîtres furent servies. Toujours aussi bien, j'en suis sûr.

— Je ne sais pas si vous pouvez continuer à m'appeler mademoiselle…

— Quoi ? Vous vous êtes mariée ?

Elle hocha la tête.

— Il y a quatre ans, révéla-t-elle. Mais nous avons divorcé l'an dernier.

— Pendant tout ce temps, vous ne m'avez rien dit, se plaignit Kaloust. Pas même par lettre…

La Française haussa les épaules.

— Il n'y avait aucune raison de le faire, se justifia-t-elle, légèrement mal à l'aise. Quoi qu'il en soit, j'ai repris mon nom de jeune fille, Duprés, mais je pense ne plus être assez jeune pour qu'on m'appelle « mademoiselle ».

— Mme Duprés, alors.

Elle sourit avec coquetterie, affichant discrètement ses dents blanches. Elle était à peine plus âgée que lui, mais on devinait qu'elle avait dépassé la trentaine. Son corps était devenu plus sec et son visage avait beaucoup perdu de la fraîcheur qu'il avait à Marseille.

— Je pense que c'est mieux, en effet.

— Et vous continuez dans le monde de l'édition ?

— Oh oui, bien sûr ! À présent je travaille pour les éditions Hetzel, je ne sais pas si vous connaissez…

— Très bien ! s'exclama l'Arménien. Qui ne connaît pas cet éditeur ? Vous publiez Jules Verne, n'est-ce pas ?

— Depuis près de quarante ans, confirma-t-elle. Après la mort de M. Pierre-Jules, c'est son fils qui a repris la maison, mais il avait besoin d'aide, le pauvre, et il est venu me chercher. J'ai eu beaucoup de travail avec le nouveau livre de M. Verne, qui va sortir l'année prochaine. – Elle baissa la voix, comme si elle partageait un secret. – Il s'appellera *Les Frères Kip* et j'espère bien que ce sera encore un succès d'édition.

— Ah, bravo, bravo ! – Il hésita. – Et… êtes-vous heureuse dans votre travail ?

Mme Duprés remua sur son siège ; elle sentait que cette question était importante et qu'elle devait donner une réponse judicieuse.

— J'ai toujours aimé la littérature, bien sûr, dit-elle. Mais il est évident que si je trouvais un emploi mieux rémunéré, j'envisagerais sérieusement la question.

Kaloust sirota une gorgée de château-lafite.

— Si je ne suis pas indiscret, dit-il en posant le verre, combien gagnez-vous ?

— 100 francs par mois. Ce n'est pas beaucoup, mais ça couvre mes dépenses et il me reste encore quelque chose après.

L'Arménien se frotta la barbe du bout des doigts, comme il avait l'habitude de le faire dans ce genre de circonstances.

— Je vous paie dix fois plus si vous acceptez de travailler pour moi.

La Française ouvrit et ferma la bouche sans émettre un son, stupéfiée par le montant de la proposition.

— Dix fois plus ? demanda-t-elle enfin, incrédule. Vous voulez me payer… 1 000 francs par mois ?

— Est-ce que cela vous convient ?

Mme Duprés laissa échapper un rire dubitatif.

— Pour une telle somme, je couche avec vous toutes les nuits !

Kaloust esquissa un sourire.

— Cette époque est révolue, j'en ai peur, répliqua-t-il. Je vous engagerais comme secrétaire... comment dire... particulière, en quelque sorte. J'ai besoin de quelqu'un en qui j'ai une confiance totale pour s'occuper de mes relations à caractère social. Quelqu'un qui se souvienne des anniversaires de tout le monde, qui achète les cadeaux que j'offre aux gens, s'occupe de mes contacts, envoie des fleurs... bref, quelqu'un qui puisse gérer toute cette partie de ma vie.

La Française le regarda avec une pointe de méfiance.

— Et vous me paieriez 1 000 francs pour faire ça ? *Mon Dieu*, il y a tellement de personnes qui seraient prêtes à faire ce travail pour moins de 100 francs !

— J'ai besoin de quelqu'un de fiable, souligna Kaloust. Cette qualité est fondamentale compte tenu de la nature de ma vie sociale et, en particulier, en raison d'une responsabilité peu... conventionnelle, pour ainsi dire. C'est une question délicate qui exige beaucoup de sensibilité et de discrétion.

Mme Duprés grimaça.

— De quoi parlez-vous ?

— D'un sujet... comment dire, d'ordre... médical.

— Ne me dites pas que vous êtes malade ?

Kaloust secoua la tête, légèrement agacé de ne pas pouvoir simplement transmettre par la pensée ce qu'il voulait dire. Il allait devoir recourir aux mots, mais compte tenu du sujet, ils ne lui semblaient guère élégants.

— Mon médecin m'a conseillé de… enfin il pense que… que… – Il s'arrêta au milieu de la phrase. Bon sang, comment pourrait-il dire ça d'une manière acceptable ? – Eh bien, voilà, mon médecin m'a dit que je devrais… je veux dire, il considère que, pour des raisons strictement sanitaires, il serait utile que j'entretienne un contact… comment dire, un contact… intime et régulier avec… enfin, des jeunes filles. – Il prit une profonde inspiration, soulagé d'avoir finalement réussi à dire ce qu'il voulait sans recourir à un langage vulgaire. – À vrai dire, les jeunes filles doivent avoir dix-huit ans. Ou moins, de préférence. Mon médecin m'a recommandé cette… appelons ça une thérapie, pour des raisons sanitaires. Il pense que c'est essentiel pour que je reste en bonne santé.

L'ancienne préceptrice demeura un long moment silencieuse, tentant de discerner les implications de ce qu'elle venait d'entendre. Compte tenu du caractère délicat du sujet et de l'embarras évident de son interlocuteur, elle comprit qu'elle devait choisir soigneusement ses mots.

— Eh bien, je comprends qu'il s'agit de questions de santé, dit-elle prudemment. Mais quel serait exactement mon rôle ? C'est juste que, comme vous l'avez sans doute remarqué, j'ai plus de dix-huit ans.

La remarque provoqua un rire nerveux chez Kaloust.

— Bien sûr ! rétorqua-t-il. Ce n'est pas ce que j'attends d'une secrétaire particulière, soyez rassurée. Ce dont j'ai besoin, c'est de quelqu'un qui… comment dire, s'occupe de cette question pour moi. Je ne sais pas si je me fais bien comprendre.

Le regard de Mme Duprés était celui d'un sphinx tandis qu'elle essayait de saisir le sens de la conversation et de lire entre les lignes.

— Vous avez besoin que je vous trouve les filles, c'est ça ?

L'Arménien rougit devant sa façon excessivement crue d'aborder le sujet.

— Eh bien... dans le fond, et d'une certaine manière, c'est cela même, balbutia-t-il, sentant la sueur couler sur son visage. J'ai besoin de quelqu'un pour les aborder, les convaincre, les préparer, leur apprendre à parler et à se comporter, pour les accompagner chez le médecin... Bref, tous ces détails dont je ne peux évidemment pas m'occuper.

La Française considéra la question, et la responsabilité que cela impliquait.

— Et d'après vous, comment vais-je les convaincre ? Je veux dire, je ne peux pas aller voir une fille et lui dire... enfin, vous comprenez, n'est-ce pas ? Quels arguments vais-je utiliser ?

— Vous disposerez d'un fonds de roulement à cet effet, répondit son interlocuteur. Tant pour les convaincre que pour les remercier lorsqu'elles atteindront dix-huit ans. – Il leva la paume de la main, comme pour souligner un point précis. – Comprenez-moi, ce sujet est strictement clinique. Mon médecin insiste sur le fait que les jeunes filles doivent avoir moins de dix-huit ans pour que les effets thérapeutiques puissent être efficaces.

— Oui, bien sûr, acquiesça Mme Duprés, faisant semblant de croire ce qu'il disait. C'est une question de... santé. Je comprends parfaitement.

Il y eut un silence embarrassé entre eux. Le salon Vendôme était très animé, au brouhaha des conversations se mêlaient parfois des éclats de rire, les morceaux joués par le pianiste et le bruit d'un bouchon de champagne qui sautait. Le jardin au-delà des fenêtres était richement éclairé, ce qui donnait une lueur particulière au salon, lui-même orné de plantes et de belles statues de style classique.

— Et alors ? demanda Kaloust, incapable de dissimuler une pointe d'anxiété. Vous acceptez ?

Son ancienne préceptrice hésita. Dans le fond, il lui était demandé d'exercer les fonctions de « proxénète privée ». C'était une demande plutôt inattendue, mais cela ne l'offensait guère. N'avait-elle pas vendu son propre corps à ce même homme quand ils vivaient tous les deux à Marseille ? La question morale ne la préoccupait pas beaucoup et c'était précisément pour cette raison qu'il l'avait choisie. D'un autre côté, il y avait les 1 000 francs par mois, somme plus que suffisante pour vivre à Paris comme une princesse et consacrer une partie importante de ses journées aux livres, sa véritable passion. Comment pourrait-elle refuser une telle offre ?

Ses dents blanches apparurent à nouveau derrière son sourire délicat, faisant apparaître les premières rides au coin de ses yeux.

— Quelle est la première jeune fille que je devrai recruter ?

VII

Les détails de l'accord avec César Ritz furent rapidement négociés et finalisés au bureau parisien de Kaloust. Les avocats rédigèrent le contrat, Mme Duprés le dactylographia, Ritz et l'Arménien le lurent et le signèrent, et ce dernier fit un chèque de la National Provincial Bank of England d'un montant de 500 000 livres sterling. Quand tout fut réglé, Kaloust souhaita parler seul à seul avec le roi des hôteliers, et les avocats se retirèrent dans la salle d'attente. La secrétaire particulière allait également sortir, mais le patron lui fit signe de s'asseoir.

— J'ai toujours adoré les grands hôtels de luxe, déclara Kaloust à son visiteur. Cela a énormément compté dans ma décision de vous aider pendant cette période difficile. – Il s'arrêta et se força à sourire. – Outre, bien sûr, le fait que je suis convaincu que vous allez construire à Piccadilly le plus grand hôtel d'Angleterre, peut-être même du monde.

— Merci, *Monsieur* Sarkisian, déclara Ritz. Je suis sensible à votre confiance.

— L'une des choses dont j'ai toujours rêvé, c'est de vivre dans un hôtel où tous nos besoins sont pris en charge sans que nous ayons à nous occuper des mille et un détails que connaissent ceux qui vivent dans leur propre logement : une lampe qui ne fonctionne plus, le gazon qu'il faut tondre, des couverts en argent qui ont disparu… bref, tous ces tracas qui vous gâchent la vie ! Dans un hôtel, le client ne se soucie aucunement de tout cela. Il se fait servir et doit juste régler la facture à la fin.

— Bien sûr, c'est beaucoup plus pratique…

Se levant de son siège, Kaloust s'approcha de la fenêtre et jeta un regard mélancolique sur la place Vendôme. Le cabinet de son avocat parisien se trouvait d'un côté de la place, et de l'autre s'élevait l'élégante et longue façade du Ritz, devant laquelle une file de carrosses et de fiacres déposaient et embarquaient des clients.

— Je songe à vivre dans un hôtel, révéla-t-il en contemplant l'architecture du Ritz qui se déployait le long de la place. Non seulement cela réglerait les problèmes pratiques du quotidien, mais ça m'aiderait aussi sur un plan fiscal. Mes revenus sont élevés, comme vous l'imaginez, et l'État essaie de m'en voler le plus possible. – Le sujet semblait l'exciter. – Des voleurs ! Les politiciens, la lie de l'humanité, utilisent l'argent des autres pour remplir leurs propres poches ! Ce ne sont que de misérables parasites ! – Il prit une profonde inspiration pour se calmer. – Mais, si je vis dans un hôtel, je pourrai duper ces voyous du fisc. Je ferai valoir que je suis de passage, la preuve étant que je vis dans un hôtel, et j'obtiendrai ainsi d'importants avantages fiscaux. – Il se tourna vers son interlocuteur. – Vous voyez où je veux en venir, n'est-ce pas ?

César Ritz sourit.

— *Monsieur* Sarkisian, je suppose que vous aimeriez vivre au Ritz.

L'hôte fit deux pas et s'installa de nouveau à son bureau.

— Exactement !

— Cela ne pose aucun problème, assura l'hôtelier. Je vous réserverai la meilleure suite de mon hôtel à Piccadilly et vous serez traité comme si vous étiez… eh bien, comme si vous étiez ce nouveau roi d'Angleterre… comment s'appelle-t-il, déjà ? Édouard VII, c'est cela ?

Du pouce, Kaloust indiqua la fenêtre.

— Je serais également intéressé par une suite dans votre hôtel, à Paris, dit-il. Je dois venir souvent ici et…

— Certainement ! s'exclama Ritz sans le laisser finir. La meilleure suite de mon hôtel parisien vous sera désormais réservée, que vous soyez ici ou non.

Supposant la conversation terminée, l'hôtelier s'apprêta à se lever, mais il comprit par l'attitude de son interlocuteur qu'il y avait au moins encore un point à résoudre. Il ne se trompait pas.

— En fait, déclara Kaloust, revenant au sujet, ma suite ici à Paris sera occupée en permanence.

— Ah oui ? s'étonna Ritz. *Monsieur* Sarkisian vient s'installer à Paris ? Excellent !

L'Arménien remua sur sa chaise, la question qu'il devait régler le mettait mal à l'aise.

— Ce n'est pas pour moi, corrigea-t-il. Je prévois de loger dans cette suite une… eh bien, une dame.

L'hôtelier leva les sourcils et regarda à la dérobée Mme Duprés, qui suivait la conversation en silence, assise sur une chaise près de la fenêtre.

— Ah ! J'ai compris.

Kaloust baissa les yeux, incapable de regarder César Ritz tandis qu'il exposait ce qu'il avait en tête, et il fit un signe en direction de sa secrétaire particulière.

— La dame en question vous sera présentée par Mme Duprés en temps opportun, et elle sera logée dans la suite pendant quelques mois, ou un an, le temps nécessaire. Puis cette dame s'en ira et… une autre viendra, qui sera également introduite par Mme Duprés. – Il leva enfin les yeux. – J'espère que vous ne voyez aucun inconvénient à cet arrangement. Je voudrais que cette question, qui est strictement liée à des questions de santé je vous l'assure, soit traitée avec la plus grande discrétion, tant par vous que par le personnel de l'hôtel.

Comprenant qu'il serait malvenu d'entrer dans les détails, Ritz, en hôtelier expérimenté, se leva de son siège et tendit la main à son mécène.

— *Monsieur* Sarkisian, soyez rassuré ! lui dit-il en faisant une révérence. Vous serez, vous-même ou toute personne qui vous représente, homme ou femme, dorénavant traité comme un roi. Le Ritz, cher *Monsieur* Sarkisian, sera désormais votre maison !

Comme chaque fois qu'il entrait quelque part, Hendrik Van Tiggelen répandit énergie et vivacité dans le bureau parisien de Kaloust. Il venait de débarquer à la gare du Nord, arrivant de Rotterdam, et était venu directement, avec plein d'idées et de projets dans la tête.

— Nous devons discuter de votre rôle au sein de la Royal Dutch Shell ! s'exclama d'emblée le Néerlandais, allant droit au but. Que diriez-vous d'occuper un poste dans notre administration ? Nous avons besoin d'une personne comme vous, qui soit à l'aise tant dans le Caucase que dans les milieux financiers, et toujours avec discrétion. Vous pourriez nous être très utile.

Kaloust grimaça.

— Administrateur ? Moi ? – Il secoua la tête. – Non, ça ne m'intéresse pas.

Une pointe de déception se dessina sur le visage du P.-D.G. de la Royal Dutch Shell.

— Ne me dites pas ça ! En garantissant les livraisons des producteurs indépendants de Bakou, vous avez joué un rôle crucial dans nos opérations. Si nous n'avions pas le pétrole russe de notre côté, Dieu seul sait comment nous pourrions affronter la Standard Oil. Je crois qu'il est on ne peut plus souhaitable de mieux vous intégrer dans notre organisation.

— Je n'ai pas l'intention d'occuper un poste d'administration ou de direction, précisa l'Arménien. Mais cela ne signifie pas que nous ne pouvons pas collaborer étroitement, dans notre intérêt mutuel. N'oubliez pas que je suis le principal actionnaire privé de Royal Dutch Shell. J'ai donc tout intérêt à ce que l'entreprise soit prospère et je crois que je peux vous être très utile à cet égard.

— Mais comment pourrez-vous nous être utile si vous n'occupez pas un poste de responsable ? Cela n'a pas de sens !

S'adossant à son siège, Kaloust prit une expression bienveillante et un air presque rêveur.

— Vous ai-je dit que je suis passionné d'art ?

— J'ai entendu dire que vous étiez un collectionneur de tapis, de pièces de monnaie et de porcelaines, indiqua Hendrik sans comprendre le soudain changement de sujet de conversation. Et alors ? Qu'est-ce que cela a à voir avec votre participation à notre entreprise ? Vous voulez nous organiser une collection ?

L'Arménien ignora la pointe d'ironie de la dernière question.

— L'un des arts les plus nobles est l'architecture, fit-il observer. Certes, les créations architecturales ne sont pas des objets de collection. Je ne peux pas posséder le Parthénon ou la tour Eiffel, par exemple. Mais je peux admirer de telles œuvres.

Le Hollandais fronça les sourcils, s'efforçant de voir où son interlocuteur voulait en venir.

— Vous voulez nous construire un bâtiment ?

— D'une certaine manière, oui. Je veux concevoir une architecture d'affaires qui soit parfaite. Je ne pourrai pas le faire en exerçant une fonction formelle, de directeur ou d'administrateur. Si je le faisais, je deviendrais un simple bureaucrate. Or, je suis un artiste ! Mon art, ce sont les affaires. Royal Dutch Shell veut nouer une collaboration ? Eh bien, pas de problème, je suis à sa disposition.

— Mais de quelle façon, si vous n'acceptez aucun poste dans notre organisation ?

— Laissez-moi le dire autrement, suggéra l'Arménien. Si Royal Dutch Shell était un être humain, vous en seriez le corps et moi l'âme. Vous gérez le groupe et les aspects touchant la production, la distribution et autres questions ennuyeuses. Quant à moi, je m'occupe de toute la partie artistique : détecter les opportunités, trouver les financements et monter les opérations financières. Vous voyez l'idée ?

— Eh bien... Expliquez-vous mieux.

— Imaginez que j'identifie une compagnie pétrolière en difficulté, mais disposant d'une concession intéressante. Comme elle est à court d'argent, cette compagnie ne peut pas financer l'exploitation de ses puits, d'accord ? Mon rôle sera de découvrir de telles compagnies, de les convaincre de se laisser racheter par la Royal Dutch Shell, et de trouver les financements nécessaires pour obtenir une technologie qui permettra d'exploiter ces puits. Une fois toute cette architecture en place, à vous de jouer : vous achetez lesdites compagnies à un prix intéressant et, grâce aux financements négociés par moi, vous démarrez l'exploitation. Je perçois un pourcentage de la transaction et Royal Dutch Shell garde la concession. – Il fronça les sourcils. – Vous ne trouvez pas que ça ressemble à un mariage parfait ?

Le Hollandais se fendit d'un de ses sourires contagieux.

— Pas mal du tout, reconnut-il. Ce n'est pas le type de collaboration auquel je pensais, mais qui sait si ce n'est pas encore mieux ?

Kaloust s'éclaircit la voix.

— D'ailleurs, je dispose déjà d'une offre de concession que je souhaiterais vous soumettre, s'empressa-t-il d'ajouter. La semaine dernière a débarqué dans mon bureau un représentant du gouvernement perse, qui se proposait de me vendre une concession d'exploration pétrolière dans son pays pour 15 000 livres. Êtes-ce que ça vous intéresse ?

— 15 000 livres ? C'est une somme considérable…

— Mais le retour pourrait être encore plus considérable… s'il y a du pétrole en Perse, bien sûr.

— Et il y en a ?

L'Arménien haussa les épaules.

— Je ne sais pas. J'ai enquêté sur la question et découvert qu'il y a une trentaine d'années, le shah avait accordé des droits d'exploration au baron Reuter, le fondateur de l'agence de presse du même nom, mais il semblerait que les forages n'aient pas été concluants.

Hendrik grimaça, sceptique.

— C'est une concession très spéculative, vous ne trouvez pas ? Vous voulez que nous payions 15 000 livres pour une concession dont on ignore tout ? Ça ressemble à de la spéculation !

— Donc vous n'en voulez pas ?

Le P.-D.G. de Royal Dutch Shell secoua la tête énergiquement.

— Non, absolument pas ! Une chose est d'acheter une entreprise qui connaît des difficultés financières pour exploiter une concession où l'on sait qu'il y a du pétrole, déclara-t-il. Une autre, totalement différente, consiste à obtenir une concession à l'aveugle. C'est comme jouer au casino. Je ne suis pas intéressé.

— Vous en êtes sûr ?

Hendrik Van Tiggelen fit un geste catégorique et définitif de la main.

— Absolument.

La jeune fille remuait les hanches avec sensualité, en avant et en arrière, d'abord lentement, puis de plus en plus vite, tournoyant au rythme frénétique de la musique, et lorsque le tempo de l'orchestre de Mabille et Chaudoir atteignit son apogée, elle attrapa les pans de sa large jupe écarlate et les souleva sans pudeur, exhibant ses cuisses nues. Un brouhaha grandit parmi l'assistance, avec des hurlements et des sifflements. Le public était surchauffé. La jeune fille lui tourna le dos, se pencha et leva à nouveau ses jupes, montrant ses fesses avant de quitter la scène en courant sous une nuée d'applaudissements.

— Merci *mesdames et messieurs* ! cria l'animateur, un homme en redingote et haut-de-forme qui sauta aussitôt sur la scène. C'était la charmante *mademoiselle* Claire avec son cancan spécialement dédié à nos généreux clients. – Il fit un geste théâtral avec le bras. – Et maintenant, le Moulin Rouge est fier de présenter les demoiselles de la Taverne du Diable !

Les cinquante musiciens de l'orchestre entamèrent un autre cancan et un groupe de danseuses déguisées en diablesses, portant des costumes rouges et de longues queues, envahit la scène et commença à tournoyer harmonieusement, selon une chorégraphie bien répétée.

— Celle-là !

Kaloust indiqua l'une des danseuses, une rousse qui ne devait pas avoir plus de dix-sept ans. Assise à côté de son patron, dans la loge du Moulin Rouge la plus proche de la scène, Mme Duprés tourna ses jumelles vers la jeune fille qu'il désignait du doigt.

— Laquelle ? La deuxième de la dernière rangée ?

— Oui, la rousse avec des taches de rousseur.

La secrétaire particulière dévisagea la jeune fille pendant une minute, pour bien la mémoriser et, quand elle fut satisfaite, se leva, ramassa le bouquet de fleurs et l'écrin dans lequel se trouvait la bague de diamant qu'elle avait achetée le matin même chez Cartier sur les Champs-Élysées et lança un dernier coup d'œil à son patron.

— Je m'en occupe, promit-elle. Il faut que je sois dans le vestiaire lorsque ce groupe quittera la scène.

— Si elle est d'accord, n'oubliez pas que je veux qu'elle soit toute *coquette*, lui rappela-t-il, toujours à cheval sur les détails. Habillez-la avec ce qu'il y a de mieux chez les sœurs Callot, vous entendez ? La cagnotte couvrira toutes les dépenses.

— Soyez rassuré, lorsque vous reviendrez à Paris le mois prochain, vous verrez que tout sera à votre goût.

Mme Duprés quitta la loge, laissant Kaloust seul. L'Arménien trempa ses lèvres dans son verre de champagne et examina la rousse qui sautillait sur la scène. La jeune fille allait-elle accepter la proposition ? Le fait qu'elle soit danseuse au Moulin Rouge laissait supposer qu'elle était délurée, probablement ouverte à de nouvelles expériences. En outre, il y avait la bague de diamant pour la convaincre, ainsi que la promesse d'une généreuse rétribution mensuelle, les robes de la meilleure maison de mode européenne et la vie fastueuse dans une suite de luxe au Ritz. Laquelle de ces filles ne donnerait pas un bras pour avoir une chance pareille ? Et il ne demandait pas leur bras.

Il leur demandait leur corps, tout entier.

VIII

Les voix des vendeurs de journaux dans Hyde Park attirèrent l'attention de Kaloust. L'Arménien était sorti pour sa promenade matinale, comme chaque jour à la même heure, mais en passant devant les crieurs de journaux, il fut choqué par les nouvelles qu'ils hurlaient en agitant les quotidiens.

— Massacres en Russie ! Des musulmans massacrent des chrétiens ! Lisez toute l'histoire dans *The Times* !

— Demandez *The Daily Telegraph.* Les Tatares ont détruit Bakou ! Tout est dans *The Daily Telegraph* !

Horrifié par les crieurs de journaux, Kaloust s'approcha et leur tendit une poignée de pièces pour en acheter. Absorbé par les manchettes il s'appuya sur sa canne et se dirigea en hésitant vers le banc le plus proche, à Hyde Park, où il s'assit pour lire. Les nouvelles étaient catastrophiques.

Partout en Russie, grèves et affrontements paralysaient le pays. En réalité, rien de tout cela n'était nouveau. La situation, qui ne faisait que s'aggraver depuis un certain nombre d'années, était devenue totalement incontrôlable quelques mois plus tôt, en décembre 1904, quand une grève et un massacre devant le palais d'Hiver, à Saint-Pétersbourg, avaient déclenché une série de manifestations dans tout le pays. La révolte s'était également propagée dans le Caucase et avait provoqué de nouveaux arrêts de travail dans les champs de pétrole de Bakou. Ce que les journaux rapportaient maintenant, et là était la nouvelle, c'était que le gouvernement russe, effrayé par les grévistes de Bakou, avait distribué des armes aux musulmans tatars. Le résultat avait été catastrophique. Les Tatars s'étaient retournés contre les Arméniens et avaient tué des milliers de personnes.

— Stupide ! s'écria Kaloust. Ce tsar est stupide !

Selon *The Daily Telegraph*, qui ne donnait toutefois pas de détails, les champs de pétrole de Bakou avaient été détruits par les Tatars. Kaloust chercha davantage d'informations dans *The Times*, mais le quotidien ne disait rien sur ce sujet. En revanche, il donnait des précisions sur les conséquences de la guerre russo-japonaise, déclenchée l'année précédente par le tsar pour tenter de détourner l'attention, et qui se transformait en une autre catastrophe pour Moscou. Les Russes avaient perdu Port-Arthur, leur flotte de la Baltique avait été anéantie à Tsushima et à Moukden l'armée avait perdu 80000 hommes. *The Times* rapportait que l'équipage du cuirassé *Potemkine* venait de se révolter, suite à d'autres soulèvements navals à Sébastopol, Vladivostok et Kronstadt, et que le chaos était général dans le pays.

— La Russie est mise à sac, murmura l'Arménien avec un long soupir. C'est la fin !

Avec une résolution soudaine, il se leva du banc et traversa la rue en direction de sa maison. Ce jour-là, il n'y aurait pas de promenade. En entrant chez lui, il se rendit compte que son médecin l'attendait ; il se souvint alors que c'était le jour du bilan hebdomadaire.

— Je n'ai pas le temps aujourd'hui, docteur, dit-il, une pointe d'impatience dans la voix. Vous n'avez pas vu les nouvelles ? Je dois aller au bureau de toute urgence.

Le docteur Ajemian haussa un sourcil inquiet.

— Que se passe-t-il ?

— Bakou est à feu et à sang, vous ne saviez pas ?

Le médecin fit un geste résigné.

— Ah oui. C'est terrible ! observa-t-il. Le tsar est devenu fou ! Vous savez qu'il a armé les Tatars ?

Sans s'arrêter, Kaloust se dirigea directement vers la chambre et fit signe au médecin de l'accompagner.

— Bien sûr que je le sais, dit-il en commençant à enlever son gilet. Ce sont eux qui ont rasé Bakou.

— Les détails donnés dans les journaux sont horribles. Les Tatars mettent le feu aux champs de pétrole et abattent les ouvriers de sang-froid, c'est…

Le maître de maison s'arrêta soudainement et se tourna vers le médecin, le regardant comme s'il le foudroyait.

— Quoi ? l'interrompit-il. Où avez-vous lu ça ?

Le docteur Ajemian fut impressionné par l'intensité que Kaloust mit dans la question et celle qu'il vit dans son regard.

— Eh bien… dans *The Observer*. Vous ne l'avez pas lu ?

— Non, que dit-il ?

— Il semblerait que les Tatars ont mis le feu aux puits et aux tours de forage, ce qui a déclenché un véritable enfer dans toute la péninsule. Ensuite, ils ont encerclé le secteur et massacré tous ceux qui tentaient de fuir. Selon un télégramme cité par le journal, Bakou ressemble à Pompéi vivant ses derniers jours, avec des incendies, de la fumée, des coups de feu, des explosions et des gens hurlant partout. On dit que la fumée noire était si dense qu'elle a complètement caché le soleil et qu'il faisait nuit en plein jour.

Kaloust resta un long moment planté dans le couloir, essayant de digérer toutes ces informations. Les puits en feu ? Quelles conséquences aurait cette nouvelle pour sa vie à lui ? Zinovieff avait-il réussi à s'échapper ? Y aurait-il encore du pétrole à vendre ?

— Mon Dieu !

Il se retourna et se dirigea vers la chambre, plus déterminé que jamais. Il ôta les vêtements qu'il portait et enfila un costume de Savile Row. Sans en demander plus, il quitta précipitamment la maison et prit un fiacre qui l'emmena directement à St Helen's Place, où se trouvait son bureau. Il devait envoyer un télégramme à Zinovieff de toute urgence pour lui demander des informations.

Cependant, lorsqu'il franchit la porte, il vit que Robert Cook tenait une enveloppe. Il ignora le salut de son subordonné, la journée étant à vrai dire plutôt terrible, et lui arracha l'enveloppe des mains. Il l'ouvrit à la hâte, déchirant les bords avec impatience, rongé d'angoisse. Il déplia la feuille ; c'était un télégramme qui provenait de Bakou.

PUITS HORS D'ÉTAT INSTALLATIONS DÉTRUITES
PÉTROLE FINI STOP
ME SUIS ENFUI STOP
FERMER REPRÉSENTATION STOP ZINOVIEFF

— Alors, sir ? demanda Cook. Que se passe-t-il ?

Avec un long soupir, Kaloust posa le télégramme sur le bureau et regarda son subordonné, l'air défait, plein de résignation.

— Le pétrole de Bakou, c'est fini !

Traditionnellement, chaque mercredi à 17 heures, une réception se tenait au 38, Hyde Park Gardens. Dès son enfance, Nunuphar s'était habituée à ces grands raouts, qui étaient une quasi-obligation eu égard à l'intense vie mondaine des Berberian, plus grands banquiers de l'Empire ottoman. Maintenant qu'elle était mariée, elle n'avait nullement l'intention de renoncer à cette tradition qu'elle considérait comme essentielle pour continuer à occuper une place prééminente dans la société.

— Madame Sarkisian, vous avez un goût exquis, la félicita Charles Rubenstein, l'un des invités, un verre de liqueur à la main. Vos réceptions sont encore plus remarquables que celles de votre père, que j'ai eu le privilège de connaître.

— Oh, vous êtes trop aimable, dit Nunuphar en rougissant, tout en caressant le pékinois qu'elle avait dans les bras. Mais j'ai peur que ces simples cocktails ne soient pas encore au niveau de ceux de ma mère !

Des dizaines d'invités évoluaient dans le hall en devisant de sujets légers, buvant du champagne et goûtant aux mets délicats, tels que les escargots mijotés au foie gras et les fameux *ortolans farcis à la Talleyrand*. La haute aristocratie anglaise restait inaccessible aux Sarkisian, mais l'hôtesse remplissait les salons de la résidence d'invités appartenant aux milieux de la haute finance, notamment des banquiers juifs comme Rubenstein ou d'autres, tous amis intimes du roi Édouard VII, ainsi que quelques artistes et diplomates, outre bien sûr les partenaires de son mari dans le secteur pétrolier, comme Philip Blake ou Hendrik Van Tiggelen qui était de passage à Londres à cette occasion.

Le maître de maison arriva en retard, comme il en avait d'ailleurs l'habitude. Dans la matinée, Kaloust avait pris connaissance de la liste des invités, mais il ne tenait à assister à la réception que lorsqu'elle serait déjà bien avancée, considérant que c'était la manière la plus efficace de procéder.

— Monsieur l'ambassadeur, comment allez-vous ? dit l'Arménien en entrant dans le salon, saluant le diplomate français. – Puis il se tourna vers la droite et serra la main d'un homme arborant une lavallière, le conservateur de la National Gallery. – Oh, cher sir Kenneth ! Vous êtes venu ! Quand allez-vous m'emmener voir d'autres tableaux ? Vos explications sur l'art sont passionnantes ! – Lorsque son interlocuteur lui répondit, il regardait déjà une jolie jeune fille entourée d'admirateurs. – Ellaline ! Quelle surprise ! J'ai adoré vous voir dans cette comédie musicale du West End… comment s'appelait-elle déjà ? *The Beauty of Bath*, n'est-ce pas ? Vous étiez magnifique ma chère ! Magnifique ! Mais ce que j'ai le plus aimé, c'est de voir votre nom écrit en lettres géantes sur l'affiche du Hicks Theatre : Ellaline Terriss. Ah, quelle classe !

On ne pouvait pas dire que Kaloust se sentît à l'aise dans ce milieu. Bien qu'il s'efforçât de paraître sociable, de telles réceptions n'allaient pas avec son caractère misanthrope et cela l'épuisait. Mais que pouvait-il faire ? Ces cocktails du mercredi lui offraient l'occasion d'entretenir des contacts influents, ce qui, surtout depuis la fin de son partenariat avec Zinovieff, était devenu très important. La disparition d'une grande partie des producteurs indépendants de Bakou, que Kaloust représentait en Europe, constitua un coup dur pour les ressources de l'Arménien. Mais ce ne fut qu'un coup dur, certainement pas le *coup de grâce*. En fait, le pétrole russe commençait à devenir marginal sur le marché mondial, en raison de son prix élevé dû à l'inefficacité chronique de l'exploitation et des nouveaux tarifs imposés par le tsar pour son transport. Cela faisait donc un certain temps que l'Arménien envisageait d'autres solutions.

— Enfin, je vous trouve, *old boy* ! s'exclama une voix dans un anglais très affecté. *I daresay*, vous êtes la personne la plus insaisissable de cette réception ! Quelle ironie !

Il n'était pas difficile de deviner qui l'avait interpellé.

— Philip ! s'écria Kaloust. Eh bien ? Vous vous amusez ?

Philip Blake haussa les sourcils.

— Je travaille pour vous, *you devilish beast* ! s'exclama-t-il. Je me suis entretenu il y a peu avec l'ambassadeur de Roumanie et, *I say*, j'ai appris deux ou trois choses qui pourraient vous intéresser. – Il lui fit un signe du doigt. – Venez donc par ici !

L'Anglais, qui s'était séparé des Rothschild pour reprendre sa carrière politique, était récemment redevenu député. Il devait, cependant, conserver intactes ses sources de financement, et les commissions qu'il recevait de Kaloust en contrepartie des informations qu'il lui donnait en faisaient partie. C'est ainsi qu'à cette occasion, lorsqu'il présenta son hôte au ministre plénipotentiaire de Roumanie, il ne faisait rien de plus qu'explorer une nouvelle opportunité d'affaires pour lui-même et son protégé arménien.

— On m'a beaucoup parlé de vous, déclara l'ambassadeur roumain lorsque le député anglais lui présenta Kaloust. Au point que j'ai même demandé à notre ami commun, Mr. Philip Blake, de me faire inviter à cette réception.

— Vraiment ? demanda le maître de maison, pressentant des changements. Fort bien. Et de quoi est-il question ?

L'ambassadeur éclata de rire.

— De pétrole bien entendu ! s'exclama-t-il gaiement. Ne seriez-vous pas intéressé par nos champs en Valachie ?

— Bien sûr que si. Mais j'ai entendu dire que les Rothschild en avaient le monopole…

— Avaient, comme vous l'avez dit fort justement ! Ils l'avaient ! Mais, *hélas*, les monopoles ne sont pas souhaitables et mon gouvernement souhaite ouvrir la Valachie à d'autres groupes. Nous pensons créer une nouvelle entreprise pour exploiter notre pétrole. Nous allons l'appeler Astra Romana. Le problème, c'est que nous n'avons ni le capital ni le *know-how*. – Il désigna son interlocuteur. – C'est là que vous intervenez. Si vous le voulez, bien évidemment. – Il se pencha vers lui. – Seriez-vous intéressé ? Presque automatiquement, Kaloust détourna les yeux du diplomate et balaya la salle du regard jusqu'à ce qu'il aperçoive Hendrik Van Tiggelen, qui était en grande conversation dans le couloir avec un chef de cabinet du Foreign Office.

— Je vous donne une réponse dans le courant de la semaine, dit-il en prenant congé de l'ambassadeur. Ce fut un plaisir.

L'Arménien se fraya un chemin parmi les invités, saluant les uns, complimentant les autres, faisant un sourire ici, échangeant quelques mots là, se voyant même parfois obligé de s'arrêter pour bavarder. L'espace entre les deux extrémités du salon n'était pas grand, mais en de telles occasions, il paraissait immense. Finalement, après avoir participé à plusieurs courts échanges successifs, il réussit à rejoindre le P.-D.G. de Royal Dutch Shell et à l'arracher à la conversation qu'il avait depuis de longues minutes avec un bureaucrate ennuyeux de Whitehall.

— Je n'ai jamais vu de réceptions où l'hôte est le dernier à arriver, plaisanta Hendrik. Comment va la vie après Zinovieff ?

— Pas trop mal, répliqua Kaloust. Le problème ce n'est pas Zinovieff, c'est la Russie. N'oubliez pas que les Rothschild et les Nobel rencontrent également des difficultés à Bakou. Vous savez ce que je pense ? Nous ferions mieux de ne plus compter sur le pétrole du Caucase.

Le Hollandais fronça les sourcils.

— Si nous perdons les Russes, mon cher, il nous faudra les remplacer. Nous ne pouvons pas nous contenter des puits de Sumatra et de Bornéo. Auriez-vous quelque chose en vue ?

L'Arménien hocha la tête.

— La Roumanie.

Hendrik le regarda, incrédule.

— Vous vous moquez de moi ? – Il rit. – Depuis l'époque de Dracula, la seule chose que les Roumains savent extraire, c'est le sang !

Kaloust demeura impassible, le visage fermé, montrant ainsi qu'il ne plaisantait pas.

— La Roumanie, Hendrik, est une source à ne pas sous-estimer, déclara-t-il. Il y a beaucoup de pétrole dans les plaines de Valachie, et je propose que nous nous y intéressions. Si nous perdons le Caucase, nous devons nous tourner vers les Carpates. Il n'y a pas d'autre solution.

— Mais, pour autant que je sache, la Roumanie c'est la chasse gardée des Rothschild, observa le Néerlandais. Comment comptez-vous y pénétrer ?

Son hôte baissa la voix.

— Je suggère que nous prenions part à la création d'une société roumaine, précisa-t-il. J'ai eu vent de projets en ce sens. Mais les opérations d'extraction pétrolière sont très coûteuses et les Roumains manquent de fonds. C'est là que nous pouvons intervenir. Si la Royal Dutch Shell est disposée à s'associer à l'affaire, j'obtiendrai les financements nécessaires, soyez tranquille.

— Comment ?

L'hôte indiqua Charles Rubenstein, qui parlait toujours avec Nunuphar au milieu du salon.

— N'oubliez pas que j'ai de nombreux contacts parmi les banquiers, rappela-t-il. – Il fit une pause pour étudier l'expression de son interlocuteur. – Qu'en dites-vous ? On fonce ?

Hendrik croisa les bras.

— Les Carpates, hein ? Vous pensez vraiment qu'on peut y faire notre trou ?

— D'après mes contacts, oui.

Après un moment de réflexion, le numéro un de la Royal Dutch Shell afficha un sourire enjôleur et hocha la tête.

— D'accord, on fonce !

Les voyages que Kaloust effectuait à Paris menaçaient de devenir une aventure risquée chaque fois que Nunuphar voulait l'accompagner. Et ces derniers temps, sa femme insistait. Kaloust se rendait officiellement à Paris pour s'occuper de ses affaires, mais aussi, en réalité, dans le but de partager le lit et autres délices thérapeutiques de la *belle* qui occupait sa suite au Ritz. Nunuphar voulait faire les boutiques, aller au théâtre et se promener au bois de Boulogne. Londres pouvait être impériale, elle lui semblait trop rustique face à Paris, sophistiquée et artistique.

Chaque fois que sa femme et son fils l'accompagnaient dans ces voyages, une véritable escorte de domestiques, de porteurs de valises, ainsi que deux cuisiniers et un *valet de chambre*, était constituée à Hyde Park Gardens ; c'était comme s'ils partaient pour un safari. Le groupe occupait trois compartiments dans le train et suscitait cris et nervosité dans les gares et les ports où il embarquait et débarquait.

— Oh, où sont mes sels ! s'écriait Nunuphar, agitant frénétiquement son éventail. Ces voyages m'épuisent ! Quelle horreur ! Comme c'est fatigant…

Une fois à Paris, Mme Duprés les accueillait à la gare avec deux immenses voitures pour les emmener dans le bel appartement du quatrième étage que son patron avait récemment acquis au n° 27 du quai d'Orsay. Nunuphar, Krikor et l'escorte étaient logés dans ce spacieux appartement, tandis que Kaloust s'installait dans sa somptueuse suite au Ritz.

— Ne pense pas que je suis stupide, lui dit un jour sa femme d'une voix glaciale. Je sais très bien ce qui se passe dans cet hôtel !

Son mari rougit d'embarras.

— Je t'assure que… que… eh bien, ce sont les recommandations de mon médecin, dit-il avec une soudaine emphase, surmontant avec difficulté ses réticences à discuter d'un sujet aussi délicat avec sa femme. Que je sache, tu ne manques de rien, n'est-ce pas ?

Elle lui jeta un regard furieux.

— Je veux juste que tu saches que je ne suis pas stupide.

À Paris, Nunuphar passait une grande partie de son temps chez les sœurs Callot, la grande maison de mode où se concentraient les meilleurs couturiers de France, et Kaloust finit par suspecter que c'était là qu'elle avait été informée de l'existence des jeunes filles logées au Ritz. N'était-ce pas dans la boutique de la rue Taitbout que Mme Duprés les habillait avec tant d'élégance ? Et l'établissement, malgré son bon goût raffiné, n'était-il pas un repaire de commères ?

Ils venaient d'entrer dans la galerie d'Apollon, au Louvre, lorsque Kaloust s'arrêta soudain à côté d'une sculpture grecque et se tourna vers sa secrétaire particulière.

— La jeune fille qui occupe actuellement ma suite a eu dix-huit ans, observa-t-il comme si cela venait de lui traverser l'esprit. Son délai de validité est dépassé. Quand je retournerai à Londres, veuillez la remercier.

Mme Duprés leva les yeux, découragée.

— Oh non ! s'exclama-t-elle en soupirant. Elles font une de ces scènes chaque fois que je leur dis de partir. La dernière fois, j'ai dû appeler les employés pour mettre la fille dehors. C'était très désagréable, vous n'avez pas idée ! Vous savez ce que c'est, elles s'habituent à cette vie luxueuse et pensent que ça leur est acquis. Oh, quelle corvée !

— Mais, s'étonna Kaloust, et la rétribution de départ que je leur accorde ?

— Elle adoucit un peu les choses, je ne dis pas le contraire. Lorsqu'elles voient l'argent, certaines acceptent la décision avec grâce. – Elle soupira. – Mais la dernière… quelle plaie ! J'espère que ça se passera mieux avec celle-ci…

— Si elle refuse, dites-lui qu'elle sera privée de rétribution. Ça la mettra tout de suite dans de meilleures dispositions.

La secrétaire particulière acquiesça.

— Vous avez raison, dit-elle. Et combien dois-je lui offrir ? Comme d'habitude ?

— Oui, 10000 francs. C'est une belle somme, non ?

Mme Duprés sourit.

— Et comment ! Avec cet argent, elle pourra encore mener la belle vie. – Elle se mordit la lèvre inférieure. – Et pour la remplacer ? Vous avez déjà quelqu'un en vue ?

Recommençant à marcher, tout en parcourant du regard les détails des peintures qui ornaient le plafond incurvé de la galerie d'Apollon, le patron mit la main dans la poche intérieure de son manteau et en sortit un petit papier bleu, de ceux qu'il avait constamment sur lui pour prendre des notes, et le remit à sa secrétaire.

— Ce matin, je suis allé prendre mon petit déjeuner au Procope et j'ai remarqué une jeune serveuse qui y travaille, dit-il en se tournant vers la secrétaire. J'ai demandé ses coordonnées au gérant. C'est une jeune fille de Normandie, à la peau aussi blanche que le lait, c'est incroyable ! Parlez-lui et préparez-la comme d'habitude… fleurs, bijoux de chez Cartier et tout le tralala. – Il fit un geste brusque. – Mais ne l'emmenez pas chez les sœurs Callot, vous entendez ? Ma femme fréquente la boutique et je crois que quelqu'un de chez eux a vendu la mèche et lui a parlé de ma… euh… thérapie. Il conviendrait que Nunuphar n'y croise pas la fille. Je ne veux pas de scandale !

Son interlocutrice lut l'adresse gribouillée sur le bout de papier, mais elle eut du mal à déchiffrer les premiers mots.

— Qu'est-ce que c'est que ça ?

Kaloust la regarda et sourit, ravi.

— C'est le nom de la jeune fille, dit-il avec un scintillement dans les yeux. Elle s'appelle Eugénie.

IX

La voiture passa le portail d'Orley Farm et Krikor observa par la fenêtre l'imposant bâtiment couleur brique, de style Tudor, qui dominait la propriété. Il y avait quelque chose d'intimidant dans cette façade à la fois majestueuse et sobre. Le bâtiment était entouré d'une grande pelouse verte sur laquelle de jeunes garçons, impeccablement vêtus de blanc, s'entraînaient au cricket sur l'herbe humide.

— Est-ce que tu aimes ta nouvelle école ? lui demanda sa mère en regardant le bâtiment et l'espace alentour. C'est beau, tu ne trouves pas ? C'est ici que se déroule l'action du roman d'Anthony Trollope…

Krikor n'arrivait pas à détacher son regard effrayé de la façade d'Orley Farm.

— Oui, maman.

La brièveté de la réponse cachait le tourbillon d'émotions qui s'agitaient dans son cœur. En le préparant à l'enseignement secondaire, Miss Brockway avait énormément insisté sur l'extrême importance de cette étape dans sa vie. « Il faut déjà être un petit homme pour être admis dans le secondaire », lui avait dit sa préceptrice, en lui recommandant à plusieurs reprises de toujours garder un *stiff upper lip* – un air impassible – face aux difficultés, quelles qu'elles soient. Autrement dit, les pleurnicheries, c'était fini. Maintenant qu'il avait dix ans et entrait dans le secondaire, il était un homme et avait donc le devoir de faire face aux difficultés sans hésitation ni sensiblerie. Non que Krikor se sentît véritablement un homme, d'ailleurs il n'avait pas remarqué la moindre différence par rapport à l'enfant qu'il était la veille. Il s'agissait plutôt de dissimuler la détresse qu'il ressentait en allant vivre, pour la première fois, en dehors de chez lui, dans un pensionnat où il n'avait jamais mis les pieds.

Après une courte attente dans le couloir, ils furent reçus par la principale de l'établissement, une femme d'une quarantaine d'années, maigre et nerveuse, aux cheveux grisonnants tirés en arrière et retenus par un chignon. Elle les accueillit avec quelques mots de circonstance puis leur fit rapidement comprendre qu'elle avait d'autres chats à fouetter, et qu'ils feraient mieux de hâter la séparation.

— Allez, dites au revoir à votre mère, l'encouragea-t-elle avec un geste d'impatience. Nous n'avons pas tout notre temps. Il y a beaucoup de choses à faire.

Bousculé, Krikor se tourna vers sa mère et, se souvenant des enseignements de Miss Brockway, ébaucha un sourire discret, voire indifférent, et tendit la main. Nunuphar fut un peu surprise de voir son fils prendre congé ainsi, sans un baiser ni un câlin, juste une main tendue comme le ferait un étranger, mais elle se résigna et la lui serra avant de se retourner et de quitter le bâtiment.

Oh, quel homme ce Krikor ! Il s'était séparé de sa mère en lui serrant la main. Bravo ! Cela ne prouvait-il pas amplement qu'il était déjà un adulte ? Si elle l'avait vu, Miss Brockway aurait certainement été fière de lui. Se sentant déjà un homme, le nouvel élève d'Orley Farm se raidit et suivit la principale au premier étage, où celle-ci lui montra la chambre où il dormirait dorénavant. C'était une pièce minuscule avec un lit, un bureau et un placard, un espace bien plus exigu que celui auquel il était habitué à Hyde Park Gardens. Mais quelle importance puisqu'il était déjà un petit homme ?

Il posa sa valise sur le lit et, arborant toujours le *stiff upper lip* recommandé par Miss Brockway, s'approcha de la fenêtre pour regarder au dehors avec une expression hautaine. Ah, comme il était viril ! Il aperçut sa mère qui montait dans la voiture, puis le véhicule s'éloigna et disparut derrière le portail. Ce fut à ce moment-là qu'il réalisa vraiment. Il prit alors conscience que ce qui se passait n'était pas une fantaisie d'adolescent, mais la réalité pure et dure. Sa mère était partie et l'avait laissé seul. Un sentiment de profonde solitude s'abattit tout à coup sur lui, et lorsqu'il se tourna vers la principale, il s'aperçut que des larmes coulaient sur son visage.

Les premiers temps à Orley Farm se révélèrent difficiles, surtout parce qu'il n'était pas habitué à vivre loin de chez lui. Le *stiff upper lip* ne lui fut d'aucun secours pendant cette période. Ses parents lui rendaient visite chaque week-end, ce qui constituait au début le point d'orgue de son existence, mais il s'adapta peu à peu à son nouvel environnement et à sa vie d'interne.

Se faire des amis ne fut pas chose facile. Avec sa physionomie arménienne qui le distinguait du reste des étudiants, plutôt blonds, Krikor intriguait ses camarades. De plus, il portait un nom bizarre et ne participait pas aux activités sportives, interdiction imposée par son père qui s'appliquait notamment au cricket, ce qui ne facilitait pas le rapprochement avec les autres. Mais, même ce handicap, il parvint à le surmonter. Au bout d'un certain temps, on le considéra comme un original et il finit par être accepté ; il se lia même avec Roger, un Irlandais couvert de taches de rousseur et si roux que ses cheveux ébouriffés avaient des teintes orangées. Ils devinrent inséparables. Roger l'aidait en latin, son point faible, et Krikor le faisait profiter de ses connaissances en français, matière dans laquelle il était le meilleur étudiant de toute l'institution, grâce aux leçons de *mademoiselle* Clémence.

Cependant, la relation entre les deux amis ne fut pas toujours simple. Un matin, Roger lui demanda de l'aide pour une rédaction en français sur le thème « Promenade sur les Champs-Élysées ». Il y avait tellement de fautes de grammaire et d'orthographe dans le texte de l'Irlandais que Krikor le jugea irrécupérable et décida de le réécrire complètement. Le devoir fut rendu et tout sembla bien se passer.

Mais, le lundi suivant au début du cours, le professeur Brown appela Roger au tableau et, devant tous les élèves, se mit à l'interroger.

— J'ai commencé par trouver intéressante la deuxième phrase de votre exceptionnelle composition, observa le professeur sur un ton sibyllin. – Il baissa les yeux sur la feuille que l'élève lui avait remise et ajusta ses lunettes sur son nez. – Voyez cette phrase, ciselée comme une perle. – Il posa sa voix et prit son meilleur accent français. – « *Le tout dans un écrin d'écorce de pin recouvrant les pavés de la plus belle avenue du monde.* » – Il regarda l'étudiant. – Magnifique, n'est-ce pas ?

Roger se força à sourire.

— Euh… merci.

Le professeur Brown grimaça tandis qu'il relisait en silence la phrase en francais. Puis il se leva de sa chaise et tendit la feuille au garçon.

— Maintenant, expliquez-moi ce que cela signifie.

Roger jeta un regard furtif derrière lui, comme s'il appelait à l'aide, mais il comprit qu'il ne pouvait s'en remettre qu'à lui-même. Il accusa le coup et examina la phrase gribouillée sur la feuille.

— C'est-à-dire… c'est-à-dire que… enfin que… les Champs-Élysées sont la plus belle avenue du monde.

— Fort bien, fort bien, reconnut l'enseignant, perfide. Et le début ? Avez-vous vu cette expression ? « *Le tout dans un écrin d'écorce de pin* », qu'est-ce que cela signifie exactement ?

Des gouttes de sueur apparurent sur les tempes de l'élève et coulèrent en zigzaguant comme si elles essayaient d'éviter les taches de rousseur. Après s'être essuyé du revers de la main, Roger passa ses doigts dans ses cheveux et regarda fixement la ligne en question, comme si l'intensité de son regard pouvait elle-même lui révéler le sens de cette phrase mystérieuse.

— C'est… c'est sur tout ce qui existe dans un… un pin écossais.

Il se tut et regarda l'enseignant avec appréhension, espérant avoir donné une réponse acceptable et ne souhaitant qu'une chose, retourner à sa place. Le professeur ne semblait pas convaincu. Il frappa du bout des doigts sur la table, comme s'il envisageait l'étape suivante, les yeux fixés sur l'élève. Un lourd silence remplissait la salle de classe et l'on n'entendait que le tapotement sec des ongles sur le bureau. Après un moment qui sembla une éternité, le professeur prit une profonde inspiration et parcourut la salle du regard jusqu'à ce qu'il s'arrête sur Krikor.

— Sarkisian ?

Le cœur du jeune Arménien bondit lorsqu'il entendit prononcer son nom et réalisa avec horreur que le professeur avait posé les yeux sur lui.

— Oui, Monsieur ?

— Monsieur Sarkisian, vous êtes un ami de Mr. Roger Dimbleby, n'est-ce pas ?

— Oui, Monsieur.

— Et il se trouve que vous êtes aussi le meilleur élève en français de cette école. – Il fit un geste vers la feuille que son camarade tenait à la main. – Je suppose que vous savez ce que cette phrase signifie.

— Oui, Monsieur.

Le professeur Brown se leva à nouveau et se dirigea tranquillement vers l'Arménien. Il s'immobilisa devant lui et se pencha en avant, ses yeux bleus à quelques centimètres de ceux, marron, de Krikor.

— C'est vous qui avez écrit cette prose, n'est-ce pas mon cher Sarkisian ?

Face à ces yeux implacables qui le dévisageaient sans relâche et scrutaient son âme coupable, Krikor baissa la tête et sentit monter ses larmes.

— Oui, c'est moi.

Il parla d'une voix éteinte, presque inaudible, mais assez claire pour constituer un aveu. Le professeur Brown fit rasseoir Roger et reprit la leçon, mais lorsqu'il eut fini, il emmena les deux étudiants chez le directeur, Mr. Carr, à qui il rapporta ce qui s'était passé. Dûment informé, celui-ci chuchota quelques mots à l'oreille du professeur, qui sortit aussitôt. Il invita ensuite Krikor à attendre dehors, et demeura seul avec Roger.

Le jeune Arménien s'assit sur une chaise à la porte du bureau et attendit en se frottant les mains nerveusement. Quelques instants plus tard, il vit le professeur Brown revenir avec une énorme baguette à la main. L'enseignant ressortit presque aussitôt et Krikor remarqua qu'il n'avait plus la baguette.

Soudain, brisant le silence tendu, on entendit derrière la porte fermée le bruit aigu de coups de baguette et de gémissements étouffés. Un coup, puis un autre et encore un autre. L'opération se répéta six fois en tout, accompagnée de râles de plus en plus forts, au point que les deux derniers étaient des cris. Deux minutes plus tard, la porte s'ouvrit et Roger sortit en boitillant, le visage rouge et les yeux gonflés par les larmes qu'il n'avait pas réussi à retenir. Il frottait son dos endolori.

Le directeur apparut à la porte.

— À votre tour Sarkisian.

Le cœur serré et un nœud à l'estomac, Krikor obéit à l'ordre du directeur et entra à nouveau dans son bureau, tête basse. Il savait que le sort réservé à son ami l'attendait lui aussi, et la vue de la baguette sur le bureau le fit frissonner. Il se souvint de la grimace de douleur et de la façon dont Roger boitillait lorsqu'il l'avait vu sortir et souhaita que tout aille vite. Serait-il capable de rester stoïque ? Il pensait que Miss Brockway serait déçue si elle voyait comment il réagissait à la punition.

Lorsque le directeur prit la baguette, l'étudiant mit la main à sa ceinture et commença à la desserrer pour baisser son pantalon. Mais le chef d'établissement, bien que fronçant toujours les sourcils, le surprit en s'asseyant derrière le bureau.

— Le crime que vous avez commis, cher Sarkisian, est intellectuellement inqualifiable, commença le directeur. Copier, c'est tricher. Pire que ça, c'est de la malhonnêteté pure. C'est un comportement infâme, inadmissible et indigne d'un gentleman. Il n'y a pas de place pour ce genre de conduite dans cette institution. Un gentleman doit toujours faire preuve de rectitude, et respecter le fair-play et l'honnêteté en toutes circonstances. – Il s'éclaircit la voix. – Il va de soi que le comportement de Mr. Dimbleby était plus grave. En somme, c'est lui le bénéficiaire de cette fraude. C'est pourquoi il a été puni de la manière la plus juste et la plus sévère. Quant à vous, cher Sarkisian, j'espère que tout cela vous aura servi de leçon. Une leçon sur la façon de se comporter dans cette école, mais, *I daresay*, également sur la façon de se comporter tout au long de la vie. Écartez-vous du chemin de la tricherie et de la malhonnêteté. Comportez-vous comme un gentleman digne de cette grande institution. – Il désigna la porte du bureau. – Pour cette fois, je vais laisser passer, en espérant que vous saurez tirer les enseignements de ce qui est arrivé. La prochaine fois, cependant, ce ne sera pas par cette porte que vous sortirez. Ce sera par la porte de l'école.

Stupéfié et soulagé, Krikor présenta ses excuses, promit de ne plus se comporter de la sorte et, n'ayant rien à ajouter, se leva pour sortir. Quand il arriva devant la porte, cependant, le directeur le rappela.

— Ne croyez pas que vous vous en sortirez si facilement, Sarkisian, dit le vieil Anglais. Demain matin, j'espère trouver sur mon bureau des pages sur lesquelles vous aurez recopié un certain nombre de fois les premiers vers de l'*Énéide*.

— Excusez-moi, Monsieur ?

Mr. Carr s'éclaircit la voix et commença à réciter par cœur :

Arma virumque cano, Troiae qui primus ab oris
Italiam, fato profugus, Laviniaque venit
litora, multum ille et terris iactatus et alto
vi superum saevae memorem Iunonis ob iram ;
multa quoque et bello passus, dum conderet urbem,
inferretque deos Latio, genus unde Latinum,
Albanique patres, atque altae moenia Romae.

— Vous voulez que je copie ces vers sur une feuille, Monsieur ?

Le directeur baissa les yeux, prit un stylo et commença à griffonner des documents, se plongeant dans ses activités. La tête du chef d'établissement semblait avoir disparu dans un horizon lointain, mais ce n'était qu'une illusion car, au bout de quelques secondes, il finit par briser le mutisme subit dans lequel il était tombé.

— Copiez-les mille fois, ordonna-t-il sans lever la tête. Passez une bonne journée, Sarkisian.

X

Un orchestre à cordes jouait dans un coin du salon, créant une atmosphère de raffinement et de bon goût. Une sophistication naturelle flottait dans l'air, portée par les colonnes qui découpaient harmonieusement l'espace, le sol en marbre, les longs tapis, les statues et les miroirs qui ornaient les murs et les angles, les arcades décorées de tentures, les lustres en cristal et la luxuriante verrière Art nouveau au-dessus du restaurant.

— Ah, quelle élégance…

Assis à table, Kaloust savoura avec délice ce moment doux et enchanteur. Le Ritz avait ouvert ses portes deux ans plus tôt à Piccadilly, et l'Arménien ne pouvait s'empêcher de penser que l'hôtel était un peu le sien. Car si son argent avait rendu l'entreprise réalisable, ne pouvait-il en revendiquer partiellement la paternité ? D'ailleurs, à l'instar de ce qui se passait à Paris, la meilleure suite du Ritz de Londres, la 420 au quatrième étage, lui était réservée en permanence, et c'était là qu'il passait déjà nombre de ses nuits.

L'arrivée de Hendrik Van Tiggelen dans le restaurant du Ritz, tel un taureau qui charge, rompit l'harmonie du moment. Le Hollandais était l'exact opposé de l'Arménien. L'un était exubérant, l'autre discret ; le premier souriant, le second austère. Mais le contraste fonctionnait à la perfection. Hendrik se montrait, Kaloust se cachait, l'un était le corps tangible, l'autre l'âme invisible. Ce jour-là cependant, l'expression grave que le président-directeur général de Royal Dutch Shell affichait parut tout à fait déplacée à Kaloust. Pourquoi gâcher un cadre aussi raffiné avec une mauvaise humeur apparente ?

— Dites-moi, vous avez déjà lu la Bible ?

La question, posée de but en blanc par Hendrik tandis qu'il s'asseyait, surprit l'Arménien.

— La Bible ? Pourquoi venez-vous me parler de la Bible ? voulut-il savoir, un rien agacé. Nous ferions mieux de parler des investissements aux États-Unis ! La société, mon cher, ne peut pas tenir le coup uniquement avec le pétrole de Sumatra et de Bornéo. Certes, nous aurons bientôt la Roumanie, mais ce n'est pas suffisant. Nous devons pénétrer en force le marché américain. Pour cela, j'ai déjà établi des contacts qui…

— Vous n'avez jamais lu les Psaumes ? l'interrompit le nouveau venu comme s'il n'avait rien entendu. Vous ne vous y êtes jamais intéressé ?

Stupéfait, Kaloust grimaça.

— Les Psaumes ? Mais de quoi me parlez-vous ? – Il fixa le visage consterné du Néerlandais et réalisa que quelque chose n'allait pas. – Vous vous sentez bien ? Que se passe-t-il ?

D'un geste machinal, le président-directeur général de Royal Dutch Shell posa sur la table un livre épais portant une croix sur la couverture. La Bible.

— Lisez le psaume 104, verset 15, deuxième ligne.

Comprenant qu'Hendrik voulait démontrer quelque chose, l'Arménien prit l'ouvrage et le feuilleta jusqu'à ce qu'il trouve le passage en question dans l'Ancien Testament.

— « Et l'huile qui fait briller son visage », lut-il à haute voix. – Il leva la tête. – Mais qu'est-ce que c'est que ça ?

Le Hollandais garda ses grands yeux bleus fixés sur lui.

— Qu'est-ce que l'huile ?

— Eh bien… c'est l'huile d'olive. Pourquoi ?

Hendrik posa le doigt sur le verset qu'il avait mentionné.

— C'est le message qu'un certain D'Arcy a reçu il y a quelques semaines de ses hommes en Perse, précisa-t-il. Vous souvenez-vous de m'avoir parlé, il y a quelques années à Paris, d'un général quelconque qui vous avait offert une concession perse pour 15 000 livres ?

— Très bien ! rétorqua Kaloust. Vous pensiez que c'était un pari risqué et vous avez dit que vous n'étiez pas intéressé. – Il fronça les sourcils. – Pourquoi ? Qu'est-il arrivé ?

— Après vous avoir parlé, le général serait allé voir ce D'Arcy et lui aurait vendu la concession. D'Arcy a fondé une petite compagnie pétrolière appelée Anglo-Persian Oil Company et a passé toutes ces années à chercher du pétrole en Perse, aux frais de certains financiers écossais. Apparemment, l'aventure tournait mal jusqu'à ce que, tout à coup, D'Arcy reçoive un message de son homme sur le terrain lui disant de lire le verset des Psaumes qui mentionne l'huile.

Son interlocuteur haussa les sourcils, alarmé.

— Ne me dites pas que… qu'ils ont trouvé du pétrole ?

Le Hollandais prit une profonde inspiration et hocha la tête.

— Un océan de pétrole, confirma-t-il avec un air de dépit. Dans un endroit perdu au milieu de nulle part, appelé Masjed-e Soleiman. – Il paraissait consterné. – Cette Anglo-Persian va nous donner beaucoup de fil à retordre…

Kaloust devint livide et trembla légèrement, comme si la pression avait augmenté dans son corps.

— C'est votre faute ! s'exclama-t-il soudain furieux, écarlate, le doigt pointé sur son interlocuteur. Cette concession aurait pu être à nous ! Le général je-ne-sais-quoi est venu me l'offrir pour une bouchée de pain ! Je vous ai proposé l'affaire. Et qu'avez-vous fait ? Vous l'avez refusée ! – Il ébaucha un geste de frustration et de fureur. – Je ne sais pas ce qui me retient de… de… – Il était sans voix pour exprimer l'immense colère qui tout à coup lui dévorait les entrailles. – Tout est votre faute ! Votre faute ! Vous entendez ?

Le P.-D.G. de la Royal Dutch Shell baissa les yeux, écrasé par la culpabilité.

— Il me semblait que c'était un pari très risqué, Sarkisian, se justifia-t-il. La prospection coûte une fortune, comme vous le savez. Et nous n'avions aucun indice quant à la présence de pétrole en Perse. Comment aurions-nous pu investir ? La décision a été prise sur la base de ce que nous savions à l'époque, pas de ce que nous savons aujourd'hui. Et que savions-nous ? Rien. Acheter cette concession, c'était comme jouer à la roulette.

L'Arménien se sentait irrité et déçu ; il avait envie de continuer à crier sur Hendrik, mais il se retint. Rien de ce qu'il dirait ou ferait ne pouvait inverser la situation. Le mal était fait et ils devaient vivre avec. Lui-même avait sa part de responsabilité. Si la Royal Dutch Shell n'était pas intéressée, il aurait pu acheter la concession avec ses propres deniers. Il ne l'avait pas fait parce qu'il ne l'avait pas voulu. En outre, cette région du globe relevait de sa responsabilité.

— Eh bien… il n'y a plus rien à faire, dit-il, résigné. Essayons de nous concentrer sur ce qui est à notre portée. – Il grommela, comme pour se libérer de la tension qui s'était accumulée en lui. – Eh bien, nous devons trouver davantage de sources d'approvisionnement, n'est-ce pas ? Je suggère les États-Unis. Non seulement l'Amérique regorge de pétrole, mais il est aussi stratégiquement important de pénétrer sur le territoire de la Standard Oil.

— Pensez-vous que pénétrer en Amérique est la solution ?

— Sans aucun doute. Si nous y entrons, nous serons sur un pied d'égalité avec la Standard Oil. Ils vont en être malades ! Rockefeller ne pourra plus dormir.

— Dit comme ça, c'est séduisant, observa le Hollandais. Mais comment comptez-vous y parvenir ?

— J'ai tout étudié, dit Kaloust. Nous commençons par la Californie, puis nous allons en Oklahoma. Je sais qu'à Tulsa, un certain nombre de petites sociétés pétrolières rencontrent de graves difficultés financières. Mon idée est simple. Nous y allons, nous les achetons toutes et nous les regroupons en une seule entreprise. – Il ouvrit les mains. – Et voilà ! Nous sommes en Amérique !

Après un moment de réflexion, le P.-D.G. de la Royal Dutch Shell hocha la tête.

— Cette idée est si simple qu'elle est susceptible de fonctionner, conclut-il.

L'Arménien sortit de sa serviette un paquet de feuilles ; c'étaient les relevés de compte de plusieurs compagnies pétrolières de Tulsa. La plupart d'entre elles étaient dans le rouge, mais elles avaient toutes l'avantage de posséder des concessions légitimes, où il était prouvé qu'il y avait du pétrole. Après les avoir analysées l'une après l'autre, les deux hommes fixèrent un prix raisonnable pour chacune d'elles et Kaloust présenta un projet de contrat établi par ses avocats afin de le soumettre aux compagnies en question.

Pendant qu'Hendrik étudiait attentivement le projet, l'esprit de Kaloust revint presque instantanément en Perse et à la nouvelle de la grande découverte à Masjed-e Soleiman. En repensant à l'occasion en or qu'ils avaient si bêtement laissé passer, il était encore très irrité.

— Vous savez ce que je pense ? demanda-t-il, songeur. Cette grave erreur que nous avons commise en Perse est une grande leçon pour moi.

— Hum ?

Dans un nouvel accès de colère, Kaloust tapa si fort du poing sur la table qu'il fit sursauter son interlocuteur.

— On ne doit jamais renoncer à une concession pétrolière !

Le médecin avait vingt minutes de retard et Kaloust bouillait d'impatience. Cela faisait déjà un certain temps qu'il avait décidé de quitter la maison et de vivre au Ritz. Nunuphar n'apprécia guère, mais elle se résigna ; comme toutes les femmes arméniennes, elle savait qu'elle devait obéir à son mari. Cependant, chaque fois qu'il avait rendez-vous avec le docteur Ajemian, le maître de maison revenait à la propriété de Hyde Park Gardens pour y passer la nuit.

C'était le cas ce matin-là. Mais le médecin n'était pas à l'heure, ce qui l'agaçait énormément. Le docteur Ajemian ne savait-il pas que les horaires avaient été inventés pour qu'on les respecte ? Comment osait-il le faire attendre ? Pour qui se prenait-il ? La fureur de Kaloust fut toutefois atténuée par l'excitation de ce dernier lorsqu'il apparut enfin dans la maison.

— C'est une révolution ! cria presque le nouveau venu, fier, les yeux écarquillés, fou de joie. Une vraie révolution ! – Il leva les mains en l'air, comme s'il remerciait le Ciel. – Nous sommes enfin libres ! Libres ! Ah, Dieu est grand !

Le maître de maison s'arrêta à trois pas du docteur Ajemian, étonné de le voir dans cet état.

— Que se passe-t-il, docteur ? Le Premier Ministre Asquith est tombé ? Le roi Édouard VII s'est enfui avec sa maîtresse ? Le prix du pétrole a explosé ? Je l'espère, car seuls de tels événements justifieraient ce retard inacceptable !

Malgré la réprimande implicite, l'enthousiasme du médecin ne faiblit pas.

— Comment, vous ne savez pas ? demanda-t-il en regardant fixement son patient. Il y a eu une révolution à Constantinople ! La révolte militaire a triomphé ! Le sultan a restauré la Constitution et le parlement ! Grâce à Dieu tout-puissant, les chrétiens vont enfin être traités comme des égaux dans ce maudit Empire !

— Quoi ?

— C'est pour ça que je suis en retard, déclara le docteur Ajemian, toujours euphorique. L'un de mes patients arméniens, qui travaille à l'ambassade ottomane, m'a réveillé ce matin avec la nouvelle ! L'Ittihad a lancé un appel aux volontaires pour qu'ils aident le 3e corps d'armée et des gens sont venus de partout ! Arméniens, juifs, Bulgares, Kurdes, Grecs, Turcs… Ils se sont tous regroupés et ont envahi les rues. Le désordre règne à Constantinople ! Pour la première fois, des juifs, des chrétiens et des musulmans se sont battus du même côté ! L'Ittihad a triomphé ! La laïcité a finalement été imposée dans l'Empire ottoman !

La nouvelle se répandit dans la propriété des Sarkisian, créant une grande exaltation parmi les domestiques arméniens. On savait depuis quelque temps que la tension montait dans l'Empire ottoman. Le 3e corps d'armée, stationné en Macédoine, s'était révolté et avait marché sur Constantinople pour exiger le rétablissement de la Constitution. Tout le monde s'attendait à ce que le sultan écrase la révolte, mais apparemment l'Ittihad, le parti laïc des Jeunes-Turcs, avait réussi à mobiliser la population et à s'opposer au souverain. La révolte était devenue une révolution.

— Cette histoire pourrait mal finir, observa Kaloust, le visage fermé. Très mal même.

Les convives le regardèrent, intrigués. La révolution des Jeunes-Turcs avait rendu les Arméniens de Londres euphoriques et le dîner au 38, Hyde Park Gardens, qui réunissait les principales personnalités de la communauté arménienne en Angleterre, avait été organisé pour célébrer l'événement. C'est pourquoi ces mots chargés de scepticisme surprirent tous les invités.

— Que voulez-vous dire par là, monsieur Sarkisian ? demanda le père Artesian, qui célébrait la messe tous les dimanches dans l'église arménienne de Londres. Les Jeunes-Turcs ont rétabli la Constitution qui prévoit l'égalité de tous les Ottomans, quelle que soit leur religion. Comment cela pourrait-il mal se terminer ?

Un domestique versa du champagne dans le verre de l'hôte, qui le goûta et donna son approbation d'un signe de tête, puis remplit les verres de tous les invités.

— N'oubliez pas ce qui s'est passé lorsque les grandes puissances ont contraint le sultan à accepter la Constitution en 1876, rappela calmement Kaloust. Je n'avais que sept ans à l'époque ; certains d'entre vous sont plus âgés que moi et se souviennent sans doute de ce qui s'est passé ensuite. L'égalité des chrétiens et des musulmans devant la loi a été érigée en principe constitutionnel, mais dans la pratique, c'est l'inverse qui s'est passé. Se considérant supérieurs, les musulmans n'ont pas accepté l'égalité et ont massacré les chrétiens. Ces massacres ont conduit les régions chrétiennes de l'Europe ottomane à se révolter et à proclamer leur indépendance, notamment dans les Balkans et la quasi-totalité de la Roumélie, ce qui a provoqué la colère des musulmans à l'encontre des communautés chrétiennes qui restaient dans l'Empire, alimentant un cycle infernal.

— C'est vrai, acquiesça le père Artesian, le plus âgé à table. Mais où voulez-vous en venir ?

— Je veux dire que ce qui est fait dans un certain objectif peut aboutir à un résultat complètement opposé. La Constitution qui a été adoptée en 1876 visait en principe à apporter l'égalité à tous, indépendamment de la religion, or elle a finalement abouti à ce que les chrétiens soient davantage opprimés. Comment pouvons-nous être sûrs que le rétablissement de la Constitution ne se terminera pas de la même manière ?

— Oh non, coupa le docteur Ajemian, également présent en sa qualité de médecin le plus réputé de la communauté. L'Ittihad est un mouvement laïc qui embrasse la modernité ! C'est complètement différent ! Le sultan Abdülhamid II finira par être destitué et nous aurons une monarchie constitutionnelle. La situation a radicalement changé. Cette révolution signifie que les Lumières ont enfin atteint l'Empire ottoman !

— Vous pensez ? Alors dites-moi pourquoi le 3e corps d'armée, qui était basé en Macédoine, s'est révolté contre le sultan.

— Mais parce qu'il voulait instaurer une monarchie constitutionnelle, voyons !

— Mais pourquoi maintenant ? Et pourquoi justement les forces qui étaient en Macédoine ? Quel est l'événement qui a déclenché ce mouvement, précisément maintenant ?

Les Arméniens assis à la table se regardèrent, ne sachant que répondre.

— Eh bien… quelqu'un en a eu assez du sultan, je suppose, déclara le père Artesian. Ce n'est pas par hasard que Abdülhamid II est connu comme le « Sultan rouge » ! Ses mains sont pleines de sang ! Quelqu'un devait agir, et les Jeunes-Turcs l'ont fait !

Kaloust inspira profondément, agacé. Pour quelle raison personne ne voyait ce que lui distinguait si clairement ? Les émotions qui les assaillaient empêchaient la plupart des participants d'interpréter correctement les signes, comme si un brouillard épais occultait les menaces tapies dans les méandres de l'Histoire. Mais lui n'était pas dupe.

— Vous ne voyez donc pas que tout cela est lié à l'entrevue de Reval ? demanda-t-il. Permettez-moi de vous rappeler que l'Empire ottoman a survécu pendant tout ce temps uniquement parce que les grandes puissances ne se sont jamais entendues sur son destin. L'Angleterre a toujours défendu l'intégrité territoriale de l'Empire ottoman pour empêcher la Russie de dépecer les zones à majorité chrétienne, tandis que la Russie a soutenu l'autodétermination des peuples chrétiens qui vivent sous le joug turc afin d'annexer ces territoires ou de les placer dans sa sphère d'influence. Tant que ces deux puissances ne s'entendaient pas, le sultan pouvait dormir sur ses deux oreilles. Le problème, c'est que la révolution macédonienne, il y a cinq ans, et la répression turque qui a suivi ont contraint l'Angleterre à s'interroger sur le bien-fondé de sa politique. Comme vous le savez, les représentants anglais et russes se sont rencontrés il y a quelques semaines à Reval et sont convenus d'accorder une autonomie totale à la Macédoine.

— Pardonnez-moi, mais quel est le rapport avec la révolution des Jeunes-Turcs ?

— Vous ne voyez pas ? L'entrevue de Reval a signifié pour les Turcs la perte de la Macédoine. C'est pour cette raison que le 3e corps d'armée, qui était justement stationné en Macédoine, s'est révolté ! Et c'est pour ça que l'Ittihad l'a soutenu. Quoi qu'ils en disent, ils ne veulent pas vraiment que les chrétiens soient libres ni les égaux des musulmans ! Ce sont des foutaises ! Ce qui les intéresse, c'est de préserver leur cher Empire et de pérenniser la domination turque sur les autres peuples, rien de plus ! Pour l'Ittihad et le 3e corps, la perte imminente de la Macédoine signifie que le sultan n'est plus à même de préserver l'Empire. Le régime a changé et les gens ont changé, mais le problème de fond, mes chers amis, reste le même. Ne vous faites pas d'illusions à cet égard !

— Vous pensez… que les problèmes pour notre communauté vont continuer ?

C'était une bonne question.

— Je ne sais pas, admit Kaloust. Mais si tel est le prix pour préserver l'Empire, je pense que les Jeunes-Turcs n'hésiteront pas à le payer.

XI

D'un geste courtois, l'ambassadeur ottoman invita le visiteur à s'asseoir à une extrémité du canapé et s'installa à son endroit préféré. Un employé entra dans le bureau avec un petit plateau rond et posa une assiette de baklavas et deux tasses de café turc sur la table.

— Beaucoup de choses ont changé à Constantinople, monsieur Sarkisian, déclara l'ambassadeur en se frottant nerveusement les mains. Avec la révolution des Jeunes-Turcs et la chute de Sa Majesté le sultan Abdülhamid II, notre pays est finalement entré dans la modernité et il a adopté la monarchie constitutionnelle.

— C'est ce que j'espère, effendi, dit Kaloust, dissimulant sa méfiance proverbiale derrière des paroles de circonstance. Il me semble, en effet, que notre pays est sur la bonne voie.

— Oh, n'ayez aucun doute là-dessus, dit le diplomate. Vous l'ignorez peut-être, mais l'Ittihad est un parti qui défend la laïcité et compte dans ses rangs de nombreux admirateurs de l'Angleterre et de la France. Sa Majesté le sultan, je le crains, se laissait trop séduire par l'Allemagne, mais je crois que cela va changer à présent.

— Je pense que c'est très bien ainsi, effendi, approuva l'Arménien. L'avenir est en Angleterre, pas en Allemagne.

— Bien sûr. J'ai moi-même insisté auprès de Constantinople sur la nécessité de…

Les mots de l'ambassadeur devinrent progressivement un bruit de fond dans l'esprit de l'invité. L'hôte ressassait des lieux communs et des informations réchauffées, et rabâchait sur l'importance de la révolution, la nécessité de maintenir la cohésion de l'Empire et d'établir de bonnes relations avec les puissances européennes. Kaloust, qui connaissait bien ce laïus, hochait la tête en lâchant de temps en temps un « hmm-hmm » machinal, et s'aperçut qu'il admirait en réalité les magnifiques tapis turcs qui ornaient le bureau. Sa propre collection de tapis le remplissait de fierté, mais il s'intéressait depuis quelque temps à autre chose. La peinture. Le conservateur de la National Gallery, sir Kenneth Bark, avait aiguisé son intérêt pour la peinture. L'Arménien avait toujours eu un faible pour les tableaux, mais jamais au point d'envisager la possibilité de commencer une collection. Cependant, avec ses explications captivantes, le conservateur avait attisé sa curiosité.

— … sous l'influence de Salim Bey, qui a insisté sur l'idée de…

En entendant l'ambassadeur prononcer le nom de son ami turc, Kaloust interrompit brusquement sa rêverie et faillit sauter du canapé.

— Salim Bey ? s'étonna-t-il en revenant au présent. Que lui est-il arrivé ? Que se passe-t-il avec lui ?

L'ambassadeur s'interrompit, surpris par la question.

— Il fait partie du gouvernement, précisa-t-il. Vous l'ignoriez ?

— Quoi ?

— C'est la vérité. Comme vous le savez certainement, il était tombé en disgrâce à la cour de Sa Majesté le sultan, en raison de ses liens avec l'Ittihad. Mais maintenant que l'Ittihad est arrivé au pouvoir, il a été appelé à siéger dans l'exécutif du nouveau grand vizir.

— Ça alors ! Et avec quel portefeuille ?

— Les finances, précisa le diplomate, étonné que son interlocuteur ne fût pas au courant. Vous ne le saviez pas ? Il est le nouveau ministre des Finances de l'Empire ottoman.

À la stupéfaction initiale succéda un moment d'euphorie silencieuse. L'esprit de Kaloust grouillait d'idées ; cette nouvelle changeait tout. Avec Salim Bey au pouvoir, qui sait, il pouvait peut-être oser rêver de la concession en Mésopotamie ? Son euphorie s'accrut encore lorsque l'ambassadeur ottoman, après avoir achevé son long exposé introductif, s'éclaircit la voix et, abordant enfin la véritable raison de cet entretien, lui annonça qu'il avait une proposition à lui soumettre.

— En fait, l'idée est venue de Salim Bey lui-même, expliqua le diplomate. Il nourrit la plus haute estime à votre égard et vous considère, de par votre position et vos connaissances, comme la personne idéale pour aider le nouveau gouvernement dans les tâches patriotiques exigeantes qui l'attendent.

— Je suis à votre disposition, effendi, dit l'Arménien avec empressement, intrigué. D'autant plus si la proposition vient de Salim Bey, pour qui j'ai la plus grande considération.

— Ah, je me réjouis de le savoir. – L'hôte se leva et alla chercher un papier sur son bureau. Puis il revint à sa place et regarda son invité. – Compte tenu de vos qualifications et du fait que votre résidence permanente est ici, à Londres, mais aussi à Paris, nous souhaiterions vous nommer conseiller financier auprès de nos ambassades dans les deux capitales. À supposer, bien sûr, que vos multiples tâches vous laissent quelque disponibilité pour exercer cette fonction…

La proposition surprit Kaloust.

— Euh…, hésita-t-il. Vous savez, je n'ai plus la nationalité ottomane. Il y a quelques années, je me suis fait naturaliser britannique et…

L'hôte fit un geste de la main.

— Nous le savons et, croyez-moi, pour nous, cela n'a pas la moindre importance.

— Ah bon… – Il hésita encore, mais seulement un instant. – Dans ce cas, effendi, j'accepte, bien sûr. C'est un honneur !

L'ambassadeur sourit.

— Eh bien, je m'en félicite ! s'exclama-t-il. – Il regarda alors le papier qu'il était allé chercher sur son bureau. – Salim Bey veut cependant aller encore plus loin. M. le ministre m'a adressé ces instructions afin de vous inviter à devenir conseiller financier du gouvernement ottoman lui-même. Qu'en dites-vous ?

La proposition était si intéressante que l'Arménien demeura un instant silencieux, envisageant les immenses possibilités qui s'offraient tout à coup à lui.

— Vous pouvez compter sur moi.

Lorsqu'il quitta l'ambassade ottomane à Londres, Kaloust sentit qu'il devait fêter sa nomination d'une manière unique. Mais comment ? Avec un dîner, une réception, un voyage à Paris pour aller voir sa *belle* du moment ? Tout cela était certes agréable, mais trop banal eu égard au caractère exceptionnel de ce qui venait de lui arriver. Ce qu'il devait vraiment faire, c'était célébrer l'événement de manière extravagante, unique et inoubliable.

Il se souvint alors d'une galerie d'art que sir Kenneth Bark lui avait signalée quelques semaines auparavant, dans une ruelle discrète derrière Charing Cross, du côté de Covent Garden. Il monta dans son fiacre et donna un ordre au cocher.

— Trafalgar Square ! Et au trot !

La distance n'était pas très grande. Le fiacre parcourut le West End jusqu'à Oxford Circus, descendit Regent Street, passa par Leicester Square et traversa Charing Cross jusqu'à Trafalgar.

Même sur ce court trajet, Kaloust nota une fois de plus à quel point le trafic changeait à Londres. On voyait encore beaucoup de carrosses, de fiacres, de charrettes et d'animaux, en particulier des mulets et des chevaux, mais le nombre d'automobiles ne cessait d'augmenter. Cela n'empêchait cependant pas ces dernières d'attirer les curieux, fascinés par ces étranges voitures sans chevaux, bruyantes et fumantes. L'Arménien comprit à ce moment-là qu'il allait devoir adhérer à la nouveauté. Après tout, ses affaires n'étaient-elles pas tributaires du succès de tels gadgets ? Il se devait donc de donner l'exemple et acquérir une automobile dès que possible.

Arrivé à destination, l'Arménien monta l'escalier qui menait à l'entrée de la National Gallery, où il surprit sir Kenneth Bark dans son bureau.

— C'est aujourd'hui ! annonça-t-il de but en blanc. Je vais acheter le Guardi !

— Vraiment ?

Le visage rouge d'excitation, Kaloust invita son ami avec un geste péremptoire.

— Venez avec moi !

Avec le regard triomphal des vendeurs qui savent qu'ils tiennent enfin un client, le conservateur du musée revêtit son pardessus, mit son chapeau et sortit avec Kaloust.

Ils montèrent Charing Cross à pied et passèrent devant les théâtres à l'entrée de Covent Garden, avec leurs affiches colorées annonçant des pièces dramatiques ou des comédies musicales pleines de glamour. Un ciel de plomb assombrissait la ville, recouvrant Londres d'une brume bleutée et froide, transformant les passants en quidams fantomatiques, qui tantôt émergeaient d'une brume inquiétante, tantôt étaient engloutis par elle. Quelques gouttes glissaient dans l'air comme des larmes fugaces, des éclaboussures humides qui dansaient au gré du vent indécis, mais tous savaient que ce n'était qu'une bruine passagère et légère.

— Quelle bête vous a mordu ? demanda sir Kenneth en relevant le col de son pardessus pour se protéger du froid humide. Qu'est-ce qui vous a incité à faire cette acquisition précisément aujourd'hui ?

— Disons que la journée a été bonne. Je veux la célébrer d'une manière spéciale et il me semble que le Guardi est parfait pour l'occasion.

Ils traversèrent la rue, zigzaguant entre une automobile fumante et deux carrosses, le *cataclop* des sabots des chevaux rythmant le vrombissement des moteurs tel un métronome pressé.

— Votre décision d'acheter le tableau est la preuve que vous avez vraiment une âme d'artiste.

L'Arménien hocha la tête, presque imperceptiblement.

— Aujourd'hui plus que jamais, je sens que je dois m'entourer de belles choses, admit-il. C'est comme si une paix intérieure me tenait en équilibre, je ne sais pas comment l'expliquer. – Il se mordit la lèvre inférieure. – Vous savez, j'ai un sentiment étrange. J'ai l'impression que la beauté me rend meilleur.

— Cette remarque est amusante, dit l'Anglais. Vous souvenez-vous qu'une fois, je vous ai dit qu'un volcan qui crache de la lave ou une lionne qui chasse sont de belles choses ?

— Elles sont belles, rectifia Kaloust l'index levé, montrant qu'il avait appris la leçon, si elles ne nous menacent pas, bien entendu.

— Exactement ! Si la lave se met à nous tomber dessus, le volcan devient terrible. Si la lionne court après nous, elle se transforme en une bête effrayante. Mais, voir de loin le volcan cracher de la lave ou la lionne pourchasser un zèbre, dans des circonstances où ni le volcan ni la lionne ne nous mettent en danger, c'est sublime. Cela montre qu'il existe un lien intime entre la beauté et le bien, la laideur et le mal. Ce qui nous menace est laid, par définition. Alors que les phénomènes puissants qui ne nous mettent pas en danger semblent très souvent sublimes.

— Cela confirme ce dont j'ai toujours eu l'intuition, déclara l'Arménien. La beauté a partie liée avec le bien.

— La beauté commence par le sens, répliqua sir Kenneth, hâtant le pas pour suivre le rythmc de son compagnon. Des peintures préhistoriques aux grands paysages sur toile de Constable, des valses de Tchaïkovski aux poèmes de Keats, de la prose de Wilde aux sculptures de Michel-Ange, l'art a été avant tout une quête incessante du sens de la vie. L'expérience de la beauté nous pousse à croire que le monde a un but, que les choses jouent un rôle et occupent une place qui leur est propre. – Il s'arrêta abruptement et, porté par son enthousiasme, fit un large geste du bras embrassant tout ce qui était autour d'eux. – Quand nous contemplons la myriade de diamants stellaires qui illuminent le ciel nocturne, lorsque nous nous délectons du chant de l'étourneau dans les feuilles d'un platane ou de cette brume vaporeuse qui emplit les rues de Londres d'un mystère cendré, le ravissement émerveillé que nous ressentons nous confirme que le monde est spécial, et que nous aussi, en tant qu'éléments de ce monde, nous sommes spéciaux, bénis par le contact du divin comme si nous-mêmes étions divins. L'univers qui contient ces merveilles nous contient aussi, il vient à nous et nous ne formons qu'un avec lui. La beauté nous confirme de façon subtile que la vie a un sens. Nous ne savons peut-être pas quel est ce sens, mais nous sentons, grâce à la tangibilité de la beauté, qu'il existe, et c'est pour cela, mon cher ami, que vous et moi, et tant d'autres personnes, sommes aussi touchés par tout ce qui est beau. Lorsque nous recherchons la beauté, en réalité ce que nous recherchons c'est le but de notre propre existence.

Ils recommencèrent à marcher, silencieux, pendant un certain temps. Kaloust analysait ce qu'il venait d'entendre et s'interrogeait sur le sens de l'esthétique, les yeux fixés sur son mentor tel un chien fixant son maître. Tout près de Leicester Square, ils tournèrent à droite et s'engagèrent dans les ruelles étroites bordant Covent Garden.

— Nous pouvons donc affirmer, sir Kenneth, que la beauté est l'expression du divin.

— Si vous voulez, acquiesça le conservateur de la National Gallery. À travers la beauté naturelle, nous rencontrons le divin dans l'univers, et à travers l'art, nous exprimons l'étincelle divine qui brûle en nous.

— Est-ce pour cela que la beauté est une incarnation du bien ?

— Si vous croyez que Dieu est bon, peut-être. – Il fit de nouveau un signe pour indiquer les rues environnantes. – Quand Charles Dickens a voulu nous montrer la misère abjecte des enfants des rues, ici à Londres, il a écrit *Oliver Twist*, une œuvre que nous jugeons belle parce qu'elle a pris le parti du bien et nous a obligés à faire face au mal qui vit parmi nous. – Il esquissa une grimace. – Mais attention, je ne pense pas que l'art doive être moraliste. Cela lui ôterait la beauté.

Cette fois, ce fut Kaloust qui s'arrêta au milieu du trottoir et dévisagea son compagnon, une objection surgissant dans son esprit.

— Cette idée est intéressante, remarqua-t-il, mais ne pensez-vous pas que de très belles choses puissent être mauvaises ?

— La beauté et la bonté sont des concepts subjectifs et relatifs, déclara sir Kenneth Bark, reprenant la marche. Comme je vous le disais tout à l'heure, si une chose nous menace, nous la trouvons effrayante. Le volcan qui crache de la lave est magnifique de loin, mais horrible s'il met en danger notre existence. – Il fit une courte pause. – Cependant, il est vrai que de belles choses peuvent être associées au mal. Wagner, par exemple, était un musicien de génie, mais il a toujours été intolérant et raciste, allant même jusqu'à préconiser la persécution des juifs. Comment peut-on apprécier ses opéras alors qu'ils sont l'œuvre d'une personne aussi exécrable ?

— Mais, ce que Wagner pensait réellement importe-t-il ? demanda l'Arménien. Le fait de connaître ses défauts en tant qu'homme doit-il affecter notre appréciation de sa musique ? Pourquoi ne pas admettre qu'un artiste imparfait est capable de créer une œuvre parfaite ? Si seules les personnes bonnes pouvaient créer des œuvres d'art, alors les saints seraient les plus grands artistes de tous les temps. Or, comme vous et moi le savons, tel n'est pas le cas. Pour autant que je sache, la plupart des artistes ne sont pas des saints…

Le conservateur de la National Gallery s'immobilisa devant une vitrine présentant diverses peintures à l'huile et aquarelles. Au-dessus de la porte, une pancarte indiquait « Richardson's ».

— *Touché !* s'écria-t-il avec un sourire lumineux. Vos observations prouvent, mon cher Sarkisian, que vous avez vraiment l'âme d'un esthète.

Il se tourna et entra dans la galerie, suivi par Kaloust. Sans perdre de temps, ils se dirigèrent directement vers l'endroit où se trouvait le tableau dont l'Arménien était tombé amoureux et qu'il convoitait depuis sa première visite. Cependant, ne le trouvant pas à l'endroit habituel, ils s'adressèrent aussitôt au responsable de la galerie, alarmés.

— S'il vous plaît, appela Kaloust. Où est passé le tableau qui était ici ? Ne me dites pas que vous l'avez déjà vendu !

Le petit homme s'approcha d'eux et comprit immédiatement à quelle œuvre le client faisait allusion.

— Ah, vous voulez savoir où se trouve la *Vue sur les rives du canal Brenta* ? – Il pointa vers le haut. – Nous l'avons transféré au premier étage. Vous voulez le voir ?

— Si c'est possible…

Tous trois montèrent au premier étage de la galerie par un curieux escalier en colimaçon, qui était en soi une petite œuvre d'art, et y trouvèrent le tableau, minuscule mais magnifique, une huile sur bois à peine plus grande que la paume de la main. Le responsable de la galerie regarda Kaloust avec une expression de connaisseur, comme si lui aussi était amoureux de cette œuvre.

— Excellent choix ! s'exclama-t-il avec approbation. Un chef-d'œuvre de Francesco Guardi. Artiste remarquable, vous ne pensez pas ? Un génie lorsqu'il peint Venise !

La décision, longuement mûrie, fut prise à ce moment-là.

— Je l'achète.

Bien qu'il l'ignorât encore, ce fut ainsi, sur un coup de tête quasi incontrôlable, mais en réalité le fruit d'une lente maturation qui avait débuté le jour où son père lui avait donné le *medjdeh* avec lequel il avait acquis son premier décadrachme et qui aboutissait à cet instant où il dévorait des yeux la *Vue sur les rives du canal Brenta* en compagnie de sir Kenneth Bark, que Kaloust commença à collectionner la peinture.

XII

Ce coin de High Street était l'endroit préféré de Krikor chaque fois qu'il quittait l'école pour se promener. Il y avait là un salon de thé appelé Cornflower Tea Rooms, mais ce qui attirait vraiment le jeune homme, qui avait eu treize ans la semaine précédente, c'est ce qui se trouvait en vitrine. Ou, plus exactement, ce qui était exposé sur les cinq étagères de cette vitrine magique.

— Ah, soupira son ami Roger la première fois qu'ils passèrent tous deux devant le Cornflower Tea Rooms. Des tartes aux fraises !

La même vision faisait saliver Krikor. Sur chaque étagère se trouvaient douze tartelettes, chacune avec trois fraises et une bonne dose de crème. Ah, quelle torture ! Les garçons fourrèrent les mains dans leurs poches et en sortirent tout ce qui s'y trouvait. Le jeune Sarkisian, qui avait reçu la veille son argent de poche de la semaine, en sortit trois pence. Serait-ce assez ?

— Chaque tartelette aux fraises coûte un penny, précisa l'employé lorsqu'ils lui posèrent la question. Combien en voulez-vous ?

Krikor en acheta trois, tandis que Roger, qui n'avait que deux pence, se contenta de deux. Ils les dévorèrent en moins de deux minutes, puis retournèrent à la vitrine et regardèrent les autres tartelettes. Ils en voulaient encore mais n'avaient plus d'argent.

Se léchant le coin des lèvres où perlaient encore quelques restes de crème onctueuse, Krikor se livrait à de savants calculs. Il se sentait capable de vider les cinq étagères de la devanture du Cornflower Tea Rooms, mais pour cela, il aurait besoin d'un bon magot. Il calcula que, pour tout dévorer, il lui en coûterait soixante pence, à raison d'un penny par tarte ; comme il recevait trois pence par semaine, il lui faudrait presque deux trimestres pour rassembler cette somme.

— Je ne sais pas comment, dit-il à son ami avec ferveur, mais je te jure qu'un jour j'aurai économisé tout ce fric et que je mangerai toutes ces tartes. Je n'en laisserai pas une, tu verras !

Il ne le fit jamais. Mais la vitrine fut pour lui l'occasion de mettre véritablement en œuvre pour la première fois les enseignements de l'arithmétique. Une tarte valait un penny. Il se découvrit un talent inné pour la comptabilité.

Il apprit également à composer avec les privations, chose qu'il ne connaissait pas quand il vivait avec ses parents. Bien que ce fût un internat pour garçons fortunés, Orley Farm mettait un point d'honneur à dispenser une éducation austère à ses élèves. Ainsi, ceux qui recevaient beaucoup d'argent de poche étaient mal vus et leurs parents étaient rapidement convoqués chez la principale qui les invitait à faire preuve de plus de modération.

Les bains à l'eau froide faisaient partie du régime spartiate qui prévalait dans l'institution. Se laver entièrement était un véritable supplice en hiver, lorsque la température chutait parfois en dessous de zéro degré, mais fort heureusement, ils n'étaient obligés de le faire qu'une fois par semaine. Pour leur toilette quotidienne, les internes disposaient d'un pot d'eau glacée qu'ils utilisaient dans le cabinet de toilette de leur chambre lors d'opérations éphémères et rarement méticuleuses. Compte tenu des conditions, on ne pouvait pas dire qu'ils sentaient la rose, mais la plupart des élèves préféraient cela plutôt que se soumettre hebdomadairement aux douloureux bains d'eau glaciale.

— Le bain froid, expliqua la principale lorsque Krikor l'interrogea sur le sujet, est un aspect fondamental de la formation du caractère d'un gentleman.

— Excusez-moi, s'étonna le garçon, mais quel est le rapport entre le bain et le caractère des gens ?

La principale prit un air pincé, comme si de telles questions n'avaient aucun sens, tant les réponses étaient évidentes.

— Mais voyons, répondit-elle avec agacement, une vie intellectuelle riche doit toujours être accompagnée d'un certain degré de contrainte physique. Tout le monde sait ça !

La mort inattendue du roi Édouard VII, en mai 1910, entraîna la fermeture temporaire d'Orley Farm. Les élèves furent envoyés chez eux, ce qui permit à Krikor de passer avec ses parents son premier printemps depuis qu'il avait commencé ses études secondaires.

Il assista aux funérailles d'Édouard VII d'une estrade publique sur Edgware Road et, un an plus tard, à l'intronisation du prince de Galles, le futur roi George V. Le plus intéressant cependant ne fut pas ces événements de la vie de la monarchie, mais une visite que ses parents reçurent chez eux, à Hyde Park Gardens.

Depuis quelque temps, son père était devenu conseiller du gouvernement ottoman. Pour représenter le sultan aux funérailles d'Édouard VII et au couronnement de George V, l'Empire ottoman envoya le prince héritier, Yusuf Izzeddin, à Londres.

En l'honneur d'une personnalité si illustre, Kaloust décida d'organiser un déjeuner de gala chez lui. Le prince héritier ottoman fut naturellement installé à la place d'honneur, c'est-à-dire à un bout de l'immense table dans la salle à manger et, comme il seyait à son rang, il eut le privilège d'être servi le premier, même avant les dames, comme cela semblait normal dans le monde islamique. Connaissant les règles de l'étiquette ottomane, l'hôte donna ses instructions aux serveurs, s'assit tranquillement à table et attendit le premier plat.

La porte de la salle s'ouvrit et le domestique, suivant à la lettre les ordres du maître de maison, présenta le premier plat.

— Premier *hors-d'œuvre*, annonça-t-il solennellement. Caviar de la rivière Noire.

Le plateau chargé d'œufs noirs d'esturgeons fut placé au centre de la table, afin que chacun puisse se servir. Avant que quiconque ne le fasse, cependant, Kaloust fit un signe à son distingué invité, lui réservant la primauté due à son rang.

— Votre Majesté, je vous en prie.

Yusuf Izzeddin se leva, s'approcha du centre de la table, saisit le grand plat et l'emporta jusqu'à sa place. Il prit sa cuillère et commença à manger le caviar directement dans le plat, à la stupéfaction des invités.

— Pas mauvais du tout ce caviar, fut son seul commentaire. Il en reste ?

Devant lui, le plat était vide.

Ce ne fut pas le seul épisode révélateur de l'excentricité du futur sultan, ni des vicissitudes et tribulations inattendues auxquelles allait être soumis le conseiller de l'Empire ottoman. Apparemment, il était écrit que Yusuf Izzeddin était venu à Londres pour tourmenter quiconque le recevrait, ce qui, vu les circonstances, n'augurait rien de bon pour son hôte.

Le prince héritier dormit cette nuit-là chez les Sarkisian. Dès le matin, au petit déjeuner, qu'il dévora avant tout le monde car telle semblait être sa prérogative inaliénable, il adressa à brûle-pourpoint à Kaloust une demande, qui ressemblait fort à un ordre indiscutable.

— Emmenez-moi chez un tailleur. J'ai besoin de costumes. – Il étira ses jambes et agita ses pieds. – Et de chaussures aussi.

— Certainement, Votre Majesté, répondit l'hôte, sur un ton obséquieux. Chez quel tailleur aimeriez-vous aller ?

— Je ne sais pas. Quel est le vôtre ?

— Je m'habille chez T&F. French, dit-il en montrant la griffe cousue à l'intérieur de son propre costume. Un as des ciseaux, si je peux me permettre. Je pense que Votre Majesté sera très satisfaite.

Le prince approuva la proposition et un cortège fut aussitôt constitué pour accompagner Sa Majesté chez le tailleur. Les rues de Londres commençaient déjà à se remplir des fameuses voitures fumantes et sans chevaux que les journaux appelaient automobiles. Ces véhicules enthousiasmaient Kaloust, en particulier à un moment où l'éclairage public se tournait vers l'électricité. Ainsi, et pour suivre l'évolution contemporaine, les Sarkisian avaient récemment acquis une belle Delaunay-Belleville Landaulette aux phares chromés.

Ce fut justement dans cette voiture que la famille suivit le véhicule diplomatique, une Clément-Bayard bleue qui transporta le prince jusqu'à Dover Street, où se trouvait la très distinguée boutique T&F. French. Profitant de la confusion, Krikor réussit à se faufiler à l'intérieur de la voiture et à se cacher près de sa mère.

Lorsqu'ils arrivèrent chez le tailleur, le plus jeune des Sarkisian assista à l'étrange spectacle que donna le prince héritier ottoman, avec la complicité gênée de son père et des couturiers anglais. La situation se révéla encore plus embarrassante car ce fut Mr. French lui-même qui s'occupa de Sa Majesté ottomane et de son conseiller financier. Après l'avoir salué avec obséquiosité, presque comme s'il s'adressait au roi George en personne, l'éminent tailleur conduisit Yusuf Izzeddin à travers son établissement, lui présentant divers tissus et modèles de costumes, puis l'invita, avec moult courbettes, à choisir celui qu'il avait préféré. Le prince héritier opta finalement pour un costume prince-de-galles classique et un tweed. Mr. French mena ensuite son illustre client dans le salon d'essayage. Comme d'habitude, il saisit le mètre ruban et s'approcha du prince héritier pour prendre ses mesures.

— Que veux-tu, chien ? coupa Sa Majesté avec un geste de répulsion lorsque le couturier toucha son bras pour mesurer les manches. Comment oses-tu ?

Surpris, le tailleur recula d'un bond.

— Qu'est-ce que c'est ? Qu'ai-je fait ?

Pointant son doigt vers l'Anglais, Yusuf Izzeddin se tourna vers Kaloust, comme pour se plaindre.

— Vous avez vu ce qu'il a fait ? Vous avez vu ? Ce chien m'a touché ! Il a osé me toucher ! Comment une telle chose est-elle possible ?

L'Arménien hésita, déconcerté par un problème qu'il ne comprenait pas.

— Mais, Votre Majesté, il est tailleur !

— Un tailleur infidèle.

— Eh bien… oui, c'est vrai, Mr. French n'est pas musulman. Cependant, il doit prendre vos mesures. Comment pourra-t-il réaliser vos costumes s'il ne peut pas vous toucher ?

— Il n'a qu'à mesurer en l'air !

— En l'air ?

— Oui, insista le futur sultan de l'Empire ottoman. Il n'a qu'à mesurer en l'air ! Qu'il fasse comme il veut, mais il ne peut pas toucher mon auguste personne !

Kaloust eut du mal à expliquer cette solution au couturier. Cependant, une fois que Yusuf Izzeddin eut donné quelques précisions supplémentaires, une méthode innovante fut développée pour mesurer le corps du client. Mr. French fut invité à suspendre le ruban à mesurer en l'air devant Sa Majesté et à calculer approximativement les mensurations des manches, du dos et de la taille.

Une fois cet étrange exercice achevé, le prince héritier voulut des chaussures. On lui présenta plusieurs modèles et, après avoir longuement hésité, il finit par choisir deux paires, l'une noire, l'autre marron.

— Votre Majesté souhaite une paire de chaque, n'est-ce pas ? demanda le tailleur.

Le prince héritier secoua la tête.

— Je veux trente paires de chaque modèle.

— Excusez-moi ? s'étonna Mr. French, convaincu qu'il avait mal entendu. Vous en voulez trois paires ?

— Trente de chaque, répéta Yusuf Izzeddin. Je ne mets jamais une paire de chaussures plus d'une fois. Chaque jour, je porte une nouvelle paire. Avec trente paires de chacun de ces modèles, j'ai des chaussures pour soixante jours. Belle idée, vous ne trouvez pas ?

Il n'y avait bien sûr pas soixante paires de ces modèles en stock dans la boutique, un coursier fut donc envoyé d'urgence chez le fournisseur pour rapporter les paires manquantes. Lorsque l'entourage du prince s'apprêta à prendre le chemin du retour, Kaloust, le visage fermé, s'excusa auprès de Sa Majesté et se réfugia dans la Delaunay-Belleville Landaulette où se trouvaient sa femme et son fils. Une fois le cortège en route, l'Arménien se prit la tête dans les mains et soupira de désespoir.

— La charge de conseiller ottoman va me rendre fou ! dit-il. S'il n'y avait pas ce fichu pétrole en Mésopotamie, je jure que je tuerais ce Turc !

XIII

En observant les navires sur la mer de Marmara, Kaloust replongeait dans son enfance. Au fil des années et malgré tous les changements survenus dans le monde, ici rien ne semblait avoir bougé. On voyait encore les bateaux à vapeur reliant les côtes européenne et asiatique de Constantinople, et des vaisseaux de tout tonnage convergeant vers le Bosphore ou en sortant, telles des caravanes dans un désert bleu. La scène n'était peut-être pas nouvelle, mais elle restait d'une beauté à couper le souffle.

— Depuis combien de temps travaillons-nous ensemble ?

Salim Bey posa la question après avoir aspiré une bouffée aromatique de son narguilé.

— Si je ne m'abuse, je suis votre conseiller financier depuis 1908, répondit Kaloust. Cela fait donc déjà trois ans puisque nous sommes en 1911.

Le ministre des Finances soupira.

— Trois ans, et malgré tous nos efforts, nous n'avons toujours rien obtenu ! s'exclama-t-il avec frustration. Malgré notre volonté de nous rapprocher de l'Angleterre et de la France, nous n'y parvenons pas. Nos coffres sont vides et nous avons besoin d'argent frais, or seuls les Allemands semblent disposés à nous en prêter. Comment est-ce possible ?

L'Arménien haussa les épaules.

— Je fais ce que je peux, effendi, dit-il. J'ai obtenu le prêt du Crédit mobilier, n'est-ce pas ? Ce n'est pas ma faute si le gouvernement français s'est opposé à l'opération en raison des revers que sa Banque impériale ottomane a subis, ici à Constantinople. Je crains que les Anglais ne soient également échaudés. J'ai fait intervenir mon ami Philip Blake, mais le massacre des Arméniens à Adana en 1909 et la répression actuelle contre les Albanais n'ont pas été très bien perçus par Londres, je le crains.

— Mais l'Ittihad n'a rien à voir avec le massacre d'Adana ! protesta Salim Bey. Ce fut une action des contre-révolutionnaires. Et en Albanie, nous avons affaire à une insurrection ! Que veulent-ils que nous fassions ?

— Je sais, je sais ! Mais ces choses ont un coût élevé, effendi. Comment voulez-vous que l'Angleterre prête de l'argent à l'Empire ottoman alors que les Turcs continuent de massacrer des chrétiens ? Vous comprenez que cela poserait des problèmes à tout gouvernement, quel qu'il soit, à Londres. Les journaux, l'opinion publique... personne n'accepterait que l'on vienne en aide à l'Empire ! Et le gouvernement de Sa Majesté ne veut pas d'ennuis.

Salim Bey claqua la langue de déception.

— Si nous continuons ainsi, les membres pro-Allemands de mon gouvernement vont avoir le vent en poupe, nota-t-il. La dérive libérale des Jeunes-Turcs tire à sa fin...

— En effet, je comprends, dit Kaloust. – Il entrevit alors une possibilité. – L'idéal serait de lier les Anglais et les Français à la Mésopotamie…

— Ah, ne recommencez pas avec votre discours dans le pétrole ! Nous avons promis cette concession aux Allemands et je ne vois aucun moyen de revenir dessus. Ils construisent la ligne de chemin de fer de l'Anatolie et nous accordent des prêts, ce que ni les Anglais ni les Français ne font. Dans ces conditions, je n'ai aucun argument pour affronter mes collègues pro-Allemands de l'Ittihad. Tout ce que j'ai pu faire, grâce à l'argent que vous avez mis à ma disposition, ça a été de distribuer d'importants bakchichs aux membres du gouvernement afin d'empêcher que des visas de voyage ne soient délivrés aux ingénieurs allemands.

— Ce n'est déjà pas si mal, observa l'hôte. Et l'Anglo-Persian ? J'ai entendu dire que D'Arcy aussi courait après la concession de la Mésopotamie…

Le Turc ébaucha son premier sourire depuis qu'il était arrivé chez son ami arménien.

— Celui-là, il n'a aucune chance, dit-il. Nous lui faisons beaucoup de promesses, bien sûr. Et il nous couvre de bakchichs. Le grand vizir lui a même remis une lettre lui promettant une concession, mais ce ne sont que des boniments. D'Arcy n'obtiendra rien.

— Je me réjouis de l'entendre. Et qu'en est-il de la Standard Oil ?

— Les Américains ? Même chose. Ils nous ont envoyé un contre-amiral quelconque qui nous promet monts et merveilles. Nous allons aussi l'abuser avec un pseudo-projet de concession. Vous n'avez rien à craindre, mon cher ami.

Son hôte s'étendit dans son fauteuil et regarda au loin un magnifique voilier qui sillonnait les eaux de la mer de Marmara, serein et hautain.

— Tant mieux.

La sonnette de la porte d'entrée résonna au milieu de l'après-midi, alors que Kaloust conversait encore dans la véranda avec Salim Bey. Le majordome descendit l'escalier et alla ouvrir. Quelques instants plus tard, il apparut devant le maître de maison en compagnie d'un homme mince, blond et moustachu. C'était Philip Blake.

— Je vous ai déjà parlé maintes fois de Mr. Blake, effendi, déclara Kaloust après qu'ils se furent salués. En tant que député ayant d'excellentes relations au Foreign Office, c'est un allié important pour nous. Il est venu à Constantinople avec une mission spéciale.

L'Anglais s'éclaircit la voix et prit la parole.

— *I say*, le gouvernement de Sa Majesté considère que la montée en puissance des Jeunes-Turcs constitue une excellente occasion pour contrer l'ascendant des Allemands dans l'Empire ottoman, déclara-t-il sur un ton solennel. Il a donc été décidé de créer, ici à Constantinople, une banque exclusivement britannique, avec les ressources d'un consortium financier anglais réunissant certains des hommes les plus riches de mon pays, tels que Lord Revelstoke et Lord Harrington.

— De quel Lord Revelstoke parlez-vous ? voulut savoir le ministre ottoman des Finances, impressionné par ces noms. Celui des frères Baring ?

— *Right-ho*, confirma Blake. Étant donné que Mr. Sarkisian connaît beaucoup de monde à Constantinople, nous l'avons invité à se joindre à notre équipe en qualité de conseiller technique.

— À mon avis, l'activité bancaire dans l'Empire ottoman n'est guère rémunératrice, s'empressa de préciser Kaloust. Les banques allemandes, italiennes et françaises prennent des risques jugés inacceptables en Angleterre. Une banque anglaise aura beaucoup de difficultés à opérer dans un environnement concurrentiel aussi sauvage.

— *Wait and see*, répondit son ami. Nous verrons.

— Cette banque… quel sera son nom ? demanda Salim Bey. Et dans quels secteurs va-t-elle investir ?

— Nous envisageons de l'appeler Banque nationale de Turquie, et ses capitaux seront exclusivement britanniques, déclara Blake. Nous avons l'intention de soutenir des projets dans les domaines de l'électricité et de l'irrigation dans des régions confrontées aux pénuries d'eau, telles que la Mésopotamie.

— Ça me paraît très bien, approuva le ministre ottoman. Je ne vois aucune difficulté à ce que nous approuvions cette louable initiative. C'est une excellente idée !

— *Jolly good !*

Incapable de laisser passer une occasion lorsqu'il en voyait une, Kaloust gigota sur son fauteuil.

— Je crois qu'il y a un domaine dans lequel la Banque nationale de Turquie pourrait être utile, dit-il doucement, afin de ne pas effrayer sa proie. La candidature à des concessions pétrolières.

— *Good Lord*, Sarkisian ! Vous et votre satané pétrole ! s'exclama l'Anglais avec un geste d'agacement. Vous ne pensez qu'à ça ?

L'Arménien lui jeta un regard plein de ressentiment.

— Vous voulez mon aide et mon savoir-faire à Constantinople pour créer cette banque ? Alors, en retour, j'espère obtenir votre aide pour mon petit projet. Ce n'est pas trop demander, n'est-ce pas ?

En fait, la demande semblait parfaitement raisonnable et Blake ne voyait pas comment il pourrait s'y opposer.

— *Right-ho !* acquiesça-t-il, se soumettant. Dites-moi de quoi il retourne.

— Eh bien, cela fait des années que je travaille avec Salim Bey pour essayer d'obtenir une concession pétrolière en Mésopotamie, déclara Kaloust en regardant son ami turc comme s'il lui demandait de fournir des explications. En vain.

Salim Bey comprit.

— Les Allemands de la Deutsche Bank, qui construisent la ligne de chemin de fer d'Anatolie jusqu'à Bagdad, ont obtenu du sultan des droits d'exploitation minière sur les terres jouxtant la voie ferrée, expliqua le ministre des Finances. J'ai essayé de les annuler, mais je crains que le lobby pro-Allemand au sein de l'Ittihad ne soit trop puissant. Avec l'aide financière de M. Sarkisian, je n'ai réussi qu'à saboter leurs efforts.

— Qui sont les Allemands en question ? voulut savoir le député anglais. Vous avez évoqué la Deutsche Bank ?

— C'est exact, confirma Salim Bey. Ce sont les intérêts allemands qui entravent la tentative de M. Sarkisian d'obtenir la concession. Nous contrecarrons leurs actions, ils contrecarrent les nôtres. Personne n'est encore arrivé nulle part.

— L'idéal serait de s'entendre avec les Allemands, suggéra Kaloust en se tournant vers Blake. Vous pensez que la Banque nationale de Turquie pourrait servir d'intermédiaire ?

Son ami anglais caressa sa moustache blonde du bout des doigts pour mieux réfléchir.

— *I say*, Lord Harrington est un ami personnel du Kaiser, fit-il remarquer. En outre, en raison de ses responsabilités au Royal Exchange, il a beaucoup de relations dans la haute finance allemande, notamment von Gwinner, le président de la Deutsche Bank. Ce n'est peut-être pas impossible !

Le ministre ottoman réagit avec satisfaction.

— C'est une excellente idée ! s'exclama-t-il. Une alliance entre la Deutsche Bank, cette nouvelle Banque nationale de Turquie que vous souhaitez créer et M. Sarkisian serait d'excellent augure pour l'obtention de la concession. Et cela épargnerait au gouvernement ottoman l'embarras de devoir dire non à l'une des parties. Avec les principaux intéressés dans le même bateau et en ne lésinant pas sur le bakchich, il sera facile d'approuver enfin cette fameuse concession.

Kaloust pointa un doigt vers Salim Bey.

— Pour que cela fonctionne, il faut encore autre chose, rappela-t-il. Vous vous rappelez certainement que, suite à mon rapport sur le pétrole en Mésopotamie, le sultan a acquis, pour ses finances privées, toutes les propriétés de la région, en particulier dans le secteur de Mossoul. L'idée de Sa Majesté était de s'approprier tous les revenus des concessions dans l'éventualité où du pétrole serait découvert. L'État ottoman se retrouverait alors les mains vides. Or, cela n'est pas possible, n'est-ce pas ?

Le ministre ottoman comprit la portée de l'observation : si la zone pétrolière demeurait en possession du sultan, il n'y aurait de bakchich pour personne, hormis pour le sultan lui-même. Vraiment, ce n'était pas possible. Sans dessous-de-table, rien ne fonctionnerait.

— Vous avez tout à fait raison, mon cher, reconnut-il. Comme toujours, vous êtes attentif aux détails. – Il prit son bloc-notes et écrivit une ligne. – Je vais engager immédiatement un processus législatif afin de placer ces terres sous la tutelle de mon ministère. D'ailleurs, c'est le meilleur moyen pour s'assurer que les Allemands n'auront droit à rien s'ils ne parviennent pas à un accord avec vous.

L'amorce d'un sourire se dessina enfin sur le visage de Kaloust. L'agencement de l'opération lui semblait parfait. En sa qualité de conseiller des Ottomans et des Anglais, il occupait la position idéale ; il conseillait aux uns et aux autres de faire la même chose et les amenait ainsi tous là où il le souhaitait. Dans ces conditions, comment pourrait-il échouer ?

C'était comme s'il faisait affaire avec lui-même.

En raison de ses nouvelles responsabilités à la fois en tant que conseiller du gouvernement ottoman et banquier, responsabilités qu'il célébra avec l'acquisition de *Ville-d'Avray*, un tableau de Corot, Kaloust fut pris dans un tourbillon de voyages. Il multiplia les allées et venues dans l'Orient-Express, entre Constantinople et Paris ou Londres, toujours avec son passeport britannique et muni d'un sauf-conduit au cas où les choses tourneraient mal. Les navettes incessantes étaient interrompues par de courts moments de repos, organisés toujours aussi efficacement par Mme Duprés.

Il en fut ainsi la semaine où il alla se détendre sur la Côte d'Azur avec sa *belle*, une jolie blonde de dix-sept ans prénommée Hélène, qu'il avait dénichée deux mois auparavant au Théâtre Réjane. Kaloust l'avait entrevue au cours d'une pièce de Molière ; il la remarqua en scrutant le public avec ses jumelles depuis sa loge. Il fut aussitôt conquis par ses cheveux dorés et bouclés, et elle le fut ensuite par le diadème en diamants de chez Cartier. Mme Duprés, comme toujours, fit le reste.

— *Faites vos jeux !*

La voix du croupier déclencha une agitation fébrile autour de la table, plusieurs joueurs poussant des pièces vers les numéros sur lesquels ils pariaient.

— Le 14, *chouchou* ! implora Hélène en frappant dans ses mains avec enthousiasme. Le 14 !

L'Arménien hésita.

— Tu sais que je n'aime pas le jeu, chérie !

La Française lui jeta un regard suppliant.

— Oh, *chouchou* ! implora-t-elle en faisant une moue de ses lèvres écarlates. Juste cette fois, allez…

Kaloust tira un louis d'or de sa poche et le plaça sur le numéro 14 ; c'était avec ces pièces d'or d'une valeur de 20 francs que l'on jouait au casino de Monte Carlo.

— D'accord, juste cette fois.

Le croupier actionna la roulette et la boule rebondit pendant quelques secondes d'un chiffre à l'autre avant de s'arrêter sur le numéro gagnant. Le 17.

— Oooh !

Cette déconvenue mit un terme au jeu ce soir-là. Le couple déambula dans les salles du casino, appréciant les émotions qui naissaient et mouraient aux différentes tables et, le moment venu, Kaloust se dirigea vers la porte.

— Je dîne avec un ami dans la galerie, dit-il. Va à l'hôtel et fais-toi servir dans la chambre. Ensuite, je te rejoindrai et nous irons voir le feu d'artifice devant le casino, d'accord ?

Ils se séparèrent. Hélène se rendit au magnifique Hôtel de Paris, où ils étaient descendus, tandis que Kaloust se dirigea vers la galerie Charles III. Il brûlait de curiosité de connaître les nouvelles que son ami anglais lui apporterait. Car le seul sommet du triangle anglo-ottomano-allemand que Kaloust ne contrôlait pas directement était l'allemand. Mais, toujours grâce aux précieux services de Philip Blake, Lord Harrington s'était rendu à Berlin où il avait rencontré le président de la Deutsche Bank. Le financier anglais avait été dûment informé de la question du pétrole mésopotamien et le sujet, l'Arménien le savait, avait figuré à l'ordre du jour de la réunion.

Ce soir-là, au cours du dîner, Philip Blake lui révéla le résultat de l'entrevue de Berlin, Lord Harrington étant déjà rentré à Londres. Le restaurant était bondé, il y avait des grands-ducs russes qui avaient pris l'express de Saint-Pétersbourg, des millionnaires américains et des lords anglais. Son ami, qui venait d'arriver de Londres, finit par le trouver à une table, au milieu de cette nuée de clients de la haute société qui fréquentaient la galerie Charles III.

— Les Allemands sont d'accord ! s'exclama Blake en prenant place à table, une lueur d'enthousiasme dans le regard. *I say*, Lord Harrington m'a dit qu'ils ont même eu l'air soulagés !

La nouvelle était formidable, mais l'Arménien gardait une expression impénétrable.

— Que voulez-vous dire ? Soulagés dans quel sens ?

— Il semblerait que la Deutsche Bank manque de fonds pour investir dans la prospection pétrolière et financer la construction de la ligne de chemin de fer d'Anatolie, déclara-t-il. Toutes ces opérations sont extrêmement onéreuses, comme vous le savez. Aussi, lorsque Lord Harrington leur a proposé l'alliance, ils ont aussitôt accepté. Ils ont besoin de l'argent de la haute finance britannique. Cela fait des années qu'ils cherchent par divers moyens à obtenir un soutien financier à Londres, mais ce projet a été entravé à plusieurs reprises pour des raisons politiques. En somme, c'est un moyen pour eux de contourner le problème.

— Ah, parfait ! dit Kaloust ravi. Parfait !

Le député anglais se mit à rire.

— Les Allemands n'étaient pas du tout contents lorsque Lord Harrington leur a parlé de vous. Le fait que vous soyez en lice pour la concession mésopotamienne les a agacés, mais Lord Harrington, à qui j'avais fait un exposé détaillé avant son départ pour Berlin, leur a expliqué que sans vous, *old boy*, il n'y aurait pas d'alliance possible. Non seulement parce que vous représentez notre lien avec le gouvernement ottoman et que nous ne pouvons donc pas vous écarter, mais aussi parce que la nouvelle Banque nationale de Turquie n'a pas vocation à se consacrer au secteur pétrolier. Bref, les Allemands ont fini par vous accepter, quoique à contrecœur.

Pour célébrer la bonne nouvelle, une bouteille de dom-pérignon fut commandée ; quant aux réjouissances plus intimes, Hélène s'en chargerait cette nuit-là.

— Il ne manque qu'une chose, dit Kaloust, sentant déjà monter le désir de fêter cela avec sa blonde Française. Créer une entreprise qui complète l'architecture de cette opération.

— Oui, c'est évident.

— Nous devons faire entrer Royal Dutch Shell dans cette affaire. En fin de compte, c'est elle qui dispose de la technologie pour la prospection, l'exploration, le transport et…

— Laissez Royal Dutch Shell de côté pour le moment, suggéra l'Anglais. Ça ne ferait que compliquer les choses. Veillons à rester aussi simples que possible. Vous avez une idée du nom que nous allons donner à l'entreprise qui obtiendra la concession en Mésopotamie ?

L'Arménien réfléchit quelques secondes ; le nom devrait être court et tout dire.

— Pourquoi pas Turkish Petroleum Company ?

La constitution de la nouvelle société coûta très cher à Kaloust en bakchich, tout comme le règlement de sa quote-part, fort élevée. La Deutsche Bank reçut 25 % de la Turkish Petroleum Company, qu'elle acquitta avec les droits miniers sur vingt kilomètres de part et d'autre de la ligne de chemin de fer d'Anatolie, concédés par le sultan lors de la visite du Kaiser à Constantinople puis partagés avec les autres actionnaires de la nouvelle société. La Banque nationale de Turquie recueillit 35 % et l'investisseur arménien 40 %, le tout payable *cash*.

Les 32000 actions qui revinrent à Kaloust lui coûtèrent une véritable fortune, 32000 livres, mais il n'était pas inquiet. Il avait acheté la majeure partie d'entre elles pour les revendre peu après, à un prix qui lui permettrait de ne pas subir de perte. Et puis, il y avait le pétrole lui-même. On n'en avait pas encore découvert, mais les indices rassemblés dans le rapport qu'il avait rédigé pour le sultan quelque vingt ans plus tôt lui donnaient la conviction que ce n'était qu'une question de temps.

— J'ai un paquet d'actions de cette nouvelle société à vendre à une compagnie pétrolière, déclara Kaloust lorsque, deux semaines plus tard, revenant de son fructueux périple à Constantinople et sur la Côte d'Azur, il rencontra Hendrik Van Tiggelen au restaurant du Carlton à Londres. La Royal Dutch Shell serait-elle intéressée ?

— Cela dépend, dit le Hollandais avec prudence. À quoi se consacre cette entreprise exactement ?

— Au pétrole de Mésopotamie. Ni plus ni moins.

Hendrik leva un sourcil.

— Allons, allons ! s'exclama-t-il sceptique. La concession appartient aux Allemands…

— En effet, mais pas seulement, expliqua l'Arménien. De fait, les Allemands ont des droits sur les territoires où passe la ligne de chemin de fer d'Anatolie, mais ceux-ci n'ont jamais été confirmés par une concession. Ils représentent tout juste une espèce de pré-concession. Grâce à mes relations à

Constantinople, j'ai pu éviter que la concession leur soit attribuée.

— Et qu'est-ce qui a changé ?

— Ce qui a changé, c'est que les Allemands et moi-même, qui nous boycottions mutuellement auparavant, faisons à présent partie de la même société, la Turkish Petroleum Company qui vient d'être créée. Ainsi que les Anglais, par le biais de la Banque nationale de Turquie. Dans ces conditions, le ministre des Finances des Jeunes-Turcs, un vieil ami, a confirmé qu'il nous attribuait la concession pétrolière. Voulez-vous rejoindre le groupe, oui ou non ?

Le Hollandais continuait à évaluer la situation.

— De combien parlez-vous ?

— Je possède 40 % de cette nouvelle société, indiqua Kaloust. Je vous vends 20000 actions, ce qui signifie que la Royal Dutch Shell détiendra 25 % de la Turkish Petroleum Company. C'est une belle part ! La Deutsche Bank en détient également 25 %, la Banque nationale de Turquie 35 % et moi, en vous cédant 20000 actions, j'en garderai 15 %.

Nouvelle hésitation du président-directeur général de la Royal Dutch Shell.

— Et il y a vraiment du pétrole en Mésopotamie ? Ce n'est pas un mirage ?

— Un océan de pétrole nous attend en Mésopotamie ! s'exclama l'Arménien. Qu'est-ce qui vous fait douter ? Lorsque j'ai établi le rapport pour le sultan il y a une vingtaine d'années, les informations que j'ai obtenues étaient très convaincantes. Si vous laissez passer cette occasion, mon cher, c'est que vous n'avez rien appris du fiasco de la Perse, ce qui a fait la fortune de l'Anglo-Persian. Ne faites pas la même bêtise. C'est l'affaire du siècle, je vous dis !

Les yeux bleus d'Hendrik parcoururent la salle du restaurant pendant un moment avant de se poser sur le pianiste qui jouait un air autrichien qu'il avait déjà entendu dans un ballet. Puis il regarda son interlocuteur avec un sourire d'assentiment et lui tendit la main.

— Vous m'avez convaincu.

XIV

Il se fit un silence sépulcral lorsqu'un homme avec une longue moustache relevée et une cravate lilas entra dans la salle d'attente. Assis près de la fenêtre en train de lire *The Times*, Kaloust et Hendrik échangèrent furtivement un regard inquiet après avoir reconnu le nouveau venu et feignirent de ne pas l'avoir vu, plongeant encore un peu plus la tête dans leurs journaux. Mais cette petite comédie improvisée ne dura guère, car ils virent la silhouette s'approcher et se planter devant eux.

— Je suis William D'Arcy, se présenta l'homme à la moustache. Président de l'Anglo-Persian.

Il n'y avait pas d'échappatoire. Les deux amis baissèrent leurs journaux et s'étonnèrent de voir quelqu'un d'autre dans la pièce, comme s'ils n'avaient pas remarqué son entrée.

— Ah, mister D'Arcy ! s'exclama le Hollandais, forçant un sourire et tendant une main réticente. Ravi de vous rencontrer !

Tous trois se saluèrent. D'Arcy s'installa à côté d'eux et croisa la jambe droite, se montrant très à l'aise. Kaloust demeura silencieux, le regard impénétrable, fidèle à son image, laissant son partenaire hollandais faire la conversation. Il préféra étudier l'attitude du nouveau venu et ce qu'il voyait ne lui plaisait guère ; il le sentait trop sûr de lui, signe probable qu'il avait une carte secrète dans son jeu. Qu'est-ce que ça pouvait être ? Il essaya de lutter contre sa méfiance instinctive et se dit qu'il s'imaginait certainement des choses.

— Êtes-vous également venus pour la réunion avec le Premier lord de l'Amirauté ? interrogea le président de l'Anglo-Persian. Savez-vous si l'amiral Fisher sera présent ?

— Il semblerait que oui.

La réponse d'Hendrik fut suffisamment concise et monocorde pour laisser entendre qu'il n'était pas d'humeur à bavarder. Un silence gêné s'installa dans la salle d'attente. On n'entendait que l'Arménien et le Hollandais feuilleter *The Times*.

D'Arcy ajusta sa cravate et, après une longue pause, s'éclaircit la gorge.

— J'ai entendu dire que vous aviez réussi un coup de maître dans l'Empire ottoman, observa-t-il sur un ton distrait, comme s'il n'abordait le sujet que pour faire la conversation. Quel est le nom de la société déjà ? – Il plissa les yeux, comme s'il faisait un effort de mémoire. – Turkish Petroleum Company, n'est-ce pas ?

Ses deux interlocuteurs, mal à l'aise, échangèrent à nouveau un regard inquiet.

— Oui, grommela Hendrik, n'ayant aucunement l'intention de développer le sujet. C'est ça.

— Et est-il vrai que le gouvernement des Jeunes-Turcs a accordé la concession pétrolière à cette société ?

— Humm, marmonna le Hollandais, en s'efforçant d'être aussi incompréhensible que possible.

— Qu'avez-vous dit ?

Tout compte fait, il ne pouvait pas être à ce point incompréhensible.

— Oui…

Affichant toujours un sourire confiant, D'Arcy changea de jambe et croisa la gauche.

— Cela fait un moment que je cours tout Constantinople pour essayer d'obtenir cette fichue concession, déclara-t-il. Je n'ai pas arrêté de remplir les poches des Ottomans, qui m'ont promis monts et merveilles. Et, au bout du compte…

Kaloust restait silencieux et impénétrable, comme à l'accoutumée, mais Hendrik, incapable de garder une expression neutre, se força à nouveau à sourire et haussa les épaules, comme si cela ne le concernait pas.

— C'est la vie…

Le président de l'Anglo-Persian opina de la tête, donnant l'impression de partager l'ironie de la remarque.

— C'est vrai, vous avez raison. Mais rien n'empêche l'Anglo-Persian d'acquérir une part de cette nouvelle entreprise, n'est-ce pas ?

Une fois encore, les deux amis échangèrent un regard, sérieusement préoccupés par l'attitude de leur rival. Cette déclaration était plutôt insolente. Comment diable avait-il l'audace d'aller aussi loin ?

— Je crains que nos actions ne soient pas à vendre, rétorqua le président-directeur général de Royal Dutch Shell sur un ton glacial. Mais, adressez-vous à la Deutsche Bank, elle acceptera peut-être de s'entendre avec vous.

D'Arcy éclata de rire.

— Vous êtes drôles !

En entendant cette remarque, Kaloust fixa à nouveau son attention sur le journal et fit semblant de s'intéresser à une dépêche, datée du 3 juillet 1911, soit deux jours plus tôt, donnant des précisions sur l'entrée de la canonnière allemande *Panther* dans le port d'Agadir, sujet qui semblait exciter le rédacteur. Mais en réalité, l'Arménien ne cessait d'analyser le comportement de son rival et les mots qu'il avait prononcés dans ce court laps de temps. La conclusion était claire. D'Arcy avait certainement un atout en poche. Lequel ?

À l'heure dite, la porte du cabinet s'ouvrit et un homme d'une trentaine d'années, l'air débonnaire, un cigare fumant entre les lèvres, salua les visiteurs et leur fit signe d'entrer.

Le cabinet était spacieux, avec l'Union Jack derrière le bureau et un portrait du roi George V accroché au mur. La loi de la vie était cruelle, pensa Kaloust en regardant le portrait de Sa Majesté ; le roi est mort, vive le roi. Un septuagénaire aux cheveux blancs, portant un uniforme sombre avec d'innombrables médailles sur la poitrine, était assis au bout d'une longue table ; il se leva promptement pour souhaiter la bienvenue aux trois hommes du monde du pétrole qui venaient d'entrer.

— Gentlemen, je vous présente l'amiral Fisher, déclara leur jeune hôte. C'est l'un des plus illustres loups de mer que cette nation de marins ait jamais produits !

Ils s'assirent à la table et Kaloust les examina l'un après l'autre avec curiosité. L'amiral Fisher avait la réputation d'avoir du tempérament et des convictions arrêtées. On racontait que le feu roi Édouard VII, au milieu d'une discussion avec Fisher, lui avait dit : « J'aimerais que vous cessiez de brandir votre poing devant mon nez. »

Quant à leur hôte, l'Arménien ne savait pas trop quelle opinion il devait s'en faire. Le nouveau Premier lord de l'Amirauté, le plus haut poste civil de la marine, lui faisait l'effet d'un jeune homme qui se donne des airs d'homme mûr. Il avait un aspect volontaire et expansif, avec une certaine tendance à l'embonpoint, mais son regard vif dénotait un esprit affûté et le sens de l'humour.

— La question qui m'a amené à vous convier à cette réunion concerne, comme vous devez vous en douter, un choix stratégique que doit faire la marine royale britannique, déclara le Premier lord de l'Amirauté en ouvrant la réunion. Faut-il que nos navires de guerre continuent à utiliser le charbon, ou doivent-ils passer au pétrole ?

— Le pétrole ! brailla aussitôt l'amiral Fisher, en tapant bruyamment du poing sur la table. Ma règle d'or, mister Churchill, est que nous ne devons jamais laisser quiconque nous doubler ! Je suis convaincu que seul le pétrole nous permettra de garantir…

Voyant que l'amiral se lançait dans une diatribe enflammée pour faire valoir son point de vue, le Premier lord de l'Amirauté, le jeune et ambitieux Winston Churchill, leva la main pour l'arrêter.

— Du calme, amiral ! l'interrompit-il, comme un *valet* freinant un cheval fou. Je vais vous donner la parole, soyez-en assuré. Permettez-moi simplement de présenter à nos invités la question telle que je la vois, afin que nous puissions mieux débattre du problème.

— Oh, désolé, dit l'amiral Fisher en rougissant. Certainement…

Ayant repris le contrôle de la conversation, Churchill tira calmement sur son cigare et libéra une épaisse bouffée de fumée.

— Comme vous le savez, notre gouvernement est divisé sur cette question, déclara-t-il en reprenant son raisonnement. Le ministre des Finances, Mr. Lloyd George, s'oppose à ce que l'on investisse dans une marine fondée sur le pétrole, pour des raisons financières. Il n'y a pas d'argent pour tout. Pour construire les nouveaux navires, il nous faudrait mettre fin aux pensions de retraite que nous avons créées il y a à peine deux ans. C'est, pour le moins, une décision qui…

— Allons-nous remettre en cause la suprématie britannique sur mer à cause de quelques vieillards ? s'indigna l'amiral Fisher. Est-ce ainsi qu'on construit un empire à présent ? C'est comme ça que…

— Calmez-vous, amiral, reprit Churchill. Laissez-moi finir, s'il vous plaît !

L'amiral Fisher baissa la tête, comme un enfant qui vient de se faire prendre la main dans le bocal à bonbons.

— Je suis désolé.

Le jeune lord tira à nouveau sur son cigare.

— Je dois dire que pendant longtemps j'ai été d'accord avec Lloyd George. Mais j'ai changé d'avis. – Il désigna les journaux posés sur une table basse. – Je ne sais pas si vous avez lu les journaux. Une canonnière allemande est entrée il y a quelques jours dans le port d'Agadir, de toute évidence par pure provocation. Cet épisode m'a convaincu une fois pour toutes que les

Allemands ont une attitude belliciste et veulent braver notre suprématie sur mer.

L'amiral Fisher leva le doigt.

— L'Allemagne sera la grande ennemie de l'Angleterre ces prochaines années, lança-t-il. Souvenez-vous de mes paroles : tôt ou tard nous nous ferons la guerre !

— C'est en effet ma plus grande crainte, déclara Churchill. Les Romains ne disaient-ils pas « *Si vis pacem para bellum* » ? Ils avaient raison ! Si vous voulez la paix, préparez-vous à la guerre ! Si nous ignorons le défi allemand, nous nous réveillerons un jour avec les Huns à nos portes. C'est pourquoi nous devons préparer la guerre pour assurer la paix. – Il désigna l'ensemble de ses interlocuteurs. – Et c'est la raison pour laquelle je vous ai convoqués à cette réunion. Ce qui s'est passé à Agadir montre bien que les Allemands sont passés à l'offensive. Pour leur faire face, nous devons transformer notre marine. Mais le pétrole est-il vraiment la solution ?

Hendrik ouvrit la bouche pour répondre, mais avant qu'il ait pu émettre un seul son, l'amiral Fisher l'avait pris de vitesse.

— Le pétrole est le seul moyen ! dit-il avec conviction. L'Allemagne a inauguré la *Weltpolitik*, une politique mondiale, et le Kaiser a décidé que le moment était venu de doter son pays d'une marine de guerre du niveau de celle de l'Angleterre. C'est purement et simplement inacceptable ! La suprématie britannique sur mer ne peut en aucun cas être remise en cause. Pour la maintenir, nous devons moderniser notre flotte.

— Cela ne fait pas l'ombre d'un doute, amiral, s'empressa d'ajouter Churchill. La question est de savoir si le carburant de notre nouvelle marine doit être le pétrole. Quels sont, en fin de compte, les avantages du pétrole ?

Avant de se faire à nouveau doubler par l'amiral Fisher, le président-directeur général de Royal Dutch Shell, soucieux de montrer ses connaissances, se hâta de répondre.

— Le pétrole est extrêmement avantageux, mister Churchill, assura Hendrik. Un navire propulsé au pétrole va plus vite et atteint sa vitesse maximale plus rapidement qu'un navire à charbon.

— La vitesse maximale que peuvent atteindre nos croiseurs à charbon est de 21 nœuds, précisa l'amiral. Mais les Allemands construisent des navires à pétrole qui atteignent 25 nœuds. Comme vous le savez, dans une bataille, la vitesse est un facteur critique. Nous ne pouvons pas nous laisser distancer !

— Et puis, il y a la question de l'autonomie, ajouta le Hollandais, soucieux de ne pas perdre la parole. Un navire à pétrole peut rester en haute mer plus longtemps qu'un navire à charbon. En outre, il peut être ravitaillé en mer, si les eaux sont calmes, ce qui n'est pas possible avec un navire à charbon.

Mais l'amiral Fisher n'abandonna pas le monopole de la conversation. Les hommes du pétrole ne maîtrisaient pas certains aspects opérationnels des manœuvres navales militaires. Il lui fut donc facile de reprendre la parole.

— Avez-vous remarqué, mister Churchill, que les navires à charbon laissent toujours un panache de fumée noire dans l'air ? Cela permet à l'ennemi de déceler notre présence de loin, et complique ainsi toute manœuvre par surprise. Or, les navires à pétrole ne libèrent pas ces colonnes de fumée, ce qui les rend presque invisibles au loin. Si les Allemands adoptent ce type de bateaux et que nous restons au charbon, nos bâtiments de guerre seront des cibles faciles. Ensuite, il y a le problème de l'alimentation des chaudières. Sur les navires à pétrole, la question est facile à résoudre, car le carburant est stocké à l'état liquide et il suffit de l'amener jusqu'aux moteurs. Rien de tel avec le charbon, comme vous le savez ! Un quart de l'équipage doit s'occuper en permanence d'alimenter les chaudières, ce qui épuise littéralement les hommes. Il nous est déjà arrivé, au beau milieu d'une bataille navale, de devoir retirer les hommes des pièces d'artillerie pour les envoyer chercher du charbon dans les soutes afin d'alimenter les chaudières. C'est dangereux et cela nous affaiblit aux moments décisifs de la bataille. Avec le pétrole, ce problème n'existe pas.

Le Premier lord de l'Amirauté leva les deux mains en signe de reddition et mâchonna son cigare.

— Bon, bon, j'ai compris, s'exclama Churchill. Mais pourquoi utiliser de la vodka alors que nous avons déjà du whisky ?

La question provoqua un haussement de sourcils général autour de la table.

— Pardon ?

— C'est la question que soulève le gouvernement chaque fois que je préconise la conversion de notre marine au pétrole. Nous avons des montagnes de charbon au pays de Galles, mais pas une goutte de pétrole dans notre vaste empire. Pourquoi devrions-nous troquer le charbon, que nous avons, contre du pétrole, que nous n'avons pas ?

— Veuillez m'excuser, mister Churchill, dit Hendrik. Mais la Royal Dutch Shell possède des concessions pétrolières dans plusieurs régions du monde. Nous sommes parfaitement en mesure de garantir les approvisionnements.

— Et l'Anglo-Persian aussi, s'empressa d'ajouter D'Arcy. Il y a assez de pétrole dans nos puits en Perse pour alimenter notre marine de guerre pendant des décennies !

En guise de réponse, un nuage de fumée s'échappa de la bouche de Winston Churchill, qui semblait concentrer toute son attention sur le cigare qu'il tenait entre ses doigts.

— Tout ça c'est bien joli, dit-il sans lever les yeux. Mais en cas de guerre, que se passera-t-il si l'ennemi nous coupe des sources d'approvisionnement ? Que ferons-nous ?

Ce scénario catastrophe plongea tout le monde dans le silence. Le problème était réel, ils le savaient, et personne ne semblait avoir de solution. À moins de découvrir du pétrole sur les terres de Sa Majesté, là était le cœur du problème.

— En somme, selon vous, murmura l'amiral Fisher, si nous optons pour le pétrole, nous créons un problème en matière de sécurité des approvisionnements.

— Exactement.

Le silence revint, plus lourd que jamais. L'un des interlocuteurs se mit alors à secouer la tête, avec un mouvement qui s'accentuait.

— Je ne vois aucune difficulté.

— Excusez-moi ?

Kaloust, qui était resté jusque-là dans un mutisme absolu, s'éclaircit la gorge et se pencha sur la table, parvenant ainsi à s'imposer malgré son corps minuscule.

— Quel est le titre de ce fameux chant patriotique ? demanda-t-il avec candeur. *Britannia rules*, n'est-ce pas ? Eh bien, voilà la réponse. *Britannia rules !*

— Je ne vous suis pas, déclara Churchill. Où voulez-vous en venir ?

L'Arménien, qui avait adopté la nationalité britannique, garda un visage impassible, comme s'il portait un masque.

— Pour dominer les mers, nous devons passer au pétrole. Si nous dominons les mers, personne ne sera en mesure de nous couper de nos sources d'approvisionnement. Voilà la réponse. La suprématie sur mer est un moyen et une fin en soi. Vous comprenez ?

Tout le monde avait compris, bien sûr. Tous souriaient devant la simplicité de l'argument, mais le Premier lord de l'Amirauté continuait de réfléchir à la question. C'était un problème difficile à résoudre.

— Vous semblez dire que si nous adoptons le pétrole, le problème de la sécurité des approvisionnements se réglera de lui-même, puisque nous aurons la maîtrise des océans. – Un nuage de fumée se libéra lentement de son cigare. – C'est une solution séduisante, cela ne fait aucun doute. – Il se tourna vers l'amiral Fisher. – Qu'en pensez-vous ?

Comme c'était prévisible, la réponse fut enthousiaste.

— Courons à toute vapeur vers le pétrole !

Winston Churchill consulta ses notes.

— Nous avons déjà cinquante-six destroyers qui fonctionnent exclusivement au pétrole et soixante-quatorze sous-marins, déclara-t-il. La décision cruciale concerne les grands cuirassés de la classe Queen Elizabeth, le nec plus ultra de notre marine de guerre. Nous devons en construire cinq, mais nous n'avons pas encore décidé avec quel type de carburant ils seront propulsés. Si j'opte pour le pétrole, nous ferons un choix irréversible sans que le problème de la sécurité des approvisionnements soit totalement réglé. Vous pensez vraiment qu'il faut le faire ?

Le vieux militaire désigna Kaloust.

— Il me semble que Mr. Sarkisian a trouvé la solution à ce problème.

Les yeux perspicaces de Churchill se tournèrent quelques instants vers l'Arménien. Puis il se leva et alla chercher une feuille de papier qu'il montra aux participants. Il s'agissait d'un document officiel pour la construction des cinq cuirassés au pétrole. Il se rassit lourdement sur son siège, soupira comme s'il essayait de se donner du courage, sortit un stylo de la poche intérieure de son veston et griffonna son nom en bas du document.

— Gentlemen, annonça-t-il avec une solennité qui lui semblait naturelle, la voix traînante et les mots se déroulant dans une intonation presque musicale. La marine royale de Sa Majesté vient de s'immerger dans le pétrole. Comme vous le comprenez, cette décision aura d'énormes répercussions. Je ne vais pas toutes les énumérer, je me contenterai de mentionner celle qui vous concerne directement. Il s'agit de la question de l'approvisionnement.

— Ah, interrompit Hendrik, à ce sujet…

Le Premier lord leva une main potelée dans un geste impérial destiné à arrêter le patron de Royal Dutch Shell.

— Quoi que vous disiez, je fais le pari du pétrole avant même d'avoir résolu le problème de l'approvisionnement, proclama-t-il en élevant la voix pour faire taire le Hollandais. Nous nous engageons dans un océan de difficultés. – Il pointa son cigare vers ses interlocuteurs. – La Grande-Bretagne ne dispose que de deux fournisseurs : la Royal Dutch Shell et l'Anglo-Persian. C'est-à-dire vous. Il vous incombe donc de trouver le pétrole, de le stocker à un prix raisonnable et de le distribuer régulièrement et à moindre coût en temps de paix, et avec une fiabilité absolue en temps de guerre. – Il fit une pause pour ménager un effet dramatique. – Pensez-y. – Ses yeux rusés glissèrent d'Hendrik à Kaloust, puis à D'Arcy comme s'il les déshabillait. – Êtes-vous vraiment à la hauteur de cette responsabilité ?

— Bien sûr ! rétorqua Hendrik de façon péremptoire. La Royal Dutch Shell dispose de suffisamment de gisements et de moyens de transport pour répondre aux besoins de l'Angleterre.

Le regard de Churchill se tourna vers l'Arménien, le contraignant à sortir du silence attentif qu'il aimait tant.

— Comme vous le savez, je suis un joueur solitaire, se défendit Kaloust. Mais j'ai de nouvelles concessions en vue qui ne manqueront pas de renforcer le portefeuille de la Shell et de tranquilliser le gouvernement de Sa Majesté.

— Vous faites allusion à la Mésopotamie ?

L'homme de Constantinople fronça ses épais sourcils, étonné de voir Winston Churchill mentionner spécifiquement cette concession.

— Eh bien… oui.

Churchill échangea avec D'Arcy un regard plein de sous-entendus qui n'échappa pas aux deux autres hommes d'affaires.

— J'ai déjà été informé qu'une société, la Turkish Petroleum Company, avait été créée pour exploiter les richesses pétrolières de la Mésopotamie, déclara l'homme d'État, dévisageant soudainement Hendrik et Kaloust avec des yeux d'acier. Je veux que vous vendiez vos parts à l'Anglo-Persian.

Le Hollandais et l'Arménien se regardèrent, se demandant s'ils avaient bien compris.

— Comment ?

— Il est dans l'intérêt stratégique du Royaume-Uni que l'Anglo-Persian prenne le contrôle de cette nouvelle société. Par conséquent, je vous saurais gré de bien vouloir mettre vos actions à la disposition de Mr. D'Arcy pour…

Incapable de se maîtriser, Hendrik se leva d'un bond, tremblant d'indignation.

— Jamais ! s'écria-t-il. Jamais, vous m'entendez ? Comment osez-vous faire une telle suggestion ?

— M. Van Tiggelen, vous devriez vous calmer, recommanda l'hôte. Il est dans votre intérêt d'agir conformément aux souhaits du gouvernement de Sa Majesté.

— C'est pour me dire ça que vous m'avez convoqué à cette réunion ?

— Eh bien… oui.

Le président-directeur général de Royal Dutch Shell leva soudainement la main et salua le Premier lord de l'Amirauté, ébahi, fit un signe bref en direction des autres hommes et, sans rien ajouter, se dirigea vers la porte.

— Pour moi, il en est absolument hors de question, déclara-t-il. Je vous souhaite une bonne journée !

Churchill et D'Arcy le suivirent du regard pendant qu'il traversait le cabinet, tous deux abasourdis par cette réaction inattendue, tandis que Kaloust conservait son habituelle expression impénétrable et que l'amiral Fisher semblait ne pas comprendre ce qui se passait. Ignorant leurs réactions et sans même se retourner, Hendrik ouvrit brusquement la porte et s'éclipsa.

XV

Le retour de Krikor à la maison fut un triomphe. Il avait achevé ses études secondaires à Orley Farm avec de bonnes notes et il fallait savourer ce moment. Il passa quelques jours au 38, Hyde Park Gardens et profita du passage de son ami Roger à Londres, qui devait ensuite rentrer à Belfast, pour sortir avec lui plusieurs soirs dans le West End. Comme l'Arménien voulait aller au théâtre et l'Irlandais préférait les pubs, ils partagèrent leur temps entre ces deux sources de divertissement.

Lorsque Roger partit, cependant, un certain vide s'installa dans la vie de Krikor. Il était habitué à une activité intense, toujours pleine d'occupations et de devoirs, de sorte que sa soudaine oisiveté l'attrista. À cette époque, son père faisait d'incessants allers-retours entre Londres et Constantinople, pour s'occuper de ses affaires. Comme l'Orient-Express partait de Paris, Kaloust y passait une bonne partie de son temps, logeant dans sa suite au Ritz, place Vendôme, où il continuait à bénéficier des faveurs d'une *belle* séduisante, dûment bichonnée par Mme Duprés.

Au cours d'un dîner à la maison lors de son dernier passage à Londres, et après que le potage fut servi, voyant le regard affligé de son fils, le chef de famille s'en inquiéta.

— Qu'y a-t-il, Krikor ? Pourquoi es-tu comme ça ?

Le garçon, alors âgé de seize ans, haussa les épaules.

— Ce n'est rien.

— Non, il se passe quelque chose. Tu as l'air d'un chien battu. Que s'est-il passé ?

Le fils soupira.

— Roger est rentré chez lui et je ne sais pas quoi faire, dit-il. – Il soupira à nouveau. – Ces vacances sont d'un ennui insupportable...

L'état d'esprit de Krikor laissa son père songeur. Kaloust mangea son potage en silence, réfléchissant à ce qu'il venait d'entendre. Pendant de longues minutes, on n'entendit dans la salle à manger que le tintement des couverts sur la porcelaine et les murmures de Nunuphar donnant des instructions aux domestiques.

Lorsque enfin arriva le plat de résistance, ayant fait mentalement le tour de la question, le patriarche rompit le silence.

— Qu'as-tu l'intention d'étudier à présent ? voulut-il savoir. Et dans quelle université comptes-tu aller ?

Son fils le regarda, étonné de la question.

— Oxford ou Cambridge, bien sûr, rétorqua-t-il comme si la réponse allait de soi. Y aurait-il une autre université à la hauteur quand on sort d'Orley Farm ?

— Et que comptes-tu étudier ?

— Eh bien… je crois que je vais faire des études classiques. Toute mon éducation est classique, et c'est à vous que je le dois. – Il parlait avec un air rêveur. – Vous savez, j'apprécie beaucoup Horace. Ah, c'est magnifique ! Chaque soir, avant de me coucher, vous savez ce que je fais ? Je lis une ode d'Horace. – Il fit un geste grandiloquent, tel un acteur déclamant. – *Maecenas atauis edite regibus, o et praesidium et dulce…*

— C'est bon, c'est bon ! l'interrompit son père, qui n'avait pas l'humeur à ça. Assez.

Avec une expression pédante, Krikor feignit la surprise.

— Vous n'aimez pas ?

Kaloust planta sa fourchette dans une tranche de rosbif que le domestique lui présentait sur un plat et la posa dans son assiette.

— Ce que je n'aime pas, dit-il avec une pointe d'irritation, ce sont tes projets.

Le ton abrupt de la réponse surprit son fils.

— Pourquoi, Père ? En quoi ne vous conviennent-ils pas ?

Le chef de famille coupait son rosbif en petits morceaux, mais il suspendit l'opération et posa ses couverts sur l'assiette afin de se concentrer entièrement sur le sujet.

— Ni Horace, ni les études classiques n'ont jamais nourri personne, trancha-t-il sur un ton qui ne tolérait aucune réplique. Tout ça c'est pour les dilettantes. Les classiques ne servent qu'à alimenter les discussions de salon… et encore. – Il secoua la tête de manière péremptoire. – Non. Tu ne feras pas d'études classiques. D'ailleurs, tu n'iras ni à Oxford ni à Cambridge.

— Pardon ? dit Krikor abasourdi, le visage blême. Et où irai-je alors ?

— De nos jours, quiconque veut réussir dans la vie doit suivre une formation dans le domaine des sciences ou de l'administration, déclara-t-il. Je ne sais pas si tu as remarqué, mais le pays qui est à la pointe en matière scientifique, c'est l'Allemagne. Et il me semble que c'est là que se trouve ton avenir universitaire.

Le garçon le regardait stupéfait.

— Quoi ? Mais je… je ne parle même pas l'allemand !

— Eh bien, tu vas l'apprendre, et tout de suite ! s'exclama Kaloust. Ta vie est ennuyeuse ? Tu vas faire ta valise et je veux que tu sois le plus rapidement possible en Allemagne. Tu passeras tes vacances à apprendre l'allemand et ensuite tu suivras une formation digne de ce nom. Je vais en parler à un de mes amis pour régler les détails.

— Mais… mais…

Son père reprit ses couverts, mais avant d'attaquer à nouveau le rosbif, il les tourna vers son fils.

— Je dois aller à Paris demain, annonça-t-il. Tu vas venir avec moi.

La *belle* qui égayait la vie de Kaloust était un secret de polichinelle, mais, lors du séjour de son fils à Paris, le chef de famille prit soin de l'installer dans une chambre contiguë à sa suite afin de préserver les apparences. Le garçon était à présent assez grand pour que son père s'intéresse davantage à lui ; d'ailleurs, Kaloust ne le considérait-il pas comme son successeur naturel pour ses affaires ? Il lui incombait de le préparer à cette tâche, à l'instar de Mme Duprés qui formait les adolescentes à leurs fonctions thérapeutiques au lit, dans la suite du Ritz.

Cette éducation passait en partie par l'art. C'est pourquoi, le matin du deuxième jour, il emmena son fils au Louvre, cherchant à l'initier à la beauté.

— Un gentleman doit être un connaisseur, proclama-t-il en entrant dans le grand musée. Sans art, l'existence n'a pas de sel. Sans beauté, la vie est sans flamme.

Ils parcoururent les galeries d'un bout à l'autre, Kaloust tenant des propos érudits sur ce qu'ils voyaient et attirant l'attention de son fils sur les détails. Celui-ci suivait les explications avec un intérêt relatif, plus poli que sincère, mais ce n'est que lorsqu'ils arrivèrent devant le tableau d'Auguste Couder, *Napoléon visitant l'escalier du Louvre*, que son père commença à lever le voile sur la seconde partie de l'éducation parisienne qu'il avait prévue pour son fils.

— Napoléon disait une chose très sensée à propos des femmes, observa Kaloust tout en appréciant l'œuvre de Couder qui immortalisait l'empereur descendant les marches du musée. « Elles sont très bien au lit et sur un bidet, mais nulle part ailleurs. »

Krikor sourit.

— Napoléon a dit ça ?

— Souvent.

Un peu plus loin, le jeune homme désigna un tableau de François Boucher, montrant une femme nue couchée sur des coussins et ce qui semblait être un drap de velours bleu.

— Elles servent aussi à poser pour les artistes, vous ne pensez pas ?

Kaloust ne répondit pas tout de suite. Il reprit la visite et les explications sur les œuvres exposées au Louvre. Cependant, quand ils arrivèrent devant le tableau de Léonard de Vinci révélant le sourire énigmatique de la Joconde, il s'arrêta et mit la main dans sa poche, d'où il tira une petite carte qu'il remit au jeune homme.

— Le docteur Kemhadjian t'attend à son cabinet, l'informa-t-il. Voici l'adresse. Tu as rendez-vous cet après-midi, à 16 heures précises.

Il s'agissait du médecin de la famille Sarkisian à Paris, quelqu'un que Krikor connaissait très bien. C'est pourquoi le geste de son père et l'ordre qui l'accompagnait le surprirent.

— Mais pourquoi dois-je aller voir le docteur Kemhadjian ? demanda-t-il. Pour autant que je sache, je ne suis pas malade…

Son père jeta un dernier coup d'œil au chef-d'œuvre de Léonard de Vinci puis lui tourna le dos et poursuivit sa visite du Louvre.

— Vas-y et tu l'apprendras.

Le docteur Kemhadjian était un homme minuscule qu'une gibbosité rendait encore plus chétif. Il avait une barbe grise en pointe et un nez crochu, ce qui lui donnait l'aspect d'un vieillard tout droit sorti d'un roman de Charles Dickens ou de Victor Hugo. Son cabinet était situé dans un vieil immeuble, décrépit et sombre, à Montmartre. En s'y rendant, Krikor se demandait pour quelle raison son père continuait à recourir aux services d'un personnage aussi étrange. Il en conclut que ce ne pouvait être que parce qu'il était arménien.

Les marches en bois de l'immeuble craquaient à chaque pas et ce fut presque à bout de souffle que le jeune homme atteignit le troisième étage, où se trouvait la tanière sombre de l'étrange docteur, que celui-ci appelait son cabinet. Il appuya sur la sonnette ; une vieille femme édentée lui ouvrit et l'invita à s'asseoir sur un banc si vétuste que le jeune homme, craignant qu'il ne s'effondre sous son poids, préféra rester debout. Il s'interrogea alors, non plus sur les motifs qui avaient amené son père à continuer d'avoir affaire à ce médecin, mais sur la raison pour laquelle il se trouvait là.

— Ah, le jeune Sarkisian ! s'exclama une silhouette voûtée qui apparut tout à coup dans la salle d'attente. Entrez, entrez !

Krikor obéit et se dirigea vers le cabinet. Il entra dans une pièce décorée avec peu de goût dans laquelle il y avait un petit bureau, deux chaises, un canapé et une fenêtre donnant sur le Sacré-Cœur. Il vérifia l'état de la chaise devant le bureau, la jugea raisonnablement solide et, non sans quelque appréhension, s'installa.

— J'avoue, docteur, que je respire la santé par tous les pores, affirma d'emblée le jeune homme. Mais mon père a insisté pour que je vienne…

— Oh, il a très bien fait ! s'exclama le docteur Kemhadjian en se frottant les mains tandis qu'il s'asseyait. Vous savez, certains problèmes de santé ne se perçoivent pas pendant fort longtemps. Ils sont là, bien sûr, mais ils restent cachés. Il est donc important de s'en occuper assez tôt, afin de les contourner ou de les repousser, vous voyez ? En science médicale, cela s'appelle la prophylaxie. – Il fit un geste énergique avec le bras. – Agir avant que ce ne soit nécessaire ! Telle est ma devise.

— Ça me semble très bien, mais… quels sont mes problèmes invisibles selon vous ?

Le médecin prit une feuille dans le tiroir de son bureau.

— Eh bien, nous allons voir, dit-il. Je dois d'abord connaître vos antécédents médicaux. Fièvres, diarrhées, amygdalites, des choses de ce genre dont tout le monde souffre à un moment dans son enfance. Dites-moi tout.

Pendant les vingt minutes qui suivirent, Krikor exposa les diverses maladies dont il se souvenait, mais en conseillant souvent à son interlocuteur de « demander à maman », conscient que Nunuphar était plus à même de répondre à certaines questions. Après tout, c'était elle qui s'était occupée de lui chaque fois qu'il avait été malade.

Le dialogue se poursuivit agréablement, avec même quelques blagues et autres histoires. Le docteur Kemhadjian était disert et, au bout d'un moment, son aspect miséreux s'était estompé, et ce d'autant plus que son subtil sens de l'humour et sa connaissance des choses de la vie émergeaient. Le caractère décontracté de l'échange fut cependant interrompu lorsque le médecin aborda, de but en blanc, un sujet plus sensible.

— Êtes-vous encore vierge ?

Pris au dépourvu, le garçon rougit. Il s'agissait là, en effet, d'un sujet tabou dans les conversations avec des adultes. Le sexe était un thème qui revenait souvent dans les échanges avec les jeunes de son âge, en particulier avec Roger, avec qui il partageait fréquemment ses impressions sur les filles et la manière de les aborder, mais c'était tout. Le sujet se limitait à l'intimité des draps lorsque la lumière s'éteignait le soir et à quelques instants d'onanisme compulsif dans la salle de bains ou les toilettes.

— C'est…, hésita-t-il, gêné. Enfin, je ne pense pas que ce soit un sujet qui…

— Êtes-vous vierge ou non ? insista le docteur Kemhadjian avec le plus grand naturel, comme s'il lui demandait ce qu'il avait mangé au déjeuner. Avez-vous déjà eu des rapports avec une femme ?

Krikor se rendit compte qu'il donnait une mauvaise image de lui et changea de tactique.

— Non, pas encore, déclara-t-il, ne sachant s'il devait se sentir fier ou honteux, et se plaçant sur le même registre informel que son interlocuteur. Vous savez, je crois que je n'ai pas encore trouvé la bonne personne.

C'était apparemment ce que le médecin voulait entendre. Avec une dextérité étonnante pour un bossu, le docteur Kemhadjian se leva de son siège, traversa le cabinet et ouvrit la porte.

— Je reviens tout de suite.

Il lui tourna le dos et disparut dans le couloir.

Le médecin revint vingt minutes plus tard en compagnie d'une fille aux cheveux bruns, vêtue d'une robe à fleurs ; on aurait dit la Belle et la Bête. La jeune fille suivit le médecin dans le cabinet, hésitante et l'air penaud, elle semblait intimidée.

— Je vous présente Mlle Adèle, dit l'hôte. Je viens de dire à mon employée d'appeler un taxi.

Je vous invite à emmener Mlle Adèle place de la Madeleine, où vous trouverez un établissement appelé Chez Ninou. C'est une *maison de rendez-vous*.

Le garçon avait du mal à croire ce qu'il entendait.

— Une maison de…, bégaya-t-il. Vous voulez que j'aille dans… une…

— Je ne fais que suivre les instructions que votre père m'a données, précisa promptement le médecin, soucieux de dissiper les malentendus. J'ai déjà examiné Mlle Adèle et je peux vous assurer qu'elle est tout à fait *comme il faut*. Vous n'avez pas à vous en faire. Lorsque vous arriverez Chez Ninou, vous vous présenterez à la réception et vous demanderez une chambre. N'ayez pas l'air effrayé ou intimidé, vous comprenez ? Agissez aussi naturellement que possible et parlez avec confiance et conviction, comme si vous étiez sûr de vous. Lorsqu'on vous aura donné la clé, emmenez-la dans la chambre. – Il tendit la main, mettant un terme à la conversation. – Je vous souhaite une bonne journée, monsieur Sarkisian.

Moins de deux minutes plus tard, Krikor se retrouva dans la rue, entra dans un taxi et fut conduit place de la Madeleine. Il lui fallut un certain temps pour oser regarder Mlle Adèle, qu'il n'avait vue que furtivement jusqu'alors. Lorsqu'il l'observa enfin, il s'aperçut qu'il s'agissait d'une jolie fille, avec de grands yeux vert bouteille et un doux regard légèrement triste. Comme elle gardait les yeux baissés, timide et sage, ce fut avec surprise qu'à mi-chemin le garçon se rendit compte qu'elle se serrait contre lui, posait un baiser mouillé sur sa joue et, chose incroyable qui l'effraya d'abord avant de l'émerveiller, plaçait une main coquine entre ses jambes tout en lui souriant de façon étonnamment audacieuse.

— *T'es mignon, toi…*

Krikor sentait que sa tête tournait, comme s'il venait de faire plusieurs tours de manège. Lorsqu'il entra chez Ninou, il demanda une chambre et monta au deuxième étage. Il ne pensa même pas à avoir l'air naturel ou à s'exprimer avec assurance, comme le lui avait recommandé le médecin. Il parla et se comporta spontanément, l'esprit exclusivement occupé par la Française qui, avec force caresses et mots doux, l'entraîna dans la chambre et lui ouvrit un nouvel univers.

Oh, comme c'était *magnifique* d'avoir un tel père !

XVI

La réunion avait pris du retard et Kaloust, qui n'avait aucune envie de bavarder avec D'Arcy et ne souhaitait pas parler à Hendrik en présence de leur rival, reprit l'édition du matin du *Times* daté du 17 juin 1913 et se plongea dans la lecture. Le quotidien publiait des informations qui l'intéressaient au plus haut point. Après la victoire italienne dans la guerre italo-turque qui s'était terminée quelques mois plus tôt et à l'issue de laquelle l'Italie s'était emparée de la Tripolitaine et de la Cyrénaïque ottomanes, les Serbes, les Grecs, les Bulgares et les Monténégrins, qui s'étaient alliés, avaient vaincu les Turcs durant la guerre des Balkans. Le journal donnait des détails sur le traité signé la veille à Londres, précisant que l'Empire ottoman avait perdu presque toutes ses possessions en Europe.

— Les Turcs, murmura-t-il, doivent être aux abois…

Absorbé par sa lecture, l'Arménien tarda à réaliser que Winston Churchill était enfin arrivé. Les trois hommes d'affaires saluèrent leur hôte et entrèrent en silence dans le bureau. La tension entre eux était palpable ; elle était due à près de deux années de pressions et de consultations en coulisse qui avaient suscité des ressentiments et laissé des traces.

Paraissant étranger à l'ambiance lourde qui régnait entre les hommes du pétrole, le Premier lord de l'Amirauté s'installa à sa place, jambes écartées, mit son cigare dans la bouche et libéra une bouffée âcre, tout en scrutant ses interlocuteurs avec une expression peu amène.

— J'ai convoqué cette réunion pour régler une fois pour toutes les différends qui nous séparent, déclara-t-il en guise d'introduction. Comme vous le savez, la marine royale britannique ne construit plus que des croiseurs propulsés au mazout et il est de ma responsabilité de veiller à ce que notre pays ne soit pas privé de carburant en temps de paix et, moins encore, en temps de guerre. – Il baissa la voix, qui devint lugubre. – Car la guerre, mes amis, ne saurait tarder à éclater. – Il libéra un nouveau nuage de fumée. – C'est pourquoi nous devons nous accorder. Étant entendu que l'intérêt du pays est au-dessus de tout. – Il se tourna vers le président de l'Anglo-Persian. – William, présentez vos arguments.

William D'Arcy s'installa plus confortablement dans son fauteuil, se préparant à rouvrir les hostilités.

— Le gouvernement de Sa Majesté n'ignore sans doute pas que l'Anglo-Persian est véritablement la seule compagnie pétrolière britannique, affirma-t-il sur un ton serein. – De toute évidence, il avait soigneusement préparé son discours pour l'occasion. – La Grande-Bretagne ne saurait confier sa sécurité à des étrangers qui, qu'on le veuille ou non, sont…

— Étrangers ? s'indigna Hendrik. La Royal Dutch Shell est une société anglo-hollandaise basée à Londres, cher monsieur !

— Anglo-hollandaise, reprit D'Arcy en insistant sur le second terme. Gérée par des étrangers !

— Je suis hollandais, mais j'ai entamé les démarches pour acquérir la nationalité britannique, précisa le président-directeur général de Royal Dutch Shell. Et notre président honoraire, l'honorable Mark Samuel, le fondateur de Shell, est citoyen britannique !

L'adversaire fit la moue.

— Oh, un juif !

— Un juif britannique !

D'Arcy désigna Kaloust.

— Et le principal actionnaire privé de Royal Dutch Shell, je dois le souligner, est Mr. Sarkisian qui, quelle coïncidence, est arménien. Un autre étranger.

Kaloust haussa les sourcils et, en un quart de seconde, s'empourpra.

— Pardon ! intervint-il. Je suis né arménien, mais je vis à Londres et j'ai acquis la nationalité britannique il y a plus de dix ans. C'est mon pays. En outre, je ne vois pas en quoi cela est pertinent pour notre conversation !

D'Arcy fit un geste d'apaisement.

— Ne soyez pas offensés, je ne veux heurter la sensibilité de personne. Je ne fais qu'énoncer des faits. La Royal Dutch Shell, comme son nom l'indique, a une origine hollandaise et un lien avec les Pays-Bas. Son P.-D.G. est hollandais, son président honoraire est juif et son principal actionnaire et partenaire est arménien. Nous savons tous que le gouvernement néerlandais, de par sa situation géographique, est vulnérable aux pressions de l'Allemagne, pays avec lequel nous ne tarderons pas à entrer en guerre. S'en remettre à Shell c'est, d'une certaine manière, s'en remettre au gouvernement allemand. C'est une chose que…

— Comment osez-vous ? rugit Hendrik, haussant la voix comme s'il était sur le point d'exploser. Les Pays-Bas sont une nation indépendante et souveraine ! Mais même si ce n'était pas le cas, cela ne changerait rien, vous entendez ? La Royal Dutch Shell est basée à Londres ! En dernière instance, ce sont les milieux financiers londoniens qui la contrôlent, pas l'Allemagne ! De plus, l'alliance entre les intérêts hollandais et britanniques a été cruciale pour faire face à la Standard Oil américaine. Sans cette alliance, nous aurions été anéantis et l'Angleterre se serait retrouvée sans compagnie pétrolière et à la merci de Mr. Rockefeller. – Il pointa un doigt accusateur vers son rival. – Mr. D'Arcy utilise des arguments douteux, pour ne pas dire abjects et indignes, dans le but de…

Churchill leva sa grosse main avec un geste indolent, à l'image de sa voix traînante caractéristique.

— Du calme ! demanda-t-il, mettant fin à l'altercation. Ne soyez pas offensé, monsieur Van Tiggelen. Laissez Mr. D'Arcy conclure son raisonnement, je vous en prie.

— Mais… mais il nous a accusés de…

— Laissez-le finir son raisonnement !

Kaloust se pencha et toucha le bras de son partenaire pour lui demander de se maîtriser. Le sanguin président-directeur général de Royal Dutch Shell prit une profonde inspiration et fit un effort pour contenir le torrent de mots qui se bousculaient dans sa bouche. Son adversaire esquissa un léger sourire ; les choses se passaient très bien pour lui.

— Comme je le disais avant d'être interrompu d'une manière aussi impolie, Anglo-Persian est la seule compagnie pétrolière 100 % britannique. Nous avons de vastes gisements en Perse et cette année nous avons extrait quelque 80000 tonnes de pétrole, volume que nous prévoyons de doubler l'année prochaine. – Il fit un geste de découragement et s'éclaircit la voix. – Malheureusement, nous sommes confrontés à de graves difficultés financières. En fait, la situation est même désespérée. La prospection et l'exploitation pétrolières exigent d'énormes investissements et je crains fort que les institutions financières ne soient en train de nous couper les crédits. Pour aggraver les choses, la raffinerie que nous avons construite à Abadan nous pose de graves problèmes.

— Je suis désolé de l'apprendre, dit Churchill d'une voix lourde. J'espère que ces revers ne mettent pas la société en péril.

— Je crains que notre survie ne soit effectivement en question. À moins que le gouvernement de Sa Majesté ne devienne un actionnaire d'Anglo-Persian et lui apporte un soutien financier, bien sûr.

La suggestion suscita un geste de contrariété chez le P.-D.G. de Royal Dutch Shell.

— Oh, je vous en prie ! N'en rajoutez pas avec les problèmes d'Anglo-Persian ! Tout sauf ça ! Si l'entreprise ne dispose pas de ressources pour se maintenir en vie, comment lui faire confiance pour assurer la sécurité des approvisionnements ? C'est ridicule !

— Si l'Anglo-Persian sombre, il n'y aura aucune entreprise entièrement britannique dans cette affaire, insista D'Arcy, ignorant le Hollandais. Dans ces conditions, la sécurité des approvisionnements ne saurait être garantie.

— La Royal Dutch Shell, cria Hendrik, garantira ces approvisionnements.

— La Royal Dutch Shell n'est pas entièrement britannique, répondit son rival. Si les Allemands parviennent à faire pression sur le gouvernement néerlandais, la Grande-Bretagne se retrouvera dans de beaux draps !

— Cessez d'agiter des épouvantails nationalistes ! Le siège de la Royal Dutch est à Londres, elle est donc britannique !

— Alors pourquoi s'appelle-t-elle « Dutch » ?

— On nous reproche son nom maintenant ? Et si...

Tels deux coqs, les deux hommes recommencèrent leur joute, forçant le Premier lord de l'Amirauté à intervenir. Il tapa de la main sur la table, comme s'il était le speaker lors d'une *question time* houleuse à la Chambre des communes.

— Messieurs, motion d'ordre ! s'exclama-t-il en élevant la voix. Du calme ! – Churchill tapota plusieurs fois sur la table jusqu'à ce que le calme revienne. Lorsque ce fut le cas, il tira une nouvelle fois sur son cigare et afficha une expression contemplative, comme un juge qui réfléchirait au verdict qu'il s'apprête à prononcer. – Mr. D'Arcy a raison. Avec une marine de guerre dont le carburant est le pétrole, la Grande-Bretagne doit assurer la survie d'une compagnie pétrolière exclusivement britannique et éviter les situations de monopole sur ce marché. Par conséquent, je vais proposer au gouvernement de Sa Majesté d'acquérir 51 % des actions d'Anglo-Persian. Et il y a encore...

— C'est proprement scandaleux ! coupa Hendrik, incapable de se contenir. Depuis quand les gouvernements interviennent-ils dans la gestion commerciale ? Depuis quand aident-ils certaines entreprises contre d'autres ?

— Depuis que c'est dans l'intérêt national, monsieur Van Tiggelen.

— Mais ne voyez-vous pas que l'Anglo-Persian est mal gérée ? Si elle a des difficultés financières, c'est que les personnes qui la dirigent ne sont pas assez compétentes. Et vous allez mettre la sécurité de votre pays entre les mains de telles personnes ?

— Les qualités de l'équipe dirigeante de l'Anglo-Persian ne vous concernent nullement, permettez-moi de vous le dire.

— Si ce problème amène le gouvernement britannique à se mêler de la gestion d'affaires pétrolières et à aider mes adversaires, croyez bien que cela me concerne !

— Il est parfaitement normal que le gouvernement de Sa Majesté obtienne la majorité d'Anglo-Persian, monsieur Van Tiggelen, affirma Churchill. Pour garantir des approvisionnements à des prix raisonnables, il est nécessaire que l'Amirauté soit propriétaire de la source d'approvisionnement… ou du moins qu'elle la contrôle. Et s'il y a des problèmes de gestion, en tant qu'actionnaire, le gouvernement de Sa Majesté nommera certains des membres du conseil d'administration de l'Anglo-Persian et réglera la question. Ma décision à ce sujet est prise.

— Je proteste ! rugit Hendrik. C'est de la concurrence déloyale ! Le gouvernement aide une entreprise contre une autre ! Une telle situation est intolérable dans un marché libre !

Le Premier lord foudroya le Hollandais du regard.

— Je vous conseille de mesurer vos paroles, prévint-il. Car nous pourrions ne pas en rester là. Lorsque le gouvernement de Sa Majesté exercera ses prérogatives en tant qu'actionnaire majoritaire au sein d'Anglo-Persian, il devra prendre une décision concernant le futur fournisseur du carburant de l'ensemble de la marine de guerre. C'est un énorme contrat, comme vous le savez. J'aimerais que les fournisseurs de nos navires soient les sociétés Anglo-Persian et Royal Dutch Shell, ne serait-ce que pour favoriser la concurrence entre elles, mais pour que cela soit possible, il nous faut une chose de la part de Shell.

Hendrik commençait à être dépassé par les événements ; à ce stade, il ne savait plus que faire face à ce qui était pour lui une ingérence inadmissible dans le fonctionnement normal du marché. Il se tourna vers Kaloust avec un air désespéré, comme s'il cherchait de l'aide. Mais l'Arménien demeurait muet. Son silence, cependant, n'était pas innocent. Au contraire, il avait compris les tenants et les aboutissants, avait établi un lien entre ce qu'il avait entendu tout au long de ces réunions et en avait saisi l'enjeu.

— Vous voulez nous voler la Mésopotamie.

Les premiers mots de l'Arménien provoquèrent une grimace de contrariété impossible à dissimuler chez Churchill et D'Arcy.

— N'utilisez pas de tels termes, voyons, dit le politicien. Nul ne veut voler quoi que ce soit à quiconque.

— J'ai suivi attentivement tout ce qui s'est passé dans cette affaire, murmura Kaloust, parlant avec une tranquillité qui contrastait avec le ton exalté d'Hendrik. – Il désigna leur hôte et le président d'Anglo-Persian. – Il est évident que vous avez partie liée depuis le début.

— Oh, quelle absurdité !

— Il est même probable que vous ayez préalablement répété ce que chacun de vous dirait devant nous. – Il fit un geste en l'air, comme pour clore le sujet. – Mais rien de tout cela n'a d'importance. Ce qu'il faut c'est essayer de trouver un compromis pour résoudre cette situation. Concrètement, que voulez-vous, messieurs ?

La question embarrassa Churchill et D'Arcy. Voyant leur plan éventé par le petit Arménien, les deux hommes échangèrent un bref regard gêné et le Premier lord de l'Amirauté encaissa le coup avant de répondre.

— La Mésopotamie.

La réponse aurait pu faire sourire Kaloust, mais ce ne fut pas le cas, le sujet était trop sérieux.

— Ça, comme je viens de vous l'expliquer, je l'avais déjà compris, se contenta-t-il d'observer. Mais qu'avez-vous en tête exactement ? Quels sont les contours de l'affaire que vous proposez ?

Churchill s'adossa à sa chaise et tira sur son cigare, comme il aimait le faire chaque fois qu'il se sentait maître de la situation. Le pouvoir le fascinait et il était en train de l'exercer ; ses interlocuteurs n'avaient qu'à se préparer à ce qui allait arriver. Le nuage gris de fumée planant devant son visage, comme un serpent qui se balançait en l'air, il se pencha sur la table et dévisagea Kaloust et Hendrik.

— Il est de l'intérêt national du Royaume-Uni qu'Anglo-Persian acquière toutes les actions de la Turkish Petroleum Company que possèdent la Banque nationale de Turquie, Royal Dutch Shell et vous-même monsieur Sarkisian, déclara-t-il en parlant lentement, afin que le message puisse être bien compris. J'en ai déjà parlé ce matin avec les dirigeants de la Banque nationale de Turquie, qui ont accepté de vendre leurs parts. Ils se sont d'ailleurs empressés de souligner que leur activité principale est la banque, non le pétrole. Très sensé. Par conséquent messieurs, vous allez à présent vous aussi vendre vos actions à l'Anglo-Persian.

Comme c'était prévisible, ce fut Hendrik qui réagit avec le plus de véhémence.

— Jamais !

Avec un regard glacial, Winston Churchill considéra le Hollandais comme s'il n'était qu'une mouche gênante, mais facile à écraser.

— Si vous respectez autant les intérêts du Royaume-Uni que vous le dites, monsieur Van Tiggelen, il est temps de le prouver. Vendez vos actions à l'Anglo-Persian.

Le président de Royal Dutch Shell se leva, tremblant d'indignation.

— C'est inacceptable ! Comment pouvez-vous formuler à nouveau une telle exigence ? Je vais me plaindre auprès de mon gouvernement ! Une société partiellement néerlandaise, avec une participation légitime dans une société britannique, fait l'objet de pressions illégitimes pour renoncer à ses droits ! Cela ne saurait être toléré !

— Tiens donc, finalement, c'est une entreprise néerlandaise… s'exclama Churchill avec sagacité.

— Partiellement. Mi-néerlandaise, mi-britannique, comme je ne l'ai jamais caché. Mon gouvernement sera informé de cette nouvelle tentative scandaleuse de nous écarter du pétrole de Mésopotamie !

Winston Churchill haussa les épaules avec dédain.

— Les Pays-Bas ne me font pas peur.

— À vous peut-être pas, rétorqua Hendrik sur un ton sarcastique. Mais soyez certain que de nombreux intérêts britanniques dans nos colonies les craignent, en particulier vos hommes d'affaires ayant d'importantes activités aux Indes orientales néerlandaises. Ces intérêts n'apprécieront guère d'être soumis aux représailles du gouvernement néerlandais !

Winston Churchill avait fini son cigare. Avec des gestes volontairement lents, il se leva et en prit un autre dans une boîte de havanes qu'il sortit d'un tiroir, en coupa le bout et l'alluma. Il laissa le nuage parfumé sortir lentement de sa bouche et regagna son siège, les yeux perdus quelque part dans la pièce.

— Alors, que proposez-vous ?

— La Banque nationale de Turquie a accepté de vendre ses actions à l'Anglo-Persian, n'est-ce pas ? rappela Hendrik, plus calme maintenant qu'il avait réalisé que sa contre-attaque avait eu de l'effet. Cela représente environ 35 % de la Turkish Petroleum Company, la part la plus importante de la société. C'est un pourcentage conséquent. Je propose que ce soit la part d'Anglo-Persian et on n'en parle plus.

Churchill secoua la tête.

— 35 %, ce n'est pas assez, déclara-t-il. Nous voulons le contrôle de l'entreprise.

Le Hollandais posa son index sur la tempe.

— Vous êtes fous ! s'exclama-t-il. Qui va vous vendre le reste ?

L'hôte fit un signe en direction de Kaloust.

— Mr. Sarkisian dispose de 15 %, n'est-ce pas ? Nous les achetons. Et nous arrivons ainsi à 50 %. Si Royal Dutch Shell nous vend 1 %, nous obtenons la majorité.

L'Arménien plissa le front.

— Tiens donc ! Et pour quelle raison vous vendrais-je ma part ?

— Monsieur Sarkisian, vous êtes citoyen britannique, n'est-ce pas ? Vous devez le faire. Pour des impératifs d'intérêt national, car telle est la volonté du gouvernement de Sa Majesté. Ayez l'amabilité de mettre vos actions à notre disposition.

Hendrik se tourna vers son allié.

— Je vous interdis de vendre votre part sans mon accord, vous entendez, s'exclama le Néerlandais avec emphase. Si vous le faites, c'est la rupture totale entre nous ! Je ne saurais permettre qu'Anglo-Persian prenne le contrôle d'une société dans laquelle Royal Dutch Shell possède des intérêts ! Ça jamais !

Pris entre deux feux, Kaloust regardait tantôt le président-directeur général de Royal Dutch Shell tantôt le Premier lord de l'Amirauté.

— Mais… il va de soi que je ne vendrai pas. Pourquoi le ferais-je ? C'est moi qui ai créé la Turkish Petroleum Company ! Je l'ai conçue et j'ai mis sur pied sa structure. C'est moi qui ai imaginé la solution pour parvenir à un accord avec les Allemands, surmonter l'impasse avec les Ottomans et obtenir la concession pétrolière. Vous pensez que je vais accepter d'être écarté de ma propre entreprise ?

— Je vais informer mon gouvernement de ce qui se trame, menaça le Néerlandais, le doigt en l'air. Cette odieuse manœuvre sera combattue, que cela vous plaise ou non !

— Faites comme vous voudrez, rétorqua Churchill. Mais si Anglo-Persian ne prend pas le contrôle de la Turkish Petroleum Company, nous allons faire pression sur le gouvernement ottoman pour qu'il lui retire sa concession pétrolière et la cède à Anglo-Persian.

Le P.-D.G. de Royal Dutch Shell éclata d'un rire strident.

— Je voudrais voir ça ! Vous croyez que la Deutsche Bank va marcher dans la combine ? Les Ottomans ne feront jamais rien contre les Allemands. Et les Huns ne sont pas idiots ! Pour quel motif permettraient-ils que la Turkish Petroleum Company soit spoliée de ses concessions ?

Il y eut un silence autour de la table. La situation était dans l'impasse et il semblait n'y avoir aucune issue. Les quatre hommes échangeaient des regards, mais ils paraissaient à bout d'arguments. D'Arcy commença à ranger sa serviette et Hendrik fit de même. C'est à ce moment-là, alors que la rupture semblait imminente, que Kaloust s'éclaircit la voix, comme il le faisait chaque fois qu'il avait quelque chose à dire.

— Ma part dans la Turkish Petroleum est effectivement très importante, reconnut-il. 15 %, cela signifie que je devrai supporter 15 % de l'investissement, ce qui dans le secteur pétrolier représente beaucoup d'argent, comme vous le savez. C'est pourquoi, je suis prêt à céder les deux tiers de ma participation si cela permet de sortir de l'impasse.

Les participants firent rapidement le calcul.

— 10 %, dit D'Arcy en s'animant. Vous êtes prêt à nous céder 10 % de vos parts ?

— Si cela peut contribuer à résoudre le problème, oui.

Le Premier lord de l'Amirauté et le président d'Anglo-Persian se tournèrent vers Hendrik.

— Monsieur Van Tiggelen ?

Le P.-D.G. de Royal Dutch Shell réfléchit pendant un long moment et, un peu à contrecœur, finit par acquiescer.

— 45 %, c'est presque la majorité, mais ce n'est pas la majorité. Je ne suis donc pas opposé à cette opération.

Des soupirs de soulagement éclatèrent autour de la table et des sourires apparurent, en particulier sur les visages de Churchill et D'Arcy. L'Anglo-Persian n'avait pas obtenu ce qu'elle voulait, mais elle en était proche. L'accord impossible venait d'être conclu.

— *Jolly good !* s'exclama l'hôte en se levant. Je vais aller chercher du scotch pour fêter ça !

Mais avant que Churchill ne s'éloigne, l'Arménien agita la main pour l'arrêter.

— J'ai cependant une condition.

Churchill s'immobilisa à mi-chemin et lui jeta un regard méfiant.

— Une condition ? Quelle condition ?

— Afin que nul ne soit tenté de tromper qui que ce soit, j'exige une clause d'exclusivité, déclara Kaloust. Tous les actionnaires de Turkish Petroleum devront s'engager à ne faire de prospection pétrolière qu'au sein de cette société. Si un actionnaire découvre du pétrole en territoire ottoman, cette découverte bénéficie à tous. Et nul n'est autorisé à rechercher du pétrole dans l'Empire ottoman en dehors du cadre de la Turkish Petroleum Company.

Le regard interrogateur du politicien scruta les présidents des deux compagnies pétrolières, comme s'il les consultait. D'Arcy et Hendrik se regardèrent et, ne voyant pas d'argument à opposer, haussèrent les épaules, hochèrent la tête et acquiescèrent.

— Clause acceptée.

L'accord ayant finalement été conclu, Winston Churchill alla chercher une bouteille de scotch dans le tiroir d'un bureau et remplit quatre verres en cristal qu'il posa sur la table. Les quatre hommes portèrent un toast à la prospérité de Turkish Petroleum Company et, se tournant vers le portrait du roi George V, lancèrent avec enthousiasme « *God save the King !* » et avalèrent leur whisky d'un trait.

En posant son verre sur la table, Hendrik s'essuya la bouche du revers de la main et se tourna vers son allié arménien.

— Voyez ça du bon côté, Sarkisian, dit-il soulagé. À partir de maintenant, vous êtes « Monsieur 5 % » !

XVII

Comme tous les dimanches matins, une foule désœuvrée emplissait la Poppelsdorfer Allee, une des avenues centrales de Bonn. Alors qu'il déambulait le long de l'artère animée, Krikor eut le sentiment qu'il était en Angleterre, mais une Angleterre plus disciplinée. Des amis s'y croisaient, on faisait des signes de main, on échangeait des regards avec les filles et on bavardait en se promenant.

— On dirait la *church parade*, observa le jeune Arménien avec un soudain sentiment de nostalgie. À Hyde Park, c'est parfois comme ça.

Il se promenait dans Poppelsdorfer Allee avec Peter, son ami hongrois de l'université, tous deux en quête d'une jolie fille, comme des chercheurs d'or sondant le lit d'une rivière prometteuse.

— Les *Fräulein* sont plaisantes, admit Peter. Mais, pour ce qui est des filles, je n'ai encore rien vu qui surpasse mon pays. – Il soupira. – Ah, rien de tel que Budapest !

Bon nombre de ceux qui flânaient sur la grande avenue étaient des militaires, des officiers et des soldats de la garnison de Bonn qui y venaient pendant leur permission. Les hommes en uniforme marchaient par petits groupes, portant des bérets ou des casques à pointe, *Pickelhaube*, sur la tête, certains étaient seuls, d'autres en conversation avec une fille. Chaque fois que des soldats croisaient un officier, ils se mettaient au garde-à-vous, saluaient d'un geste brusque et demeuraient raides comme des bâtons jusqu'à ce que le gradé s'éloigne.

— Ces Allemands..., chuchota Peter avec un sourire moqueur. Un jour, leur culture militariste nous mènera au désastre, tu verras ! Encore quelques années et... patatras !

— C'est aussi l'opinion de mon père, remarqua Krikor avec insouciance, en se retournant pour regarder deux blondes à tresses qui les croisèrent en dodelinant et en ricanant. Il passe son temps à dire que l'Allemagne se développe trop, qu'elle devient une menace et que tout ça finira mal. Un vrai pessimiste.

— Un visionnaire, tu veux dire.

La matinée était radieuse et une douce chaleur inondait l'avenue, invitant les promeneurs du dimanche à la paresse. Les deux jeunes hommes s'installèrent à une terrasse et commandèrent deux bières, qu'ils sirotèrent en contemplant la ville défiler devant eux, une légère brise tempérant la chaleur estivale.

Tout à coup, les yeux de Krikor se fixèrent sur une chevelure dorée qui approchait sur sa gauche. C'était une de ces jeunes filles ravissantes sur lesquelles il se retournait parfois dans la rue, mais il réalisa bientôt, sans doute avec une pointe d'envie, que l'Allemande était accompagnée d'un soldat portant un casque à pointe, avec qui elle parlait avec animation, souriante. Il suivit distraitement le couple du regard, aussi absorbé que le jeune soldat lui-même, lequel croisa un officier sans s'en apercevoir et ne le salua pas tant il était plongé dans la conversation avec sa blonde.

— *Halt !*

Le cri de l'officier fit autant sursauter le soldat que Krikor. Celui-ci vit au loin l'officier qui s'approchait du subordonné, rouge de fureur, lui hurlant au visage avec une telle véhémence que ses postillons auraient pu passer pour du crachin, lui pinçant et lui tordant le nez, comme si le soldat était une poupée, et lui bottant plusieurs fois les fesses. Tout cela devant la petite amie du malheureux et l'apparente indifférence de la foule qui poursuivait son chemin sans prêter attention à ce qui se passait. On avait l'impression qu'un tel spectacle était une chose naturelle dans ces contrées. Une fois l'humiliation publique terminée, l'officier s'éloigna et le soldat revint auprès de la jeune fille, avec qui il reprit le fil de leur conversation, comme si de rien n'était.

— Qu'est-ce que je te disais ? observa Peter en secouant la tête avec désapprobation. Ce militarisme va nous conduire à l'abîme…

La vie et l'éducation en Allemagne se révélèrent très différentes de ce à quoi Krikor était habitué en Angleterre. Grâce aux relations de son père, qui avait acquis des pièces égyptiennes remarquables provenant du temple de Karnak et avait ainsi fait la connaissance de quelques-uns des égyptologues les plus réputés, le jeune garçon put être hébergé chez le professeur Wilcken, considéré dans les milieux universitaires comme le plus grand papyrologue au monde.

S'il ne se passait rien de particulièrement intéressant chez l'éminent universitaire, notamment parce que le professeur passait l'essentiel de ses journées penché sur ses précieux papyrus, il en allait tout autrement à l'université. Contrairement à ce qui se passait dans la société allemande, à l'université la discipline était étonnamment laxiste. La présence des étudiants en cours ne faisait l'objet d'aucun contrôle et il leur suffisait de s'inscrire au début de chaque semestre pour pouvoir dire qu'ils fréquentaient la faculté. Si l'étudiant n'assistait pas aux cours, personne n'en avait cure. Il n'y avait même pas d'examens et pour avoir une note, il suffisait de présenter une dissertation.

— Ne te fie pas aux apparences, lui avait dit Peter dès la première année, lorsqu'ils firent connaissance. Les Allemands vivent exclusivement pour le travail et, si tu fais bien attention, tu remarqueras que nos condisciples teutons n'arrêtent d'étudier que pour manger, se soulager ou dormir. – Il grimaça, comme s'il acceptait de faire une concession. – D'accord, il leur arrive de flâner sur la Poppelsdorfer Allee ou d'aller au *Bierhaus* pour se saouler. À part ça, tout le reste c'est le travail.

La méthode allemande ne plaisait guère à l'Arménien. Bien que le travail ne lui fît pas peur, Krikor était d'avis que l'on travaillait pour vivre, et non l'inverse. La vie du jeune homme à Bonn était donc en accord avec ses principes. Le soir, il fréquentait généralement les *Bierhäuser* de la ville ou les cafés surplombant le Rhin, surtout parce que c'était là qu'on trouvait les filles légères les plus accessibles. Les Allemandes qui fréquentaient ce genre d'établissement n'étaient pas totalement insensibles au charme d'un étranger plein aux as, comme l'était Krikor le lendemain de la réception de la pension envoyée chaque mois par son père.

Grâce à cet argent de poche, le jeune étudiant parvint à attirer l'attention d'Helga d'abord, puis de Margaretha quelques mois plus tard, deux blondes corpulentes, à la bouche malicieuse et aux mœurs légères, toutes deux portées sur le *Sekt* allemand et le coûteux champagne français que le séducteur leur offrait à profusion.

Toutes ces aventures donnèrent néanmoins des sueurs froides à Krikor lorsque, quelques mois après avoir rompu avec l'une et l'autre de ces dames, il reçut une lettre revêtue du sceau officiel du Reich, l'informant que la justice de Sa Majesté le kaiser, suite à une action en paternité engagée contre lui, l'avait condamné au paiement de cinq marks par semaine à Mme Helga Hellmann pour chacun des trois enfants qu'elle avait récemment mis au monde, les petits Gaspard, Balthazar et Melchior, trois anges célestes dont la paternité avait été indubitablement attribuée à Mr. Krikor Sarkisian, un citoyen de nationalité britannique résidant actuellement à Bonn.

— Quoi ?

Le jeune étudiant fut paniqué. Désorienté, voyant l'avenir auparavant si prometteur se déliter sans appel, imaginant déjà son père le déshériter et le couvrir de tombereaux d'insultes, il alla avoir le professeur Wilcken et, au bord des larmes, lui exposa son problème.

— Et maintenant, répétait-il désespéré, que vais-je faire, *Herr* professeur Wilcken ? Comment vais-je me sortir de ce pétrin ? Pensez-vous que je devrais faire appel à un avocat ?

L'éminent papyrologue ne répondit pas tout de suite. Fidèle à sa réputation méritée d'universitaire méticuleux et soucieux du moindre détail, il accorda au document officiel la même attention que lorsqu'il s'attachait à déchiffrer les hiéroglyphes qu'il aimait tant. Après avoir soigneusement étudié la lettre, examinant jusqu'à la forme des virgules et la syntaxe des phrases, il finit par découvrir un détail suspect en haut de la feuille, plus précisément une anomalie sur le sceau du Reich.

— Combien de personnes étaient au courant de votre relation avec cette Helga Hellmann ? voulut-il savoir. Je parle des personnes de votre entourage, bien sûr.

— Seul mon ami Peter, lui répondit son protégé. Malgré les soirées passées au *Bierhaus*, j'ai toujours veillé à rester discret. Et Peter est une personne avisée.

Le professeur Wilcken sourit.

— Ne vous inquiétez pas pour ça, dit-il en rendant la lettre à Krikor. Si j'étais à votre place, je parlerais à votre ami.

— Pourquoi ? Qu'est-ce qu'il a à voir avec ça ?

— Gaspard, Balthazar et Melchior, rappela le grand papyrologue, sont les noms des rois mages. En somme, et à moins que vous ne soyez un personnage biblique, je ne vois aucune raison de vous en faire.

— Quoi ?

Le sourire du professeur devint condescendant et son regard amusé se posa sur le document que Krikor tenait toujours avec des mains tremblantes.

— Tout ça, *mein Herr*, n'est qu'une plaisanterie de gamins.

XVIII

En cette chaude matinée du mois de juin, on ne parlait que de l'assassinat de l'archiduc François-Ferdinand et de sa femme dans une rue de Sarajevo. L'affaire faisait la une des journaux allemands, qui y consacraient des articles enflammés et sanguinaires, exigeant justice et vengeance. Dans les rues de Bonn, chacun avait son avis sur la leçon que les Autrichiens devraient infliger aux Serbes en réponse à une telle infamie.

Krikor se souvenait avoir vu l'archiduc à Londres, à l'occasion des funérailles du roi Édouard VII et du couronnement de George V, où il avait représenté l'empereur austro-hongrois, mais l'événement ne l'intéressait pas outre mesure. Le prince héritier de l'Empire austro-hongrois avait été tué, et alors ? Un prince était mort, un autre prendrait sa place. Pourquoi toute cette excitation ? Quelle incidence une telle affaire, bien que tragique pour les intéressés, pourrait-elle avoir sur sa vie ?

Indifférent à la principale question du moment en Allemagne, estimant que l'incessant tourbillon de la vie la reléguerait bientôt dans l'oubli, le jeune

Arménien préféra ce jour-là faire comme à l'accoutumée sa promenade à cheval le long du Rhin. La matinée était agréable et beaucoup de gens marchaient dans l'herbe couverte de rosée, les uns pour admirer les canards qui plongeaient dans les eaux impétueuses du fleuve, les autres pour savourer le soleil caressant.

Après avoir traversé une allée de chênes, le cavalier croisa une jeune fille brune qui marchait au bord de l'eau, en conversation avec une femme plus âgée. Il remarqua sa beauté, à la fois familière et exotique, mais ne parvint pas à attirer son attention ; ignorant sa brève frustration, il tourna distraitement le regard vers la rivière. Soudain, d'un mouvement brusque de la tête, il tendit l'oreille. Outre la grâce naturelle de la jeune fille, son attention fut attirée par les mots *yerek* et *hyouranots*, qu'il reconnut et qui signifiaient « hier » et « hôtel ».

Le garçon tira aussitôt sur les rênes de son cheval et fit demi-tour. Conduisant sa monture avec lenteur, il s'approcha des deux femmes. Lorsqu'il les atteignit, il se pencha vers la jeune fille qui avait attiré son attention.

— *Entschuldigung, meine Damen*, s'excusa-t-il dans son meilleur allemand. Est-ce que je me trompe ou vous parliez arménien ?

Les deux femmes le regardèrent avec surprise.

— En effet, je parlais arménien avec ma mère, reconnut la jeune fille dans un allemand hésitant. Comment le savez-vous ?

Un sourire éclatant se dessina sur le visage de Krikor.

— Eh bien, mes parents sont arméniens, expliqua-t-il dans son mauvais arménien, truffé d'erreurs et marqué par un fort accent britannique. Moi-même je professe la foi de la sainte Église arménienne et je me considère comme arménien, bien que j'aie la nationalité britannique.

Mère et fille étaient ravies de rencontrer un compatriote en un lieu aussi improbable que les rives du Rhin, et tous trois convinrent d'ailleurs qu'il était pratiquement impossible de trouver des Arméniens dans ces parages. Après avoir échangé quelques amabilités, les deux femmes se présentèrent ; Arshalous Kinosian et sa fille Marjan étaient de passage à Bonn pour des raisons de santé.

— Mon mari souffre des poumons, précisa la mère. Or, il y a à Bonn un spécialiste que nous avons voulu consulter. Ma fille et moi sommes venues soutenir notre pauvre Hagop.

— Sachez que je suis à votre disposition pour tout ce que vous jugerez nécessaire, dit Krikor dans le langage poli d'un gentleman. Un Arménien doit toujours aider d'autres Arméniens, surtout quand ils se retrouvent dans un pays étranger, vous ne pensez pas ?

Arshalous échangea avec sa fille un bref regard plein de sous-entendus.

— Merci pour votre gentillesse, dit-elle. Pour l'instant nous n'avons besoin de rien. – Elle hésita, mais Marjan lui souffla un mot à l'oreille et lui toucha le coude pour l'encourager. – Demain, nous organisons un déjeuner en l'honneur du docteur qui soigne mon mari. Pourquoi ne pas vous joindre à nous ? La cuisine sera arménienne…

Toutes deux le regardèrent, dans l'expectative. L'invitation était inattendue, mais Krikor réalisa qu'elle lui ouvrait des possibilités intéressantes, brunes sans aucun doute.

— Mais ce serait un honneur, acquiesça-t-il en jetant un regard satisfait à la plus jeune des deux. Pour rien au monde je ne manquerais un tel événement.

Les Kinosian avaient loué une maison qui donnait sur le Rhin, non loin de l'endroit où les deux femmes avaient rencontré leur compatriote. C'était une villa gothique avec un toit pointu, une façade blanche et des poutres en bois, comme c'était courant dans les constructions germaniques traditionnelles ; un enchevêtrement de lierre courait le long des fenêtres, comme si la nature s'était approprié cette œuvre humaine, et le porche était couvert de plantes suspendues.

Rongé par le désir de revoir la fille qui lui avait rendu son regard, Krikor arriva quinze minutes avant l'heure convenue et trouva la maison en pleins préparatifs. Les femmes s'étant enfermées dans la cuisine pour achever le repas, il fut reçu par Hagop Kinosian. L'homme qui avait entraîné sa femme et sa fille en Allemagne, en tant que chef de famille, malade de surcroît, se reposait sur le sofa en savourant un verre de cognac arménien.

— Que fait un Arménien dans ce pays ? voulut savoir Hagop après avoir servi un verre à son invité. J'espère que vous n'êtes pas malade vous aussi…

Hagop devait faire de courtes pauses quand il respirait ; ses problèmes pulmonaires étaient évidents et cela nuisait à la fluidité de son discours, sans toutefois que cela perturbe son interlocuteur.

— Non, bien sûr que non, rétorqua Krikor en lançant des regards plus ou moins discrets en direction de la cuisine pour tenter d'apercevoir Marjan. Je fais des études d'ingénieur à l'université.

L'information suscita l'intérêt de l'hôte.

— Ah, l'ingénierie ! Un jour, quand notre sainte Arménie sera indépendante, nous aurons besoin d'ingénieurs, de personnes qualifiées pour mettre le pays en marche !

— Vous croyez vraiment que ce jour arrivera ?

— Bien sûr ! s'exclama Hagop, presque scandalisé de voir un Arménien douter de cette possibilité. Bon sang, les Serbes, les Bulgares, les Grecs, les Monténégrins, les Macédoniens, les Albanais et qui sais-je encore sont en train de se libérer des griffes des Turcs, pourquoi pas nous ? Pourquoi serions-nous différents ?

La question était rhétorique, mais Krikor pensa qu'il pouvait y avoir une réponse.

— Parce que l'Arménie se trouve en Asie, pas en Europe, fit-il observer. Je ne sais pas comment les Turcs réagiront à toute velléité d'indépendance de notre part…

— Oh, il est clair qu'ils ne vont pas apprécier ! Et après ? Contre l'aide des puissances occidentales et de la Russie, ils ne pourront rien faire. En outre…

— Pas de politique, dit sa femme de la porte de la cuisine, interrompant leur conversation. Nous sommes ici pour rendre hommage au docteur Himmel, pas pour discuter de ces sottises. D'ailleurs, il ne devrait pas tarder. – Elle désigna la porte. – En principe, il sera là dans cinq minutes, tu connais les Allemands et leur manie de la ponctualité…

— Oui, tu as raison, Arshalous ! – Il regarda autour de lui. – Tout est prêt ?

Sa femme avait disparu derrière la porte. Elle était retournée dans la cuisine et lui répondit de loin :

— Marjan a pris un peu en retard avec les *khoulabia*, mais c'est le dessert, ce n'est pas bien grave. Dans dix minutes, tout sera prêt et on pourra passer à table. Sors dans la rue et va attendre le docteur Himmel.

La journée était devenue orageuse. Un ciel épais donnait au Rhin des tonalités métalliques, tantôt argentées, tantôt cuivrées, et la végétation elle-même avait acquis des couleurs sombres et mélancoliques. Une brise froide, désagréable et humide, descendait le fleuve en fouettant les feuilles qui virevoltaient dans l'air. Les deux Arméniens relevèrent le col de leurs manteaux pour mieux se protéger du vent du nord et balayèrent la rue du regard à la recherche du principal invité.

— D'où venez-vous, cher Sarkisian ?

— Je suis né à Constantinople, répondit Krikor, mais j'ai été élevé en Angleterre, où mes parents ont fui alors que je n'avais que quelques semaines. Vous savez, je suis venu au monde pendant les massacres de 1896.

— Ah, je m'en souviens bien. Ce fut terrible. – Il fit une pause, se remémorant ce qui s'était passé cette année-là, les membres de sa famille et les amis qu'il avait perdus, tués par les Turcs. – D'où venaient vos parents ? De Constantinople également ?

— Les familles de mon père et de ma mère sont originaires de Kayseri. Elles…

Hagop écarquilla les yeux.

— Kayseri ? Grand Dieu, nous sommes aussi de Kayseri !

— Vraiment ? Quelle coïncidence…

L'hôte rit.

— La coïncidence, c'est Dieu qui la provoque quand il ne veut pas qu'on voie Sa main, répondit-il. Ça ne peut être que le destin, mon cher. Je suis convaincu que… Regardez, voilà le docteur Himmel.

Il était 13 heures moins une minute lorsque la silhouette d'un homme corpulent, à la barbe clairsemée, apparut dans la rue Bundhosen ; il portait des bretelles et un bonnet vert à la mode bavaroise, et tenait une canne. C'était le médecin qui soignait Hagop, aussi ponctuel pour le déjeuner que pour les consultations avec ses patients.

Le repas préparé par les Kinosian avait des saveurs familières pour les papilles de Krikor. La maîtresse de maison servit une soupe *arganak* et un *kchuch* de viande que le visiteur arménien dévora avec un enthousiasme évident et l'Allemand avec une réticence mal dissimulée ; il était évident que le docteur Himmel préférait sa *Bratwurst* à ces étranges plats orientaux, mais il eut suffisamment de tact pour ne pas l'avouer.

La conversation porta essentiellement sur la gravité de la situation internationale créée par l'assassinat de l'archiduc et de sa femme quelques jours auparavant ; les participants en conclurent que le bon sens prévaudrait et qu'à la fin, tout le monde finirait par se rendre compte que les guerres ne règlent pas les problèmes.

Comme c'était la coutume, le couple qui recevait accorda son attention au médecin. Après tout, c'était en son honneur qu'il avait organisé ce déjeuner ; mais Krikor et Marjan, visiblement peu préoccupés par la tension internationale et les problèmes de santé d'Hagop, s'intéressaient davantage l'un à l'autre. Pendant tout le repas, le jeune homme ne cessa d'adresser des regards, pudiques mais on ne peut plus directs à la jeune fille, auxquels celle-ci répondait par des sourires timides, plus ou moins déguisés.

Le discret jeu de séduction se poursuivit jusqu'au dessert – des *khoulabia* préparés par Marjan et fort appréciés des convives. Vers la fin du repas, cependant, les parents se concentrèrent sur le jeune homme, montrant ainsi qu'ils n'étaient pas aussi indifférents qu'il semblait à ce qui se passait entre les deux jeunes gens.

— Tu sais d'où vient la famille de Krikor ? demanda Hagop à sa femme pour lancer le sujet. De Kayseri.

— Ça alors ! s'étonna Arshalous. C'est extraordinaire. – Elle fixa l'invité avec un regard interrogateur. – Comment s'appelle votre famille ?

— Sarkisian, du côté de mon père, dit Krikor sur un ton neutre, et Berberian du côté de ma mère.

— Quoi ? s'exclamèrent les hôtes en écarquillant les yeux lorsqu'ils entendirent le patronyme maternel. Berberian ? Ne me dites pas que vous êtes les Berberian... de... de la banque à Constantinople et de l'hôtel...

— Pera, compléta le garçon. Le Pera Palace. Si, eux-mêmes. C'est mon grand-père qui a fait construire l'hôtel.

Passé le choc de cette révélation, Mme Kinosian avait presque envie d'applaudir d'excitation et, débordant d'enthousiasme, elle ne put réprimer un regard en direction de sa fille, comme pour s'assurer que celle-ci avait bien entendu.

— Ah, comme c'est étonnant ! s'exclama-t-elle. Je connais bien ce nom ! Ce sont des gens… enfin, des personnes qui ont beaucoup d'arg… euh… de prestige. – Elle se tourna vers son mari. – Tu connais quelques Berberian, n'est-ce pas ?

— De la chambre de commerce de Kayseri, acquiesça Hagop, tout aussi impressionné par les origines du garçon, bien que plus mesuré dans sa réaction. Pas plus tard que l'année dernière, nous avons eu une réunion et j'ai échangé quelques impressions avec eux. Des gens d'un très haut niveau, cela ne fait aucun doute.

Pendant un bon moment, la conversation porta sur la vie des Berberian et leurs réalisations dans le monde des affaires, de la haute finance, de l'hôtellerie et de la navigation. On ne pouvait pas dire que cela déplaisait à Krikor ; dans le fond, cette notoriété allait lui permettre d'affermir son image au sein de cette famille et lui garantir que les Kinosian ne s'opposeraient pas à sa relation avec la belle Marjan. La mère ne le regardait-elle pas comme s'il était déjà son gendre ? Cela n'affaiblirait en rien ses chances auprès de la jeune fille. Quel Arménien de Kayseri, voire de tout l'Empire ottoman, repousserait l'intérêt d'un Berberian ?

Nul besoin d'être très perspicace pour réaliser que l'intuition de Krikor était pleinement fondée. Lorsque le déjeuner fut terminé et que les visiteurs prirent congé et sortirent, les hôtes semblaient moins intéressés par le médecin que par les promesses qu'incarnait pour eux le jeune homme qui venait de les quitter.

— Repassez, lança Hagop alors que le garçon descendait la rue. Repassez quand vous voulez !

Dans les semaines qui suivirent, Krikor ne manqua pas de repasser. Quand ses études le lui permettaient, et immanquablement le week-end, il se rendait à la maison gothique surplombant le Rhin, où il passait quelques heures avec les Kinosian. Il devint un habitué et Arshalous alla même jusqu'à préparer quotidiennement des baklavas pour lui en offrir chaque fois qu'il frappait à la porte.

Les visites devinrent une routine, même si elles s'apparentaient quelquefois à de la torture. Les hôtes se confondaient en amabilités envers leur jeune visiteur et, si Krikor appréciait toutes ces attentions, ainsi que les délicieux baklavas, ce qu'il désirait vraiment, c'était pouvoir être seul avec leur fille. Ils échangeaient constamment des regards, mais à aucun moment ses parents ne la laissaient sans surveillance. Krikor comprit qu'il devrait être patient ; après tout, les habitants de Kayseri étaient des provinciaux aux habitudes profondément conservatrices. Certains Arméniens ne laissaient pas la mariée voir son futur époux avant le jour du mariage. Il devait donc s'estimer heureux d'être autorisé à partager la même pièce que Marjan. Que pouvait-il vouloir de plus ? Qu'elle se comporte comme Helga ou Margaretha ? Si elle le faisait, elle ne serait pas Marjan.

Les choses en étaient là quand, un mois après le premier déjeuner, Krikor se présenta à la maison au bord du Rhin avec l'espoir de passer quelques instants seul avec la jeune fille. Certaines nuits, il arrivait à peine à dormir et il vivait chaque instant loin de Marjan avec un sentiment de manque intense, sentiment qui disparaissait lorsqu'il la retrouvait.

Ce jour-là cependant, après qu'Arshalous lui eut hâtivement ouvert la porte, il trouva les Kinosian en train de ranger leurs affaires dans deux grandes malles placées au milieu du salon. Il chercha Marjan des yeux mais, la voyant baisser la tête, il réalisa que quelque chose n'allait pas.

— Que se passe-t-il ? demanda-t-il avec une pointe d'anxiété. Il est arrivé quelque chose ?

Alors que les deux femmes s'activaient, Hagop faisait mine de ranger des papiers.

— Le docteur Himmel m'a dit ce matin qu'il ne peut plus rien faire pour moi maintenant, déclara-t-il. Il pense qu'il faut du temps pour que le traitement fasse son effet, et m'a conseillé de revenir l'année prochaine pour faire le point et mettre en place un nouveau programme thérapeutique. Il pense que le climat en Arménie devrait même être bénéfique pour le type d'affection pulmonaire dont je souffre. – Il regarda autour de lui. – En fait, cet endroit est trop froid et humide. Il est préférable de poursuivre le traitement chez nous et de ne revenir à Bonn que lorsque cela sera nécessaire.

— Mais qu'est-ce que ça veut dire ?

Hagop prit une profonde inspiration et ses poumons affaiblis laissèrent échapper un long sifflement irrégulier.

— Cela veut dire, mon cher Sarkisian, que nous retournons à Kayseri. Dès demain.

L'annonce fit l'effet d'une bombe. Krikor venait de rencontrer Marjan, qui le fascinait. Que se passait-il donc ? Le père de la jeune fille se préparait à retourner dans l'Empire ottoman et à entraîner avec lui sa famille. Comment le destin pouvait-il être si cruel ?

Il lança brusquement à Marjan un regard désespéré, une supplique silencieuse, mais elle ne lui rendit pas son regard. Elle avait baissé les paupières et, dépassée par les événements, elle se retourna pour se cacher. Cependant, le jeune homme eut le temps d'apercevoir une larme. C'est alors, en réalisant qu'il allait la perdre et que cela le bouleversait, que Krikor prit enfin conscience de la réalité.

Il était amoureux d'elle et ne savait pas s'il la reverrait.

Épilogue

Une larme coule sur le visage au teint de porcelaine de Marjan tandis qu'elle se retourne une dernière fois et me fixe de ses yeux brillants. Elle semble vouloir me graver dans sa mémoire, comme si c'était la dernière fois qu'elle me voyait. C'est un simple coup d'œil qui ressemble à un adieu éternel. J'essaie de sortir de ma léthargie et de m'approcher, de courir vers elle, de la tenir, de l'embrasser, de la serrer dans mes bras pour ne plus la lâcher, mais c'est comme si une force invisible m'arrêtait, entravait mes mouvements, m'empêchait de faire le moindre pas. Je la vois remuer ses lèvres et murmurer mon nom…

« Krikor ! »

… et je sens que je me désespère. Je veux l'appeler, « Marjan ! », la saisir et l'étreindre, l'empêcher d'entrer dans le train qui va l'emmener à Constantinople, l'emporter loin de moi, mais je ne peux pas bouger, je ne parviens pas à parler ni même à faire un signe. Quelque chose m'enchaîne, je suis paralysé, impuissant, noyé dans l'émotion, le corps engourdi, une boule dans la gorge. Je la vois se retourner avec tristesse, lentement, très lentement, et s'éloigner, résignée, monter tête basse dans le train, disparaître derrière la porte et je sens que je suis désespéré, abandonné et perdu, submergé par le chagrin et dévasté par la nostalgie.

Et elle crie à nouveau.

— Krikor !

Lorsque mon nom prononcé par une voix de femme finit par atteindre ma conscience, je fis un bond, surpris et je me réveillai en sursaut.

— Quoi ? Quoi ? balbutiai-je, ahuri. Que se passe-t-il ?

La silhouette devant moi apparut momentanément floue, puis l'image devint nette et je vis Mme Duprés, appuyée contre le lit, en chemise de nuit, me regardant avec inquiétude.

— J'ai entendu un cri et j'ai eu peur, dit-elle d'une voix compatissante. Mon pauvre petit, tu pleurais...

Je passai la main sur mon visage et constatai qu'il était effectivement mouillé.

— Quelle bêtise ! m'écriai-je, surpris et un peu gêné. Je rêvais de la... de la...

— Tu rêvais de la fille que tu as rencontrée à Bonn ?

— Oui.

Mme Duprés me caressa les cheveux, douce et maternelle, comme une mère qui réconforte son fils malade.

— Elle a ravi ton cœur, n'est-ce pas ? murmura-t-elle. – Ce n'était pas une question, mais une affirmation. – Tu rêves souvent d'elle ?

Je regardai le paquet de feuillets dactylographiés éparpillé sur le lit ; certains avaient même glissé par terre, tapissant le sol de la chambre de l'hôtel Aviz. Sur l'un d'eux, le premier, posé au pied de Mme Duprés, on pouvait lire le titre en caractères gras, *L'Homme de Constantinople*.

— C'est… c'est la lecture des souvenirs de mon père, expliquai-je en désignant les feuillets en désordre autour de moi. C'est bête ! Je me suis endormi en les lisant…

L'ancienne secrétaire de mon père se baissa et en ramassa quelques-uns.

— Et alors ? demanda-t-elle en posant un regard curieux sur les lignes dactylographiées. Qu'as-tu pensé du livre ?

— Il raconte son enfance et sa jeunesse, comment il s'est intéressé aux affaires et à l'art, de quelle manière il a commencé à réussir dans la vie, les persécutions par les Turcs, les femmes et…

Mme Duprés leva soudain les yeux et me fixa avec attention, comme si elle voulait me sonder.

— Les… les femmes ? bredouilla-t-elle, une pointe d'anxiété dans la voix. Et qu'est-ce qu'il a écrit sur elles ?

— Tout. Il a tout écrit.

— Y compris que…

— Absolument tout.

La vieille dame rougit, embarrassée par ce que sous-entendait le ton ferme de ma réponse et réalisant qu'il n'y avait plus de secret entre nous. Je connaissais son véritable rôle dans la vie de mon père.

— Écoute, Krikor, je veux te dire que tout ce que je…

— Vous n'avez pas à vous justifier, l'interrompis-je. Je sais que mon père n'est pas un saint, et je dois admettre que j'ai été choqué par certaines pages que j'ai lues dans *L'Homme de Constantinople*. – Je haussai les épaules. – Mais rien de tout cela n'importe vraiment. – Je lançai un regard interrogateur en direction de la porte. – Comment va-t-il ?

La Française soupira, découragée.

— Je crains qu'il n'ait à nouveau plongé dans le coma.

Un lourd silence s'installa. Le diagnostic du docteur Fonseca avait été très clair ; nous savions tous deux que la mort rôdait autour de mon père et qu'elle ne tarderait pas à l'emporter. Il ne se réveillerait probablement pas ; sa destinée était sans doute de mourir dans sa chambre d'hôtel, à Lisbonne, la ville qu'il avait choisie pour passer les dernières années de sa vie mouvementée.

Je ramassai les feuillets étalés sur le lit et commençai à les ranger.

— C'est incroyable tout ce qu'il savait sur moi, observai-je. Le récit de mon enfance, et jusqu'à la façon dont j'ai rencontré Marjan, tout est d'une rigueur déconcertante.

— Je t'ai dit qu'il avait découvert ton journal. En outre, il avait engagé un détective pour enquêter sur ton passé.

— Vraiment ?

— Il voulait tout savoir sur toi, afin de relier son histoire à la tienne. Et il n'a laissé personne voir ce qu'il a écrit. Tu es le premier à lire ce texte.

Les feuillets composant *L'Homme de Constantinople* étaient à présent au complet. J'alignai les bords des pages avec précaution et me penchai sur la table de chevet, où se trouvait un second paquet de feuilles. Je le ramassai et l'échangeai avec le premier.

— Je crois que je ne vais pas m'endormir de sitôt, constatai-je en regardant le nouveau manuscrit que mes mains caressaient avec une impatience surprenante. Je vais lire le reste de l'histoire.

Mme Duprés comprit que je voulais être seul. Avec l'élégance discrète qui la caractérisait, même à un âge aussi avancé, elle ajusta sa chemise de nuit et se retourna.

— Je vais me coucher, *mon chéri*, annonça-t-elle. À demain.

Elle sortit dans le couloir et ferma délicatement la porte, me laissant seul avec le deuxième volume des mémoires de mon père. La pluie battante continuait de cogner à la fenêtre, tambourinant furieusement contre la vitre ; il pleuvait sans discontinuer sur Lisbonne, ce qui rendait ma chambre à l'hôtel Aviz plus accueillante encore. Après avoir convenablement disposé les oreillers, je m'allongeai, puis j'orientai la lumière jaunâtre de la lampe de chevet, posai le paquet de feuillets sur mes genoux et m'installai pour reprendre la lecture. Je regardai la première feuille et, avec une étrange délectation qui se traduisit par un soupir de plaisir anticipé, je savourai les mille promesses que renfermaient la première page et le titre.

Un millionnaire à Lisbonne.